シルビア
「私はシルビアよ。
ちょー強い助っ人だから、
安心してこの場を
私に任せたまえ！」

「それでは始めよう」
ヴェルザード

ミカエル

ザラリオ
「下らない。やはりその程度ですか」
ディアブロ

ヴェルザード
「愛して愛して愛しているわ、ギィ」
ギィ・クリムゾン

GC NOVELS
転生したらスライムだった件 18
Regarding Reincarnated to Slime
Story by Fuse, Illustration by Mitz Vah
伏瀬
イラスト／みっつばー
フェルドウェイ

転生したらスライムだった件 18

Regarding Reincarnated to Slime

目次 ― 野望終焉編

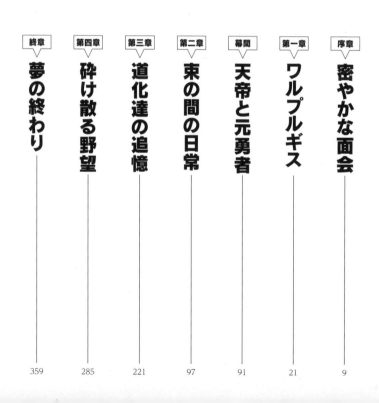

序章

密やかな面会

Regarding Reincarnated to Slime

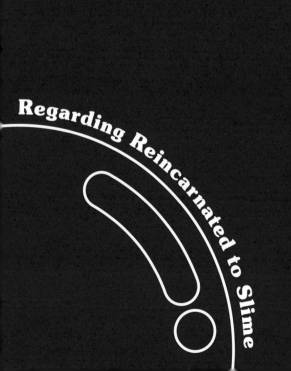

リムル達がルドラ勢を相手に、熱戦を繰り広げていた頃。

ここ、獣王国ユーラザニア跡地にも、招かれざる客があった。

〝天空城〟と名付けられた超巨大建造物が、多種多様な魔人達の手によって築き上げられている途中である。

東の帝国がジュラの大森林に侵攻を開始したことで、総指揮を執っていたゲルドが工事現場を離れてしまった。そのせいで本工事は中断されているのだが、残った者達だけで手掛けられる作業は、通常通りに行われていたのだった。

そんな場所にやって来たのは、〝三妖帥《さんようすい》〟が一柱《ヒトリ》、オベーラである。

〝天空城〟の最上階。

仮初の執務室となっている天空の間にて、ミリムとオベーラが対峙した。

両者の他には、ミリムの背後に控えるミッドレイがいるだけである。他の者は居ても戦力にならない為、この場から退避させていた。

カリオンとフレイを送り出したミリムだが、自身は戦争には参加していない。その理由はいくつかあったが、一番大事なものが自国の防衛であった。

ミリムが帝国の立場に立って考えた時、ミリムの支配領域を経由するルートで侵攻する可能性を否定出来なかったからである。

また、自身が率先して参戦すれば、人間を手にかけねばならない。それは本意ではなかった為に、ミリムは留守番を選択したのだった。

そして、それはどうやら正解だったらしい。

「ワタシに何の用なのだ？」

　この機を狙ってやって来た不届き者に向けて、ミリムが問いを投げかけた。

　ミッドレイはミリムへの絶対的信頼からか、自身は黙して成り行きを見守る構えであった。ミリムからの問いかけにどう応じるのか、オベーラの反応を待っている。

　そして、当のオベーラだが。

　全身を守る神話級《ゴッズ》を解除し、ミリムの前に跪いたのだ。

「お目にかかれて、恐悦至極に存じます。竜皇女ミリム様。私の名は、オベーラ。元〝始原《しげん》の七天使《ななてんし》〟にして、〝星王竜〟ヴェルダナーヴァ様の忠実なる使徒に御座います」

　そう口上を述べたオベーラは、夜空のような黒髪を波打たせた美女であった。星空の如き輝きを放つ瞳も美しく、見る者を惑わせる魅力を秘めている。

　戦いになるとばかり思ってワクワクしていたミリムだが、オベーラの予期せぬ態度に肩透かしをくらった形になってしまった。

「む？」

　思わず戸惑うと、オベーラが微笑みを浮かべた気配がした。

「御存知ないのも、無理はありません。貴女様が御生まれになった頃、私は異界での任務に就いておりましたので」

　挨拶が遅れて申し訳ないと、オベーラはミリムに告げたのだ。

　どういう事だ——と、ミリムは疑問に思った。

「お前の強さは相当なものだが、ワタシと戦うつもりだったのではないのか？」

「滅相もありません」

「ふむ。では、お前は何をしに来たのだ？」

「御挨拶と、忠告を」

　そう言って顔を上げたオベーラは、表情を緊張させてミリムを見詰めたのだった。

＊

仮設されていた応接室へと場所を移して、会話が再開された。

もう一度自己紹介から始まり、現在進行形で何が起きているのかまで詳《つまび》らかにしていくオベーラ。

叔母に当たる〝灼熱竜〟ヴェルグリンドまでもがフェルドウェイの手に落ちていると聞いて、リムルの救出に飛び出そうとするミリムだったが、今の時点で行動を起こしても全てが手遅れだとオベーラが諫《いさ》めた。

「何を言うのだ！　このままではワタシのマブダチであるリムルが――ッ」

「今からではもう、手遅れに御座います」

その返答を聞き、ミリムが激高する。

「ならば何故、もっと早く来なかったのだ!?」

「その点につきましては、申し開きのしようも御座いません」

苛烈な気配を発するミリムを前にしても、オベーラは言い訳を口にせず頭を垂れる。

オベーラの立場は、〝妖魔王《ようまおう》〟フェルドウェイの配下なのである。現時点では〝妖異宮《よういきゅう》〟の防衛を命じられており、ミリムに面会に出向いたのは重大なる命令違反に相当する行為であった。

そう説明すればいいものを、オベーラはミリムの期待に応えられなかったと自身を恥じるのみ。そんな彼女の態度を見ると、ミリムも怒りを鎮めるしかない。

「どうやら、ワタシが無茶を言ったようだな。知らせてくれただけでも、感謝するのだ」

「そのお言葉だけで報われる思いです」

恭《うやうや》しく頭を下げ続けているオベーラは、嘘を吐いている気配など皆無だった。

ミリムは人の機微を見抜く事が出来る。

オベーラの態度を見て、彼女が本心から行動していると判断したのだった。

「リムルはああ見えて、慎重な性格をしている。何があろうとも、無事に切り抜けられると信じているのだ。そうとも、ワタシはリムルを信じているのだ」

「はい」

「お前がワタシの敵ではないと言うのなら、リムルに手出しするのは許さぬぞ」

「承知致しました――と言いたいところですが、表立っては動けぬこの身です。今はまだ、フェルドウェイの信を得たまま行動するのが得策かと存じますが、いかが致しましょう?」

フェルドウェイから命令があれば、それに従うつもりだとオベーラが言う。だがしかし、もしもミリムが望むなら、現時点でフェルドウェイから離反するのも辞さぬ覚悟なのである。

そんな彼女の夜空のような黒髪に、星空のような瞳が映えて輝いていた。

「ふむ。お前の言葉からは、嘘が感じられぬ」

「御意。全て真実、私の本意に御座います」

「ならば問うが、お前の目的は何なのだ?」

ミリムがそう聞くなり、オベーラは迷わず話し始めた。

「フェルドウェイはヴェルダナーヴァ様の復活を目論んでいるようですが、私はその行為は不遜であると考えています。神たる貴女様の御父君は、何人《なんぴと》の手助けも必要とせずに復活なさるでしょうから。そして、簡単に復活しないという事は、それに意味があるからなのでしょう。私如きが神の御意志を忖度《そんたく》するなど、とてもとても――」

つまりオベーラは、ヴェルダナーヴァの復活を目指すよりも、その息女たるミリムこそを主として戴くべきだと、そう考えているのだった。

「ワタシの味方になると?」

「そのような傲慢な考えなど、矮小《わいしょう》なるこの身に持ち合わせてはおりません。私は、貴女様の道具になりたいのです。私から貴女様に望む事など何もなく、貴女様の御役に立てる事こそが無上の喜びで御座いますれば、どうかこの身に命令を」

全てはミリムの意思のまま。

オベーラの本意は、そこにあった。

ミリムもそう理解したのだが、オベーラの覚悟に戸惑いを覚える。

「ならばお前は、フェルドウェイとやらを裏切るのも辞さぬのか？」

「ウフフ、それは見解の相違に御座います。ヴェルダナーヴァ様の御意志に背いているのは、むしろフェルドウェイであると言えましょう」

　オベーラはそう断言した。

　その迷いない口調こそ、彼女が本気である証左であった。

「ヴェルダナーヴァ様の御意志は、御息女であらせられる貴女様の幸せにこそあるかと。私はそう確信するが故に、貴女様の害となる者共にかける情けなど持ち合わせてはいないのです」

　つまりは、裏切るとかいう以前の話なのだ。

　フェルドウェイの行動がミリムの害になると考えたオベーラからすれば、同僚であろうとも敵以外の何物でもないのである。

　ただし、オベーラは聡かった。

　自分勝手な判断で行動するのではなく、全てをミリムに委ねる知恵を持っている。自身の行動がミリムの邪魔にならないように、細心の注意を払っていたのだ。

　危険を冒してミリムとの面会に赴いたのも、それが理由である。

　ミリムがそう望むのなら何もしないし、逆に命令があれば、相手が誰であろうとも牙を剥く。それが、〝三《さん》妖帥《ようすい》〟オベーラの本質なのだった。

　それを見抜けぬミリムではない。

「よかろう。ならばワタシもお前を信じ、ワタシの配下に加えてやるのだ。ミッドレイ、それでいいな？」

「勿論で御座います、ミリム様。ワシに異論など、あろうはずも御座いませぬわい」

「うむ！　ならばオベーラよ、今日からお前もワタシの仲間なのだ。今はいないが、戦争が終わったらカリオンやフレイにも紹介してやるのだぞ！」

「感謝を」

「わははは！　これでミッドレイを筆頭にして、ワタシにも四天王がそろったのだ。リムルに自慢してやらねばな！」

　オベーラが仲間になると決まるなり、ミリムが豪快に笑う。そして、密かに羨ましく思っていたリムルの四天王に対抗すべく、自分の配下達もそう呼ぶ事を決定してしまった。

　この場にフレイがいたならば、その案は間違いなく却下されていたはずだ。しかしミリムにとって幸運な事に、この場にはミッドレイしかいなかったのである。

「ワシが筆頭ですか！　まあ、当然でしょうな。ミリム様について一番詳しいのは、ワシを措いて他におりませんからな！」

　ただでさえミリムが一番のミッドレイが、四天王筆頭の座までもらえるとあっては、ミリムに反対するはずがない。むしろ大喜びで賛成している。

　こうしてミリムにも、四天王が誕生する事になったのだった。

＊

　いきなり四天王に任命されたオベーラだが、まるで動じる素振りも見せずに受け入れた。

　ミリムの言葉は、神の意思。

　そう断じるだけあって、オベーラは何事においてもミリムを優先させるのだ。

　ただ、ここで悩ましい問題が発生した。

「さて、そうなるとだ。オベーラをどうするか、それが問題となるのだ。こういう時こそ、リムルに相談したいところだが……」

「ふむ、確かに難しい問題ですな。このままこの地に残ってもらうべきか、敵陣営に籍を置いたままスパイとして活躍してもらうべきか」

　どちらにせよ、一長一短がある。

　本当はジックリと考えるべきだし、カリオンやフレイからも意見を聞きたいミリムである。そして可能なら、リムルにも相談したいところではあった。

　しかし残念な事に、この場にいるのはミリムとミッドレイだけなのだ。

「お前としては、どうしたいのだ？」

　ミッドレイは頭脳派ではないので、相談には向かない。それを良く知るミリムだけに、彼に頼らずオベーラに直接質問をぶつけた。

これに対し、オベーラが淀みなく答える。

「私としましては、一度〝妖異宮《ようい きゅう》〟に戻りたく存じます。この場には本体を顕現させておりませんので、このまま滞在するとなると無理をして肉体を具現化する必要が御座いますので。それに――」

オベーラの役割だが、異界にて幻獣族《クリプテッド》の相手を任されていた。もっと厳密に言えば、〝滅界竜《めっかいりゅう》〟イヴァラージェの動向を監視する事こそが、最大の任務だったと言える。

コルヌが他次元への侵略を、ザラリオが蟲魔族《インセクター》への対応を主たる任務にしていたのだ。

妖魔王フェルドウェイと〝蟲魔王《むしまおう》〟ゼラヌスの間で盟約が結ばれた事で、ザラリオも自由に動けるようになっている。しかし、イヴァラージェとは意思の疎通そのものが困難であり、オベーラの本体は束縛されたままなのだった。

「蟲魔王《むしまおう》ゼラヌスに、滅界竜《めっかいりゅう》イヴァラージェか？　強そうなのだ！」

「はい。ゼラヌスはともかく、イヴァラージェはとても厄介です。世界を滅ぼす悪意そのものとでも申しましょうか、共存は有り得ません。ヴェルダナーヴァ様の意向によって存在を許されておりますが、アレが〝異界《ふういん》〟から解放されるのだけは、断固として阻止すべきかと」

このままここに残った場合、イヴァラージェの監視が疎かになる。オベーラとしては、イヴァラージェがフェルドウェイの計画に影響しないように、最後まで見極めておきたいと考えているのだった。

「なるほどな。ならばお前は、そのまま監視を続けておくべきだな」

「御意」

「だが、そうなると気になるが、フェルドウェイはイヴァラージェをどうするつもりなのだろうな？」

「うーむ、ワシも気になりますぞ」

フェルドウェイの計画を知らぬのだから、二人の疑問は当然だった。

そこでオベーラが、知る限りの情報を開示する。

「フェルドウェイですが、イヴァラージェを監視するという任務をヴェルダナーヴァ様より与えられています。ですが、それを放棄してヴェルダナーヴァ様の復活を優先させるつもりなのです。現在は〝冥界門〟を拡張中でして、それが完了次第、全妖魔族《ファントム》と蟲魔族《インセクター》をこちらの基軸世界へと侵攻させる予定になっておりました」

「〝冥界門〟の拡張とは、気の長い計画だったのだな」

「はい」

「だが、その後はどうするつもりなのだ？　開いた門を閉じられねば、イヴァラージェまでも解放されてしまうのではないか？」

「その可能性は当然ありますので、私もフェルドウェイに具申しました。ですがあの者は、それを一切意に介していなかったのです。私にはあの者が何を考えているのか、分かりません」

「む？」

「フェルドウェイは狂っている。ヴェルダナーヴァ様さえ復活するならば、世界が滅んでも構わないと考えていてもおかしくはないのですわ」

フェルドウェイは、ヴェルダナーヴァを奪ったこの世界を憎んでいる。自分が選別した者のみを残し、世界を作り替えるつもりなのである。イヴァラージェが世界を破壊するなら、それはそれで都合がいいのかもしれない。

「つまり、その時はワタシ達が厄介事を押し付けられる訳だな？」

「迷惑極まりない話ですぞ。ゼラヌスとやらも面倒そうですし、そのまま異界に封じられていればいいものを……」

ミリムとミッドレイはウンザリして、嫌そうに顔を見合わせる。

リムル達と遊ぶ約束をしていたのだが、戦争のせいで延期になっている。それに加えて今回の問題発生とあって、ミリムの機嫌は急降下する一方だった。

「こうなったらもう、フェルドウェイとやらをブッ飛ばすしかあるまい」

実に短絡的に、ミリムがそう決断した。

「そうですな。それではミリム様、このワシ、四天王筆頭ミッドレイに、フェルドウェイ討伐の命令を頂戴したく！」

ミリム命のミッドレイは、何も考えずに賛同する。

「うむ！　頼もしいぞ、ミッドレイ。ワタシも総大将として出陣するのだ。フェルドウェイとやらの野望を、ワタシ達の手で打ち砕くのだぞ！」

「ハハァ――――ッ!!　実に楽しみで、腕が鳴りますぞ。ワシの武勇、御照覧下さりませぃ!!」

この場にフレイがいないせいで、二人の暴走を誰も止められないかに思えた。が、ここでオベーラが発言する。

「お待ち下さい。今作戦開始時よりフェルドウェイ達と情報共有を行っていたのですが、皇帝ルドラがヴェルグリンド様の〝竜の因子〟まで取り込んだ模様。ですが、最後の最後で魔王リムルが邪魔に入り、決着は持ち越しとなりました」

それは、ミリムを冷静にさせるだけの情報であった。

「つまり、リムルは無事なのだな？」

「はい。今作戦は終了となり、フェルドウェイは拠点へと引き上げるそうです」

「むう……それならば、今動くのは早計ですな」

「うーむ、ミッドレイの言う通りなのだぞ……」

勢いを削がれ、ミッドレイとミリムは落ち着きを取り戻した。

フェルドウェイが次の作戦に着手するまで、時間的余裕も生まれていた。ここで無理に行動するよりも、リムル達と共闘するように動く方が得策でもある。

とにもかくにも、先ずは情報のすり合わせが大切なのだった。

それを理解せぬミリムではない。

「それではオベーラよ、お前はワタシからの命令あるまで、フェルドウェイの動向を探っておくのだ」

「仰せのままに」

「連絡は〝魔法通話〟だな」

「心得ました」

ミリムとオベーラは、二人だけで通用する特殊な波長を調整した。次元を超えるには大きな魔力を必要とするのだが、二人の技量《レベル》であれば問題ない。これにより、連絡手段を確保したのである。

そうした一連のやり取りが済み、面会も終わりの時を迎えた。

「それでは、私はこれにて失礼致します」

そう挨拶し、オベーラが去って行く。

残されたミリムとミッドレイは、新たなる争乱の予感に頭を悩ませる事になるのだった。

第一章

ワルプルギス

Regarding Reincarnated to Slime

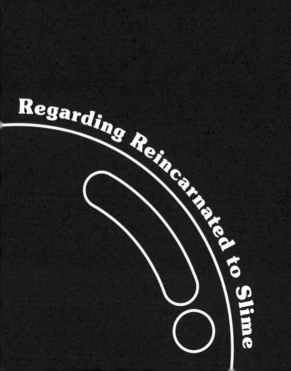

レインの〝転移門〟で跳んだ先は、氷雪吹き荒れる白銀の世界だった。

開催場所は以前と違い、ギィの居城だったらしい。

レインに案内され、中へと足を踏み入れる。

シオンとディアブロも俺に続いた。

外は生物が住めないような極寒の地だというのに、城内は快適な気温である。ただし、城の半分が大きく崩れており、何かあったのは一目瞭然だった。

「よう、よく来たな。間もなくミリムとダグリュールも来るだろうから、寛いで待っててくれや」

と、案内された先でギィから告げられた。

舞踏会でも開けそうな大広間に、円形のティーテーブルが幾つも並んでいる。椅子も不規則に置かれており、自由に座れるようになっていた。

先客へと目を向けると、そこにはルミナスやレオンの姿があった。

ルミナスの後ろには、法皇ルイと老執事ギュンターがいた。

レオンの後ろでは、二名の騎士――アルロスとクロードが、完全武装で控えている。

見知った顔に会って、少し安心する。会釈だけして、俺もひとまず席を確保した。シオンやディアブロは着席せずに、俺の後ろに控える気配だ。

座ればいいのにと思いつつ、好きにさせておく。

と、そこで騒がしくもラミリスが到着した様子。

「ちょっと、アタシを置いて行くなんて、どういう事なのよさ⁉」

あ！

一緒に出たと思ったのだが、ラミリスを置き去りにしていたようだ。

「あ、あれ？　ラミリス様、どうして私達と御一緒でなかったのですか？」

慌てたのは俺だけではなく、案内役だったレインもだった。ついて来ているものと思い込んでいたようで、怒れるラミリスを見て驚いている。

「レイン、貴女らしくないミスですね。ラミリス様からの緊急要請を受けて、私まで出迎えに参上したのですわ」

そう述べたのはミザリーだ。

レイン同様にボロボロの姿をしているけれど、こちらはキリッとした表情を崩していない。

似たような二人だと思っていたけど……今は余裕がないからか、性格の違いがハッキリと浮き出ている感じだった。

「レインちゃん、怪我してるからか注意力が散漫になっているみたいね！　アタシはね、誰を連れて行くかで悩んでいたのよさ！　それなのに！」

言われて気付いたが、ラミリスは二人の従者を連れていた。

ベレッタと——おい。

「ヴェルドラ、お前何してんの？」

俺の言葉にルミナスが反応し、ラミリスの後ろに目を向けた。そこに立つヴェルドラを確認し、舌打ちしつつ嫌そうな顔になる。

「チッ、邪竜が」

「クアーーーハッハッハ！　何やら重要そうな会議をすると聞いては、我が参加せぬ訳にはいかぬであろう。本当はリムルについて来るつもりであったが、出遅れてしまったからな。慌ててラミリスを呼び止め、我も参加すると申し出たのだよ！」

ヴェルドラは空気を読まない。

ルミナスの機嫌が悪くなっている事にもお構いなく、自信満々にふんぞり返っている。

そしてそれに、ラミリスが追随した。

「そういう事なのよさ！　師匠が参加してくれるなら百人力ってものだから、連れて来たアタシに感謝して欲しいワケ！」

唯一、ベレッタだけが頭を振って嘆いているが、こ

の二人を止めるのは無理そうだった。

「申し訳御座いません。私がうっかりしてしまったばかりに……」

「いやいや、レインさんのせいじゃないよ。俺達も慌ててやって来ちゃったし」

レインが落ち込んだ様子だったので、取り敢えずそう慰めておく。

「まあよ、オレが呼んだんだから急ぐのは当然としてだ。リムル、レイン達の事は呼び捨てでいいって前にも言ったよな？」

あっ、忘れてた。

「ギィ様の仰る通りですわ、リムル様。私共の事は、どうぞ呼び捨てで」

「その通りで御座います。その方が、親しまれている感じがして嬉しく存じますので」

ミザリーさんって、俺の事をよく理解しているみたい。

俺が相手に敬称をつけるのって、二通りのパターンがあるんだよね。

一目置いている場合と、距離を置きたい場合だ。

親しくない相手とか、警戒すべき相手に対しては、呼び捨てにするのは失礼だと思ってしまう。嫌われたくないという思いと、敵対したくないという打算もあるかも。

逆に、親しくなったら自然と呼び捨てになるし。

ハルナさんとかトレイニーさんとか、何故か〝さん〟付けしたくなるようなタイプもいるのだが、そういう人達は例外なのだ。

俺の考えはともかくとして。

その時、意外な者達からも御声がかかった。

「リムルよ、妾《わらわ》の事も呼び捨てにしておるのじゃから、今更であろうが」

「その通りだな。それだけ図太いくせに、今更取り繕えると思わぬ事だ」

ルミナスとレオンである。

そのごもっともな発言に、俺自身もその通りだと納得させられたのだった。

「わかったよ。それじゃあ、今度からは親しみを込めて、名前を呼び捨てにさせてもらいますね」

俺はそう言って、ギィ達からの申し出を受け入れたのだった。

＊

ミザリーとレインは、ミリムとダグリュールのお出迎えに向かった。

俺達は寛いで待つ。テーブルの上にはお菓子が用意されていたので、それに手を伸ばしたりして時間を過ごした。

そんなこんなでしばらくすると。

「何事なのだギィよ！　ワタシも色々あって忙しいのだ。呼び出すのはいいが、事前に連絡くらい寄越《よこ》すのだぞ！　それがマナーだと、フレイも煩《うるさ》く言っているのだ」

元気いっぱいという様子で、ミリムが到着した。

相変わらず騒がしいのが、実にミリムらしい。

「そうなのか、フレイ？」

「まあ、そうね。ギィ――様」

「フレイよ、リムルにも言っていたんだが、敬称はナシでいいぜ。カリオンや、そこにいるお前等もだ。この場にいる面子なら、その資格があるだろうさ」

おっと、ギィが意外な事を言い出したけど……俺も納得である。この場にいるのは、誰も彼もが強者ばかりだからな。

強いて言えば、魔素量《エネルギー》的にはレオンの従者が見劣りするけど、その腕前はかなりのものだと思われるし。

ましてフレイさんは〝真なる魔王〟へと覚醒しており、超級覚醒者《ミリオンクラス》へと至っているのである。どれほど強くなったのかは未知数だが、単なる従者と馬鹿に出来る相手ではないのだった。

それを自覚しているのか、フレイさんが頷く。

「あら、ありがとう。それじゃあ遠慮なくそう呼ばせてもらうわ」

と、ギィの居城を見回しながら、フレイさんが言う。

続くカリオンも、堂々たる態度でギィに話しかける。

「俺様は敬語とか苦手だったから、そう言ってもらえると助かるぜ。で、ギィよ。今日はどんな用件で、俺様達を呼び出したんだ？」

フレイさん同様、カリオンも超級覚醒者《ミリオンクラス》になっていた。こちらは元から王者の風格だったので、傲岸不遜な態度でも許される感じだね。

目が合うと、片手を上げて挨拶してくれたし。

そんなカリオンに、ギィが苦笑しつつ応じた。

「まあ待てよ。間もなくダグリュールも来るから、話はそれからだ。それにしても驚いたぜ。カリオンはともかく、フレイも覚醒したんだな」

まあ、気付くよな。俺も報告を受けて知ってはいたけど、実際に会ってみると、以前とは別人みたいに強さが増してるもん。

「お陰様でね。もしかしたらミリムの計算通りなのかも知れないけど、今回の戦争で有翼族《ハーピィ》としての宿業《しゅくごう》を超克した結果よ」

そう言ってフレイさんが微笑むと、「そいつは重畳《ちょうじょう》だぜ」と満足そうにギィが頷いた。

「ま、俺様も同じようなもんだな。獣人族《ライカンスロープ》の恥さらしを始末出来たし、ミリムの策に乗っかるのも悪い事ばかりじゃないってなものよ」

そう言って、カリオンが豪快に笑った。

「なっ!? ワタシの策とか、何の話なのかサッパリなのだ！」

「フッ、隠すなよミリム。俺様達が弱っちいままだと、今後の戦いで死んじまうとでも考えたんだろう？　だからこそ、人間達と戦う機会を与えてくれたんだろうが」

「そうね。リムル殿の望む世界になるなら、覚醒する為に必要な〝魂《しかく》〟も得られなくなるでしょうし。今回が最後のチャンスだったんじゃないかしら？」

「ちげーねぇな。そうなんだろ？」

「む、むう！　ワタシは知らぬのだ。勝手な事を言ってないで、さっさと席に座るのだ！」

そう叫ぶミリムの態度は、どう見ても照れ隠しのそれだった。

そうか、そういう意図があったのか——と、俺も納得である。

が、それはそれとして。

「あの、フレイさん。さっきからの会話の流れで、俺に〝殿〟とか敬称を付けなくても大丈夫ですんで」

しっかり指摘しておこうと思っての発言だったのだが、フレイさんに鼻で笑われた。

「却下よ。貴方は私達の主であるミリムの友達なのだから、ちゃんと敬わなくちゃね」

いやいやいや、貴女もミリムって呼び捨てにしてますし。

説得力というものが皆無なんですけど……。

「それを言うなら――」

「それに、貴方も私の事を〝さん〟付けで呼んでいるけど、それを止めてもらえるかしら？」

俺のツッコミに被されてしまった。

そんなフレイさんからの要求だが、俺にとってはハードルが高い。

カリオンならまだしも、フレイさんを呼び捨てにするのは抵抗があるのだ。

何と言うか、苦手なオーラ？

美人を前にすると、委縮してしまうんだよね。

ミリムは子供だし、ルミナスは美少女だからセーフ。これがもう少し大人なら、ちょっと反応に困ったかもしれない。

シオンみたいに残念だと、一気にハードルが下がって大丈夫になるんだけどな。

「あっははは！　リムルよ、さてはテメエ、大人の美人が苦手だな？」

見抜かれた!?

「いいぜ。テメエに物を頼む時は、美女の姿になってやらぁ」

「そんな気遣いは要らねーよ！　元がお前だってわかってたら、嬉しくも何ともないんだよ！」

思わずイラッとしたから、緊張感がすっ飛んでいったよね。

だからギィへの警戒とかも完全に無視して、思わず本音がこぼれ出てしまった。

「フフ、当然です！　リムル様には、私のような美人秘書がついておりますので」

え、それを自分で言っちゃう？

「クフフフフ。ギィよ、お前如きがリムル様に色目を使おうなどと、思い上がりも甚だしい。そもそも、女体化など私でも簡単に習得出来ますし、リムル様が望むなら――」

「望まないから、この話はもう終わりね」

シオンよりもディアブロの方がヤバかった。

放っておくと頭のオカシイ事を言い出しそうだったので、慌ててその話題を終了させた。

ホント、俺の部下達は扱いに困る。

こんな事ならベニマルを連れてくれれば良かったと、俺は少しだけ後悔したのだった。


そうこうしている内に、ダグリュールも到着した。

お供は連れていないが、一人でも凄まじい威圧感である。

「おいおい、酷い有様になってるな。もしかして、今回の招集はマジなのかい?」

開口一番そう言い放ったダグリュールは、レインに案内されるがまま大きな椅子にどかりと座った。

重厚な石で出来た椅子なのに、歪んでいるように見えるから面白い。

それにしても、誰も口にしていなかったのに、ソコを指摘しちゃったか。

いや、みんな気付いていたのだ。

この大広間の壁面にも、大きな亀裂が走っているからね。それを見ただけでも、何かが起きたのは明白なのだった。

とても厄介だろうと悟っているからこそ、現実を直視しないように話題を逸らしていたのである。

巻き込まれたくないという逃げではあるが、こうして全員が揃ってしまった以上、本題に入るしかなさそうだった。

「まあよ、ちょいと面倒な事になっててな。今回ばかりはマジで、全員の知恵を借りたいのさ」

「ほう、お前さんがそこまで言うとは、かなりの大事だな」

ギィが頷くと、ダグリュールも神妙になった。

本気で面倒そうだなと、空気を読んだのだろう。

知恵だけじゃないんだろうなと、俺も遠い目になった。

それは俺だけじゃなかったのだが、ギィが立ち上がり笑顔で宣言する。

「さて、それじゃあ場所を変えようぜ。ここは先ず、協調性の高いオレ達〝八星魔王《オクタグラム》〟だけで、大事な話し合いと洒落こもうじゃないか！」

協調性？

寝言は寝て言えよ——と、思わず呟きかけた俺である。

嫌な予感しかしない笑みだったのだが……悲しい事に拒否権などなさそうだったので、俺達は嫌々ながらもギィの案内に従ったのだ。

＊

外界と隔離されたような、円卓の広間だ。

既に飲み物まで用意されているのは、流石の一言であった。

頂点にギィ、その対面に俺が座る。

俺から見てギィの右隣にミリム、左隣がラミリスだ。

俺の右手側がレオン。ミリムとレオンの間がルミナスで、その対面がダグリュールだった。

ラミリスの椅子は小さいが、座面が円卓の上部より高い位置にある。そしてダグリュールの椅子は通常の数倍の重量感なので、この並びはバランスも取れていた。

座った途端一目瞭然なのが、俺とダグリュールの間に横たわる空席であろう。

「ところで、ディーノの姿が見えんが、ヤツを待たなくてもいいのかな？」

当然の疑問を、ダグリュールが口にした。

他の魔王達も気になっている様子で、視線がギィに集中する。

「ああ、それな」

ギィが俺を見た。

さっそく、矛先が俺に向いた予感がしますよ。

「リムル君」

やっぱりギィは、ディーノの裏切りを知っていたようだ。どういう情報網を持っているのか不明だが、俺に話を振ったという事はある程度の状況を把握しているのだろう。

「はいはい。俺に説明しろって言うんだろ？　ディーノは裏切り者だった。以上！」

「簡潔過ぎる！　もっと丁寧に、詳しくな」

「チッ、しょーがねーな……」

これ以上は無駄な抵抗なので、俺は諦めて説明する事にした。

我が国に滞在していたディーノが裏切り、敵陣営に寝返った事を。ただし、それは本人の意思とは関係なく、ミカエルによる〝天使長の支配《アルティメットドミニオン》〟の影響を受けたのが原因であろうという推測を、包み隠さずに話したのだ。

「ディーノが寝返ったのか……」

俺の話を聞き終えたダグリュールが、ボソリと呟いた。仲の良かったダグリュールからすれば、思うところもあったのだろう。

「寝返ったといっても、支配されているだけみたいだけどね。本人の意思は確認してないけどさ」

「ミカエル、だったか？　テメエは、たかがスキルに意思が宿ったとでも言いたいのかよ？」

ああ、ギィもディーノが裏切った理由までは知らなかったのね。

「そうなるね。その点は疑ってないよ。現時点では自我が芽生えており、ルドラの身体を乗っ取ってミカエルとして行動しているね」

だって、俺にもシエルさんという相棒がいる訳で、これ以上ない証拠が揃っているもん。

「待て、リムルよ！　その〝天使長の支配《アルティメットドミニオン》〟とやらは、天使系の権能に影響を及ぼすと言ったな？　そもそもの疑問じゃが、天使系と悪魔系などというあやふやな概念を、どうやって見分けるというのじゃ？」

おっと、ルミナスから鋭い指摘が！

それ、俺も疑問だったんだよね。

そう思った時、ギィが立ち上がった。

「それについては、オレが説明してやろう」

それからギィが、驚くほど詳しく能力《スキル》について話し始めた。この世の仕組みにかかわるような大いなる秘密だったみたいだが、惜しげもなく開示してくれたのである。

曰く。

この世の法則をヴェルダナーヴァが定めたのだが、管理者権限を有している者ならば、その法則に影響を及ぼせるようになっているらしい。

権限がなくても、魔素に願いを込めて介入すれば、ある程度の法則は書き換えられるのだと。つまりは、それが魔法という概念であり、権能の一種なのだそうだ。

能力《スキル》とは、こうした法則に影響を及ぼせるように、ある程度のシステム化が為されている代物なのだと。

意思ある者の〝魂〟に宿り、その純粋なエネルギーを糧として発動する能力《スキル》。それこそが、ヴェルダナーヴァが創り出した天使系の究極能力《アルティメットスキル》であり、その中に美徳系と呼ばれる七つの権能があった。

「オレがヴェルダナーヴァと戦った時、ヤツは数多の権能を有していた。だがよ、世界が安定した後は最強の権能だった『正義之王《ミカエル》』だけを残し、幾つかは譲って残る全ての権能を世に解き放ったのさ。その結果、それらの権能は輪廻の輪に取り込まれて、資格ある強い〝魂〟に宿って世に現れるようになったんだ。ま、究極能力《アルティメットスキル》のままでは強過ぎて、究極からユニークレベルにまで制限がかけられちまったけどな。色々なスキルに散らばったり、ある程度の権能を保持したまま〝美徳〟系ユニークスキルになったりな」

その美徳系が、大罪系と対比している気がする。つまりは、美徳系と大罪系、天使系と悪魔系という感じであった。

だがまあ、今のギィの話しぶりでは、美徳系の究極能力《アルティメットスキル》は七つもなさそうだけど。

俺が獲得した『智慧之王《ラファエル》』も『大賢者《エイチアルモノ》』からの進化だし、〝美徳〟とやらは無関係そうだし。

俺は単純なのでギィの説明で納得したのだが、ここでまたもルミナスが、隠し事は許さぬとばかりに質問を飛ばす。

「ギィよ、知っているのなら教えるがいい。天使系とやらは全部で七つなのか？　また、その権能とはどのようなモノなのじゃ？」

言われてみると、俺も気になった。

当然ながら、他の魔王達も同様みたいだ。

「フッ、いつになく一致団結してるじゃねーか。いいぜ、教えてやらぁ。先ず、美徳系の七つの権能だが――」

ギィはとても詳しかった。

ヴェルダナーヴァが有していたという、美徳系の七つの権能。

ギィの説明によると――

究極能力《アルティメットスキル》『正義之王《ミカエル》』――その命令は精神支配そのものであり、〝王宮城塞《キャッスルガード》〟のような本物の『絶対防御』を有する指揮系統に特化した最強の権能。

究極能力《アルティメットスキル》『知識之王《ラファエル》』――世界の法則を管理する為の権能で、サポートに特化している。

究極能力《アルティメットスキル》『誓約之王《ウリエル》』――空間管理に特化しており、あらゆる事象の管理の為に用いられる。

究極能力《アルティメットスキル》『希望之王《サリエル》』――生命の根源、輪廻の輪を管理する為の権能。

究極能力《アルティメットスキル》『純潔之王《メタトロン》』――混ざり合う全ての法則を選り分けて干渉防止を行い、純粋なエネルギーを選別する権能。

究極能力《アルティメットスキル》『救恤之王《ラグエル》』――他者に支援、増幅を行う為の権能で、ヴェルグリンドに譲られている。

究極能力《アルティメットスキル》『忍耐之王《ガブリエル》』――状態の固定、不測の事態に対応する為の権能で、ヴェルザードに譲られている。

――という感じだった。

ぶっちゃけ、思っていた以上に詳しくて驚いたのは秘密である。

「これが権能の内訳だがな、現時点で存在が確認されているのは、三つだけだ。ヴェルダナーヴァは自身の『正義之王《ミカエル》』をルドラに譲ったから、その代わりに『誓約之王《ウリエル》』を取り戻しているんだよ。これはルドラが獲得し、究極化させたヤツだからな。多分だが、性能に変化も生じていただろうぜ。まあ、それも今となっては失われちまったから、確認しようがないんだがよ」

誰もが口を挟まない。

そして、ギィの話が続く。

「ルドラに渡った『正義之王《ミカエル》』に、他者を従える力があるのは知っていた。だがよ、それはオレが思っていた以上に強力な代物だったのさ」

そこで言い淀むギィ。

そのままギィの言葉を待っていると、目が合った。

「リムルは知っているんだろ？」

まあ、ここで嘘を吐く理由はないか。

出来る事なら何も知らないフリをしたいが、それは無理。さっきの説明では〝天使長の支配《アルティメットドミニオン》〟についてきちんと話さなかったので、俺の見解を述べておく。

ここまで問題が大きくなってしまった今、誤魔化す方が害悪だと思ったのだ。

「ああ。知っているというか、つい先日戦った相手だからな。ヴェルドラが敵に支配された時は、もう終わったと思ったもんね」

「そうかよ」

ヴェルグリンドも支配されていたしね。

「お前が、俺に、厄介ごとを押し付けたから、大変な目に遭ったんだぞ！　ルドラとの勝負どころか、全面戦争になったんだからな！」

主張すべきは主張しておく。

だがまあ、ギィにとってはどこ吹く風だ。

「あっははは！　勝ったんだからいいじゃねーか」

「よくねーよ！　ラミリスの迷宮もヴェルグリンドに壊されるし、俺達の町の周辺は地獄のような焦土と化してたし。まあ、復旧作業は順調だけど、お前からの頼みは二度と引き受けないからな！」

勢いに任せて言い切ってやった。

これで、当面は無理難題を言ってこないよう願いたいものである。

「フンッ、そういうのは魔法でちょいちょいだろうがよ。まあいい。それで結論は？」

「さっきは言葉を濁して『影響を及ぼす』と言ったけど、正確に言い直すよ。ミカエルの〝天使長の支配《アルティメットドミニオン》〟は、天使系究極能力《アルティメットスキル》保有者への絶対支配という凶悪な権能なのさ」

「馬鹿な――」

「信じ難い。究極へ至る者となれば、強靭な精神力を有しておるはずじゃ。人であれ魔であれ、それは変わらぬ。他者からの支配など――」

「受けるのさ。その証拠に、ヴェルドラだけじゃなく、ヴェルグリンドまでミカエルの支配下にあったんだぞ？　精神生命体が支配されるとか、自分の目で見なければ信じられなかったよ」

というか、今でも信じたくない。

悪夢に出そうなレベルで、二度と体験したくない出来事なのだった。


「リムルの話だが、事実だぜ。その証拠によ、ヴェルグリンドは『救恤之王《ラグエル》』を所有していたんだ。そしてヴェルザードだが、さっきも言ったように究極能力《アルティメットスキル》『忍耐之王《ガブリエル》』を所有しているのさ」

そういう事ですよね。

そうじゃないかなとは思ってた。

この城の崩壊具合からして、とんでもない相手と戦いになったんだろうな、と。

認めたくはなかったけど、やはりヴェルザードがミカエルに支配されてしまったようだ。

嫌な予想が的中したせいで、憂鬱な気分になってしまった。

「おい、ギィよ！　つまりは、ヴェルザード殿が敵に回ったっていうつもりか？」

「その通りだぜ、ダグリュール」

「馬鹿な！　大事ではないか!!」

ギィから肯定されて、ダグリュールが動揺している。

古い付き合いだけあって、ヴェルザードがどれだけ危険なのか知っているのだろう。

その点、俺は彼女を詳しく知らないからな……。

ヤバイんだろうなとは思うけど、どれほどの脅威なのか定かではないのだ。脅威度の設定が出来ないから、実感が湧かない感じであった。

「一応聞くけど、もう倒してどこかに閉じ込めているとか……」

「リムルよ、そんな都合のいい話があると思うのかよ？」

ありませんよね。

ギィに呆れられたのは癪《しゃく》だし、俺の希望的予想が潰えてしまったのも悲しいね。

「最悪だな。ミカエル陣営に、ヴェルザードさんまで加わったのか……」

思わずそう呟いてしまったが、それは皆の気分を代弁するものだった。

「……やれやれだな」

と、レオンも思い悩んでいる様子。

「そうではないかと疑ってはおったが、洒落にならぬな」

ルミナスも表情が暗い。

それも当然だと思う。だって、ギィでさえ決着がつかずに取り逃がしたのだから、俺達に勝てるとは思えないのだ。

「心配ないのだ！　ここには八星の内、まだ七星が残っているのだぞ。それに、他の者達も十分に強いではないか！　大暴れして、ワタシ達の力を見せつけてやるのだ!!」

どうしてミリムは嬉しそうなんだろう？

やっぱり〝竜種〟の血って、どこかオカシイのだと俺は思ったのだった。

＊

とまあ、全員が最悪な状況だと知ったのだが、ここで更に嫌な情報が追加される。

「さて、質問への回答の続きだが、天使系が全部で七つなのかどうか、だったな。答えは、否だ」

「むぅ……最悪じゃな」

ルミナスが嫌そうな表情になった。

「てえと、その天使系究極能力《アルティメットスキル》とやらがどれくらいあるのか、お前さんなら知ってるのかい？」

ダグリュールが問うと、ギィが重々しく答える。

「オレも全部は知らん。ヴェルダナーヴァと戦った時は、その底すら見通せなかったからな。美徳系の七つについては、ヤツの口から聞いたのさ。後はよ――〝始原の七天使〟に各々一つ、特別な権能を与えるつもりだった、とな」

その場が静寂に包まれた。

七つの美徳系に加えて、七天使に一つずつ。となると、合計すると十四ですか……。

「その口ぶりだと、与えなかったように聞こえるのう……」

「その通りだぜ、ダグリュール。当時の天使共は自我が弱かったからな、究極能力《アルティメットスキル》を扱えないヤツもいたのさ。だからヴェルダナーヴァは、ヴェルザードとヴェルグリンドに『忍耐之王《ガブリエル》』と『救恤之王《ラグエル》』を与えた。そして、資格ある天使共にも権能を与えたようだが、譲渡しなかった残りの権能は解放したのさ」

自身には『正義之王《ミカエル》』を残し、それが後にルドラが獲得した『誓約之王《ウリエル》』と交換になった訳だ。

そしてヴェルダナーヴァが死んだ時、『誓約之王《ウリエル》』も失われた。それが巡り巡って俺の権能となり、今ではヴェルグリンドの『炎神之王《クトゥグア》』に統合されたと。

歴史を感じるよね――などと、現実逃避している場合じゃない。絶対に秘密にしておかないとダメな感じである。

ともかく、これである程度の全貌が見えてきた訳だ。

「つまり、天使系というのはヴェルダナーヴァが創出した純粋な能力《スキル》で、最低でも十四個あった可能性がある、と。そして、それを顕現させて獲得してしまった者は、ミカエルの〝天使長の支配《アルティメットドミニオン》〟には抗えないって事だな？」

「そうなるな」

俺が纏めると、その通りだとギィが頷いた。

そうなると、次の疑問はだ。

「ちょっとちょっと、天使系はいいとして、それじゃあ悪魔系って何なのよさ?」

おっと、俺が聞きたいと思った事をラミリスが聞いてくれたよ。

皆の視線がギィに集中する。

「そいつは答え難いが、まあ聞け。オレはヴェルダナーヴァに敗北した際に、ユニークスキル『傲慢者《プライド》』を獲得したんだ。ヤツを観察して、その強さを真似ようと考えた結果なんだがよ、そこに秘密があると思うのさ」

「どういう意味なのよさ?」

「ラミリスよ、お前のスキルは生まれながらのモノだっただろ。だから実感が湧かねーかもだが、スキルを獲得するのは、その者の願いが影響するのさ。もっとも、個人差はあるがな」

そう答えた後、ギィがスキルについて、ザックリとした説明をしてくれた。

スキルというのは、物質体《マテリアル・ボディー》、精神体《スピリチュアル・ボディー》、星幽体《アストラル・ボディー》の、いずれかに宿るのが一般的なのだそうだ。ただし、特殊なものになると〝魂〟そのものに宿る場合があるのだと。

無論、その者の本質に近づくほどに大きな願望に由来するワケで、〝魂〟に宿ったモノが強力な権能となるのは当然という話であった。

これに加えて、シエルさんの見解と組み合わせて考えてみる。

確かにユニークスキルにも、物質体《マテリアル・ボディー》に宿るものがあった。

ユニークスキル『乱暴者《アバレモノ》』など、ショウゴの肉体を奪ったラーゼンにそのまま引き継がれているからわかりやすい。

そんな感じに色々あるけど、〝魂〟に根付く力の方が強力である、という意見には俺も賛成だった。

隠しやすいから奪われにくいし、切り札にもなるしね。

それに多分、究極能力《アルティメットスキル》は〝魂〟レベルの権能だし、だからこそ扱える者が限られているんじゃないかな。

それだけではない。〝魂〟に根付くといっても二通りあり、〝宿る〟だけではなく〝刻まれる〟場合だってあるんだよ。

シエルさんなんか、俺の〝魂〟と完全に同化しているし。こうなるともう、分離も不可能なので奪われる心配も要らないのである。それでもまあ、秘密にしておく方が無難だと思うけど。

これは、究極能力《アルティメットスキル》も同様なのだ。

宿っているだけなら奪われる可能性もあるが、刻まれていたらその心配はないと考えて間違いなさそうである。

ただし、それを見抜くのは不可能だろうけど……。

そんなふうに考察しながら、皆の会話にも耳を傾ける。

「で、さっきの話に繋がる訳だが――」

「ヴェルダナーヴァが解き放った権能が輪廻の輪に取り込まれて、強い〝魂〟に宿るようになったという話じゃったな」

「そう、それなんだがよ、オレの場合はヴェルダナーヴァの権能なんて受け取っちゃいないのさ。ラミリスみたいに、ヴェルダナーヴァから特殊な権限を与えられた訳でもない。オレ自身が生み出した権能なんだよ。わかるか？　純粋な権能に対して、それを模倣したスキルが生まれた訳だ。それこそが――」

悪魔系である、と。

「なるほどのう。妾《わらわ》の『色欲之王《アスモデウス》』も、所詮は模造された劣化版という事なのじゃな？」

「いや、そいつは違うぜ。自身の意思、願望が形になって生み出されたスキルならば、本家と同等の権能を有しているのさ。これは教えたくなかったんだが、オレの『傲慢者《プライド》』だって究極能力《アルティメットスキル》『傲慢之王《ルシファー》』へと進化してるからな。その権能は天使系にも十分に通用するし、勝敗を決めるのは意思の強さだぜ」

「ギィよ、お主はそう言うじゃろうがな……まあよい。確認じゃが、お主の考えによると悪魔系究極能力《アルティメットスキル》も、最低十四個あると考えていいのじゃな？」

「多分な。天使に対して悪魔が生まれたように、天使系スキルに対しても悪魔系スキルが発生したんじゃねーかと、オレはそう考えているのさ」

うーむ、俺の予想が当たっていたか。

この世界、何かと因縁が多過ぎである。

勇者と魔王にも因果が巡るならば、スキルにもそういう関係があっても不思議ではないのだけど……。

「少なくとも、ヴェルダナーヴァが有していた七つの美徳系には、七大罪から進化した大罪系が対になっているはずだぜ」

ギィの『傲慢之王《ルシファー》』が、ルドラ所有だった『誓約之王《ウリエル》』と対になっているらしい。

ここからはギィの予測だ。

究極能力《アルティメットスキル》『正義之王《ミカエル》』が『憤怒之王《サタナエル》』と。

究極能力《アルティメットスキル》『知識之王《ラファエル》』が『暴食之王《ベルゼビュート》』と。

究極能力《アルティメットスキル》『希望之王《サリエル》』が『怠惰之王《ベルフェゴール》』と。

究極能力《アルティメットスキル》『純潔之王《メタトロン》』が『色欲之王《アスモデウス》』と。

究極能力《アルティメットスキル》『救恤之王《ラグエル》』が『強欲之王《マモン》』と。

究極能力《アルティメットスキル》『忍耐之王《ガブリエル》』が『嫉妬之王《レヴァアタン》』と。

それぞれ対応しているのではないか、との事だった。

俺的には、既に生贄にしてしまったスキルがあるだけに、言葉に困ってしまった。

これを公にしたら大問題になりそうだが、黙っていても困った事になりそうで怖い。

こんな時にはシエルさんもダンマリだし、俺ももう少し様子を見る事にしたのである。

＊

ギィからのスキル説明が終わったので、話を元に戻す事となった。

「ギィの説明に補足すると、天使系のスキルには絶対命令の〝支配回路〟が組み込まれてるみたいで、これを所有しているとミカエルからの命令に抗えないってわけ。ディーノもそういう理由で寝返ったと思われるから、出会っても味方だとは思わないように」

「厄介だな。あの野郎は不真面目だが、意外と強いんだぞ」

俺の言葉に、ダグリュールが唸る。

それを無視して、ルミナスが憂鬱そうに発言した。

「それよりも問題なのは、ヴェルザード殿が敵側についたという点じゃな。もしや、ヴェルグリンド殿も？」

そちらの方が問題だと、ダグリュールも頭を抱えた。

知らないフリをしたいが、ヴェルグリンドについては情報提供しておかねばなるまい。ラミリスも事情を知っているし、どうせバレるからな。

そう思って口を開こうとした時、レオンから鋭い指摘が入ったのだ。

「待て、この際ヴェルグリンドの話などどうでもいい。それよりも確認すべきなのは、天使系スキルとやらを所有している者がいないかどうか、ではないのか？」

それな。

直球で聞くとは、流石はレオンだ。

元〝勇者〟だけあって、溢れんばかりの勇気である。

「レオンよ、お前ならそれを話題にしてくれると思っていたぜ！」

ギィも嬉しそうだ。

本日の会議の内容に思い至った時、それが一番の重要課題になると思っていたんだよ。

問題なのは、誰がそれを口にするか、だった。

だって、仲間を疑う事になるからね。

それを防ぐ為には、自分の手の内を明かさねばならない。

だからギィやルミナスも、さっきから自分の権能を明かしていたのだ。

この流れを読めていた者は、疑われる前に自分から声を上げていたのだった。

まあ、俺も出遅れている訳だが……。

「ちょっと待つのよさ！　まさか、アタシを疑っているワケ？」

「大丈夫だ。テメエは最初っから除外されてるさ」

その通りだ。

だってシエルさんも、ラミリスの権能は別枠だと断言してくれているのである。

シエルさんが言うには、ヴェルダナーヴァが与えたというよりも、神ではなくなった際に失った権能の一部が宿ったのでは、という話だった。

そう聞いただけに、俺もラミリスは疑っていないのである。

「わははは！　ワタシも違うのだぞ。ワタシの権能はよくわからぬが――」

「ミリムも気にすんな。あんなバカげた力を発揮する権能なんざ、まず間違いなく究極能力《アルティメットスキル》『正義之王《ミカエル》』の対になったスキルだろうぜ」

つまりは、究極能力《アルティメットスキル》『憤怒之王《サタナエル》』だな。どんな権能かは不明だが、支配関係ではなさそうだ。

「そうなると、ワシだな。実はだな、ワシは貴様達のようにスキルとは縁がないのだ。どちらかと言えば、ラミリスに似ておるかな。ワシも生まれながらに、権能を所有しておるからな」

この発言には一同黙り込んでしまったが、嘘はなさそうに感じた。

その証拠として、勘の鋭いミリムが黙っている。

「俺は信じるよ、ダグリュール」

「ワタシもなのだ！」

「フンッ、リムルとミリムがそう言うんなら、オレも信じてやるぜ」

これで、七名の内三名の信が得られた。

当人を加えて過半数に達したが、更なる賛同者が。

「フッ、私も信用しよう」

「ちょっとちょっと、そういう事ならアタシだって信じるのよさ！」

レオンがさりげなくダグリュールへの警戒を解き、機を見るに敏なラミリスも、出遅れてなるものかとお気持ちを表明する。

これによって、残るはルミナスのみ。

「チッ、忌々しい。ここでダグリュールを失墜させておきたいところじゃが、今回は諦めねばならんようじゃな」

「ガッハッハ！　ルミナスよ、これがワシの人徳というものよ。残念だったな！」

「やかましいわ！　貴様が操られようものなら、軟弱者めと笑ってやろうぞ」

ダグリュールとルミナスは、相当仲が悪いようだ。

それなのに、不思議な信頼感もあるように思えた。

まあ、俺の気のせいかも知れないけど。

ともかく、これにてダグリュールも疑惑が晴れた事になる。

ルミナスは『色欲之王《アスモデウス》』を、ギィは『傲慢之王《ルシファー》』を所有していると自己申告しているから、大丈夫だと判断されている。

となると、残るは俺とレオンだけだな。

ここは先手を打っておこう。

「あ、俺は黙秘で。色々とスキルを所有しているけど、教えたくないんで！」

俺はにこやかにそう宣言した。

だって、俺のスキルってオカシイもん。

究極能力《アルティメットスキル》『虚空之神《アザトース》』と『豊穣之王《シュブ・ニグラト》』とか、公開していい情報とは思えない。真面目な顔をして説明したって、舐めてるのかと思われるのがオチだ。

絶対に誰も信用しないだろうという確信があるので、ここは黙秘権を行使させてもらったのだった。

——のだが、それが許されるハズもない。

「通るかっ、そんな理由《もん》！」

アッサリと、ギィから却下されてしまった。

うーん、やはり駄目だったか？

いや、まだ可能性は残されているはずだ。

「わははは！　ワタシはリムルを信じているから、別に黙秘でも構わぬのだぞ！　ただし、後で蜂蜜を寄越すと約束すればの話だがな!!」

頼りになると言うべきか、ちゃっかりしてると言うべきか、どちらにせよミリムは俺の味方である。

「そういう事なら、アタシはケーキでいいワケ。三日分ね！」

ラミリスも買収可能、と。

三日分は痛いが、それで手を打とう。

「よし、それで頼む！　ミリムにはアピトの蜂蜜を大瓶で三つ、ラミリスには俺のデザート三日分を約束しようじゃないか！」

俺はそう言って、大きく頷いた。

「任せるのだ！　ワタシは、リムルならば大丈夫だと宣言するのだぞ！」

「モッチのロンなのよさ！　そもそもリムルは、天使系とやらの秘密を暴いてくれたんじゃん。自分の手の内を晒して得があるとは思えないし、支配されているハズがないのよさ！」

おお、ラミリスがまともな解説を！

普段の言動はアレだが、たまに賢いんだよね。

あまりにも正論過ぎたのか、残る魔王達も納得の表情を浮かべ始めた。

「ふむ、そう言われるとそうだな。ワシを信用してくれたお主が裏切っておるのなら、ワシもまた疑われるという事になる。ならば、ワシはリムルを信じるべきであるな！」

豪快に笑いながら、ダグリュールがそう決断してくれた。

これにて、過半数の票を得たぞ。俺のも含まれるから微妙なので、後一人でも支持してくれたら完璧である。

そう思いつつ、チラッとルミナスを見た。

「……なんじゃ。まさかとは思うが、妾《わらわ》までも買収食いついた！

フッフッフ、やはりルミナスには、こういう搦《から》め手から攻めるのが有効みたいだな。

「ラミリスと協力して、迷宮内に海と砂浜を用意したんだよね」

「バッチリ仕上がってたのよさ！」

「そこはさ、完全なプライベートエリアになったパラダイスで――」

「リムルよ、貴様とはゆっくり話し合う必要がありそうじゃな」

「どこまでも透明な海水は、皆が泳ぐ姿を優しく包む。照りつけるような陽射しなのに、迷宮内なので日焼けはしない。無論、肌を小麦色にするのも自由自在だったな」

「待て待て」

「普段とは違う場所で、解放感からか全てを曝け出す美女達が――」

「わかった。妾《わらわ》にも幾つかの要望と腹案がある故、この会議が終わった後にでもお邪魔するとしよう。時間
――」

「シュナがさ、水着の新作をデザインしてくれてさ」

最後まで言わせず、ここで仕掛ける。

「――何？」

の都合は大丈夫であろうな？」

「勿論で御座います。ですので――」

「わかっておる。妾《わらわ》は最初から、リムルの事を信じておったとも」

いよっし！

思わずガッツポーズを取ってしまったが、これにて俺の勝利が確定した。

「……おいおい、アリかよそれ？　そんな様でいいのか、テメエら？　〝八星魔王《オクタグラム》〟ともあろう者達が、そんなに簡単に手懐けられちまってよう!!」

堂々と買収しやがってと、ギィが恨めしそうに俺を睨む。

しかし、そんなの関係ないのだ。

勝てば正義なのである。

「ギィよ、こうなっては負けを認めるしかあるまい。私も納得いかんが、リムルが支配されていないのは明白だろうさ」

レオンの悔しそうな声が心地いい。

これにて、俺の疑惑をスルーさせる事に成功したのだった。

＊

さてさて、残るはレオン一人だ。

「それで、レオンよ。お前さんはどうなのだ？」

「フッ、私のスキルだが、究極能力《アルティメットスキル》『純潔之王《メタトロン》』という」

「「「…………」」」

ダグリュールが発した問いに、レオンがサラッと答えたのだが……あれ？

コイツ今、何つった？

究極能力《アルティメットスキル》『純潔之王《メタトロン》』って、思いっきり天使系じゃねーかよ!?

この、皆が発するどうすんだよ感は、筆舌に尽くしがたいものがあった。

「オイオイ、レオンよ。お前が冗談を言うとは珍しいじゃねーか。だがよ、この場は一応、真面目な会議なんだ。もう一度落ち着いて、返答を頼むぜ」

「ギィよ、私も暇ではないのだ。さっきから話題に上っている『純潔之王《メタトロン》』というのが、私の権能で間違っていないのだよ」

困った事になったな、と皆が思った事だろう。

せっかく会議も終盤だろうと思っていたのに、ここにきて大問題発生である。

「さて、どうしたもんかな。なあ、リムル君！」

「俺に振るなよ！　お前さあ、何でもかんでも面倒事を押し付けようって下種な魂胆が、隠す気もないのかってくらい見え見えなんだよ！」

「テメエ、言うじゃねーかこの野郎！　つべこべ吐《ぬ》かさず、さっさと解決案を考えやがれ！」

「ええい、醜い言い争いをするでないわ！」

「わははははは！　だがな、ルミナスよ。ギィの気持ちもわかるのだ。こういう時、リムルはとても頼りになるのだぞ！」

「そうなのよさ！　ここはリムルに任せて、アタシ達はお茶でもシバこうってワケよ！」

勝手な事を言う同僚達。

そしてラミリス、お前は特に酷い。覚えてろよと、内心で毒づいておく。

人に厄介事を押し付けようなどと、これだから魔王って存在は怖いのだ。どこが協調性だよと、この光景を見れば誰もが思うはずである。

そんな中、呆れたようにダグリュールが言う。

「リムルよ、お前さんも大変だのう。ディーノを押し付けられたと聞いた時から、親近感を抱いておったのだが、今回も同情するぞ」

メッチャ良い人だった。

巨人で魔王だけど、人は見かけによらないものである。

「ダグリュールさん、ありがとう！」

「〝さん〟はいらん。そういう話になったのであろうが」

そうだった。

俺もそろそろ、魔王としての自覚を持つべきだな。

へりくだり過ぎるのも、時と場合によっては害悪だと思うし。

「それじゃあ改めて、ありがとう、ダグリュール！」

「うむ、気にするでない。それよりも、レオンは大丈夫なのかい？」

ダグリュールが軽く頷き、話が本題に戻った。

いがみ合っている割には気が合うのか、ルミナスもそれに乗っかる。

「それよ。いつもと変わらぬように見えるが、レオンが支配されているとなると大事じゃぞ？」

皆の視線が俺に集中した。

そういう話は本人に聞くのが一番なのだが、自覚はない模様。だとすると、推測で語るしかないのだが、その前に確認したい事があった。

「さっきも言ったが、ディーノが裏切った時、迷宮は破壊されてて敵の侵入を許していたんだ。その際、妖魔王フェルドウェイと接触したと思われるんだよ」

「迷宮内に入られた時点で、外との完全隔離は無理だったのよさ。だから、直接会話はしてなかったみたいだけど、『念話』とかならやり取り出来たんじゃないかと思うワケ」

俺の説明に、ラミリスが補足を入れる。

一応は、仕事をする気があったみたいだな。

ナイスアシストとラミリスを見直しつつ、俺はギィに問いかける。

「で、聞きたいんだが、ここで何があったんだ？　ヴェルザードさんが敵になって暴れたんだろうけど、その経緯が知りたいんだ」

「わかるかよ」

「うん。この惨状を見れば、誰でも気付くと思うよ」

ギィとヴェルザードが戦ったのは、一目瞭然だった。でないと、こんな惨状になるはずがないのだ。

ただ、気になったのはその原因——というか、どうやってヴェルザードが敵の手に落ちたのか、だ。

どこからでも〝支配回路〟に命令を飛ばせるのか、それともある程度接近する必要があるのか。

それによっては脅威度が異なってくる。

また、ヴェルザードや恐らくはディーノもヴェルダナーヴァから与えられた権能であるのに対し、レオンの場合は自力で獲得し究極まで至らせた権能となる。

〝支配回路〟は消えていないだろうけど、もしかしたら不具合が生じている可能性も残されているのだ。

そうであれば、レオンに命令が通じていない理由にも説明がつく。ともかく先ずは、正確な情報を把握するのが肝要なのである。

「テメエの言う通り、氷雪の『結界』を破ってフェルドウェイの野郎が侵入して来たのさ。野郎を出迎えたのはミザリーとレインだったんだが、オレも出張って軽く捻ってやろうかと思ったんだがな。それを邪魔したのがヴェルザードってワケさ」

ふむふむ。

「つまり、接触はなかったが、近くまでは来たのか。ディーノと同じ条件だが、これをどう判断すべきか悩ましいな」

「〝支配回路〟に干渉する為には、ある程度の距離まで接近する必要があるってか？　そう思わせる為の策かも知れないと、テメエは考えているんだな？」

「そういうコト」

「レオンよ、お前さん自身はどう感じておるのだ？」

「実感はない。私は私だし、何者かに支配されているとは思えんな」

自信満々にそう答えるレオンだが、近藤《こんどう》中尉とかヴェルグリンドまでも、操られているという意識なんて皆無だったのだ。その発言を信じるのは無理があった。

「つまり、お前の最愛はオレって事で――」

「馬鹿め、クロエに決まっているだろうが。貴様なぞ、私の眼中にすらないと知れ」

あ、大丈夫だわ。

このブレなさは、間違いなくレオン本人の意思だと思う。

それに、根拠がまるでない訳ではないのだ。

《迷宮に記録されていた、フェルドウェイの言葉ですね》

そう、その通り。

クロエと対峙したフェルドウェイだが、『ハハハハハハハ!!　なんだ、そこにあったのか。やはりヴェルダナーヴァ様も、私の勝利を望んでおられるのですね!!』

という発言を残していたのである。

このセリフから読み取れるのは、フェルドウェイやミカエルにも〝天使系究極能力《アルティメットスキル》を誰が所有しているのかまでは不明なのだろう〟という推論であった。

これも演技ではないという保証はないのだが、そこまで疑っていてはキリがない。俺の勘が大丈夫だと告げているのだから、レオンを信じるという方向で話を進めるべきだろう。

《レオンを『捕食』して〝支配回路〟そのものを破壊するのが確実なのですが——》

実に気軽にシエルさんから突っ込まれたが、それはお断りである。

レオンを『捕食』するというのは、生理的になんかイヤだった。だから猶更、レオンを信じたいという気持ちが大きいのかもね。

「よし、ここで話し合っても結論は出ないし、どこまでも疑わしいけど個人的には大丈夫だと思いたい。って事で、レオンは〝黒に近い灰色〟と判定して様子見しようじゃないか！」

俺はそう宣言した。

「いいのかよ、それで？」

そう問うてくるギィに、大きく頷いて見せる。

「絶対ではないが、敵は天使系所有者の所在地までは掴んでいないと思う」

「そう言い切る根拠は何なのだ？」

不思議そうにダグリュールが質問してきたので、俺は自分の考えを提示した。

「ラミリスの迷宮に、フェルドウェイ達との戦闘記録が残されていてね。その発言からの推測なんだけど、ヤツ等が把握している権能者は、ヴェルダナーヴァから直接譲渡された者だけみたいなんだ。自力獲得した権能なら、近付かない限り所有しているのを看破されていないと思われるのさ」

「そうだった！　アタシの迷宮から簡単に情報を読み取られるのは癪だけど、それが有効利用されているんだから文句はないのよさ！」

ラミリスの御機嫌を取るべく、「助かってるよ、マジで」と頷いておく。迷宮があらゆる点で優れているのは本当なので、何の抵抗もなく感謝しておいた。

「もっと褒めてくれてもいいのよさ！」

と、ラミリスもご満悦。

その発言は軽くスルーして、話を戻した。

「レオンが自分の権能を言いふらしている訳でもないし、知られるまでには時間がかかるんじゃないかな」

「自分の手の内を晒すなど、こういう状況でもなければ絶対に行わない愚行だからな」

俺の言葉に、レオンが憮然として呟く。

「なるほどな」

と、ギィも納得した様子だ。

「確かに、レオンの言う通りじゃな。まあ、接近されれば見抜かれる可能性は高そうじゃし、絶対に安心という訳ではないのも同意じゃが、過剰に警戒し過ぎて仲間割れするのもバカバカしいのう」

「ふむ、ワシとしても異議はない」

ルミナスが纏めると、ダグリュールも賛同した。やっぱりこの二人、いがみ合っている割には気が合うようだ。

本人達は面白くなさそうに睨み合っているのが面白いが、喧嘩しつつも冷静な判断力は失っていないのだから問題なさそうだった。

「リムルの言葉は信用しているし、レオンの言葉にも嘘はないのだ！」

ミリムが太鼓判を押したから、この問題は一件落着――と思ったら、ラミリスが余計な一言を呟いた。

「そういうコト。レオンちゃんには監視がいるかもだけど、それを誰が引き受けるのかが問題なのよさ！」

今この場でそれを言っちゃったら……。

「リムル君」

「もういい。わかったから、それ以上言うな」

やっぱりねと、俺は諦めてレオンの監視任務を請け負う事にしたのだった。

＊

「ディーノの離脱は仕方ないとして、これでここにいる七名は仲間であると、そう判断された訳だな。そして皆にも、厄介な敵が出現したのを理解してもらえたと思うぜ」

レオンをどう監視するのか、その件は後回しだ。

「それでギィよ、ミカエルとやらはどうするつもりなのじゃ？」

ギィの発言に意識を集中させる。

「あ？　そんなもん、潰すに決まってるだろうが」

「ふむ。となると、全面戦争じゃな」

ルミナスが思案気に呟いたが、それはこの場にいる者達の総意でもあった。

「わははははは！　ワクワクするのだ」

「アタシの実力を見せつける日が来たのよさ！　フェルドウェイだろうがミカエルだろうが、ワンパンで倒してやろうじゃない!!」

「ふむ、妖魔王フェルドウェイか。ヤツが戻ったとなると、地上の覇権を巡って争いは避けられんわな」

ミリムはともかく、ラミリスの場合は大言壮語過ぎて現実味がないね。だがまあ、ワンパンは無理でも迷宮は超重要なので、茶々を入れるのは止めておいた。

「敵の勢力がどの程度なのか、それはわかっているのか？」

レオンが問うと、ギィが首を横に振る。

「フェルドウェイやディーノを含む〝始原の七天使〟共は確実で、ルドラに成り代わったミカエルが総大将ってトコまでは把握してるんだがな」

「ふーむ、それに加えてヴェルザード殿まで敵対するか。今回の〝天魔大戦〟はかなり厳しいものになりそうだわい」

ん？

「天魔大戦？」

「そうとも。およそ五百年周期で行われる戦だが、あれは本来、ルドラの権能による天使召喚だったのではなかったか？」

シレッとダグリュールが答えてくれたのだが、これには俺を含めて皆がビックリであった。

「何じゃと!?　ダグリュールよ、適当な事を言うでないわ！」

　ルミナスが食ってかかったが、それを制止したのはギィだった。

「落ち着けよルミナス、ダグリュールの言葉は正解だぜ。ルドラには『天使之軍勢《ハルマゲドン》』って権能があってな、これを使えば天使族《エンジェル》の軍団を召喚して意のままに操れるのさ。もっとも、ルドラでは制御が難しかったみたいで、単純な命令しか発動してなかったようだがな」

　その発動周期がおよそ五百年なのだと、ギィが皆に説明する。ただし、召喚された天使族《エンジェル》には肉体がない為に、長くても一週間足らずで消滅するのだそうだ。

　今更の話だが、もっと早く教えてくれれば良かったのにと思ったものだ。

「質問なんだけど」

「何だ？」

「天使族《エンジェル》も悪魔族《デーモン》みたいに、受肉したらこの世に定着するのかな？」

　おっと、聞くまでもなかったな。

　ベニマルの妻となったモミジの種族である長鼻族《テング》だって、山狼族《オオカミ》に天使族《エンジェル》が受肉して生まれた訳だし。戦争中には色々あるだろうから、そうした種族が多く誕生していても不思議はなさそうだった。

　となると、嫌な予感が拭えない。

《禁忌呪法：妖死冥産《バースディ》ですね》

　凄いな、シエルさんは。

　俺の考えはお見通しだったか。

「何か心配事があるみてーだな。言って見ろよ、聞いてやるぜ」

　ギィに聞かれたので、隠さずに答える。

「いや、お前達も〝呪術王《カースロード》〟カザリームって知ってるだろ？　実はさ、そのカザリームが敵に支配されてて、妖死族《デスマン》を量産しちゃってるんだよね……」

　チャンスがあれば儀式を邪魔するように命じたけど、どこまで効果があったのかは不明なんだよね……。

「妖死冥産《バースディ》か。何万死んだんだ？」

「ユウキの混成軍団およそ六万名が犠牲になっている

から、最大で十名近く誕生していると思う」

「ふむん。数ではなく〝個〟を優先させたかよ。となると、最低でもクレイマン並みの力はありそうだな。〝始原〟共が受肉する依代としては申し分なしか」

ああ、ギィは勘違いしているな。

俺の不安は別にあるので、ここは訂正しておこう。

「違うんだよ。その〝始原の七天使〟だけど、もうとっくに受肉済みだった。フェルドウェイを筆頭に、異界で変質したみたいね。それに、ディーノの連れだって――」

ええと、名前は確か――

「ピコとガラシャね！」

そう、それ！

またもラミリスに助けられたので、感謝しておく。

「って事は、テメエが心配してるのは――」

「そう、『天使之軍勢《ハルマゲドン》』で召喚された上位天使を、妖死族《デスマン》に受肉させるんじゃないかってね。天使には自我が希薄なんだろ？　だったら、強烈な自我を有する人の〝魂〟を核とすれば、天使の力も取り込んだ強靭な新種族を生み出せちゃったりしないかな、って」

「「「……」」」

ギィだけでなく、他の魔王達も沈黙してしまった。

数秒経過した途端、顔を見合わせて「いやいやそれは……」とか「そういう発想が出るから怖い」とか、好き放題に言い合っている。

俺だって、言いたくて言っている訳ではない。可能性に思い至ったのだから、仕方ないじゃないか。

「リムル君、そうなる確率は高いと思うかね？」

「だからさ、そういうふうに俺に責任を押し付けるような言い方はヤメロ」

「わかったぜ。で、どうなんだ？」

「俺なら試す。失敗したらしたで、妖死族《デスマン》を一体無駄にするだけだしな」

「まあよ、オレでもそうするか。弱っちい手下なんざ、数が多くても意味がないもんな」

俺とギィが頷きあっていると、他の魔王達からはドン引きしたような目で見られてしまった。

解せぬ。

戦力を高める為なら、誰だってそうすると思うんだけど……。

「そんな目で見るなよ！　実際のところは不明だけどさ、最悪を想定しておくべきだろ？」

俺がそう叫ぶと、ルミナスを先頭に意見が飛び交い始めた。

「その通りじゃが……」

「やはり貴様は異常だよ。怖いのは、そうなったとしても何とか出来ると考えていそうな点だ」

「そうだぞ、リムルよ。最上位天使となると熾天使《セラフィム》だが、確かにクレイマンほどの強者ならその力にも耐えられるであろうさ。そうなると、覚醒した魔王に匹敵するほどの、強大な存在へと至るであろうな」

「うむ。ダグリュールの言うような存在が何体も生まれるとなると、妾達《わらわ》とて油断出来ぬではないか。少なくとも、ルイやギュンターでは厳しいであろうな」

俺への不満というよりも、対処が困難故の愚痴といった感じだ。

「ギィさん。皆さん不満がおありのようですよ。ここは主催者として、ガツンと言ってやって下さいよ」

「オイオイ、こういう時に〝さん〟付けはヤメロって言ってるだろ？　この場での発言は平等なんだぜ？　お前が対処してくれたってバチは当たらないさ！」

「うるせーっ!!　お前だって、俺に〝君〟付けしてんじゃねーか。そもそも、何で俺が貧乏クジを引かなきゃなんねーんだよ!?」

言いたい事を遠慮せずに叫んだ。

スッキリして落ち着いたので、ギィは怖いけどヨシとしておく。

「問題ないのだ。全員ブッ飛ばせばいいのだぞ！」

「そうなのよさ！　こっちにはヴェルドラ師匠だっているんだから、そこまでビビる事はないと思うワケ」

今回の会議中、ミリムとラミリスは常に楽天的だね。幸せそうで、とても羨ましいよ。

ちなみに、ラミリスが頼りとするヴェルドラだが、別室で聖典《マンガ》を読んでいるハズだ。最近素晴らしい知恵を授かれるかもとか言いながら、長編の歴史ものに手を出していた。

どうせ〝孔明《こうめい》の罠〟とか言い出すんだろうし、それを考えるのは俺の役目になりそうだから、期待する気も起きないんだよね。

ともかく、邪魔をされないだけでも儲けものと思っておこう。

「話はそう簡単ではないぞ。ヴェルザード殿に加え、ヴェルグリンド殿までも敵の手に渡ったのであろう？　こちらに邪竜《ヴェルドラ》がいようとも、敵側の方が有利であろうが！　そもそも、あの駄竜に頼るのも癪じゃがな」

そうなんだよ。ヴェルドラって、頼りになりそうでならないんだよ。

お姉さん方を前にすると大人しくなるし、つい最近は敵に捕まってたし……。

「あ、ヴェルグリンドさんは大丈夫」

放心しかけていたので、思わずスルッと答えてしまった。

それが失敗だったのは言うまでもない。

「何故そう言い切れるのじゃ？」

あっ、と思った時には手遅れだった。

もっと目立たぬように情報提供するつもりだったが、こうなった以上、正直に説明するしかないのだ。

「俺との戦いで色々あって、ヴェルグリンドさんは〝天使長の支配《アルティメットドミニオン》〟から脱したんだ。そしてもう、究極能力《アルティメットスキル》『救恤之王《ラグエル》』を持ってないから、ミカエルに支配される心配はなくなったのさ」

「「「はあっ!?」」」

ここはもう、すっとぼけるしかない。

「いやあ、大変だったからね。無我夢中で、気が付いたらイイ感じに勝利していたって感じでね！」

魔王達からの疑いの視線が痛い。

だが、ここで負けたら洗いざらい白状させられそうだ。

「テメエ、何をしやがった？」

珍しくもギィまで驚愕している。

「それは企業秘密で……」

俺の権能については、絶対に黙秘しなければならない。

言っても信じられないだろうから、余計な疑惑を招くだけだろうし。

それに何よりも、もしも本当にレオンが支配されていた場合、俺の力が敵側に筒抜けになってしまうからな。

心配し過ぎだとは思っているが、それだけは断固阻止であった。

「チッ！　相変わらず、出鱈目《でたらめ》でケチな野郎だぜ……」

ケチとかそういう問題じゃないから。

これも戦略なのである。

「いやいやいや、ダグリュールはともかくさ、スキルが進化するのも俺達なら経験済みだろう？」

「アタシだって未経験なのよさ」

そうね、そうだったね。

めんどくさいツッコミが入ったが、気にせず説明を続ける。

「ヴェルグリンドさんも似たような状況だったみたいでね、俺との戦いの最中、突然正気に戻ってくれたのさ。その際に『救恤之王《ラグエル》』が進化したって言ってたよ」

若干――というより、大きく脚色して説明したのだが、俺の言いたい事は皆に伝わったらしい。

「まあな……」

「ワタシも覚えていないが、そういうコトがあった気がするのだ」

「ふむ……激戦の中でスキルが進化するというのは、ないとは言い切れぬ話じゃな。普通ではないがな」

「私の場合もそうだったよ。生と死の狭間で、自分の可能性に全てを賭けたからな。その結果『純潔之王《メタトロン》』を獲得したのだが、今でも悔いてはいない決断だったさ」

自分の体験と照らし合わせて、納得してくれた様子である。

これで一安心だ。

ヴェルグリンドの現在の権能については聞いていない事にすれば、究極能力《アルティメットスキル》『炎神之王《クトゥグア》』についても知らぬ存ぜぬで押し通せるだろう。

実際の話、シエルさんがやった事なので、俺のせいでもないんだけどね。

「――究極能力《アルティメットスキル》が頂点だと思っていたが、まだ更に進化するってか。チッ、オレもまだまだだな。これが限界かと慢心してたみてーだぜ」

ギィがそう呟いて、この話題は終了となったのだった。

＊

今回の議論はなかなか前に進まないなと思いつつも、もう一度おさらいから入る。

敵戦力の洗い出しは重要なので、手間を惜しんでは駄目なのだ。

「で、ヴェルグリンドはもう、本当に大丈夫なんだな？」

「ああ。今は〝勇者〟マサユキを守ってる。俺とマサユキは友誼《ゆうぎ》を結んでいるから、困ったら助け合う事になってるよ」

「って事は、戦力に数えてもいい訳か」

うーん、勝手な判断はどうかと思うけど、頼めば手伝ってくれそうだ。


「敵対しないだけでもいいんじゃないかな？　少なくとも、俺は二度と戦いたくないね」

「そうだな。アレに勝てるヤツなんざ滅多にいないだろうから、テメエはよくやったよ。ヴェルザードが敵対した今、ヴェルグリンドまで寝返られちゃ敵わんからな」

面倒そうに言うギィだが、それが本音なのだろう。

何しろここにいる七名の内半分くらいは、〝竜種〟の相手など出来そうもないし。

相手が出来るのは俺とギィ、そしてミリム。

後はダグリュールくらいかな？

ともかく、余計な敵が減っただけでも朗報に違いない。

そうそう、それならもう一つ。

「ヴェルグリンドの話題になったから、ここで伝えておく。〝始原の七天使〟の内、フェルドウェイを含めて異界に渡った四名なんだけど、その内の三名がラミリスの迷宮に攻めて来たんだよね」

「そうなのよさ！　無論、アタシの実力で追い払ってやったってワケ」

　俺の発言で思い出したのか、ラミリスもうんうんと頷く。

　俺は素早く、話の腰を折られぬように説明を続けた。

「まあ、その真偽はともかくとして。自分達を妖魔王フェルドウェイと、その配下の〝三妖帥《さんようすい》〟と名乗っていたんだ」

「ああ。ソイツ等は大昔から、こっちの世界の人間を滅ぼそうと暗躍していてな。オレ達は魔族と呼称して敵対しているが、その正体が妖魔族《ファントム》なのさ」

「人類の敵対者を総じて魔族というのかと思ってたけど、そうだったのか。それはそうとして、その〝三妖《さんよう》帥《すい》〟だけど、ヴェルグリンドさんが一柱《ヒトリ》滅ぼしてるから、覚えておいて欲しい」

　コルヌだったと思うけど、マサユキを愚弄したとかでヴェルグリンドの逆鱗に触れたらしいね。ヴェルグリンドが強くなっているのは感じ取れたけど、〝三妖《さんよう》帥《すい》〟ほどの強者が相手でも一撃とは恐れ入った。

　もっともそのコルヌだが、フェルドウェイどころかもう一方のザラリオなんかと比べても覇気が弱いように感じられた。映像を見た際のコルヌの振る舞いなどから、俺がそう感じた訳だけど。少なくとも迷宮内に遺された情報を分析した結果、存在値の比較ではほぼ互角でも実力面で劣る、とシエルさんも判断していたのである。

　その根拠は不明だが、俺は信用している。

　だから決して相手を侮ってはならないのだが、滅んだ者まで警戒する必要はない。そう考えての報告なのだった。

「どうせ、死んだのはコルヌだろうな。昔馴染みではあるが、残念って感情はねーぜ」

　どうでもいいという口調で、ギィが嗤った。

　敵が減って何よりという感じである。

　とてもギィらしいので、特に驚きもなく次の報告に移ろうとした。

　ところが、そこでミリムが待ったをかける。

「丁度いいタイミングなので、ワタシからも報告があるのだ！」

そう言われたので、ミリムの話を聞く事にした。

「実はな、〝三妖帥《さんようすい》〟のオベーラというヤツが、ワタシの配下になりたいと申し出て来たのだ。秘密裏に面会を行ったので、フェルドウェイ達にも気付かれていないはずなのだぞ！」

油断していた訳ではないが、反応に困る報告だった。

そうきたか、という感じである。

「お、おう。流石だな、ミリム。どうやって懐柔したんだ？」

「そうだぜ、聞かせろよ。オベーラはコルヌのように視野狭窄《きょうさく》でもないし、かなり真面目な女だったはずだぜ。裏切りとか縁遠いように思うが、どういう経緯《いきさつ》でそんな話になったんだ？」

俺とギィが、息ピッタリにミリムへと質問した。

思わず目が合ったが、それだけで互いの考えを理解する。

つまり、ミリムが騙されていないか心配なのだ。

俺達は大きく頷きあった。

「人徳なのだ。ワタシの凄さを理解したから、向こうから言い寄って来たのだぞ！」

人気者は辛いのだ――などとミリムが笑っているが、そんな話を鵜呑《うの》みにしてはいけない。

「落ち着けって。敵の策かも知れないだろうが」

とギィが窘《たしな》めるが、ミリムは聞く耳を持たない。

「大丈夫なのだ。オベーラは嘘など吐いていなかったのだぞ」

「うーん……だけどなミリム、三国志という聖典《マンガ》でも紹介されてるんだけど、〝埋伏《まいふく》の毒〟というメッチャわかりやすい策略があってね、敵陣営にスパイを送り込むのは、古来からある常套手段なんだよ。この、戦争を始めようかというタイミングで接触してくるなんて、疑って下さいと言ってるようなものだろ？」

今ちょうど、ヴェルドラが読んでいるんだよね。

これで我も、戦略に通じるというものだな――とか豪語してたけど、そんなに簡単に軍師が育成出来るのなら苦労はしないのだ。

そもそも、世界観が違い過ぎるから、参考程度にしか役立たないと思うんだよ。

ともかく、疑わしいというのは間違いないので、俺もミリムへの説得を試みた訳だ。

が、ミリムは不敵に笑う。

「大丈夫なのだ。ワタシも疑ったので、ちゃんとカリオンやフレイとも相談したのだぞ。そして、ワタシ達の意見は一致して、オベーラを信用する事にしたのだ」

ふむ、確かにミリムは馬鹿じゃないので、やるべき事はやった訳だな。カリオンやフレイさんも同じ判断なのだとしたら、信用してみるのもアリなのかも。

「オベーラとはどういう話し合いをしたんだ？」

と、一応聞いてみた。

「それはだな——」

ミリムの話を聞いてから、俺達も判断を下す事にしたのだった。

＊

「そうか、オベーラは〝妖異宮《よういきゅう》〟にて、〝滅界竜《めっかいりゅう》〟イヴァラージェの動向を監視してやがるのかよ。だったらどの道、オレ達に何かを仕掛ける余裕なんざないだろうぜ」

というのが、ミリムの話を聞いたギィが下した結論であった。

イヴァラージェと、その配下である幻獣族《クリプテッド》は、交渉の余地もない破壊の軍団なのだそうだ。オベーラが動いたらイヴァラージェが復活する恐れがある為、普通に考えたら侵攻戦力から除外されるだろうとの事だった。

だが、俺には気になる点があった。

「オベーラの言う通り世界が滅んでも構わないとフェルドウェイが考えているなら、イヴァラージェを解き放って俺達にぶつけるという作戦に出るんじゃないか？」

フェルドウェイやミカエルはヴェルダナーヴァの復活を望んでいるが、それが叶わなかったとなれば大変だ。希望は失われ、破滅願望が生じてしまうだろう。

後先考えないヤツほど、怖い存在はないのである。

そう考えての発言だったのだが——

「そういうところじゃぞ、リムル。その発想が、妾《わらわ》には信じられん」

至極真っ当な意見だと思ったのだが、意外な事にもの凄く不評だった。ルミナスのその発言を皮切りに、ダグリュールからも批判が飛んでくる。

「フェルドウェイのヤツも、自分より強く制御不能な化け物を利用するほど愚かではあるまいて」

ほほう、イヴァラージェの方が強いのか。

「以前は大変だったのよさ。ギィが相手したんだけど、アタシも星が壊れないように協力してたんだからね！」

「ガッハッハ！　イヴァラージェの破壊力ならば、下手をすれば星をも砕くからのう。迂闊に戦えば、とんでもない事になるわな」

「敵だけを滅ぼせるならともかく、その後をどうするつもりなのだ？　この星まで砕けてしまえば、世界の支配云々の話ではなくなるではないか」

なるほど……俺の想定は甘過ぎた感じか。イヴァラージェってのは、話を聞く限りとんでもない化け物みたいである。

「わははは！　相手にとって不足ナシなのだ。もしもソイツが出てきたら、今度はワタシが相手してやるのだぞ！」

「却下じゃ」

「却下だわい」

「却下なのよさ」

「ミリムよ、テメエの強さは認めてるがよ、配慮が足りねえ。オレが言えた話でもねえが、もっと周囲への被害を考えなけりゃな」

「ぬうう、ワタシだって手加減を覚えたのだ。だからイヴァラージェだろうが、こう、一ひねりで――」

「はいはい、わかったからよ。マジな話、もしもイヴァラージェが復活したら、オレが相手するわ。あの野郎とは決着をつけたいと思ってたんだ。次の機会があれば、必ず始末してやるぜ」

ゾッとするほどの冷たい声で、ギィが宣言した。

当然ながら、誰にも異論なぞない。ミリムは不満そうだったけど、イヴァラージェの相手はギィに一任するという事で話は纏まったのだった。

そして、話はオベーラに戻る。

「ソイツから敵さんの内情を聞くとか、そういうのは無理なのかい？」

ミリムに向けて、ダグリュールが問う。

「聞いたのだが、こちらの世界で得た戦力については知らぬようだ。フェルドウェイは疑い深いから、変に質問すると要らぬ勘繰りをされると警戒したのかも知れぬがな」

「そりゃあ、オベーラが正しいな。フェルドウェイは切れ者だからな、配下が余計な知恵を巡らせるのを嫌うのさ」

「言われた作戦を真面目に遂行しろって感じ？」

面倒そうな上司を思い浮かべつつ、そう聞いてみた。

するとギィが、昔を懐かしむように教えてくれる。

「ちょっと違うな。自分が与えられた作戦に全力を尽くしているなら、他者に気を配る余裕などないはずだってな。そういう考え方のヤツだから、オベーラの対応で正解なのさ」

俺達を騙そうとしているのなら、偽情報を流して信用させる方がいい。そうせずに知らぬと答えた事で、オベーラの信用度はますます高まったようだった。

それにしても、フェルドウェイとは気が合いそうにないな。

「部下を駒としか考えられないなんて、独善的なんだな。自分の考えが全て正しいとか思ってそうだね」

と、思わず本音をこぼしてしまう。

それを聞いたギィが、俺に笑顔を向けた。

「それはオレへの嫌味かよ？」

「違いますとも！」

おっと危ない。ここには独善を通り越して、独裁的なヤツがいたんだった。ギィの場合、配下の悪魔達を駒とすら思ってなさそうだし、迂闊な発言は藪蛇《やぶへび》になりそうである。

その場を誤魔化して、話を続ける。

「取り敢えずは信用する方向よりで、様子見するって事でいいかな？」

俺がそう言うと、皆も頷いたのだった。

＊

オベーラの件が片付いたので、本題に戻った。

寄り道が多過ぎて、大変である。

「ったくよー、前に進まない会議だな。もう秘密を隠し持ってる人はいませんね？」

思わずそう愚痴ると、全員から突っ込みが入った。

「「「お前が言うな！」」」

ごもっともである。

俺が一番秘密を抱えてそうなので、この発言は失敗だったよね。

そう反省しつつ、会議に意識を向ける。

今は、ルミナスが仕切っていた。

「ともかくじゃ。日頃からの付き合いもないから、協調性も生まれぬのじゃ。仕方ないから、妾《わらわ》が話を纏めてやろう」

そう切り出して、敵戦力を羅列している。

敵勢力筆頭、ミカエル。

その支配下にある〝白氷竜〟ヴェルザード。

妖魔王フェルドウェイ。

その配下の〝三妖帥《さんようすい》〟ザラリオ。

ザラリオが監視していたという蟲魔族《インセクター》と、その支配者たる蟲魔王《むしまおう》ゼラヌス。

ゼラヌスにも配下はいるのだろうが、オベーラも詳しくないので不明なまま。正直言って、一番気になる勢力である。

何しろ、俺が知る蟲型魔人《インセクター》は全員がヤバイくらいの強者なのだ。ゼギオンやアピトは言うまでもなく、西方の守護神だったラズルや、シオンが倒したという〝ひとけた数字《ダブルオーナンバー》〟序列六位のミナザ。ゼラヌス自身もヤバそうだが、強烈な配下を擁していそうで要警戒であった。

ディーノ、ピコ、ガラシャの三人組。

覚醒魔王級というだけでも厄介なのに、究極能力《アルティメットスキル》の有無も不明ときた。所有してても不思議ではないというか、あるという前提で戦力を見積もっておく方が確実である。

そして最後に――

「我等に匹敵しそうな、天使を宿す妖死族《デスマン》か。ふむ、厄介だのう。せめて正確な数だけでもわかれば、少しは気が晴れるのだがのう」

「贅沢じゃな。ここまで判明しただけでも良しとして、対策を考えるべきであろうが」

ぼやくダグリュールを、ルミナスが窘《たしな》める。

「誰が誰の相手をするか、取り決めでもしておくというのか？」

そう言ったのはレオンである。

決めていても無駄になりそうだが、意味がない訳ではない。

「まあのう。少なくとも、レオンがミカエルの相手をするのは避けた方が良かろうな」

ダグリュールの意見に俺も賛成である。

操られるだけになりそうなので、絶対に却下だ。むしろ、そうした事態を防ぐ為にも、可能な限り協力し合わねばなるまい。

気になるのは、ミカエルではなくフェルドウェイまで支配能力を持っている点だが、これも色々と情報収集をした結果、ある程度のからくりが判明していた。

「いいか、ミカエルの権能は譲渡可能で、一定レベルなら支配能力まで貸し与えられるみたいなんだ。だから、ミカエルだけじゃなくフェルドウェイも、レオンからは遠ざけておく必要があると思う」

近藤中尉がそうだったように、フェルドウェイもミカエルの権能を借り受けているとみるべきだった。

「厄介よな。もしもレオンまで支配されたならば、戦力の偏りが更に大きくなってしまうのじゃからな」

そんなルミナスの呟きを聞きながら、俺は言い忘れていた事があるのを思い出していた。

「そうそう、危ないのはレオンだけじゃなかったな」

「む？　それはどういう意味じゃ？」

「いやあ、さっきも言ったけどさ、つい先日の戦いで、ヴェルドラも一度、敵の手に落ちたんだよ」

「……その話、気になっておったのじゃ。詳しく話すがよい」

唖然とした顔でルミナスが聞き返してきた。

だから俺は、ミカエルには〝王権発動《レガリアドミニオン》〟という、絶対的な支配の権能がある事を説明したのだ。

クロエについては、彼女自身が対処済みなので保留だ。本当にヤバければシエルさんが強制的に介入していただろうから、任せておいても大丈夫だと信じている。

なので、説明したのはヴェルドラの状況についてだった。

「「「……」」」

「リムル君。もう秘密を隠し持ってる人はいないかと聞いていたのは、確か君だったよね？」

あ、ヤバイ。

「いや、そんなコト、言ってましたっけ？」

「言ってたのだ！」

「言ってたのよさ」

「言っておったのう」

「言っておったわい」

「確かに言っていた」

味方はいなかった。

俺は必死に「秘密とかそんな大袈裟なものではなく、言い忘れていただけなんだよ」と説明したのだが、誰も納得してくれなかったのだ。

ラミリスは知ってたクセに……と思ったものの、それを指摘したところで俺の状況が改善される訳ではない。そう理解しているだけに、俺は諦めて謝罪の言葉を口にしたのである。

＊

他の魔王達が苛立っているので、その場を取りなすのに思ったよりも苦労した。

ともかく話を戻せたが、考えてみれば状況が悪過ぎるのだ。

こちらの戦力が減るだけならまだしも、敵側の戦力が増大する。片方だけが駒の再利用を行使した将棋みたいなもので、ハッキリ言って勝てるとは思えない条件だし。俺が説明し忘れていたのも悪かったのだが、そんな話を聞かされた方はたまったものではないだろう。

「で、この場には〝王権発動《レガリアドミニオン》〟とやらで支配されておる者はいないのじゃな？」

「それは大丈夫。天使系への支配は自覚症状がないっぽいけど、〝王権発動《レガリアドミニオン》〟の場合は強制支配だから、自我が消えて不自然な反応になってたからね。というか、俺とヴェルドラは〝魂〟で繋がっていたし、本人からの自己申告で支配されたのが筒抜けだったし」

「なるほどな。それじゃあ、どうやってヴェルドラを解放したんだ？」

「それは――」

またこの質問か。

俺がパクッと喰って、シエルさんが『能力改変《オルタレーション》』した訳だが、馬鹿正直に説明する気はなかった。

どうせ信じてもらえないだろうし、誤魔化すしかないのだ。

「ヴェルグリンドさんの時と一緒だよ。熱い戦いを繰り広げている内に、ヴェルドラが自身の権能を進化させたんだ。俺達の信頼関係の勝利ってヤツだね、多分」

「「「……」」」

皆さんの視線が痛い。

すっごい胡散臭そうな目で見られているのを自覚するが、ここはこの説明で押し通すしかないのだ。

「あのよ、オレも結構真面目にヴェルザードと戦ったんだが、アイツは権能が進化する気配なんざなかったぜ？」

「そりゃあ、個人差があるだろうよ」

自分で言っててなんだが、信じろというのが無理筋な説明である。

「個人差、ね」

駄目か？

無茶苦茶疑われてるが、さてどうしよう？

信じてもらえなくてもいいから、真実をぶっちゃけちゃうのも手だ。しかしその場合――

《支配されている者の相手を全て押し付けられる上に、主様《マスター》の権能を根掘り葉掘り調べられる事でしょう》

やはりそうなるよね。

そもそも、俺がやったんじゃなくてシエルさんが実行しているのだから、どうやるのかを説明するのなんて無理なのだ。

やっぱり黙秘が正解だろう。

「もう良い。どうせ口を割る気などなさそうじゃし、常識外れな事を仕出かしたのじゃろう。支配されても見分けがつくというのなら、その〝王権発動《レガリアドミニオン》〟とやらは〝天使長の支配《アルティメットドミニオン》〟よりも脅威ではなさそうじゃしな。問題はやはり、こちらがどう迎え撃つかじゃな」

見分けがつくだけマシだと、ルミナスがそう断じた。その上で、ミカエル達にどう対処すべきかを論じるべきだとのたまってくれた。

その通りだと、俺も頷く。

「誰が誰の相手をするか決めるよりも、何処に攻めて来たらどう動くというのを決めておく方がいいかな?」

俺の言葉にギィも頷いた。

「賛成だな。敵も馬鹿じゃねーだろうから、戦力を分散させるような真似はしねーと思うぜ」

敵の規模が大きかった場合や、苦手な相手が攻めて来た際には、即座に助けを呼ぶようにするのが肝要なのだ。

しかし、そう理解しつつも問題があった。

「それはそうだが、俺達は分散してるだろ？　それとも、敵がいつ来てもいいように、全員で一ヶ所に集まっておくか？」

「ふむん、それはねーな」

「だろ？」

ギィも、俺の説明に納得してくれたみたいだ。

俺としては、自分達の国を死守する予定である。レオンやルミナス、それにダグリュールやミリムだって、自国から離れるのを嫌がるだろう。

ミリムの場合は疑問符が付くが、他の者達にかんしては間違いないはずだ。

そうなると、何処かが攻められたらすぐさま援軍を派遣出来るようにしておくべきだった。

「確かにのう。妾達《わらわ》は、自国防衛という責務がある。最悪の場合は領地の放棄も視野に入れねばなるまいが、それは最後の手段としたいものじゃな」

「うむ、ワシも同意よ。そして安心せよ。ルミナスが領地を放棄するなら、遠慮なくもらってやるからのう」

「ふざけるでないわ！　貴様にくれてやる気はないから、要らぬ欲はかかぬ事じゃ」

　隙あらば領地を狙うダグリュールと、それを阻止せんとするルミナスの姿がそこにあった。

　そんな訳で、領地から離れられぬ魔王がいるのは事実なのだ。

「ギィはどうする？　ラミリスは俺の国にいるから関係ないけど、お前の場合はココを死守する理由もないんだろ？」

「ねーな。オレはレオンが心配だから、そこにお邪魔させてもらうとするかな」

　レオンが嫌そうな顔をしているが、まあそうなるよね。

　一番心配なのがレオンで、そもそも疑惑が完全に晴れた訳ではないのである。だからこそ俺も監視するという話になっているんだから、ギィの判断は妥当であった。

　そうなると、俺が監視する必要もなさそうだが……。

「リムルよ、テメエんトコは余裕があンだろ。ルミナス、ダグリュール、ミリム、そしてレオンのトコにも、誰か配下を派遣しとけや」

　は？

　おいおい？

　ギィからの突然の要求に、俺は心の底から困惑するハメになったのだった。

＊

　結論から言うと、断れなかった。

　散々抵抗したのだが、ギィが聞く耳を持たなかったのである。

　しかも、各領地に直ぐに行き来出来るように〝転移用魔法陣〟を設置せよとの仰せ。

　俺はお前の部下じゃないと、そう叫びたい気分にさせられたのだった。

そう叫ばなかった理由は一つ。

〝長い物には巻かれろ〟の精神で、ギィに屈しただけのことである。

だって、真面目な雰囲気のギィは威圧感が凄くて、ちょっと逆らい難いのだ。無理をすれば何とかなるのだが、折れてしまう方が気分的に楽なんだよね。

どうしても譲れない場合以外は、従うのも止むを得ない措置なのだった。

しかしそうなると、誰を何処に派遣するのが正解なのだろうか？

どこからでも『転移』や『思念伝達』が得意で、何かあっても独力で耐えられるほど強くて、支配に強そうな者。そうなると、悪魔三人娘が適役である。

ただし、テスタロッサは帝国周辺の調略を任せているので、今回は指名出来そうにない。カレラとウルティマがメインとなりそうだ。

後は、幹部連中から何名かだな。

「先ず、ミリムのとこにはゲルドだな。建設工事も再開させなきゃだし、お互いに顔見知りだから受け入れられるだろうし」

「うむ！　あの者は皆から好まれているのだ。そう言えば、ミッドレイがガビルとも会いたがっていたのだぞ。また訓練相手をしたいと言っていたのだ」

なるほど、それはいいかも。

ガビルの訓練はウルティマに任せたが、まだ数日しか経っていないのに泣きそうな目で俺を見ていたし。息抜きがてら、派遣してもいいかも知れない。

その場合はウルティマもセットになるけど、今は戦時体制のままだから警察の出番はない。必要になったら直ぐに呼び戻せるし、決定しても大丈夫かな。

「わかった。それじゃあミリムのとこには、ゲルド、ガビル、ウルティマの三名を派遣するよ」

「うむ、楽しみなのだ！」

これで、ミリムの国はＯＫだね。

続いて、ルミナスの神聖法皇国ルベリオスだが……。

「ルミナスのとこだけど、誰がいいとかリクエストある？」

俺だって賢くなっているのだ。ヴェルドラを派遣するとか言ったら激怒されそうだし、地雷を踏む前に問い合わせた方がいいと考えたのだよ。

「ふむ、そうじゃな……」

ルミナスはそう言って考え込んだ。

質問したのは正解だったね。

暫しの間を置いて、ルミナスが口を開いた。

「今日連れて来ているシオンがいい。あの者は我が国を訪れた事もある故、面識があるからのう」

ルミナスはシオンのヴァイオリンを絶賛していたからね。覚えていたとしても不思議ではなかった。

「それじゃあ、シオンを派遣するよ。他にもそうだな、アダルマンとその従者達も一緒に」

アダルマンも、ルミナスとは面識がある。

〝七曜の老師〟とは確執があったようだが、今となっては過去の者達なので大丈夫だろう。

「ふむ。あの者には迷惑をかけた故、妾《わらわ》自ら指導してやるのも面白かろう。受け入れる故、宜しく頼むぞ」

「了解！」

これで、ルミナスのとこもＯＫである。


「で、ワシの国には誰を派遣してくれるのだ？　まあ、顔見知りはおらぬから、誰でもいいのだがのう」

ふむ、そうだな。

誰でもいいというのなら……。

「カレラを送るよ」

「カレラだと？」

「うん。原初の黄《ジョーヌ》といえば――」

「ん？　原初の黄《ジョーヌ》だとぉ!?」

ダグリュールがとても嫌そうな顔をして叫ぶ。

「まさか貴様、あの者を手懐けたのかァ!?」

「手懐けたというか、成り行きで……」

「ダグリュールよ、その件については飲み込んどけ。言いたい事はよくわかるが、その話は今するべきじゃねーからよ」

「ちなみにじゃが、ウルティマというのは原初の紫《ヴィオレ》の事じゃぞ。妾《わらわ》も呆れた故、気持ちはわかるがのう」

そう言えばウルティマの支配領域がルミナスとダグリュールの領地と被っていたらしいので、昔からの知り合いだったみたいだね。ルミナスの補足を聞いて、ダグリュールが「ゲェ――ッ!?」っと叫んで驚いていた。

「アタシも呆れているのよさ」

「それに、原初の黄《ジョーヌ》や原初の紫《ヴィオレ》だけではないからな。リムルの非常識ぶりを議論するなど、今更だと知るがいい」

　言われ放題であった。

　ミリムもうんうんと頷いているけど、君だって俺側だろというのが本音である。

　まあいいや。

「そういうコトなんで、ダグリュールのとこにはカレラでいいな？」

「待て、ちょっと待てぇい!!」

　ダグリュールが大音声で叫びながら、席を立った。

　両手を広げて踊っているように見えるが、これはもしかすると拒否の構えかな？

「異議アリ！　ワシにも拒否権があると思うぞ!!」

　その表情はとても必死で、一歩も退かぬという決意が表れていた。

　対照的に、レオンがとても穏やかな笑みを浮かべている。カレラが自分の所に来なくて良かったと、そう言っているかのような笑顔だった。

「いいか、リムルよ。あの暴れん坊を寄越されては、我がダマルガニアが滅んでしまうぞ。ワシも多くは望まぬが、せめて穏やかな性格の者を選んでくれぬか？」

　強さよりも性格が大事だと、ダグリュールがそう訴える。

　そう言われてもねえ、俺の部下だって問題児が多いし……。

　詳しく事情を聞いてみた。

　ダグリュールの国は、朽ちた聖域――〝聖虚《せいきょ》〟ダマルガニアというらしい。そこは資源の乏しい国で、建物の多くが砂に飲まれて廃墟になっているのだという。

　そして、ダグリュールがカレラに抱くイメージは最悪そのもので、常に核撃魔法を撃つのが趣味な破壊魔という感じだった。

　ミリムの二つ名である〝破壊の暴君《デストロイ》〟よりヤバイというのが、ダグリュールの認識らしいのである。

「そんなに酷くは――」

「あるのだ！」

「ダグリュールの言に賛成だな。私も毎日のように被害を受けていたので、心情を察するに余りあるさ」

俺が否定しようとするのに被せるように、ダグリュールが力強く断言した。その上、寡黙なレオンまでも饒舌《じょうぜつ》に、カレラの悪行を暴露したのである。

二人の話を信じるしかない。

そうなると、だ。

「だったら、カレラはレオンの方に行ってもらおうかな」

面識もあるようだし、レオンの所にはギィもいる。カレラも無茶は出来ないだろうから、我ながらナイスアイデアだと思った。

それなのに。

「ふざけるな！　貴様は俺の話を聞いていたのか!?　絶対にお断りだ。あの悪魔だけは、俺の国に足を踏み入れさせるものかよ！」

ダグリュールはニコニコ笑顔になったのに、レオンが拒絶したのである。口調が〝私〟から〝俺〟になるほど激高しているから、完璧にマジ切れという様子であった。

面白いので、断固カレラを派遣しようと決意する俺である。

だが、それに待ったをかけたのがギィだった。

「リムルよ、カレラは駄目だろうよ」

「何でだよ？」

「アイツ、オレにもしょっちゅう喧嘩売ってきてよ、負けそうになると捨て台詞を吐いて逃げ出すようなヤツなんだぜ？　今回の戦は遊びじゃねーんだ。無駄な体力を使いたくねーんだよ。わかるか？」

正論だった。

そしてギィの目が本気なのは、いつにない凄味を発している事からも明らかである。

「カレラがテメエの命令に絶対服従で、何かあってもテメエが責任を取るってんなら、オレも考えなくはねーよ？　だがよ、絶対に無理だろ？」

うーん、そう断言されると自信がなくなるよね。俺の傍にいれば止められるけど、目を離した隙に何を仕出かすかわからないのがカレラだもんな。

「そうなのよさ。アタシの迷宮内で、〝どれだけ階層をぶち抜けるかゲーム〟とかを流行らそうとしてるのもカレラちゃんなワケ。アレ、ホントに迷惑だから止めて欲しいのよさ！」

そんな暴挙まで……。

やはり、俺の知らぬところで何かしらの被害が出ているようだった。

「その件については、ディアブロに監督責任を問い詰めておくよ」

と、軽く責任逃れしつつ、どうすべきか考える。

「わはははは！　ワタシはカレラとやらを気に入ったのだ。是非とも会ってみたいので、ワタシの国に客人として寄越すがいい」

お、ミリムから嬉しい申し出が！

「いいのか、ミリム？」

「無論なのだ」

よし、それなら問題解決だ。

ミリムの国にはカレラを、ウルティマはダグリュールの国に派遣しよう。

後でフレイさんからミリムが怒られるかも知れないが、そうなっても俺には関係のない話だし。ミリムの気が変わらぬ内に、話を進めておくとしよう。

「それじゃあ、ミリムのトコのウルティマとカレラを交代で、ウルティマはダグリュールの国に派遣するよ。慣れ親しんだ地元って話だし、ウルティマも文句はないだろうし」

「ワシが嫌――」

「よーし、決定だな。ダグリュール、そういう事だからよ、ウルティマと仲良くやれや！」

ギィからもOKが出た。

ダグリュールが何か言いかけていたが、気のせいだという事にして話が纏まったのだった。

これにて、ルミナス、ミリム、ダグリュールの所へ誰を派遣するか決まった。残るはレオンの黄金郷《おうごんきょう》エルドラドに、誰を行かせるべきかだが……。

「ギィが行くんなら、俺の部下を派遣しなくてもいいんじゃねーか？　そもそも、レオンの疑惑だってギィが監視すれば済む話だし、俺の国の戦力を減らす必要を感じないんだけど？」

これを言いたかった。

どうして大戦が始まるというのに、自国の戦力を低下させなきゃならんのだ。

まあ、悪魔三人娘なんかは、何かあっても『転移』で直ぐに戻ってくれるし、最悪は俺が召喚するという手もある。

ゲルドに関してはいつまでも工事を中断出来ないからという理由があるし、ガビルはまあ、ゲルドの護衛も兼ねていた。単純に戦闘能力という面で見れば、ゲルドの方が強い。しかし、ゲルドの本領は防衛なので、攻撃役がいた方が何かと有利になるのである。

その点、ガビルは攻防共に優秀なので、ゲルドとコンビを組ませると面白いと思ったのだった。

そして、アダルマンとその従者達だが、本当なら迷宮防衛に専念させたかった。

が、しかし。

ルミナスの所にシオンだけを派遣するのは不安だったのだ。

戦力面だけなら問題ないのだが、素行がちょっと。

アダルマンは各種魔法も覚えているし、『転移』だって当たり前に使いこなせるとの話。ルミナスとの面識もあって礼も欠かさないと思われるので、この人事は我ながら適切だと思うのである。

そんな訳で、ここまでは確定として。

レオンの国に派遣出来る者が残っていなかった。

「オイオイ、出し惜しみするなって。テメエの国には覚醒級がゴロゴロいやがっただろ」

「いるけど、俺の国の守りに必要だからね」

「テメエは心配し過ぎなんだよ。ヴェルドラだっているんだろうから、ケチケチするんじゃねーよ。そうだ、あのベニマルって野郎はどうだ？　アイツなら文句ナシだぜ？」

「駄目に決まってるだろ！　ベニマルは新婚さんなんだぞ。しかも、奥さんは二人だ！　両方ともに妊娠中というこの大事な時期に、何時までかかるかわからないような長期出張を入れるなんて、そんな鬼のような所業が出来るもんかよ！」

ベニマルは鬼だから大丈夫――って、そんな冗談を言われても笑えない。本人が行きたいというなら話は別だけどな。

終身雇用が主流だった時代は、会社への忠誠心を測る為に最悪のタイミングで長期出張なんかが入ったらしい。

結婚したてとか、家を建てた直後とかね。

意味があれば別だが、俺の聞いた話だとほとんどが嫌がらせに近い命令だったそうだ。今の時代、そんなアホな真似をする企業は潰れて終わりだろう。

我が国ではそんな不満が出ないように――っと、思いっきり話がそれていた。

「ともかく、ベニマルは駄目だから」

「チッ、意味のわからねー理由だが、まあいい。そうなると――」

「あ、ディアブロを行かすよ！」

いつも俺にベッタリしていたから忘れていたけど、シオンも派遣するのだからディアブロだって派遣すべきだろう。

片方だけ残すと喧嘩になるしね。

俺にとっての本当の秘書はシュナなので、二人がいなくてもそこまで不便は感じないだろうし、それが一番いい選択ではあるまいか。

「ディアブロだと？」

「うん。アイツは強いから、一人で十分だろ」

「ちょっと待ちたまえよ、リムル君」

猫なで声でギィが話しかけてきたが、どうせろくでもない内容だろうと思った。だから無視して、話を纏めにかかる。

「ウチも今、大変でねえ。遊んでる人材がいないんですわ。それなのにエースを派遣する訳だから、ここは一つ、誠意を汲んでもらいたいものですな」

ギィのような相手には、交渉するよりも決定事項として伝える方がいい。そう判断した俺は、ゼネコン時代の経験を思い出しながらそう告げたのだ。

具体的には、もっと職員を出してくれとごねるＪＶ

――建設工事共同企業体《けんせつこうじきょうどうきぎょうたい》相手に、本部長が上手く断った事例を参考にしている。余裕がないとアピールしつつ、優秀な人材を選んだのだからこれ以上の増員はないと断るという感じ。

相手からすれば「お宅の職員が無能だから手が足りないんだよ!」と言いたい場面も多々あっただろうが、それを馬鹿正直に口に出来るものではない。

そこに誠意など欠片もないのは、当事者であった俺も含めて全員の共通認識なのだった。

まあ、本当に優秀かどうかは運次第。

役所や協力会社からの職員逆指名制とかあれば、本人の評価に繋がって面白そうだったんだけどね。まあ、今となっては考えるだけ無駄な話であり、ディアブロをギィに押し付けるのが大事なのだった。

「テメエ……」

「何か問題でも?」

「……」

「……」

態度だけは堂々と、内心ではドキドキしながら返事を待った。

「チッ、テメエもだんだん太々しくなりやがるな。まあいい。今回はディアブロで我慢してやらあ」

ふー、勝った!

「私は誰でも構わないさ。本来ならクロエを呼び寄せたいのだが、この状況だからな。そうそう、もしもリムルが望むなら、ディアブロと一緒に私の国に来るといい。以前に招待すると約束していたが、まだ果たせていないからな」

勝利の余韻に浸る間もなく、レオンからの提案である。

クロエを連れて行くのは論外としても、一度お邪魔するのは検討してみてもいいかも知れない。

「わかった。クロエは置いて行くけど、予定が合うようなら後日お邪魔させてもらうよ。その際はディアブロを通じて連絡するから、宜しく頼む」

そもそも、クロエは絶対安静だから動かせないんだけどね。それを教えたらレオンがどんな反応をするかわからないので、ここは黙っておくのが吉であろう。

という事で、俺は招待だけ受ける事にした。

このご時世なのでそんな暇はないかも知れないけど、ミカエル側がどう動くか待っているだけではつまらないのだ。こちらの準備が整い次第、少しずつ日常生活へと戻していく予定なのである。

「良かろう。連絡を楽しみに待つとしよう」

「ああ。それじゃあ、もしもディアブロが迷惑をかけるようなら言ってくれ。その時は有無を言わさず教育しに行くから」

「わかったぜ。遠慮なく呼ぶから、キッチリと締め上げてやってくれや」

まだ何もしていないのに、レオンではなくギィから念を押されてしまった。コイツ等の因縁が気になったが、面倒そうなので知らない方が幸せなんだろうな。

そんな事を思いつつ、今後の方針が決まったのだった。

＊

「それじゃあ、オレはこのままレオンのところに向かうから、各自決まった通りに動いてくれや」

と、会場から大広間に戻ったギィが宣言した。

「おいおい、俺様達に事情の説明はナシかよ？」

「ミザリーから説明を受けたけれど、どういう方針になったのかくらいは聞かせて欲しいものね」

ギィに意見したのは、カリオンとフレイさんである。

その言い分は当然だと俺も思った。

ギィは結論を急ぎ過ぎるのだ。自分だけ納得していればいいと考えているから、他の者を置いてけぼりにするのである。

とは言え、そんな話をギィに出来る訳もない。

それはギィだけではなく、ミリム&ラミリスのお子様コンビも、口下手そうなダグリュール&レオンも、そんな面倒事を自主的にするとは思えぬルミナスも、誰もが似たり寄ったりである。

ここは俺が大人になって、皆に説明する事にした。

「今の話し合いで決まった内容だけどね、敵については説明があったんだよね？」

「おう、ヴェルザードが敵対したんだってな」

「そうみたい。その理由は裏切りとかそんな話じゃなくて――」

と、今度は話を纏めてから説明を行った。

それにしても、七名だけで会談に臨んだのは正解だったね。従者まで参加していたら、もっと話が前に進まないところだった。

それを見越していたギィの判断は正しかった訳で、やはり長年の経験は違うなと思った次第である。

考えてみれば、ギィも大変だったのだろう。

魔王の面子を見てもわかるが、一癖も二癖もある者ばかり。それを纏めるとなると、生半可な精神力では耐えられないに違いない。

そんなふうにギィを再評価しつつ、俺は説明を終えたのだった。

「こんなにバタバタするとか、貴方らしくないとは思っていたけれど、想定していた以上に厄介な事になっていたのね」

フレイさんは呆れている。

余裕がある訳ではなく、聞きたくなかったという感じだ。

「アレだな。せっかく力を得たんだ。〝竜種〟相手にどこまでやれるか試してみてーが、ヴェルザード殿が相手では勝ち目はねーな」

カリオンは不敵な発言をしているが、その額には大量の汗が。ちゃんと状況を把握し、どうにか打開出来ないか思案しているのだろう。

「クアハハハ！　カリオンと言ったな。我でも姉上には勝てた例しがないのだ。試すなら、先ずは我が相手になってやろうぞ！」

「師匠、今はそういう話じゃないと思うワケ。真面目にしないと、リムルから怒られちゃうのよさ」

うーん、本来は怒るべきなんだろうけど、逆に今は、ヴェルドラの能天気な話に救われる気がする。真面目に話し合っていると、状況が悪過ぎて憂鬱だもんな。

「なるほどね。それでは支配に対抗する為に、なるべく戦力を集中させておくのね。それで、その〝王権発動《レガリアドミニオン》〟とやらは抵抗《レジスト》出来ないの？」

「意思が強ければ、逆らえるかも。ヴェルドラの場合は、不意討ちを喰らって抵抗力が落ちたところを狙われたし」

「うむ。本来の我ならば耐えられたであろうが、そもそもが姉上との戦いの最中であったからな。ちょっと厳しかったかな」

厳しかったというか、支配されてたよ。

なかった事にしようとしても無駄だから、そこは素直に認めて欲しいものである。

そんなふうに俺がヴェルドラに呆れていると、ダグリュールが話しかけてきた。

「リムルよ、どうせならワシの所には、ヴェルドラを寄越してくれぬか？　ワシはヴィオ――ウルティマは苦手だからのう。その点、ヴェルドラならば顔なじみであるし、気心も知れておるからのう」

派遣要員を変更して欲しいという提案だった訳だが、残念ながら答えはＮＯだ。

「悪いな、それは出来ない。ヴェルドラは俺の部下じゃなくて、友達だからな。俺が勝手に決められないんだ」

本人がＯＫなら、俺が口を挟む問題ではない。だけどこの場合、ヴェルドラの意思を無視して勝手に話を進めるのは駄目だよね。

ってな訳で、一応本人に確認してみた。

「ヴェルドラ、誘われてるけどどうする？」

するとヴェルドラは勿体ぶって笑いつつも、キッパリと断ったのである。

「クックック。ダグリュールよ、貴様を助けに行ってやりたいのは山々なのだがな、我も忙しいのだ。ラミリスの迷宮を守るという仕事がある故にな！」

それってサボりたいだけなんじゃあ……と、普段通りの行動をすると宣言したヴェルドラを見て俺は悟っていた。

「師匠!!」

そう叫んで目を潤ませているラミリスには悪いけど、ヴェルドラは絶対に楽をしたいだけだと思う。

「そうか、それは残念だな。ワシとしても、ヴェルザードに攻められるのは厳しいからのう。お主が助けてくれると心強かったのだがな」

「クアッ、クアハハハ、クアーーーハッハッハ！　まあな。我ほどの強者であれば、姉上が相手でも恐れる事はないのだがな。残念！　実に残念だよ、ダグリュール」

バレバレの見栄を張ってるよ、この人。

だがまあ、ヴェルザードはマジでヤバそうだし、俺としてもヴェルドラが断ってくれて良かったと思う。

ダグリュールには悪いが、優先すべきは自国の安全だからね。

「ダグリュールの言う通りなのだ。ヴェルザードとは戦った事がないが、直感的にヤバイ相手なのは間違いないのだぞ。こっちに来たら、あの者の相手はワタシがするしかあるまい。そうなると他に手が回らないから、直ぐに応援を呼べるようにしておくべきなのだぞ」

俺達の話を聞いていたミリムが、実にもっともな意見を述べた。

自信過剰なミリムらしくなく、現実的な提案である。

逆に言えば、それだけヴェルザードがヤバイって話だし、彼女が一人で攻めて来るとは思えない以上、単独行動を避けるべきというのは同意であった。

フレイさん達も同意見だったようである。

「そうなのね。それじゃあ、私達も一人で行動しないように気を付けましょうか」

「うむ、そうするのだ！　それではリムルよ、ゲルド達を早急に連れて来て欲しいのだ。何ならワタシが迎えに行くが？」

「いや、大丈夫。戻ったら状況を説明して、直ぐに準備させるから」

ゲルドならば『転移』で移動出来るので、慌てる事もないだろう。幹部連中には今回の件について説明するつもりだし、共通認識を得てから送り出しても遅くないはずだ。

「ならばリムルに任せるのだ」

「そうね。もしも敵が攻めて来たら即座に連絡するわ」

そうだね。

カレラが行くとは説明してないけど、フレイさんは原初なんて知らない様子。敢えて教える必要もないと思うので、和やかに会話を終わらせた。

　それに、ヴェルザードを想定して足止めするとなると、カレラを投入しても文句を言われる筋合いではなさそうだった。

「しかし気になるのは、ミカエルとやらの目的です。この世界の支配だけとは思えないが――」

　そう聞いてきたのはルイだった。

「ああ、それね。それは、ヴェルダナーヴァの復活だよ。ミカエルとフェルドウェイは、主の復活を目的に行動しているんだ」

「「はあ――ッ!?」」

　俺がそう説明すると、初耳だった者達が驚愕の叫びを上げた。俺の仲間には既知の情報なのだが、他の者達にとってはかなりの衝撃だったらしい。

「うむ、リムルの言う通りなのだ。ワタシの協力者となったオベーラも、そのように言っていたのだぞ！」

　と、ミリムが肯定したら、カリオンが不満顔で呟いた。

「マジかよ……聞いてねーぞ」

「え、言わなかったか？　もう伝えたつもりになっていたのだ」

「聞いてないわね。まあ、この件にかんしてはミッドレイも同罪だけど。後で詳しい話を聞かせてもらわなきゃね」

　ミリムを見直した途端、コレである。

　ミリムとミッドレイがオベーラと面会したそうだが、その時の話が上手く伝わっていなかった様子。だからこそ、常日頃から報告《ホウ》・連絡《レン》・相談《ソウ》をキッチリ行う癖をつけねばならぬのだ。

　――なんてね。俺も伝え忘れてたし、偉そうに言えた立場ではないのだった。

　そんなミリム達のやり取りを尻目に、ルイが思案顔で発言する。

「〝竜種〟は不滅です。心配せずとも、いずれは復活すると思われますがね」

「まあのう。そう考えるのが普通ではあるが、ミカエルというのはスキルに生じた自我らしいからのう。本来なら有り得ぬ存在である故、常人には計り知れぬ思考をしておるのやもな」

ルミナスが理解出来ぬとばかりに、頭を振る。

だが、ギィは少し違う考えのようだ。

「だがよ、ヴェルダナーヴァに復活の兆しがないのは事実だからな。フェルドウェイの野郎が世界が滅んでも構わないと考えかねんのも、わからなくはねーがな」

一度戦った事があるからこそ、ヴェルダナーヴァが不滅であると信じられるのだと、ギィはそう豪語した。

その上で、ヴェルダナーヴァを慕う気持ちもわからなくはないと言う。

「でもさ、一度死んじゃったら記憶の一部と人格に影響が出たりするんだろ？　それって、俺からすれば別人みたいに思えるんだけどな」

「それについては、感性の違いじゃな。妾《わらわ》からすれば同一存在にしか思えぬ。何せ、〝魂〟が同じなのじゃからな」

「うーん、わからん。ヴェルグリンドさんも、『ルドラが生まれ変わるなら、どんな悪人であれ善人であれ気にしない』とか言ってたけど、そこは気にしようよって思ったもんな」

「あっははは！　テメエは人間だった頃の固定観念が抜け切れてねーんだな。ま、おいおいわかるさ」

「そんなもんかねえ……」

納得はいかないが、長命種からすれば、善や悪などの観念は、その時々の気分でしかないのかも。だとすれば、俺は自分の考えを大事にしようと思う。

いやいや、俺が悪事に手を染めたらどうなるんだって話であり、それこそ、今は亡きマリアベルが恐れていた通りになってしまいかねない。

そもそも俺はワガママなのだ。

だからこそ絶対に、自分勝手に行動して世界を混沌とさせるのだけは阻止しなきゃな。

今でも結構好き放題してるけど、あくまでもより良い世界を目指しての活動なのだ。

自分の娯楽の為に他人を不幸にするような真似だけは、絶対にしない――と、俺は心にそう誓ったのだった。

＊

これで大丈夫かどうか、常に自分に問いかけるようにしよう——ってな事を考えていると、ギィが思い出したように俺に話しかけてきた。

「ところでリムル、ふと気になったんだがよ」

「ん？　もう隠し事はないと思うけど？」

「いや、そこは疑ってるが、それはいいんだ。そうじゃなくてよ、ミカエルの考えが気になったのさ。ヤツはどうやって、ヴェルダナーヴァを復活させるつもりなんだ？」

知ってたら教えろと、ギィが俺に迫った。

そんなもん、知る訳がない——と言いかけて、俺も思い出した。

「あっ、そう言えば何か言ってたな」

「うむ。言っておったな」

俺がそう呟くと、一緒に聞いていたヴェルドラも頷いた。


そう、確か——

「クフフフ。あの者共は〝竜種〟の力を三体取り込めば、〝竜の因子〟が揃ってヴェルダナーヴァ様が復活すると、そう考えているようですね。愚かだと思いますが、絶対にないとは言い切れないでしょうか」

俺が思い出すよりも先に、ディアブロが説明してくれた。

そうそう、そんな感じだったと思い出した。現実感がないし、そんな方法で成功するとも思えないから忘れていたんだった。

そもそも、〝竜の因子〟とやらが鍵だった。

《〝竜の因子〟ならば、主様《マスター》も獲得しておられます》

ああ、俺も一応は〝竜種〟っぽい存在になったんだったな。だから〝竜の因子〟を持ってても不思議ではないのか。

それはともかく。

ヴェルザード、ヴェルグリンド、そしてヴェルドラ。

〝竜種〟三体から〝竜の因子〟を集めたとしても、一番大事なヴェルダナーヴァの因子が欠けていては意味がないと思うんだよね。

〝魂〟が違えば別人だしな。

ディアブロ的には、なくはない、らしいけど。

「あ？　無茶だろ、その理屈。それで再現出来るとしても疑似体だけで、権能は真似られるかもしれねーが肝心かなめの〝魂〟とは関係ねーだろうがよ」

と、俺と同意見らしいギィが突っ込む。

「知りませんよ。ただ、完成された肉体があれば、失われた〝魂〟が戻って来る可能性を否定出来ないだけです」

「まあな。ヴェルダナーヴァは完全なる精神生命体だから、ルドラのように〝魂〟が散らばるとも思えねーからな。確かに、なくはねーか」

うーん、その理屈は意味不明だな。

《戻って来る理由がありません。そもそも、戻るつもりなら自ら肉体を再生可能なのがヴェルダナーヴァという存在かと》

だよね。

シエルさんが否定派だったので、俺も自信を持って敵の作戦に懐疑的だったのだ。

まあ、どうせ失敗するだろうし、無視しても——

「ふむ。ならば敵の目的は、ヴェルドラになるやも知れぬのじゃな」

この場にいた全員の動きがピタリと止まった。

「ふぁえ？」

シーンと静まり返った大広間に、ヴェルドラの間抜けな呟きが響く。

意味がわからぬという様子だが、それは放置だ。

今はそれよりも、ルミナスが指摘した点が重要なのである。

「おっと、それは盲点だったな。ヴェルドラは一度支配されたけど、その時は〝竜の因子〟を奪われていないからな」

ミカエルにとって大事なのは成功率ではなく、可能性だけなんだろう。

　ならばヴェルダナーヴァの復活の是非はともかく、ヴェルドラの〝竜の因子〟が狙われる公算は十分に高かったのだ。

　ヤバイな、ヴェルザードが支配される状況なんて考えてなかったから、かなり後手に回ってしまった気がするぞ。

「うむ。オベーラも確か、皇帝ルドラ――つまりはミカエルが、ヴェルグリンドの〝竜の因子〟を取り込んだと言っていたのだ。ヴェルザードまで支配されたとなれば、残るはヴェルドラだけなのだぞ！」

「オイオイ、待て待て。って言うと何か？　ヴェルザードも〝竜の因子〟を奪われると言いたいのかよ!?」

　ミリムの発言に、少し慌てるようにギィが反応した。

　なので俺は、思った事を口にする。

「それは間違いないんじゃないか？」

　するとギィは、珍しくも焦った様子を見せる。

「そうなると、ヴェルザードも無事じゃ済まねーな。オレと互角に戦えるほどのヤツだが、もしかすると消滅しちまうかも知れねえワケか？」

「うーん、それはどうだろう？　ヴェルグリンドの場合は、『並列存在』の内の一体が吸収されたんだけどな。多分、一割あるかないか程度の魔素量《エネルギー》だったと思うけど、それだけでもミカエルにとってはギリギリだったんじゃないかな」

　その説明を聞いて、ギィが落ち着きを取り戻した。

「ふむ、まあな。〝竜種〟の力は絶大だから、そう簡単には吸収出来ねーか」

　俺は頷く。

　あの時のヴェルグリンドは、カレラの〝神滅弾《ジャッジメント》〟によってかなりのダメージを負っていた。それでもまだ、相当な力が残っていたのだ。

　事実、ミカエルはユウキの権能である『奪命掌《スティールライフ》』でヴェルグリンドの力を取り込んでいたけど、完全には吸収しきれなかったのである。

　ついでに言うと、ミカエルがこの世界からヴェルグリンドを追放した理由にも心当たりがあった。

「それに、奪うのは力や因子だけじゃなく権能もなんだよ。そうなると天使系への絶対支配も消えちゃうから、慎重に行動しなければ逆襲を喰らうだろうね」

だからミカエルは、ヴェルザードを使い倒して弱らせてから奪って追放しようとするはずだ。

《同意です》

うむ、たまには俺も冴えているのである。

「だがよ、どうして権能まで奪う必要がある？　絶対支配があるのなら、使い倒して追放するよりも手駒にする方が賢くねーか？」

えっと、それもそうだな。

ミカエルの権能ならば、被支配者の権能まで行使可能なのだ。わざわざ奪う理由がない気がする。

シエルさんからの賛同も得て、俺の推論は完璧だと思ったのに……。

「さてのう、ミカエルとやらに全ての権能を集める事が、ヴェルダナーヴァの復活に必要だと考えているんじゃないかのう？」

嘆く俺を置き去りに、ダグリュールが発言する。

「悪魔系やその他の派生スキルは無視しても構わねーと？」

「そうよな。ヴェルダナーヴァ自らが所有していた権能だけが、純然たるスキルだと考えておるのやも知れぬな」

今度はルミナスだ。

俺達の会話を聞いていただけで、かなり核心に迫った考察へと至った様子であった。

「完全なるヴェルダナーヴァ――つまりは、全ての権能を生み出した全能の存在を再現する為に、純正の権能を集めようってか。気の遠くなるような話だが、だとするとその願いは叶いそうにねーな。こっちにレオンがいる以上、ヤツ等が全ての権能を集めるのは不可能だからな」

そう言ってギィが不敵に嗤うが、そんなに簡単な話ではないような気がする。

その推論が正解だった場合、この時点でミカエルの戦略的目標を打破した事になりそうだからだ。

だって、ねえ？

俺、というかシエルさんが既に、『智慧之王《ラファエル》』と『誓約之王《ウリエル》』、ついでに『救恤之王《ラグエル》』まで消費しちゃっているんだもん。

悩む俺に、シエルさんが語りかけてきた。

《〝竜の因子〟を奪われたヴェルグリンドですが、その存在を維持出来なくなっており、〝時空転送〟されずとも消滅は確実でした。消え去る前に主様《マスター》が本体を解放したので、全てのエネルギーが再統合されたかと推測します》

ふむふむ。

では、どうしてわざわざ追放するような真似を？

《恐らくは、復活するのを恐れたのかと。〝竜の因子〟を奪っても、〝魂〟や心核《ココロ》までは壊せなかったのでしょう。ですから、復活したヴェルグリンドに復讐されるのを阻止したのではないでしょうか》

断定しないという事は、確信が持てないという事ね。

だからシエルさんも、この話題には触れないようにしていたのか。

相変わらずの完璧主義者ぶりだが、相談相手になってくれるだけでも大いに助かるのだ。

シエルさんが気にしているのは、権能を奪わずにヴェルグリンドが復活した場合、どうなるかが未知数だからかな？

《その通りです。消滅は確実ですが、その際には支配から解き放たれてしまうのでしょう。そうすると――》

支配されていた時の記憶が残っているであろう、ヴェルグリンドの怒りを買いかねない。権能による支配であると看破された場合、原因となった『救恤之王《ラグエル》』を捨て去り自由を得て、ミカエルの前に再び現れる可能性がある訳だ。

だったら、追放してしまえ――というのが真相っぽいね。

行使する者がいなくなるのだから、有益な権能を回収しておくのは理にかなっているかな。

とすると、今話題になってる『権能奪回論』は間違い、という事になる。

《そもそも、一度創作した権能など何度でも生み出せるかと》

そう、そういうコトだよネ！

俺もそれが言いたかったのだ。

シエルさんのそういう自信家なところ、以前よりも磨きがかかっているようで俺も安心したのだった。

＊

考えが纏まったので、再び議論に参加する。

「権能を集めるのは利があると思うけど、ヴェルダナーヴァの復活とは関係ないんじゃないか？　重視すべきなのは、やっぱり〝竜の因子〟だと思う」

「話を戻す気かのう？」

訝し気に俺を見るダグリュール。

結論の出ない話題にウンザリしている感じだが、その気持ちはよくわかる。

答えのない会議ほど、意味がないものはないもんな。

だからここで、バシッと結論を述べるつもりなのだ。

「いや、確実性の問題だよ。ミカエルは権能については何も口にしていなかったから、そっちはついでなんじゃないかと思うんだ」

「ふむ、続けるがよい」

いやまあ、ルミナスからの許可も要らないんだけどね。

どうしてそんなに偉そうなのか疑問だが、ここでそれを問い質すよりも議論を終わらすのが先決であろう。

これは逃げじゃない。断じて。

という訳で、俺は結論を口にした。

「もしも権能が重要だった場合、レオン以外にも俺に心当たりがあるんだ。だからさ、そっちは無視してヴェルドラを敵に渡さないように動くべきだな」

「ふむん、自信があるようだな」

「まあね。俺が権能も奪われたって話をしたから、ちょっと混乱させちゃったけど、そっちは気にしない方向で頼むよ」

俺がそう言うと、ギィは考え込むように俺を見つめてきた。

「フンッ！　どうしてヴェルグリンドの権能を奪ったのか、不明のままなのが癪だがな。いいぜ。テメエを信用してやらあ」

ギィってば、意外と話がわかるんだよな。

取り敢えず、これで方針が決まった。

さっき出た結論に戻っただけという説もあるが、それは気にしたら負けなのである。

「となると、だ。警戒すべきはやはり、ヴェルザードとヴェルドラを相まみえさせない事だろうな。頼んだぜ、リムル」

ギィがそう言ってきた。

俺に責任を押し付けようとしているように見えなくもないが、突っ込んだら話が長くなるので頷いておく。

議論に嫌気がさしている時にありがちな事だが、もうそれでいいよ、という気分になっていた。

だからまあ——

「やはりな。我ってば、超重要な立場だったのだな？」

——などと、真面目に話し合いに参加もせずに、馬鹿な事を口にするヴェルドラに、イラッとしたのは仕方のない話なのだった。


現状、俺達は後手に回っている。

それは認めなければならないが、挽回は可能だろう。

ヴェルドラは天使系とは関係ないし、〝王権発動《レガリアドミニオン》〟の支配からも既に逃れている。敵さんもそれを承知の上だろうから、次に取る手段は正攻法となるんじゃなかろうか。

そうなれば総力戦だろうから、先に天使系所有者を揃えたりするのが先決だと思う。

俺なら間違いなく慎重に行動するのだが、ミカエルがどちらを主とした戦略を採るかは未知数だった。

だが、焦る事はないのだ。

敵の主目的がヴェルドラなのは間違いないのだから、俺達はそれを阻止するように手を打てばいいのである。

最悪の場合、やりたくはないけどレオンの〝支配回路〟を排除しておくのも一つの手だと思った。

「それじゃあ各自、健闘を祈る。何かあれば、直ぐに連絡を寄越すんだぜ」

ギィの言葉を最後の締めとして、協調性など微塵も感じられなかったグダグダの会談《ワルプルギス》も、ようやく終了と相成ったのだ。

幕間　天帝と元勇者

「今日はどうしたの、レオン君？」

そう問いかけたのは麗しき美女、魔導王朝サリオンの天帝たる、エルメシア・エルリュ・サリオンその人である。

問いかけられたのは勿論、魔王レオン・クロムウェル本人であった。

魔王達の宴《ワルプルギス》が終わった後、レオンは自国に戻らずサリオンに寄り道をしていたのである。

「ギィが私の国に来る事になっているので、悠長に時間を取れない。社交辞令はナシで本題に入らせてもらうぞ」

「本当にせっかちだこと。でも、そういう事情なら仕方ないわねえ」

そもそも、約束もなくエルメシアに会える時点で、レオンは超優遇されているのだ。その上でエルメシアの都合などお構いなしに話を進めるのだから、二人の関係を知らぬ者からすれば到底信じられないような話であろう。

………

……

…

二人の関係――それはつまり、レオンがまだ〝魔王〟になるどころか、〝勇者〟でさえなかった頃まで遡る。

クロエを探し求めて世界を放浪していたレオンだが、ここ、サリオンにも立ち寄った事があった。そこで出会ったのが、暇を持て余すエルメシアの母――シルビア・エル・リュだったのだ。

真なるエルフである風精人《ハイエルフ》にして、『魔導科学』の基礎理論を提唱した天才研究家として有名な人物である。

しかしてそのもう一つの顔は、黄昏の王《ヴァンパイア》たる〝神祖〟トワイライト・バレンタインの手で生み出された高弟の一人だったのだ。

シルビアは強かった。

もしも彼女が協力していれば、シルビアの夫たるエルメシアの父も死なずに済んだかも知れない。

だが、それは叶わぬ話だったのだ。

何故ならば、丁度そのタイミングでシルビアのお腹にエルメシアが宿っていたからである。

そんなシルビアがレオンの師匠となり、その持てる剣技と魔法を教授したのだから、レオンが強くなったのも当然であった。

その縁もあり、レオンとエルメシアは顔見知りとなっていた。

そして、家族や親しい者だけに許される特権を与えられ、こうして面会が許されているのである。

………

……

…

エルメシアの了承を得て、レオンが口を開いた。

「ある程度の諜報は仕掛けていたのだろう？」

そう指摘され、素直に認めるエルメシア。

「勿論よぉ」

「ならば、魔王リムルが東の帝国に勝利したのは知っているな？」

「原初達の活躍までは把握していたわよ。祝勝会の後、少しだけお邪魔したもの」

「では、その後の戦いは？」

「ユウキ君だっけ？　帝国内の内通者と共闘するって話は聞いてたけどぉ、肝心な場面で情報が途絶しちゃったのよねえ……」

そうか、とレオンは頷き、情報を開示してエルメシアの反応を窺う。

「その際に色々あったようだ。ヴェルグリンドの登場に、ヴェルドラが支配されたりと、危機的状況に陥ったらしい。だが、それらを撥ね除けてリムルが勝利したそうだ」

「は？　マジで？」

「どうやら本当に知らぬようだな。ならば手短に事情を説明するとしよう」

その言葉通り、レオンは簡潔に説明を行った。

魔王達の宴《ワルプルギス》で話し合われた内容を、ほとんど隠し事をせずに語ったのである。

エルメシア相手に腹芸など通じないとわかった上で、素直に協力を求めるというレオンの判断であった。

「なるほどねえ……そんな事になっていたのなら、リムっちが説明に困るのも納得だわ」

と、大いに得心するエルメシア。

「勝ったよん」という一言に、まさかそこまで……ヴェルグリンドに勝ったという意味まで含まれているとは絶句ものであった。リムルは相当強いだろうとは思っていたものの、いくら何でもそこまでの化け物に育っているとは想像以上だったのだ。

（どうやらとっくに、お母様以上に強くなっていたみたいねえ。原初達を手懐けられるワケだわ）

支配されていたヴェルグリンドとヴェルドラを解放し、逆境を撥ね除けてみせた。敵首魁であるミカエル達に逃げられはしたものの、実質的には大勝利と言っても過言ではない状況だったと判断される。

「一応聞くけど、レオン君が嘘を吐いて私を騙そうとしているワケじゃないのよね？」

「私が嘘を吐く理由などあるまい。本人から聞いた話だから、真実かどうかの保証はしないがな」

「ふーん、私が思っていた以上に、君は魔王リムルを信じているのねえ」

「皇帝ルドラが自身の権能《スキル》に乗っ取られて、現在はミカエルと名乗っている——などという話を聞かされて、お前ならばどう思う？」

「まあねえ……吐くならもっとマシな嘘を吐くわよねえ……」

「ああ、その通りだ。荒唐無稽過ぎて、逆に全てが信じられると思ったのさ」

そう断言するレオン。

エルメシアとしては苦笑するほかなかった。

「あら、疑り深いレオン君らしからぬ反応じゃない？」

「茶化すな。リムルは姑息な面もあるが、見栄を張って嘘を吐くような男ではない。むしろその逆で――」

「自分を過小評価させようって感じ？　そう言おうとしたのなら、私と同意見よう」

あのスライムらしいと、エルメシアは思った。

原初を従えている事さえも、大した事ないと嘯《うそぶ》くほどなのだから。

今回の件にしても同じなのだろう。

エルメシアもリムル達が勝利したのは知っていたが、「勝ったよん」と告げられただけで、そこまで詳しく説明を受けた訳ではなかった。

とは言え、あのデタラメなスライムの事だから、何かしらとんでもない出来事があったのだろうとは思っていたので、落ち着いたら事情を聴きに行く予定だったのだ。

（やっぱり、めんどくさい事になっているじゃないのよう。〝携帯電話〟では話せないような内容なのはわかるけど、もう少し詳しく聞いておくべきだったかも）

勝ったという言葉に安心したのが失敗だったと、エルメシアは表情を変えずに反省した。


「それにしても、ヴェルドラが友好的なままで、ヴェルグリンドが味方になったのは重畳《ちょうじょう》だったわねえ」

うむ、とレオンは頷いた。

「話を聞く限り、生き残っている方が不思議な相手だと感じたさ。少なくとも私では、ヴェルグリンド相手に勝利するのも不可能だろうからな」

ギィが相手ならば、万が一という事もある。

しかしながら、リムルの話にあった『並列存在』なる権能を前にしては、レオンが勝利する目は皆無であった。

だからこそ、そんな権能を相手に勝ったと嘘を吐く理由がないと、レオンは確信しているのである。

「まあねえ。私でも無理だもの、レオン君が自分を卑《ひ》下《げ》する事はないわよう？」

「別に卑下などしていない」

「本当に？」

「ああ」

それよりもだ――と、レオンは話を本題に戻す。

エルメシアが相手だと、隙あらばからかわれるのだ。

今回もそうなってしまわぬように、さっさと用件を告げる事にした。

「事情は説明した通りだ。それを踏まえて頼みたいのは、師匠と連絡を取って欲しいのさ」

「お母様、ねえ……」

レオンの言いたい事は理解した。

究極能力《アルティメットスキル》『純潔之王《メタトロン》』を所有している以上、ミカエルの支配からは逃れられない。権能を所有している事が敵にバレる前に、何とか対処せねばならぬのだ。

その為には、エルメシアの知識だけでは力不足だった。

事の重大さを考えても、サリオン最高の英知を動かすべき事態であると判断される。

が、しかし！

シルビアは自由人なのだ。

そしてまた、サリオン最高戦力でもあった。

隠密行動も得意としており、シルビアが隠れたらその居場所を特定するのも困難なのである。魔法士団《メイガス》の指導層である導師十三席を派遣したとしても、彼女を発見出来るかどうかは賭けであった。

〝魔法通話〟もキャンセルされてしまうので、連絡の取りようがない。定期的に顔を見せてくれるので、その際に色々と話は出来るのだが……連絡を取るのは難しい、というのが実情だったのだ。

ちなみに、定期的というのは一年に一度という頻度である。これにも理由があり、エルメシアとしても不便だと思った事など一度もなかった。

そもそも、シルビアに頼らねば解決出来ないような事態など滅多に起きるものではない。

本当にピンチの際に利用する秘匿手段も、ない訳ではないのだが……。

「駄目か？」

レオンから真っ直ぐに問われて、エルメシアは溜息を吐いた。

シルビアの弟子であるレオンは、エルメシアにとって可愛い弟みたいなものなのだ。そんなレオンの頼みを無下に断るなど、エルメシアとしては躊躇《ためら》われたのである。

「全力を尽くすけど、最悪は半年ほど待ってもらう事になるわねえ」

「……わかった。それで頼む」

そう言うなり、レオンは席を立った。

「もう帰るの？」

「用は済んだからな」

ゆっくりしていけばいいのにと思いつつ、エルメシアは苦笑する。

不器用な生き方しか出来ない、レオンらしいなと思いながら……。

＊

レオンが去った後、エルメシアはレオンとの約束を守って動き出した。

近衛を呼び、シルビアへの緊急連絡を命じる。

実は、エルメシアとシルビアは瓜二つの容貌なのである。故に、交互に天帝役を演じる事で、自由時間を確保するという二人だけの秘密があったのだ。

「あーあ、絶対に恨まれるわよねえ……」

自分なら、自由時間を奪われたら激怒する。そう思うだけに、母が怒るのも仕方ないと感じるのだ。

今回ばかりは文句を言われようとも我慢する所存だが、それでも自分の選択が間違っているとは思っていない。

何しろ、かつてない異常事態なのだから当然だ。

話を聞く限り、魔王ギィまでもがレオンの護衛を買って出たという。ギィが永久凍土から動くなど、それだけでも大事件なのだった。

「本当、これまで生きてきて、ここまで大変な事態になったのは初めてねえ」

エルメシアはこれからの事を考え、憂鬱な思いで黄昏《たそがれ》るのだった。

第二章

束の間の日常

Regarding Reincarnated to Slime

魔王達の宴《ワルプルギス》から五ヶ月が経過した。

この間、色々な出来事が起きているが、実に平和そのものである。

ミカエルが動く気配はない。

フェルドウェイ達の動向を把握出来ていないのが不安だが、俺達が守りを固める時間が出来たと前向きに考えるようにしていた。

というか、のんびりしているのにも理由があるのだ。実はあれから、ディーノに連絡を取ってみたのだ。

その方法とはズバリ、ゼギオンがディーノに刻んだ刻印《ノロイ》を利用した連絡手段である。

ゼギオンとディーノには、刻印《ノロイ》の呪縛を通じた繋がりが出来ていた。シエルさんにそう教えられた俺は、それを通じて会話出来ないかと聞いてみたのだ。

《簡単です》

アッサリと告げられた時は真顔になってしまったが、出来るのなら歓迎すべきだった。

直ぐに連絡を行い、釘を刺したという訳である。

まあ、ディーノに限っては、敵対してくれる方がマシだと思えた。ラミリスのところで雑用とかやってはいたが、味方でいても無駄飯食らいというイメージが拭えない。こうして敵陣営にいながら情報を流してくれる方が、俺達としては助かるというものだからだ。

以前にも言った覚えがあるが、無能な味方は優秀な敵より恐ろしいという。ディーノの場合がまさにそれで、敵方にいるだけで俺達に貢献してくれているのだった。

で、その時の会話内容だが――

………

……

…

『ようっす！　ディーノ君、元気かね？』

俺がそう話しかけると、ディーノが慌てふためく気配がした。

そりゃね。

いきなり心に話しかけたから、ビックリするのも当然だよね。

『リムル、さん？』

『おう、よくわかったな。俺だよ、俺』

オレオレ詐欺じゃないよ。

こっちが圧倒的に上の立場だと理解させる為にも、ここは高圧的にいく。

『……何の用、ですかね？　俺はとても忙しいんだけど――』

とても嫌そうな反応があり、俺はニヤリとほくそ笑んだ。

逃がさんよ、ディーノ君。

そう思いながら、俺は『思念』を飛ばす。

『いやー何、簡単なお話だよ。君、俺に喧嘩売ったらしいね？』

『い、いやあ、喧嘩を売ったというか、そういう大袈裟なアレじゃなくて……』

『言い訳なんて聞きたくないなあ。大事なのは誠意だと思うんだよね』

『誠意、ですか……』

『ラミリスの迷宮内に侵入者を手引きした上に、大暴れしたそうじゃない。しかも、ラミリスの誘拐まで企んだんだってね？』

俺はニヤニヤと笑いながら、ディーノを追い詰める。

『そ、それはですね、命令でしかたなかったと言いますか――』

『言い訳は聞きたくないって、今言ったばかりだよ？』

『はい、スミマセン……』

これではどっちが悪役かわからないが、俺は魔王だから問題ないのだ。

ついでに言うとディーノも魔王なので、まったく良心が痛まないのも都合が良かった。
分が悪いと悟ったのか、ディーノの反応が鈍い。
俺は好機とばかりに、ここで交渉を仕掛けた。
『本来なら許されざる行為だが、今回は目を瞑っても
いい。君が反省しているというなら、だけどね』
『マジで!? 当然、反省しているさ。ただ、俺にもシ
ガラミってヤツがあって、今回のような事態になっち
ゃっただけなんだ。アンタなら、わかってくれるよ
な？』
『ウンウン、わかるとも。君がミカエルに支配されて
いただけだってね』
『――えっ？』
やはり、自覚ナシっと。
ただ、ディーノの本来のいい加減な性格が功を奏し
てか、支配者であるミカエルへの忠誠心も低いみたい
で助かった。
『ちょ、待ッ!? マジで？ 俺ってば、支配されてる
の？』
『うん、されてる。今回の件も、お前の意思じゃない
と思う』
そう言ってから、俺はミカエルの権能について教え
てやったのだ。
『つーわけ。だからさ、お前も天使系を所持してると
睨んでるんだが、間違ってるかな？』
『ウッソだろ……確かに俺も、究極能力《アルティメットスキル》「至天之王《アスタルテ》」
を持ってるわ……』
ディーノの権能は『至天之王《アスタルテ》』か。効果は不明だが、
それが天使系能力で間違いなさそうだ。
『それだね。だからお前も、まるで自覚しないままに
ミカエルに操られてるのさ』
ディーノの反応を見るに、支配を悟らせないのも良
し悪しがありそうだ。完全支配して忠誠を誓わせてい
る訳ではないから、こうして簡単に綻びが出てしまう
のか。
ディーノの性格もあるんだろうけど、この感じだと
上手く切り崩せそうな予感がした。
『俺はどうしたらいい？ アンタの話を聞いても、ミ
カエルへの腹立ちとかはないんだ。裏切ろうという気

も起きないし、このままアンタ達に加勢しようという気も起きない。自覚するまで気付かなかったが、確かに変な感じなんだよ』

こうしてディーノの権能を聞き出せた上に、本人に自覚させる事も出来た。この接触は大成功だった感じだね。

だが、どうせなら駄目元でっと。

『一応、仮説はあるんだ。天使系に対抗する悪魔系の権能があれば、相殺して支配から逃れられるんじゃないかってね。他にも手立てがあるにはあるけど、運頼みな面があるからおススメ出来ない』

相殺説については、クロエが例となっている。

クロノアという神智核《マナス》がいたからこそ、クロエ自身は支配されずに済んでいた。クロノアと音信不通になったそうだが、俺の見立てでは『希望之王《サリエル》』から〝支配回路〟を取り除こうと悪戦苦闘しているのだと思われる。

手助けしてやりたいが、ここは彼女達を信じて好きにさせているのだった。


で、運頼みな方法だが。

これは嘘だ。

ディーノを信じない訳ではないが、コイツは一応支配された状態にあるんだよ。手の内を全部晒すほど、俺も馬鹿じゃないのだった。

実際、レオンに対してもそうなのだが、俺が『捕食』したらシエルさんが何とかしてくれそうな気がしていた。でも、気分的に嫌なので、それは最後の手段として取っておこうと考えているのだ。

そんな訳でディーノには、何とか出来る可能性がある事だけを伝えてみたのだった。

『……なるほどね。支配されたままってのは気分が悪いし、俺も何とか出来ないか探ってみるわ』

『オイオイ、無理はするなよ。ミカエル達と俺達魔王勢で全面戦争する事になったから、お前にはこのまま何もせず、疑われないように過ごして欲しい』

たとえばスパイなどを頼んで、ディーノから情報をもらったとしても、全面的には信じられない。

ゼギオンの刻印《ノロイ》の効果で嘘を吐けなくなるかは微妙

だし、出来たとしても俺達に報告した事をミカエルに告げ口されたら意味がないからだ。

ゼギオンの強制力とミカエルの支配、果たしてどちらの効果が上か定かではない以上、不確かな情報に頼るのは危険だと考えている訳である。

だが、しかし！

ここでディーノを遊ばせておくのももったいないではないか！

というか、俺達だけが苦労しているなど、到底許される話ではないのである。

『それだけでいいのかよ？』

お前は何もするなと言われて、ディーノが嬉しそうだ。

実に甘い男である。

俺がそんなに優しい訳がないのにね。

『お前もミカエルを裏切るとなると、心苦しいんじゃないかと思ってさ』

ディーノを気遣うように優しい口調で答えちゃいるが、内心では働かせる気満々なのだ。

『いや、裏切ろうとは思わないけど、情報を流すくらいなら全然平気！』

おいおい、それでいいのか？

やっぱりコイツ、根本的なところで信用出来ない気がするぞ……。

いいや、これでいいのだ。

本人が裏切っているとも感じぬ程度に、こちらが有利となるように行動してもらうのがベストなのだから。

『いや、大丈夫だ。お前は何もしなくていい』

『マジかよ。それじゃ、アンタがさっき言ってた誠意ってヤツはどうなる？』

上手い具合に話を誘導出来ているね。

ディーノに自発的に行動させるべく、天邪鬼な性格を利用する作戦で正解だったようだ。

『お前が戦闘に加わらないだけでも、ミカエル側の戦力を削れたも同然だしな』

『なるほど、確かに！』

それで納得されてもイラッとくるが、まあディーノだし、と思えば許せる気になるな。

『そうか、そこまで言ってくれるなら、気になる事があれば伝えるさ』

『助かる』

よしよし、これで自覚のないままスパイ役に徹してもらえそうだ。

『それじゃあ、俺は監視役に専念しておくから、何かあったら言ってくれ』

『ああ、それで。ちなみに、ミカエルは今何をしている？　動くとすればいつ頃になりそうかわかるか？』

ディーノを抱き込む事に成功したので、聞きたい事を聞いてみた。

嘘を吐いてもわかるので、ディーノが告げ口しない限りは信憑性の高い情報となるのだ。

『ああ、今は眠ってるみたいだぜ。ほら、ヴェルグリンドの力を手に入れた上に、ヴェルザードからも力を奪ったみたいでさ。その無理が祟って休眠したっぽいな』

おっと、いきなり凄い情報だぞ。

ヴェルザードを弱らせてから行動に出るかと思ったのに、せっかちな野郎だ。

ああ、ギィと戦ったらしいし、多少は弱っていたのかもな。だけど、両者共に本気じゃなかったっぽいから、ミカエルの手に余ったのだろう。

それに、〝竜の因子〟は奪われた訳か。

だとすれば、ミカエルに何らかの変化が生じている可能性もあるから、油断はしない方が良さそうだ。

そうなると気になるのは――

『ヴェルザードはどうなった？』

『ヴェルザードも回復中だよ。こっちは多分、数日で元通りなんじゃないかな』

なるほど……。

いきなり攻めてくるという線は消えたと思うが、〝竜種〟の回復力は半端ないからな。

ただ、司令塔であるミカエルが復活するまでは、本格的な侵攻作戦はないと思いたいものである。

『わかった、ありがとう』

『このくらいなら、お安い御用さ』

敵の数とか、もっと聞きたい事は山ほどあるが、これ以上は止めておく。

ディーノが気持ちよく教えてくれるだけで満足しておく方が、情報源として長持ちしそうだからな。

『それじゃあ、また連絡するよ』

『ああ――って、思い出した。ラミリスに、スマンかったと謝っといてくれると助かる』

会話を終えようとしたら、ディーノから頼まれた。

なので、俺は爽やかにお断りする。

『あ？　後で自分で謝れよ。アイツ、かなりお怒りでさ、お前に四十八の必殺技を全部試すって息巻いてたからな』

『四十八もねーだろ！　アイツ、ドロップキックしか使えないじゃん！』

『知らねーよ。アイツがそう言ってたんだよ。確かに伝えたぞ？』

俺がそう言い返すと、ディーノが笑ったような気配がした。

『ふふ。わかったよ。じゃあな』

『ああ、またな』

ディーノの了承を得て、俺は今度こそ繋がりを切断したのだった。

……………

……

…

とまあ、こんな感じのやり取りだった。

成果は上々だったと言えるだろう。

この話はディーノが内通者であるという点だけボカした上で、魔王連中とも共有済みである。なので、俺達もピリピリせずに済んでいるという訳だ。

勿論、全てが罠だった可能性も否定は出来ないのだが、そこまで出来るとすればシエルさんくらいなものだ。警戒し過ぎて神経を磨り減らすのも面白くないし、それこそ敵の術中に嵌っているようなものなので、自然体が一番という結論に落ち着いたのである。

まあ、天使が攻めて来るという話を聞いた時と同じ判断だね。

俺は明日できる事は明日やるタイプだった。

夏休みの宿題なんて、最初に全力で頑張って残りは最終日に終わらせるスタイル。

間に合わなかったら？

その時は堂々と学校に行き、「忘れました」と言って怒られたものさ。

明日持って来いと言われたら、間に合うようなら終わらせて、間に合わないようなら「失くしました」の出番だったね。

まあ、なるべくは終わらせたかったから頑張ったけど、無理なものは無理と割り切るのも大事だと思うのだ。

え、普段から頑張れ？

いやあ、集中力がね。

ってな訳で、怒られる覚悟さえあれば、後は何とかなるものなのである。

言い換えれば、自分の行動の責任は自分で持てって話なのだよ。

思いっきり話が脱線していた。

ディーノには毎朝、ミカエルが目覚めたかどうかだけ連絡してもらっていた。

ミカエルだって、全てを見通せる訳ではないはず。支配対象の権能は操れるようだが、思考まで読み解けるとは思えない。もしもそれが可能だった場合、膨大な量の情報を処理する必要があるので、逆に必要な情報だけを抜き出すのが困難となるはずだ。

自分に対して嘘も吐けない相手に、そこまでするとは思えないのである。

俺がそう考える根拠は、シエルさんだった。

シエルさんでさえ、〝魂の回廊〟で繋がる者と会話は可能でも、思考の全てを読み解くのは不可能だと断言していた。表層心理ならば感じ取れる場合があるらしいが、心の奥底で考えている内容までは干渉不可能なのだそうだ。

もっとも、問いかけたら答えが視えたりするらしいけど、それに関しては俺も心当たりがある。しょっちゅう考えを見抜かれている気がするので、常に用心深くあろうと心がけているのだった。

とまあ、そんな理由からディーノの情報には、一定以上の信用を置いているのであった。

で、ミカエルに動きがないここ五ヶ月の間に、決戦に向けて準備を行っていた訳だ。

魔王間で相互の協力体制を構築し、何かあれば速やかに対処出来るように、各々の拠点と綿密な打ち合わせを行っている。

主に、俺が。

可能なら助けに向かうという協定は、俺にとっても有意義な内容なのだが、その調整役は非常に大変なものだった。

＊

あのグダグダな宴《かいぎ》を見れば、ワガママ放題の魔王達との会談が如何に難しいか理解出来ると思う。

先ずは約束通り、各魔王の支配領域に、恒常的に利用可能な〝転移用魔法陣〟を建造中である。

魔王達の宴《ワルプルギス》の後、ミザリーに頼んで魔王達の国に一度連れていってもらった。そして位置情報を記録して、直ぐに『転移』出来るようにしておいたのである。

当然ながら、各魔王も納得済みだ。

ギィの居城〝白氷宮《はくひょうきゅう》〟は、今回の議場だったので把握済み。

ルミナスの神聖法皇国ルベリオス、その首都たる聖なる都〝ルーン〟にも行った事がある。

まだ名前もないミリムの国は何度も視察に訪れているので、実際に行ったのは黄金郷《おうごんきょう》エルドラドと、〝聖《せい》虚《きょ》〟ダマルガニアの二ヶ所のみである。

ダグリュールの支配地は、まさに朽ちた聖域という感じだった。時間があればゆっくり観光してみたかったが、今回は仕事優先だった。直ぐに帰り、ウルティマ達を派遣する手筈を整えたのだった。

ちなみに、その時の会話で判明したのだが、ミリムとダグリュールは『転移』出来ないそうだ。

言うまでもないが、ラミリスも。

「いやあ、ワシ、そういうのは苦手なのだよ」

「ワタシもなのだ！　チマチマと面倒な座標計算をするくらいなら、飛んで行った方が早いのだぞ！」

というのが、二人の弁である。

確かに転移系の魔法は、位置を記録させた地点にしか跳べない。スキルによる『空間転移』の場合はもっと融通が利くが、現在地と目的地の座標——あるいは正確な情報《イメージ》——がなければ発動しない。位置情報の相関関係をキチンと把握して、跳ぶ為の角度と距離を計算する必要があるのだ。

簡単に転移しているイメージだが、タイムラグもあるし、意外と面倒な能力《スキル》なのである。

ミリムは本能に依存した天性の勘で行動しているので、意図的に計算するのが苦手な様子。演算能力は非常に高いのだが、本人が面倒がって苦手としているみたいだった。

ダグリュールは、見るからに肉体派だし……。

ラミリスは、まあ、ね。

〝転移用魔法陣〟の建造はギィからの要望だったけど、今後は重宝されるようになるかも知れない。レオンとルミナスは魔法とスキルで何とでもなるらしいが、設置に反対しなかったところを見ると、この装置の有用性を見抜いたのだろう。

何しろこれは、誰にでも利用可能だからね。

それこそ、魔力の少ない人間でも利用出来るのだ。大気中から集めた魔素を利用して、五十名近い人間を一度に移動させる事が可能なのである。これによって、魔法陣の間を設えた各国との行き来が楽になるだろう。

将来的にはもっと大掛かりなモノを用意してもいいのだが、効率面で問題があった。

知っての通り生物を転移させる場合、大量の魔素を必要とするのである。

自然に補充されるのを待つと、一回利用するのに一週間はかかる計算となる。俺達並みに魔素量《エネルギー》が多ければ補充も簡単だが、人間がこれに魔力を補填するのは大変な労力となるだろう。

物資の輸送などに利用出来れば、流通革命が起こせるんだけどね。そうなると、俺達が必死になって開発中の〝魔導列車〟なんかが産廃になってしまうし、色々と解決しなければならない問題が山積みとなってしまうのだ。

棲み分けという言葉もあるし、これの有効活用の方策は今後の課題として残しておく事にしたのだった。

——ってな訳で、〝転移用魔法陣〟を建造中なのだが、実はもう魔王の国については完成していた。

その時の状況を振り返ってみると——

……………

………

…

最初に設置したのは、当然ながら我が魔国連邦《テンペスト》だ。万が一を考えて、迷宮内の隔離部屋に設置しておいた。こうしておけば、敵に利用されたとしても安心である。

続いて設置したのは、〝聖虚《せいきょ》〟ダマルガニアだ。

ウルティマを連れて俺が出向き、ちょちょいのチョイで完成させたのである。

本来なら、自分では手掛けずに皆に任せるのだが、今回ばかりは事情が事情だった。悠長に構えている余裕がない上に、ダマルガニアは特殊な立地だったのだ。

大昔、ギィとミリムの決戦によって廃墟と化した都。しかしてその惨劇は、今でも色濃く影響を及ぼしているのである。

不毛の大地、死せる砂漠。そう呼ばれる理由は幾つかあった。

吹き荒れる砂の嵐は、触れるモノを腐食させる。この砂嵐が、外界とダマルガニアを隔離しているのである。

《ギィとミリムの力が干渉し合い大破壊が生じようというタイミングで、その力を別次元に無理矢理放逐し、被害を最小限に抑え込んだのでしょう。ただし、その力は消え去った訳ではなく、次元の綻びから漏れ続けているのです。それが、この惨状の原因かと》

というのが、シエルさんの解説だった。

大昔の話なのに、未だに影響があるとかビビりますわ。

ともかく、そんな危険な場所がダグリュールの支配領域だったのだ。

そんなダマルガニアには、天を貫くほどの巨大な塔――〝天通閣〟があった。その周辺だけが、辛うじて安全地帯〝聖虚《せいきょ》〟として機能していたのである。

太古の昔からあるという『結界』の外は、永久凍土に匹敵するほどの脅威に満ちていた。

弱い魔物なら砂刃に切り刻まれて死ぬし、強い魔物でも長時間の活動は死に直結する危険がある。ダグリュール達、巨人族《ジャイアント》にとってもそれは例外ではないのだ。

上位の戦士達ならばともかく、弱者や女子供にとっては、安全な〝聖虚《せいきょ》〟の外は危険でいっぱいなのだった。

巨人族《ジャイアント》でさえその有様なのだから、人間などからすれば死地そのものだ。だからこそ、今回ばかりはベスター達を派遣したりせずに、俺自身の手によって作業を行ったのだった。

と言っても、やったのは〝魔法陣〟の設置のみ。

シエルさんが構築した魔法の術式が刻まれた巨大円盤――高さ一メートル、直径七メートルにも及ぶ純粋な〝魔鋼〟製――を、ダグリュールから指定された位置に設置しただけ。後の細かい作業は、ウルティマと一緒にやって来た悪魔達のお仕事だった。

「リムル様からの御命令だよ！　ボクに恥をかかせないように、しっかりと完成させてよね！」

と、ウルティマから叱咤激励？　される悪魔達。

アレは、半分以上脅しているようなものだったが、悪魔は魔法を得意としているのだから何とかなるだろう。そう考えて、後を任せて撤退したのだった。

だが……。

「リムルよ、大丈夫なのか……？」

と、ダグリュールから不安そうに問いかけられたのだが……。

「うん、問題ないだろ。ウルティマだけじゃなくヴェイロンもいるし、何ならゾンダを呼び戻してもいいし。試験では成功したんだから、後の調整は任せておいて心配ないよ」

そう、心配ないはずだ。

だって、ウルティマ達はああ見えても大悪魔なのだ。俺など及びもつかぬような英知を蓄えているだろうから、俺は何の憂いもなく作業を終了したのである。

「そうではなく、あの者共が暴れぬのかと――」

「じゃあ、俺は行くから！　後はヨロシク！」

ダグリュールが何か言いかけたが、敢えて無視する。

ここで人員変更とか面倒なだけなので、俺は逃げるようにその場を後にしたのだった。


ダマルガニアの次は、ルベリオスだ。

ルミナスの指定した場所に〝魔法陣〟を設置した。

後は、一緒に連れて来たゴブキュウ親方や、〝超克者《ちょうこくしゃ》〟達の出番である。

ゴブキュウ親方に任せれば、転移用施設として立派な建物を建ててくれる事だろう。そして〝超克者〟達の手にかかれば、転移先情報などの細かい仕上げもお手の物だった。

「これなら何とかなるね。テンペストやダマルガニアとも連絡を取り合って、実用可能なレベルまで仕上げてみせるよ！」

てな具合に請け負ってくれたので、ここでの俺の仕事も終了したのである。


で、もう一つの用件だが。

ルミナスの所には、シオンや彼女の部下達、アダルマンとその従者達が着任する手筈となっている。

今回纏めて連れて来たのだが、問題なのはその宿屋だった。

「安心せよ。妾《わらわ》の神殿に空き部屋がある故、そこで寝泊まりするがいい」

「それは助かる。シオン、アダルマン、そういう事だから迷惑をかけないようにね」

「お任せ下さい、リムル様！　私はリムル様の秘書として、恥ずかしくない態度で任務を遂行して御覧に入れますね！」

不安だ。

むしろ何もせず、敵が攻めて来たら連絡だけ寄越して欲しいほどだ。

「でも、料理が出来ないのは残念です。一日でもサボると腕が鈍ると言いますし……」

それはピアノとかさ、もっと繊細な技術なんじゃないかな？

そう言えば、シオンもヴァイオリンを得意としているんだから、そっちの練習は要らないのだろうか？

「お前さ、楽器の練習とかしなくていいの？　普段から戦闘訓練は熱心みたいだけど、ヴァイオリンを弾いてる姿なんて見かけないけど？」

「フフフ、御安心を。日々の訓練さえしっかりと行っていれば、楽器を弾くなど簡単なものです。それよりも、微妙な匙加減を見極める力の方が――」

オカシイ。

コイツの考え方は間違っている。

全国の奏者に謝罪しろと思いつつ、俺は呆れた表情を押し隠した。

シオンは匙加減とか言っているが、どれだけ間違っても味だけは保障されているしね。もっとも、塩を入れ過ぎると塩分過多だし、砂糖の場合も健康に悪い。適量が大事という点は正解なんだけど。

ともかく、心配の方向性が間違っているのだけは確かだろう。

なんて思っていると、横からルミナスが口を挟んできた。

「シオンだったな。戦闘訓練なら、ヒナタが暇をしておるじゃろう。何なら妾《わらわ》が相手をしてやってもよいから、安心するがいい。それと、料理じゃったか。使っていない台所を明け渡して食材は手配してやる故、好きにするがよいぞ」

その言葉に絶句した。余りにも恐れ知らずな提案に、俺の方が震える始末だ。

ビックリし過ぎて、止めるのが遅れてしまったよ。

「ル、ルミナス、シオンに料理をさせるのは――」

「何、構わぬ。こんな時世なのじゃから、趣味は大事にせねばなるまい。フフフ、妾《わらわ》も一時、料理に熱を上げた事があったのじゃ。フフフ、何なら一緒に試してみるのも面白かろうて」

「まあ！　それは素晴らしい考えですね。負けませんよ、ルミナス様！」

「フフッ、ヒナタも料理は中々の腕前じゃったからな。誘ってやるとしよう」

ウソだろ、オイ。

話が大事になってしまったぞ。

ヒナタまで参戦するとか、もはや俺の手に負えそうもなかった。

どうなっても知らないぞと、俺は運を天に任せたのだ。

「ア、アダルマン。後は任せたぞ！」

「エッ!?」

何か恐ろしい予感を覚えたのだろう。信仰心厚いアダルマンでさえも、俺の言葉に素直に頷きはしなかったのだ。

だが、賽《さい》は投げられている。

「それじゃあ、何かあったら連絡ヨロ！」

俺はそう言い残し、その場から逃亡したのだった。

＊

三つ目は、ミリムの国だ。

勝手知ったるユーラザニア跡地。

そこに聳《そび》えるのは霊峰ではなく、建設中の巨大建造物だった。

俺は旧市街跡地に『転移』して、迎えを待つ。

ゲルドは先行させたので、連れているのはガビル一派と、カレラ&エスプリである。

ガビルの太鼓持ちであるカクシン、スケロウ、ヤシチの三人衆や〝飛竜衆《ヒリュウ》〟の隊長格であるガザット君もいる。

ガビルの副官が誰なのかは俺も知らないが、この四名が目立っているのは確かなのだった。

〝飛竜衆《ヒリュウ》〟達はヤバイ相手との決戦前だというのに、喜色満面だった。

その理由だけど、ウルティマの特訓が当面お休みになったかららしい。

無茶苦茶過酷で、何度も死んだんだって。迷宮内だったから、死んでも止められなかったと嘆いていた。

考えてみれば、迷宮って反則なんだよ。

死にそうな特訓ではなく、死ぬのを前提として限界を見極められるんだから。

まあ、そのお陰もあって、メキメキと実力を伸ばしているみたいだけど。

進化して魔素量《エネルギー》が増えただけでは、真に強くなったとは言えないのだ。その力を使いこなしてこそ、一流の戦士と呼ばれるのだった。

とは言え、やり過ぎは禁物である。

俺だってそんな特訓はしたくないので、ウルティマにはほどほどにするよう伝えておこうと思ったのだった。

そんな訳で、総勢百名ちょい。ここで待機して十分ほどが経過した。

ミリムには今日行く事を『思念伝達』で伝えてあるのだが、もしかして忘れてるとか？

「遅くない？」

「まあまあ、カレラ殿。まだ来たばかりではありませぬか。観光するような大らかな気持ちで、迎えを待つとしましょう！」

「ガビル殿は優しいよね」

「カレラ様が短気過ぎなだけ、って気がしますよ」

「何か言った、エスプリ？」

「イイエ、何も」

たかが十分。されど、十分。

俺だって、カレラがイラッとなる気持ちを理解出来なくはない。だけどそれは、分刻みで生きていた現代日本人の感覚が残っているからであって、この世界的にはせっかちな部類なのだ。

時間の概念はあるし、時計もあるんだけど、前世でつけていた腕時計のような精巧な代物は流通していない。少し嵩張る懐中時計を持っているのは貴族か大商人くらいというのが、この世界での常識だったりする。

なので、約束が昼過ぎと曖昧なものだった場合、早めに伝令役を待機させておくのがセオリーなのだ。

今回の場合、それを怠っているミリム側に責任があると言えるのだが、待ち合わせ時間や日にちを勘違いしていた等の誤解がないとも限らないので、腹を立てるのは大人げないのだ。

カレラにそれを求めても仕方ないので、ここは俺が前に立つとしよう。

「慌てるなって。ちょっとミリムに確認してみるよ」

そう告げてから、ミリムへと『思念伝達』してみた。

『あ、ミリム？　もう着いたんだけど、待ち合わせ場所に誰もいないんだけど？』

『むむっ!?　リ、リムルか？　ワタシは宿題で忙しいのだが、ちゃんとミッドレイに伝えておいたのだぞ！　も、もしかすると、時間を勘違いしているのかも知れぬな。ワタシから強く言い聞かせておくから、怒らないでやって欲しいのだ！』

……。

ピンときたよね。

フレイさんから出された宿題に追われて、俺からの伝言を伝え忘れていたっぽい。

『わかったから、慌てなくていいよ』

『う、うむ！　では、また後でな！』

こういう事もあるのだ。

そう割り切って、カレラを宥めつつ迎えを待った。

が、ここで予想外の事が起きた。

駆け付けた者達の一人が、トンデモない発言を口にしたのである。

「おおう、貴方様が魔王リムル様ですな！　聞いていた以上に凛々しく、圧巻の貫禄。このジャギィ、感服致しましたぞぃ!!」

その発言者――ジャギィが、ガビルに向かって恭《うやうや》しく頭を下げたのである。

どうやら、ジャギィの種族は龍人族《ドラゴニュート》みたいだ。ガビルと違って人の姿をしており、側頭部から角が生えている。

背は小柄だが、ガッシリとした体格で動作もキビキビとしていた。

引き連れている五人の魔人達だが、こちらは多様な種族という以外には特筆すべき特徴はなさそうだった。

何故かジャギィには、出来立てと思わしき傷が体中に散見された。それが少し気になったのだが、元気そうにピンピンしているので問題ないのだろう。それよりも問題なのは、ジャギィの発言そのものだった。

俺も唖然としたが、一番驚いて反応したのはガビルであろう。

「イヤイヤイヤ、我輩はリム――」

「おお、畏れ多い！　私如き下級兵長にまで挨拶は不要ですとも！　貴方様の御名前を存じぬ者など、魔王ミリム様の配下には一人たりとも存在しませんからな！」

慌てて否定しようとするも、勘違い野郎の暴走によって遮られてしまっている。

名前を知ってても顔を知らなければ意味なくね？

俺の顔を知る魔人も多いのだが、下級兵長《したっぱ》とやらはその例から漏れているようだった。

ちなみに、ジャギィがガビルを俺だと勘違いした理由についてだが、思い当たるのは覇気《オーラ》だと思う。

俺は完璧に妖気《オーラ》を抑え込み、外見上は人間そのものなのだ。

それはカレラやエスプリも同様で、悪魔どころか魔人にさえも見えないのである。

まあ、魔国連邦《テンペスト》には人間のお客様も多いので、普段から妖気を出さないようにクセづいているからだけど。

しかし、このままではマズい。

俺は久しぶりにこういう扱いを受けて、逆に楽しい気分だが、カレラやエスプリの忍耐力なんて微々たるものなのだ。

「ちょっと、その人はガビ——」

「何だね、君達は。侍女、ではないのか？　軍服など着ておるようだが、大人の会話に割り込むようでは、教育が足りていないと思われますぞ」

今もまた、エスプリの言葉を遮っちゃったよ。

正直、教育が足りてないのはこの人だと思った。

「ははは、なかなか愉快なヤツじゃないか」

そう言って、カレラが笑う。

その言葉とは裏腹に、こめかみにはビキビキと青筋が立っていた。

むしろ頑張って我慢している方だな、これ。

爆発三秒前という様子なので、笑っている場合ではなさそうだ。

と、思っていると、俺より先にエスプリが動いた。

「ちょっとさあ、いい加減に人の話を聞いて欲しいんですけど？」

そう強く言い放ち、ジャギィへと手を出したのだ。

殴るというほどではないが、それなりに強めのアクション。弱い魔人なら反応も出来ず、パンッと頬をぶたれて意識を失いかねない一撃であった。

本来ならエスプリを怒るべきだが、今回はジャギィに落ち度がある。勝手な思い込みでガビルを俺だと勘違いし、こちらの話を聞かなかったのだからな。

暴力に訴えるのは宜しくないものの、このままではカレラが暴れ出しそうになっていた。その空気を読んだ上でのエスプリの行動なのだから、俺も目を瞑る事にしたのである。

これでジャギィが落ち着いて俺達の話を聞いてくれるなら、もうそれで話を終わらせようと思ったのだ。

ところが、ここで意外な事が起きた。

ジャギィがエスプリに反応して見せたのである。

「――え？」

「そりゃあ！」

その攻防は一瞬の出来事だった。

パシンと受け止めたエスプリの左裏拳を右手でつかみ取り、軽く捻りをいれるジャギィ。そのまま体勢を崩すエスプリに追い打ちをかけるように、右足で足払いまで仕掛けていた。

その、ローキックの如き足払いを避けるように、否、その攻撃を読んだ上でか、エスプリは自ら跳躍した。そしてそのまま空中で身体を捻るようにして、ジャギィの頭部に向けて右足の蹴りを放ったのである。

上体を仰け反らせて蹴りをかわすジャギィ。だが、エスプリの攻撃はそれで終わりではなかった。

掴まれた拳を軸として、蹴った右足を振り子のように戻しながら、今度は左足での蹴りを敢行したのである。

これにより、右と左の足が交差するようにジャギィの首を狙う。曲芸みたいな、どこぞの漫画で見たような技だが、初見でこれをやられては対応は難しいだろう。

それなのに、ジャギィはエスプリの拳を手放してバク宙する事で、その連撃を回避して見せたのだった。

そうして再び仕切り直しとなった訳だが、このままでは両者が本気になってしまいそうだ。

「ほほう、なかなかに愉快なお嬢さんだったようで。私相手に手加減しておられるとは、軍服を着ているのは伊達ではなかったのですな」

ジャギィが首を鳴らしながら、そんな事を言い始めた。

「オジサンもやるじゃん。ちょっとは楽しめそうだし、本気見せちゃおうかな?」

それを受けてエスプリも、とてもイイ笑顔で拳をポキポキ言わせ始めている。

カレラは動じず。

その楽しそうな笑顔を見るまでもなく、上司として止めるつもりなどないのは明白だった。

ガビルはこういう時、非常に頼りない。ウルティマのせいで、悪魔三人娘にトラウマでも植え付けられたっぽいんだよね。今回はエスプリだが、声をかけるべきかどうか迷っている様子だ。

ガビルがチラッと俺を見た。

やれやれ、やはり常識人は俺だけみたいだな。

仕方ないので介入する。


先ずは責任者を呼んでもらう事にした。

「はいはい、そこまで。ジャギィさんだったね、君じゃ話にならないから、上司を呼んできてくれたまえ」

スッと前に出て、大物感たっぷりにそう声をかける俺。自分的にはカッコいいつもりだが、まあ八十点ってところかな?

なんて自画自賛しつつ、ジャギィからの返事を待った。

すると、だ。

「はあ? 漢《オトコ》の戦いに水を差すでないわ!」

などとホザくではないか!

一瞬でカチンとなったね。

が、次の瞬間。

「お前、リムル様に不敬だぞ」

電光石火でカレラの蹴りが。

「流石の我輩も、我慢の限界というものである!」

吹っ飛んできたジャギィを、ガビルの槍が打ち落とす。

「あ、出遅れた」

対峙していたエスプリには出番ナシ。

そして俺はというと。

「ああ、君達。ここでは何も起きなかった。いいね？」

と、ジャギィが引き連れていた魔人達に、軽く威圧を行って証拠隠滅を図ったのだった。

＊

結論から言うと、ジャギィへの脅しは必要なかったらしい。

実にアッサリと、落ち度がミリム側にあると判明したのである。

「わははははは！　どうだ、ワタシのせいではないと、これでハッキリしただろう？」

「まあな。てっきりお前が伝言し忘れていたのかと思っていたけど、まさかね、まさか、誰が俺達を出迎えに行くかで、勝ち抜き戦をして盛り上がっていたとはね……」

その勝者がジャギィだった訳だけど、戦犯はミッドレイである。

「どうしてそうなるのよ……」

「いやいや、俺様のとこの野郎共も血の気が多いが、ミッドレイのとこも負けてねーな」

フレイさんなど頭を両手で抱え込んで呆れているし、カリオンは腹を抱えて笑っていた。

「で、ジャギィって野郎は強かったのかよ？」

「まあ、強かったよ。フォビオさんと五分五分って感じかな？」

急に真顔で問うカリオンに、素直な感想を答えた。

実際、魔素量《エネルギー》だけを比較すると若干劣るのだが、エスプリと渡り合った技量《レベル》はなかなかのものであった。

ガビルみたいに変身能力を有しているかも知れないので、そうだった場合は評価は更に跳ね上がるだろう。

もっとも、フォビオも『獣身化』出来るから差が縮まる事はないし、本気で戦えばフォビオの勝利で間違いないと思うけど。

それでも、ジャギィが優秀なのは確かなのだ。

ミッドレイもそうだけど、〝竜を祀る民〟の神官団はマジで強者が多い。力だけに頼っていないから、応用が利くというのも強みであった。

それなのに、脳筋。

残念でならない現実である。

「面目次第も御座いません。ワシの監督不行き届きで御座います」

そう言って、ミッドレイが頭を下げる。

まあ実際、ジャギィもこの人に感化されたんだろうなと想像出来るので、ミッドレイの責任が大きいという点は否定出来ないのだった。

「それで、そちらがカレラ殿ね？　ガビル殿共々、これから暫くの間、我が国への協力を宜しくお願いするわね」

こういう時は、やはりフレイさんだね。

カリオンは偉大な王ではあるが、戦うのが大好きという側面も併せ持っている。どちらかと言えばミッドレイ寄りであり、弱いヤツが悪いという生まれ持っての価値観を捨て切れていないのだ。

今回——というか俺達はまあ、強い方だから救われている面が大きいと言える。もしも弱かったら、こうも上手く交渉は成立しなかっただろう。

そういう点では、俺はかなり幸運なのだった。

「それじゃあ、カレラさんよ。俺様といっちょ、軽く力試ししてみないか？」

ほらね、カリオンが何か言い出してるし。

「ほう、その意気や良し！　どこまで手加減して欲しいか言いたまえよ」

カレラも簡単に乗るなよ！

「おいおい？」

「大丈夫だとも、我が君。カリオン殿も進化を果たしたそうじゃないか。ならば、自分がどれだけ強くなったか知りたいと思うのも当然だろうさ」

「あのね、それはまあそうなんだろうけど、ここは迷宮じゃないんだぞ？　互いにやり過ぎたら死ぬ恐れがあるんだから、そういう危険な行為は慎まなきゃ」

俺の言葉に、ガビルとフレイさんだけが大きく頷いてくれた。

が、他の面子は不満顔だ。

特に、ミリムが。

「ええ、つまらないのだ！」

などと駄々をこねて、「そんな事言わないの！」とフレイさんに怒られている。

でもまあ、実際問題として許可は出来ないな。

建設現場付近では以ての外だし、戦闘の影響が出ないほど離れた場所まで出向く必要がある。この御時世にそんな真似をするのは、敵にむかって狙って下さいと言っているようなものなのだ。

それなのに、意外にもカリオンが食い下がる。

「確かによ、危ないのは百も承知さ。だがな、さっきの俺様の言葉は本音なのよ。本番前に、自分がどれだけ強くなったか知っておきたいのさ」

お前だってそうだろ、フレイ——と、カリオンはフレイさんにまで同意を求めた。

まあねえ……。

考えてみれば、俺にはシエルさんがいたからな。

当時は『智慧之王《ラファエル》』になりたてだったけど、それでも俺の疑問には全て答えてくれたんだよ。だから力試しなんてしなくても、ある程度は何が出来るか把握出来たのだ。

カリオン達の場合は、自分達でその力を試しながら探っていくしかない訳で、手っ取り早い方法としては強者と戦ってみるのが一番なのも理にかなっていた。

「否定はしないわね。でもそれは、今までもそうしてきたし、これからも自分で何とかすべき問題なのではなくて？」

「そりゃそうさ。だがよ、敵は待っちゃくれねーんだぜ？　俺様達は早急に強くなって、俺様達を信じる民を守る義務があるんだ。その為にはよ、多少の無茶は甘受すべきだと思うが、どうよ？」

「それは……」

フレイさんが押し負けた。

王たる者の責務を持ち出されて、言い返せない様子である。

単なる力自慢がしたいだけなら却下だが、ちゃんと理由があるのなら検討すべき問題だった。

「リムルよ、ワタシとしてもカリオンの意見に賛成なのだ。今はワタシが訓練してやっているのだが、それでは限界があると思うのだぞ」

「ミリムの言う通りだな。悔しいがよ、覚醒して理解したぜ。強くなったはずなのに、ミリムが遠く視えちまったのさ。そしてリムル、お前との差も同じだな。俺様とお前達では、どうあがいても埋め難い差があるって事だ。その点——」

「フフッ、私なら手が届くとでも？　舐められたものだが、ミリム様を相手にするよりもマシという見立ては正しいだろうね」

なるほど……。

今の状態の俺とカレラでは、そこまで差がないような気もするが……カリオンがそう感じたというのなら、その目は本質を見抜けるようになっているという証拠であろう。

ギィもカリオンの事を高く評価していたし、覚醒した力を使いこなせるようになったなら、今後の大戦で大きな戦力となってくれそうだった。

ミリムからの頼みでもある。

ならばここは、協力するのが正解というものなのだ。

「わかった。それじゃあ、カリオンとフレイさんを連れて戻るから、カレラは予定通りここに残って防衛を頼む」

「え？　私が相手を——」

「迷宮には適任者がいるから！」

「わかったとも。我が君の仰せのままに」

しょんぼりしているので気が咎めるが、ここで甘い顔を見せてはならない。

カレラはやり過ぎるのだ。ラミリスからの苦情で頭も痛いし、カリオン達を任せるのなら、もっと常識的な相手を用意する方が賢明なのだった。

カリオンには、ベニマル。もしくはゼギオン。

フレイさんには、クマラあたりが適任かな。

後は帰ってから、細かい段取りを考えよう。何かあったら連絡が入るので、その時は即座に『転移』で送り届ければいいだろう。

「悪いな、俺様のワガママに付き合わせて」

「いいっていいって。カリオンの言い分が正しいと判断したから、協力する気になっただけだしね。フレイさんもそれでいいかな？」

「ええ、勿論。有り難い話だから、断る理由はないわね」

こうして話は纏まった。

ミリムの下にガビルとカレラ達を残し、カリオン達は連れ戻る事になったのだ。

ちなみに、カリオン達の配下については、各自の裁量にお任せである。

覚醒級になっていなければ、環境破壊もそこまで酷くない……と思う。回復薬を大量に差し入れしておいたので、後は自分達だけで何とかしてくれるはずだ。

ベニマル達もそうして強くなったのだし、それについては心配していないのだった。

＊

ミリムの国から戻り、カリオン達はベニマルに預けて迷宮に放り込んだ。

そうしてようやく、レオンの国に出向く時がやって来たのである。

ディアブロを先行させたけど、訪問するのを最後に回したから、今頃は俺の到着を待っているかも。そんな事を思いつつ、出発の準備を行う。

レオンの国――黄金郷《おうごんきょう》エルドラドがどこにあるのか、ミザリーに案内されたので知っている。

なので、移動と言っても『転移』で一瞬なのだ。

「護衛は自分が付きます」

ソウエイがいるなら安心だ。

「我が主よ、我の事もお忘れなく！」

俺の影からニュッと顔を出して、ランガがアピールしてきた。

おーよしよし！

モフモフを堪能しながら、頷いておく。

いつも一緒なんだが、こういうところが可愛いヤツなのだ。

さて、と。

何となく行きたくないから気が重いが、先方には連絡済みだ。嫌な事はサッサと済ませてしまうに限るので、重い腰を上げて立ち上がった。

「じゃあ、行くか」

そう呟いて、シュナやリグルド達の見送りを背に『転移』を発動させたのである。


レオンの支配地は、小さな大陸にあった。

小さくても、大陸は大陸。オーストラリアよりちょっと大きいくらいの規模なのだ。びっくりするほど広大な平地に、区画整理された街並みが広がっていた。

レオン達が移住する前は、森、平野、湖、川、そして山岳部と、自然の風景が広がっていたらしい。それを大魔法で強制的に整えて、最適化したのが現状なのだそうだ。

自然の調和を考えて創られた、人工的な都——それこそが、魔王レオン・クロムウェルが住まう都、黄金郷《おうごんきょう》エルドラドなのであった。

「ちょ、これは凄いな……」

思わず呟いた俺の声に反応し、指定場所で落ち合った銀騎士卿《シルバーナイト》アルロスが嬉しそうに答えた。

「ははは、光栄で御座います。それを聞けば、レオン様もお喜びになりましょう」

以前会った時は顔を完全に隠す兜を被っていたのだが、今は素顔のままだ。

レオンほどではないが、美女と見紛うほどの容姿である。

美しい銀髪が流れるように背中を伝っているが、首の太さや喉仏を見るに、男性なのは間違いなさそうだった。

ちなみにだが、このアルロスこそがレオン配下筆頭であり、魔法騎士団《マジックナイツ》の団長なのだそうだ。

俺が会った事のあるもう一人の人物、黒騎士卿《ブラックナイト》クロードさんが最強との事だったが、このアルロスもなかなかのものである。無詠唱で魔法を使いこなし、ごく自然に転移魔法を発動して見せたのだから。俺達が到着したのは街の外——つまりは都市防衛結界の外側だったのだが、そこから大門の前まで一瞬で到着したのだった。

種族は人間——ではなさそうだが、外見は人間っぽいな。そう思っていると、自分達は人魔族《デモンノイド》なのだと教えてくれた。

長命で魔法に長けた種族だが、元は人間だったらしい。魔人化という変異によって誕生するから、個体数は少ないのだそうだ。

もしかしたら、ミュウランやラーゼンとかも——

《そうですね、定義的には同様の存在かと》

やはりそうだったか。

まあ、魔人というと多種多様だから、細かく定義付けするのも面倒だしね。元人間からの魔人化なら、人魔族《デモンノイド》と称するようにしても問題なさそうだった。

それはともかく、大門から見える先の都市の様子に目を向ける。

思ってた以上に素晴らしい。

黄金色に輝く美しい建物が建ち並んでいるのだが、本当に見事な創りになっているのだ。

その配置は計算されつくしていた。

一言で言い表せば、六芒星——六稜郭《ろくりょうかく》とでも言うべき形状となっている。それだけで平面的な魔法効果を発動しているが、凄いのはここからだ。

街並みは螺旋を描くようになっており、入り口から序々に高さを増していた。そして、中央部に威容を放っている白亜の城へと繋がっているのだ。

天を突くような、螺旋の王城が聳え立つ。

城そのものの大きさはそこまでもないのだが、街全体が立体的構造となっている為、かなり巨大に見えるのである。

上空から見るならば、この都市そのもので一つの強大な積層型魔法陣を描いているのがわかるだろう。逆に言えば、上空からの俯瞰視野を持たない者は、この都市が描く魔法陣に気付けないという事である。

俯瞰視野を持っていても、意識しなければ気付かない。それほど巧妙にして絶妙な配列なのだった。

俺だって、都市建設には浪漫を実現しようと色々夢想したものだが、魔法陣を組み込むというのは思いつかなかった。凄い発想もあったものだと、久しぶりに悔しい気持ちになってしまったよ。

　その計算されつくした都市構造は、俺の元建設畑としての誇り《プライド》をいたく刺激してくれたのだった。

　俺達の国も間違いなく素晴らしいのだが、ここまで機能性を優先して都市計画を立てる余裕などなかった。ラミリスの迷宮があるから防衛面でも万全になっているが、それは幸運が重なった結果に過ぎないのだ。

　それを、都市住民の魔力によって維持する仕組みを考案し、こうして実現するとはね。

「この都市そのもので、一つの強大な魔法陣の効果を発揮させるとはね。凄いとしか言いようがないな」

　ちょっとだけ負けた気分になってしまったので、素直に称賛してみた。

「おお、わかりますか？」

　と、アルロスは嬉しそうに笑う。

「その効果は、〝進入監視《サーチエネミー》〟と〝迎撃防御《カウンターマジック》〟かな？　通常魔法と規模が違い過ぎて、えげつない効果を発揮しそうだけど」

　一つの魔法陣に二つの効果を付与するだけでも、相当に苦労して配列を考えねばならない。それを、都市という規模で実現させていた。

　建物の配列だけで魔法陣を描きつつ、戦術級の魔法を常時展開させているのだから、その凄さは計り知れない。

　許可なく進入すればすぐに発見される。それに加えて、都市外から魔法攻撃を仕掛けても、その全てが撥《は》ね返される事になるだろう。

　この規模の魔法陣ならば、都市攻撃に特化した軍団魔法《レギオンマジック》すらも、楽勝で撥ね返す事が出来るんじゃないかと思うほどだ。

「ははは、流石ですね。一目見ただけで、そこまで理解出来るのですか。隠しても仕方ありませんのでお答えしますが、正解です。この都市は、魔法による絶対防御が施されているのです」

　自慢気に、アルロスが答えた。

　その時にサラッと、「この結界があるからこそ、核撃魔法を撃ち込んでくるような極悪な悪魔からも守られているのです」などと説明してくれたのだが、深く追及すると俺にとって都合が悪そうだったので、聞き流しておいた。

チラッと金髪の女子高生風悪魔を思い浮かべたりもしたのだが、きっと俺の気のせいに違いないと思う次第である。

そういうふうに思い込む事で理論武装を固めつつ、それ以上追及されないようにアルロスをヨイショしておく事にした。

「一つの効果を得るだけでも、莫大な予算と年月が必要だっただろう？　それを二つも、都市機能の発展による拡張も計算しつつ、ここまで完璧に実現するとはね」

「その通りです。途轍《とてつ》もない苦難の道のりでしたが、我等はレオン様を信じて成し遂げたのですよ」

「いや、マジで凄いよ。成功すれば儲けものというレベルの話を、本気で取り組んで成功させたんだからさ」

「ははは、ありがとうございます。そこまで褒めて頂けるとは思いませんでした。この都市を考案されたのはレオン様なのですが、きっとお喜びになるかと」

嘘だろ、この都市を設計したのがレオンだと!?

マジもんの天才だったとは……。

ただの〝クロエ大好きムッツリ魔王〟かと思っていたのに、認識を改める必要がありそうだ。

この街並みは間違いなく美しい。

認めるしかない現実だったからこそ、悔しさよりも興奮が上回ったのだ。

ソウエイも感心した様子で都市を観察しているが、魔法はそこまで得意ではないはずだ。それでも何か得るものがないかと、貪欲《どんよく》に聞き耳を立てている様子だった。

「上空からの侵入も難しいか。となると、地下からしかないな……」

違った。

攻める手段を考えていただけだったか。

いや、そういうのも大事だよ？

今は協力関係だけど、もしかすると敵対する事になるかもしれないからね。

ともかく、都市と魔法陣の融合は素晴らしいものだった。

この機能を我が国にも取り入れたいが、これはそう簡単に真似出来る代物ではない。少なくとも、首都〝リムル〟は別の意味で完成しているので、今から導入するのは不可能だった。

今後の課題だな。

その内、別の都市を増やす機会があれば、その時こそ俺なりのアイデアを実現してみよう。

帰ってからの楽しみが出来た。

無駄になるかもしれないが、俺なりの魔法都市を設計してみようと思ったのだ。

＊

大門に備わっていた通用口を通り抜け、ガラス製の螺旋回廊を進む。

都市内部も美しかった。

遠くに見える人造の崖からは、勢いよく滝が流れ落ちている。その水が都市に張り巡らされた運河を辿り、美しい紋様を描くのだ。

そんなふうに都市を堪能しながら、歩くこと十分程度。騎士達が守る一般人立ち入り禁止のエリアに到着した。

「この奥に、王宮前に繋がる魔法陣が設置されているのです」

そう言って、アルロスが俺達を案内する。

そして、その魔法陣で跳んだ先で出迎えてくれたのは、驚くべき事にこの国の主、魔王レオン・クロムウェルその人だった。

白シャツにジーンズという、思ったよりもラフな服装だったので驚いたが、とても似合っている。

色男は、何を着ても似合うというヤツだな。

腕を組んで柱にもたれかかっているその姿は、一枚の絵画であるかのように様になっていた。

それなのに、開口した途端に残念感が漂う。

「チッ、やはりクロエはいないのか」

コイツの頭にはクロエの事しか詰まっていないのか

と、ちょっとだけイラッとした。

やっぱり〝クロエ大好きムッツリ魔王〟で間違いないのだが、それだけで本物のレオンだと納得出来るのだから、苦情を入れるのは勘弁してやろう。

それに、レオンの様子が少しおかしかった。

アルロスも美形だと思ったが、レオンに比べれば霞んでしまう。相変わらず嫌味なほどの色男なのだが、何だか元気がない感じだったのだ。

「当たり前だろ。それよりもお前、何だかやつれてないか？」

「……煩《うるさ》い。元凶を寄越した貴様が言うな」

あっ！

それだけで察しちゃったね。

ヤツが迷惑をかけているんだろうな、と。

「もしかして、ディアブロが何か……？」

「……まあな」

一瞬だが、無言の見詰め合いが成立してしまったぞ。

レオンは何か言いたげだったが、その言葉をグッと飲み込んで、ただ一度頷いただけだった。


重い。

とてつもなく、重苦しい空気であった。

沈黙を守ったまま城の中を案内された。

辿り着いたのは、煌《きら》びやかで豪華な部屋だ。

金銀宝石で飾られているのに、嫌味ではない品の良い調度品が並ぶ。壁紙は真っ白く統一されており、シャンデリアの輝きを宝石が反射する事で美しく映えていた。

クレイマンの居城のように、悪趣味ではない。

センスの良さが光っていた。

息苦しくならない程度の豪華さ、とでも言うのだろうか。外観が白亜の城でありながら派手ではなかったように、内装も美しくも上品で落ち着きを感じさせるものであった。

これなら庶民出身の俺でも、変に緊張する事もなく寛げそうだ。重苦しい空気になっていたが、これらの調度品が心を慰めてくれそうである。

——と思ったのに、廊下が騒がしくなった。

緊張はしなくても、頭が痛くなりそうな予感がした。

当然の如く、それは的中する。

「ああ、リムル様！　お待ちしておりました」

ディアブロだ。

俺に恭《うやうや》しく一礼した後、実に自然に俺を応接室に案内してくれた。

ここ、レオンの国なんだけどね。

どうしてお前が我が物顔なのかと、問い詰めたい気分になったよ。

ディアブロに遅れてギィの登場だ。

「よくも待たせやがったな、リムル。どうしてココを最後にしやがった？」

そう言いながら、俺と向かい合う椅子に腰掛けた。

「そりゃあ勿論、ギィさんがいたからですわ。やっぱ強い人がいると安心だから、ここには来なくてもいいかな、なんて！」

軽く冗談めかして、本音を伝えてみた。

ギィのこめかみがピクピクと動く。

これはヤバイ。

俺は空気を読める男なので、ギィが爆発する前に話題を変える事にした。

「落ち着けって。実際、ここにはお前とディアブロがいるんだから、敵が攻めてきても対処出来ただろう？ルミナスのとこは若干不安だったし、ダグリュールについては、アイツがどれだけ強いのか俺も知らないんだからさ。そっちを優先するのが当然だろうが」

「ミリムならオレと同じくらい――」

確かに、ミリムも強い。ギィが何を言いたいのかよくわかるが、これについてはちゃんとした理由があるのだ。

「ミリムのとこは建設工事を請け負っているからね。信用第一が信条の俺としては、優先せざるを得ないのだよ」

そう言い切って、俺はドヤ顔を決めた。

ミリムは何のかんの言って大事な友達だし、俺もかなり助けてもらっている。恩返しするのは当然だし、ギィとどちらが大事かなど比べるまでもない話なのだ。

迷惑もかけられたりするけど、それはお互い様だしな。

「チッ、まあいい。それで、他の魔王達はどんな様子なんだ？」

切り替えの早いのが、ギィのいいところだな。

自分を後回しにされてイラついていても、ちゃんとした判断力も持ち合わせているようで安心した。

「取り敢えず、各国には〝転移用魔法陣〟を建造しておいた。細かい調整はまだだが、緊急時に起動させるのは問題ないようにしてある」

俺はそう言いつつ、『胃袋』をちょっとだけ開いて〝魔鋼〟製の円盤をチラッと見せた。大きいので、取り出すと面倒なのだ。

「場所を指定してくれたら設置するよ」

「ふむ、それについては後で案内しよう」

と、レオンが口を挟んでくる。

いや、この城の主はレオンなのだから、それで正解だったな。ギィの態度があまりにも大きいものだから、思わず勘違いしそうになっていたよ。

「ふむん、緊急時の備えは間に合ったようで何よりだ。となると、後は敵が攻めて来るのを待つばかりか？」

「まあね。俺としては、帝国との戦後の後始末や、西側諸国との連携強化なんかもしておく予定だけど」

「人間共の力なんざ、戦力として期待出来ねーだろうが？」

「うん。だから、避難訓練をね。俺達の戦いに巻き込まれて文明が滅んだりしないように、最善を尽くそうと思ってるよ」

首都〝リムル〟に住む者達は無事だろうけど、それ以外の国々ではどれだけの被害が出るか予想するのも難しい。その為にも、ある程度の避難場所を〝三賢酔《リエガ》〟に準備させている最中なのだった。

ミョルマイル君が頑張ってくれている訳だ。

ちょっと仕事を振り過ぎている感があるので、事が落ち着いたら慰労《いろう》する予定である。

ちなみに、帝国臣民はミカエルの権能に必要不可欠だろうが、それだって絶対とは思わない方が無難であろう。

俺が帝国臣民の皆殺しを示唆しちゃったから、ミカエルが対策を立てていると思うんだよね。そうなるように仕向けたとも言えるのだが、これぱかりは戦ってみるまで確認しようがないのである。

「ふーん、テメエも大変だな」

と、ギィが呆れているが、それが俺なのだ。

ここまで苦労して人間社会との国交樹立を成功させたのだから、これを維持する事が我が国にとっての至上命題であると言える。

ミカエル達に壊されるなど、今までの苦労を踏みにじられるようで我慢ならないのだ。

そんな俺に、レオンまで呆れたように言う。

「自国だけでなく他の国にまで気を配るなど、お前は思っていた以上のお人好しなのだな。自分の手は無限に広がるとでも思っているのか？」

うーん、それはまあその通りだな。

俺だって、自分が何でも出来るなんて考えちゃいない。

だけどそれでも、何もせずに失うのはもう沢山なのだ。

「後悔したくないだけさ。出来る事は全部やる。それで駄目なら、諦めもつくだろ」

いや、もしも駄目だったら諦められないだろうし、後悔もするだろうな。

だけど、そうならないように足掻く訳で、不幸な未来が確定するまでは、自分自身に胸を張って生きていられるのだ。

自分を騙すのは無理だからな。

だからこそ、納得出来る生き方をするしかないのである。

「フッ、私は後悔ばかりだったよ。だからあの子も、私ではなくお前を選んだのかも知れないな」

クロエの話かな？

今のレオンの話には、聞き流せない重みが感じられた。

レオンがかなりの無茶をやったのは間違いない。気を付けないと、俺もそうなってしまいかねないっていう忠告なのかも。

そう考えた俺は、レオンの不安を笑い飛ばす事にした。

「俺はね、お前と違ってロリ——シスコンじゃないからね。ちゃんと周囲の迷惑に配慮出来る常識人だし、その心配は杞憂ってものだよ」

「ふざけるな、殺すぞ」

不思議な事に一触即発の空気になってしまい、その後、ギィによって仲裁されるまで俺達の口論は続いたのだった。

＊

「ホントによ、テメエが来たらマシになるかと期待してたのに、とんだ勘違いだったみてーだぜ」

何故か疲れた様子のギィが、俺に向かってそう愚痴る。

俺に何を期待しているのか知らないけど、解せぬ話だ。

「クフフフフ。どうせなら、ここで白黒ハッキリつけてしまえば宜しいのでは？　幸いにも、ミザリー達が『被害軽減結界』を張るのに慣れてきた頃合いですし」

俺とレオンに、戦って決着をつけろと？

「お前ねえ、魔王同士なのにそんな無茶が出来るかよ」

「御安心を。リムル様の御手を煩わせるまでもなく、私が相手を致しますので」

その目をスッと細めて、ディアブロがレオンを見る。獲物を狙う捕食者のような眼差しだが、コイツなら本気でやりかねない。

どっちが勝つのか俺にも読めないし、気にならないと言えば嘘になる。だがそれでも、それを許可するのは色々な意味でアウトだった。

「被害が甚大になるって言ってるんだよ！　お前の任務はレオンの護衛だって言ったよな？　それなのに戦ってみるとか、本末転倒どころの話じゃないだろうが！」

俺が説教すると、ディアブロは残念そうにションボリとなった。

反省している様子ではないが、大人しくなったのでヨシとしておく。

「もっと言ってやってくれや、リムル。コイツはホント、こりねー野郎なんだよ！　昨日だってオレに突っかかってきやがって、手加減してたのに訓練場を破壊しちまったんだぜ？」
いや、それは知らんよ。

その喧嘩の原因が何だったのかを聞かねば、どっちが悪いか断言出来ないしな。

というか——

「え？　お前とディアブロが戦ったの？」

「ああ。最近退屈でよ、軽く運動がてら手合わせしてるのさ」

意味がわからない。

ディアブロとギィが戦ったそうだが、言葉に尽くせぬほど大変だったのだと。昨日の話らしいから、今日でなくて良かったと思う次第である。

レオンを見ると、めっちゃ不機嫌そうに溜息を吐いていた。

「最初は、そこのメイドがディアブロに喧嘩を売ったのが始まりだったか。コテンパンに負かされて、負け惜しみを言いながら逃亡したのだが……」

そこのメイドと言いながら、レオンの視線がレインを捉えていた。

「まさか、御冗談を。私は負け惜しみなど口にしておりませんし、そもそも、負けておりません！」

喧嘩したのは否定しないんだね……。

「貴様の主観的意見など聞く価値もない」

レインの白々しい言葉を、レオンが切って捨てる。

それを拾ったのがディアブロだ。

「クフフフフ。私としては、弱い者イジメは嫌いですので。見逃して差し上げたのですよ」

「あ？　次は本気出すって言ったよね？　手加減してあげたから、勘違いしちゃいましたか？」

「ミザリーを連れてきて、二対一で私に挑んだのを忘れましたか？　次はキツメに躾《しつ》けなければなりませんかね」

ディアブロは悠然としながら、レインは相手を小馬鹿にするように、互いを煽り合う。このままでは実力行使に——と心配になったのだが、不思議とそうはならなかった。

「めんどくせー事にこの二人、いつの間にか協定を結びやがったんだ」

と、ギィが信じられない事を言う。

口喧嘩は日常茶飯事で、可愛いものなのだそうだ。

「ここ二週間、毎日喧嘩していたんだがね。いつの間にやら、意気投合していたのだよ」

それをレオンが肯定した事で、ギィの話の信憑性が増した。

そしてそれが真実なのだとすれば、戦力バランスが崩れてメンドクサイ事になっていると理解出来てしまうのである。

「イヤですわ。どのような証拠があって、そんなデタラメを？」

「バレていないとでも思っていたのか？　昨日の戦いでは『ふざけんな！　もっと気合入れろよ、ディアブロ!!』と叫んでいたではないか」

レインが小首を傾げて不思議そうに問うも、レオンは表情も変えずに言い返していた。

そこに、ウンザリしたようなギィの声が重なる。

「レインよ、素がバレてんぞ。っていうか、オレじゃなくディアブロを応援してやがったのかよ……」

「まさかそんな。私がそんな下品な言葉遣いをするはずが御座いませんし、ギィ様の忠実なるシモベですもの。きっとレオン様の勘違いですわ」

堂々と言い切ったよ、この人。

真面目な顔をしている時は気付かなかったが、コイツ、さては末っ子属性だな？

自分の言動を顧《かえり》みず、全てが意のままになると思い込んでいるタイプ。兄や姉に可愛がられている者が、こういう感じになりやすい気がする。

でも、ここまで聞けばどちらの言い分が正しいのか一目瞭然だった。

「ディアブロ、どうしてそんな感じになったんだ？」

ディアブロなら、俺に嘘を吐かないハズ。そう考えて、直接質問をぶつけてみた。

するとディアブロが、ニッコリ笑って答えたのである。

「リムル様の御威光の賜物で御座います。レインにも含蓄《がんちく》あるリムル様の御話を語って聞かせたのですが、そのお陰で彼女も改心したのですよ！」

怖ッ!!

洗脳かよ——と言いかけてしまったが、その言葉をグッと飲み込んだ。

「そ、そうなの？」

「実は私、リムル様のファンなのです。ディアブロから御話を聞かせてもらうのと引き換えに、少しばかり協力する事にしたので御座いますわ」

綺麗にお辞儀《カーテシー》を決め、レインがそう言い切った。

もしかしてこの人、すっごく自己中《マイペース》なのでは？

ディアブロもそうだから、気が合うのも納得がいったね。

「お、おう……」

他に何を言えというのか。

ちょっと困ってギィを見ると、手遅れだと言わんばかりに頭を振っている。

「すまねーな、ウチのボンクラ共が」

「いやいや、ディアブロも迷惑をかけてるし、そこはお互い様という事で」

ギィも手を焼いているんだなと、以前に感じた親近感がより大きくなったほどだ。

ちなみに、いつも無表情を保っているミザリーが、珍しくもギィの言葉に反応していた。

「……え？　もしかして、いつもいつもレインのせいで、私までボンクラ扱いされていたのでは……？」

うーん、真実に気付いたという様子だね。

敢えて口にしないけど、それが正解っぽいと俺も思うよ。

でも、他所様の事情に口を挟んでも碌な事がないので、俺はその呟きを聞かなかった事にしたのである。

それから暫く雑談した後、案内された先、玉座がある謁見の間の裏側にある隠し部屋に、〝転移用魔法陣〟を設置した。重量は数十トンにも及ぶので、一度設置したら動かすのが面倒なのだ。

それから、用事も済んだのでさっさとお暇《いとま》した訳だ。

レオンなど、ディアブロとレインを連れていって欲しそうにしていたが、それでは作戦に支障が出るだろう。出ないとしても引き取る気はないので、レオンには我慢してもらう事にしたのだった。

そして、別れ際。

「クロエを頼むぞ」

レオンからそう念を押された。

言われる迄もないので、「任せておけ」と頷いてみせた。

レオンは納得したのか、意外と諦めが良かった。もっとしつこく絡んでくるかと思っていただけに、ちょっと意外だったのは秘密である。

普通にしていれば、格好いい男なんだよな。

それだけじゃなく、驚くべき真実が明らかになったのだ。

実は、俺とレオンの趣味は同じだったのである。

ロリコンって意味じゃないよ？

そうじゃなくて、レオンの夢は建築家になる事だったのだと。

道理で、美的センスが抜群なわけだ。

この都市や城を褒めたりと、雑談の中でそれを聞いたのだが、言われてみれば納得した。レオンのセンスはピカイチだと、俺も認めていたからだ。

気障《キザ》だけど、実は好青年。それが、俺が魔王レオンに向ける新しい評価なのだった。

そういう感じにレオンとの関係性も改善され、黄金郷《エルドラド》訪問も無事に終了したのである。

＊

レオンの国から戻った後も、俺は精力的に外国を飛び回る生活を送っていた。

敵がいつ攻めて来るかわからないので、各国との連携を強めるのが目的である。

魔王間での緊急移動手段を用意したのだから、同様に他の友好国にも設置するのは当然なのだ。

先ず向かったのは、ドワーフ王国である。

ガゼルの所には現在、アゲーラを派遣していた。

ガゼルと一緒に修行しているという報告を受けてい

たので、その成果も確認しようと考えたのだった。

ドワルゴンの大門付近に『転移』する。

相変わらず長蛇の列となって、行商人や冒険者達が並んでいた。それを横目に、貴族専用通路に向かい門番に声をかけた。

すると、待たされる事なく王城の中まで案内された。

こういうところで優越感を感じてしまうあたり、俺もまだまだ小市民なのだ。器が小さいという自覚があるので、大っぴらにドヤ顔をしたりしないように気を付けているのである。

そんな俺を、ガゼルが出迎えてくれた。

「待っていたぞ、リムルよ」

勿論、アゲーラも一緒だ。

「御屋形様、御健勝そうで何よりで御座います」

大仰に跪きながら、俺に挨拶の口上を述べる。

時代劇の再現みたいだが、実に様になっていた。

そしてこのアゲーラ、驚くべき事にハクロウの祖父が転生した姿なのだ。カレラから聞かされた時は驚いたものだが、落ち着いて観察してみると、物腰がソックリであった。

面接しなきゃと思っていたのに、その機会がないままだったのを思い出す。どうせならこの後にでも、ゆっくり話を聞いてみるのもいいだろう。

そんなふうに思いつつ、俺も挨拶を返した。

「お久しぶりです、ガゼル王。元気そうで何より。それに、アゲーラも」

「ハッハッハ！　相変わらず、堅苦しいヤツよ。いつも言っておるが、ガゼルと呼び捨てにしてくれて構わんぞ」

「いやあ、そうしようと思っているんだけど、こうした場で会うとどうしても緊張しちゃって。裁判の時の事とか思い出しちゃうし、やっぱり俺は小市民だからね」

小市民的感覚を捨てきれないが、そんな自分が可愛いと思う。

やっぱりね、お偉いさんを前に緊張しない方がおかしいのだよ。

バーンさんやドルフさんは、生暖かい感じで俺達のやり取りを見ていた。

ソウエイも同じく。

ここで口を挟んだのがアゲーラだ。

「拙者などからすれば、御屋形様の御心のままに、と言うべきなのでしょうが、そんな事を申せばカレラ様から叱られてしまいますからな。そもそも、同盟国の盟主として立場は同等なのです。ガゼル王の前であるからと遠慮なさらず、堂々たる態度で対応なされば宜しいかと」

「まあな、わかっちゃいるんだけどな」

言われるまでもなく理解はしているのだが、つい数年前まで俺はサラリーマンだったからね。怒っていたり集中していたり、何か大事件に巻き込まれて余裕がない場合とかじゃないと、素の自分に戻ってしまうのだよ。

「よいよい、リムルの気持ちも解らぬではない。俺とて、天帝エルメシアを前にすれば緊張するからな」

「おお、ガゼル王にもそんな相手が――」

「だがしかし！　貴様は俺が苦手とする天帝と、気軽に話せておるではないか！　そこが解せぬのだ!!」

ごもっとも。

反論しようもないほど、正論だった。

だから気軽に接するようにとガゼルから言われ、俺も善処すると答えた。

しかしまあ、何となく頼れる存在だからこそ、敬意を抱いちゃうんだよね。それが態度に出ちゃうのだから、改善は難しいのだ。

「でもさ、時と場合によっては正しい対応を演じられるのだから、そこまで困る事もないんじゃないかな？」

「馬鹿め。そういう場面でこそ、普段からのクセが出てしまうものなのだ。大舞台で失敗せぬよう、常日頃から自身の振る舞いを見詰め直しておくがいい」

またも教えられてしまった。

こうやって諭される事が多いから、俺の態度が戻ってしまいがちなんだよ。

エルたんからも説教される事があるけど、あの人、オンオフを完全に使い分けてるからな。

そういう意味では、俺やミョルマイル君が付き合いやすいように気を遣ってくれているのかも知れない

――というのは、考え過ぎなのかどうか不明だけど。

ともかく、ガゼルからの提言は今後の課題として、忘れぬよう心に刻んでおいたのだった。

場所を移して、応接間。

お酒片手に、近況報告。

一番大事な目的である、情報のすり合わせを行う。

「大戦の回避は――？」

「不本意ながら、避けられそうにないと思う。今も魔王間で、緊急時の移動を可能にすべく〝転移用魔法陣〟を設置したところなんだよ」

「ふむ……一難去って、また一難か。正直に言うが、ヴェルグリンド様が敵になった時点で終わったと思っておったのだ。あの御方が味方となった今、ミカエルだったか？　今更慌てるような相手とは思えぬがな」

まあ、自画自賛ではないが、我が国の戦力は全盛期の帝国を凌ぐのだ。それらに加えて魔王勢やヴェルグリンド、それにヴェルドラまでいるのだから、ガゼルからすれば負ける要素がないように思えるらしい。

だが、それは甘い認識なのである。

「いや、強敵だよ。勢力だけ見ても、その規模は帝国とは比べ物にならないし」

「理解しておるさ。甘く考えておるのではなく、その逆よ」

「逆？」

「どう足掻いても力になれそうもないから、半ば諦めの境地に至っておるのだ」

「ああ、そういう……」

いやまあ、確かに。

ヴェルザードに狙われたら、如何にドワルゴンが強大国でも勝利は不可能だろう。

個が強過ぎるから、諦めたくなる気持ちはよくわかった。

「もっとも、簡単に滅ぼされてはやらぬがな。最悪、一矢報いる覚悟で挑むまで」

気迫十分に、ガゼルが吠えた。

その覚悟は紛れもなく本物だ。

負けるとわかっている戦いにも挑む人だというのは、ヴェルグリンド相手に逃げなかった事からも明らかなのだった。

そんなガゼルを頼もしく思いながら、俺は話を続ける。

「勝てないなら勝てないなりに、取るべき手段を考えておくべきだろ？」

数よりも、質的にヤバイ。最悪なのは、ヴェルザードが敵対しているという事実なのだ。

これでヴェルドラが役立たずになった。

まともにヴェルザードの相手が出来るとすれば、ギィかヴェルグリンドだけなんじゃなかろうか。

俺？

絶対に遠慮したいから、なにが何でも逃げる所存である。

「天災に等しい〝竜種〟同士の争いなど、まるで神々の戦いよな」

「本当、そんな感じだよ。でも、逃げる訳にはいかないからね」

「勝てる算段があるとでも？」

「ない！　が、勝率を上げる為の努力を惜しむつもりはない」

「フフフ、コヤツめ」

ガゼルが苦笑しながら頷いてくれた。

やってみなければわからないというのが本音ではあるが、勝てそうになかった場合に逃げられるようにするだけなんだけどね。

恰好をつけてみたけど、敵の戦力を分析もしない内から、勝てる勝てないを論じても仕方ない。要は、負けそうになった時の対処法だけ、キッチリ備えておこうとしているだけなのである。

「だから、協力して欲しい」

「良かろう。俺の力も貸してやるから、貴様の好きにするがいい」

俺からの協力要請を、ガゼルは快諾してくれた。

早速、〝転移用魔法陣〟の設置を要請する。

以前に設置した個人用と違って、こちらは運用場所も大事なのだ。

「ここまで純度の高い〝魔鋼〟を、よくぞこれだけ錬成したものよ」

「それについては、俺の能力《スキル》を使ってズルしてる。本来なら、技術者が育つのを待ちたいところなんだけど、敵は待ってくれないからね」

「――で、あろうな。これの調整は任せておくがいい」

俺は「ありがとう」と礼を述べて、ガゼルの指示した場所に〝転移用魔法陣〟を設置したのだった。


無事に目的を果たしたので、雑談に移る。

「で、修行の成果はどんな感じ？」

「うむ。流石は剣鬼殿――ハクロウ師匠の祖父にして、〝朧流《おぼろりゅう》〟の創始者たるアゲーラ殿よ。俺の腕などまだまだだと思い知らされたわ！」

「御謙遜召されるな、ガゼル王。既に秘奥義である五《ご》華突《かとつ》を習得し、更なる高みを目指しておられるでは御座いませんか」

〝朧流〟では、五華突以上を秘奥義と定めているらしい。

石榴《ざくろ》――六華斬《ろっかざん》は、非殺傷を目的とした高速斬撃による殴打。

楊柳《やなぎ》――七華凪《ななかなぎ》は、柔らかく敵の攻撃を受け流す剣術なのだと。

斬撃、刺突と、手数が増える。

そして、最高奥義である八重桜《やえざくら》――八華閃《はっかせん》に至るのだそうだ。

門外不出と定められる剣術だそうだが、アゲーラは惜しみなくガゼルに伝授するつもりらしい。

「ハクロウからは、祖父に八華閃《はっかせん》を見せてもらったって聞いたけど？」

「はい。転生前の話ですので記憶が定かでは御座いませんが、一度見せた覚えがあるようなないような。それを再現して見せたのであれば、あの者は紛れもなく天才だったのだと。自分の孫を自慢するようでお恥ずかしい話ですが、今の拙者は彼の者の祖父である荒木白夜《ビャクヤ・アラキ》ではありません。魔国の先達を素直に称賛したく存じます」

恥ずかしそうに、そして誇らしそうに、アゲーラがそう言った。

「いや、ハクロウは俺にとっても師匠だからね。褒められて悪い気がしないどころか、嬉しいと感じたよ」

「その通りだな。アゲーラ殿の教えが、ハクロウ殿に引き継がれているのです。それを思えば、縁とは摩訶不思議なものですな」

ガゼルも俺の言葉に賛同して、嬉しそうに笑っている。

アゲーラはそんな俺達の様子を見て、感慨深げに頷いたのだった。

「それで、リムルよ。お前の考えを聞かせて欲しいのだが、構わんか？」

「俺にわかる事なら」

「うむ、以前にも聞いたが、究極能力《アルティメットスキル》について問いたい。このまま剣の腕を磨いたとして、究極覚醒者に勝てると思うか？」

おっと、ド直球の質問だな、コレ。

状況次第では、勝てなくはない。とても厳しい戦いになると思うけど、可能性はゼロではないのだ。

「俺が得た教訓として、究極能力《アルティメットスキル》は究極能力《アルティメットスキル》でしか対抗出来ない。ユニークレベルでは勝負にならないと考えた方がいいね」

「で、あるか……」

「ただし、特定の条件を満たせば、何とかならなくはないと思う」

「ほう、その条件とは何だ？」

「たとえば、神楽坂優樹《ユウキ・カグラザカ》の『能力殺封《アンチスキル》』は、俺の権能を封殺した厄介極まりない超特異体質だった。また、ディアブロは魔法だけで、究極所有者を圧倒して見せた」

「ふむ――」

「多分だけど、重要なのは意思力なんだと思う。意思の力だけで存在しているような精神生命体ならば、究極能力《アルティメットスキル》がなくても究極の権能に対抗出来るみたいだし。この推測はかなりの確度で正解なんじゃないかな」

断定せずに伝えたが、実際にはシエルさんの見解とも一致しているので、ほぼ間違いないと思っていた。

だから、鍵となるのは――

「自身の意思力を、精神生命体に匹敵するほど高めればいいのだな？　それならば、剣の道の先に――」

「もっと手っ取り早い方法があったりするんだ」

「何ッ!?」

「神話級《ゴッズ》に至った武具に認められたなら、精神生命体と同等の存在になれるみたいなんだ」

これが答えであった。

まあ、権能を付与するという反則技もあるけど、〝過ぎたる力は身を滅ぼす〟というし。

力じゃなくて〝欲〟だったかな？

元の寓話から変わっているかもだが、言わんとする事は伝わると思う。

身の丈にあった力でなければ、使いこなせないのだ。

だから俺としても、配下全員に権能を付与したりはしないのである。ましてガゼル相手にそんな偉そうな真似をするはずもなく、自力で頑張ってもらうしかない訳だ。

そもそも、魂の繋がりもない相手に権能付与とか出来ないんだけどね。レインやミザリーを覚醒させたけど、それとこれとは話が違うのだった。

なので今回は、神話級《ゴッズ》の入手が最適解になるんじゃなかろうか。

とは言え、そう簡単に手に入らないのが神話級《ゴッズ》なのだけど。

俺もヒナタの〝聖霊武装〟を解析して量産に取り組んでいるのだが、どれだけ頑張っても伝説級《レジェンド》に至るかどうかなのだ。これを纏ったら〝聖人《せいじん》〟並みの力に到達するかも知れないけど、究極能力《アルティメットスキル》に対抗するには力不足だと思われた。

「――神話級《ゴッズ》、か」

ガゼルがそう呟いて、自身の剣を見た。

使い込まれた名剣は、おそらく伝説級《レジェンド》。それも、かなり上位の大業物だと見受けられる。だが、その刀身には無数の傷が刻まれていた。

「近藤の剣と斬り結んだ結果よ。折れなかっただけでも僥倖《ぎょうこう》というものだが、剣の寿命は尽きておる」

確かに。

代々受け継がれていた国宝だったのだろう。それなのに、こうなってしまっては飾っておく事しか出来そうになかった。

いや、もしかすると……。

「クロベエに頼んでみようか？　もしかすると、その剣を生き返らせる事が出来るかも知れない」

「何だと？　それは本当か⁉」

「絶対とは約束出来ないけど、クロベエはガビルの槍を新生した実績があるからね」

俺が提供した究極の金属《ヒヒイロカネ》を用いてクロベエが修理した事で、ガビルの水渦槍《ボルテクス・スピア》は神話級《ゴッズ》一歩手前という段階に新生されたのだ。

そのまま使い込めば、いずれは神話級《ゴッズ》にまで進化すると思われた。

究極の金属《ヒヒイロカネ》はまだ余っているし……。

「その剣も死んではいないみたいだし、もしかすると――」

「頼む。失敗しても構わんから、クロベエ殿に頼んでくれ‼」

大サービスだが、兄弟子の為なら惜しくはない。いつもお世話になっているのだから、こういう時にこそ恩返しすべきなのだ。

そう考えて、俺はガゼルから剣を受け取ったのである。

「剣の事はともかくとして、だ。他に神話級《ゴッズ》を入手する当てはある？」

「あると思うか？　貴様は常識を知らぬようだから教えてやるが、伝説級《レジェンド》でさえも国宝級なのだぞ。それも、大国のだ。帝国ならばいざ知らず、そんじょそこらに転がっているはずがあるまい」

そこまで呆れないで欲しい。

俺だって、そうだろうなとは思っていたのだ。

「自分が調査した結果も同様です。西側諸国の裏ルートを隈《くま》なく探させましたが、辛うじて伝説級《レジェンド》を数点発見出来たのみでした」

ソウエイがガゼルの言葉を裏付けた事で、残る希望はクロベエへと託された。

ちなみに、ソウエイの双剣もクロベエの手によって新生されている。残念ながら神話級《ゴッズ》には至らなかったのだが、ソウエイの能力ならば大きな問題はない。逆に、伸びしろがあると前向きに考えているのだった。

「ないものねだりをしても仕方あるまい。それよりも、精神生命体になれば究極能力《アルティメットスキル》に対抗出来ると申すのか？」

「これも絶対じゃないけどね。生きた年月によって個体差があるのは当然だけど、生まれたばかりの上位魔将《アークデーモン》とかだとまるで駄目みたいだね。強い意思と、それを支える精神力《エネルギー》があれば、究極の権能に抗《あらが》えるっぽいよ」

「むう、貴様の説明はフワフワし過ぎてよくわからんぞ……」

そ、そんな事はない——と思う。

だが、そこまで言うのならば簡潔に説明しようじゃないか。

「要するに、気合だよ！」

根性論になるから、この説明は口にしたくなかったんだよね。

気合で何でも誤魔化されると思ったら大間違いなんだけど、こと究極能力《アルティメットスキル》にかんして言えば、これ以外の説明の方が難しくなるのだ。

大体、剣の一閃が閃光となって大気を割るような世界なのだから、剣技も魔法もそこまで大きな違いはないのかも知れない。

意思の力を鍛えれば、世界の法則すらも歪めてしまえるという事なのだ。

——という事にしておくのが、色々と理解しやすくて全てが丸く収まるのだった。

俺の説明を聞いたガゼルは、今度は真面目な顔をして黙り込んでしまった。

チラリとアゲーラを見ると、こちらも同様に思案顔である。

そんな中、ソウエイが口を開いた。

「リムル様の御言葉通りです。究極贈与《アルティメットギフト》を頂いた身である故、大きな口は叩けませんが、気合を剣に乗せればどんな相手であろうが殺せる、そんな気分ですよ」

その意見に、アゲーラが頷く。

「然《しか》り。拙者の場合は、全ての意思を刀身へと昇華させる感じでしたな。敵を殺すという意思そのもので、自身の肉体を刃と成し〝我が剣に斬れぬ物ナシ〟と信じ込む。故に、形なきモノであろうとも斬れるのです」

そうだった、アゲーラの権能は『刀身変化《とうしんへんげ》』だった。

存在値だけを単純に比較するならば、アゲーラの変化した剣は神話級《ゴッズ》に及ばないだろう。だがしかし、その切れ味はアゲーラが勝るのだ。神話級《ゴッズ》にも意思があるというが、やはり人の意思には及ばないという事なのだろう。

俺の影からランガがニュッと頭を出して、会話に加わった。

「我の場合は少し違う。我が主の影の中で眠っていた時、突如、不思議な声が聞こえたような気がしたのだが、その時に『星風之王《ハストゥール》』を閃いたのだ。だがな、主の役に立ちたいと願い続けたからこそ、こうして形になったと思うのだ！」

ハッハッハと嬉しそうに、ランガが言った。

最近賢くなったのか、下半身は俺の影に入ったままだ。だから見えないけれど、尻尾は全力で振られていると思われた。

実に可愛い。

俺って猫派だったけど、最近は『犬もいいよね』と思うようになっていた。その心境の変化には、ランガの功績が大きいんだろうなと思う次第である。

それはともかく、ソウエイ、アゲーラ、ランガ、この三者からの話が参考になればいいのだが。

「気合、か」

「まあ、焦らずとも宜しかろう。拙者がいる時に敵が攻めて来たならば、力を貸しますからな。遠慮なく申して下され」

それが確実だろうな。

ガゼルの力にアゲーラの剣技が加わるのだから、相手が近藤だったとしても良い勝負になるんじゃないかと思う。少なくとも、時間稼ぎにはなりそうだ。

ただし——

「相手がヴェルザードさんだったら、迷わず逃げた方

がいい。多分だけど、戦いが成立する相手じゃない」

「そこまでか？」

「うん。彼女の本気を見た訳じゃないから断言出来ないけど、ヴェルグリンドさんよりも不気味に感じたからね」

「むう……認めたくはないが、貴様の言葉は正しいのであろうさ。俺としても、かのヴェルグリンドを見てしまっては、〝竜種〟に挑むのがどれだけ無謀か理解しているのだ。しかしな、王たる者として、民を見捨てる訳にはいかぬのだよ」

「それじゃあ、ヴェルザードが攻めて来ないように祈るしかないな。もしも来たら、その時は連絡してくれ」

俺はそう言って、〝携帯電話〟を示した。

「うむ、それがあったな!!」

「前に言ったと思うけど、直通で会話出来るようになる魔道具だから。まだ生産台数が少ないから、大事に扱ってくれよ」

そう言ったものの、教えたのは、俺個人の番号と〝管制室〟直通回線のみである。エルたんやミョルマイル君の番号は教えていない。

こういうのは、直接本人から聞かないとマナー違反だと思う。生前、俺の携帯番号を勝手に取引先に教えられて、イラッとした覚えがあったからだ。

「なるほど、登録している数字を入力すれば、相手に繋がるという訳か」

「そういう事。これを持ってる人は少ないけど、もしも出会ったら番号を教えてもらってね」

「うむ。何か困った事があれば、これで相談も出来そうだな」

「まあ、それが本来の使い方だからね。何かあった時に連絡をくれたら、こっちでも対処するようにするから」

「わかった、頼りにしているぞ。無論、俺に出来る事があれば遠慮なく言うのだぞ。俺個人としては、可能な限り力になってやるつもりだからな」

俺とガゼルは笑い合う。

ドワルゴンが狙われる可能性は低いと思うが、これで一安心だ。こうして、緊急時の対応についての協議が終わったのであった。

＊

ドワーフ王国に数日滞在した後、次に向かったのはファルメナス王国だ。

こちらには、ガドラが滞在している。

ディアブロの弟子となったガドラだが、テスタロッサにも協力している。マサユキの即位を盤石なものとする為に、帝国内部の情報を洗いざらい提供させられたようだ。

両国を行ったり来たりと忙しい毎日を送っていたようだが、今はファルメナス王国に落ち着いたとの事だった。

この際だし、色々と話を聞こうと思っていたのだ。

ファルメナス王国の王都は、想像していた以上に活気に満ち溢れていた。

以前来た時も街のあちこちで工事中だったが、それは今も同じだった。綺麗になった区画が増えているのが、以前との違いである。

王都の郊外には、大きな駅が完成していた。その近辺には倉庫が建ち並んでいる。

ブルムンドとドワルゴンを結ぶ中継地となっている為、様々な商品を保管しておく場所が必要となった。王都内では場所が確保出来ず、王都に隣接するように駅舎を建設したのである。

王都の整備が後回しになったのは、今後を見据えた経済活動を優先させた結果だ。

それと、現ファルメナス王家に金がない、というのも理由であろう。

ぶっちゃけ、工事にかかわる一切合切の費用を、俺が貸し付けている形になっているのだ。

〝魔導列車〟専用の軌道《レール》の敷設工事は、我が国が受け持つ契約である。一見するとお人好しのように思われるかも知れないが、それは浅い考えだ。利用料金は我が国の収入となるし、土地利用に関する諸費用も永久無料という破格の条件にしてあるからね。

工事が終わってしまえば、後はお金の回収ターンが待っている。人件費や車両の整備代金、軌道《レール》の維持管理費等を差っ引いても、年間でかなりの利益が出ると目算されているのだ。

とまあ、そんな理由で〝魔導列車〟関連は俺が責任を持ったのだが、その周辺の都市整備については、ファルメナス側の受け持ちである。

主にミュウランが指揮を執って開発計画を立案していたのだが、出産が重なってしまい休養を余儀なくされてしまう。そこに台頭したのが、国王となったヨウムである。

学がないと本人は言うが、地頭《じあたま》は良かったらしい。動けなくなったミュウランに代わろうと、率先して勉強を頑張ったみたい。その結果として、ミュウランが出産を終えて元気になった今も、貴族や役人達の音頭を取って奮闘しているとの話だった。

そんなヨウムを応援すべく、低利子無担保でお金を貸してあげたのである。

無利子じゃないのかだって？

無利子とかにしてしまうと、借りた側はどうしても恩義に感じて遠慮が生まれる。また、貸した側にも優越感が生まれてしまいがちなので、対等とは呼べない関係になってしまいかねないのだ。

友達間での金の貸し借りは、友情を失う最大の原因になりかねない。だからこそ、ここはキッチリと国家間の契約にして、両者が納得の上でどちらも得をするように、しっかりとした形で内容を締結したのだよ。

そんな訳で、経済活動を優先するように工事が行われ、後を追うように街の整備が始まっているのだった。

門で受付を済ませ、活気ある街の様子を眺めていると、特急で馬車が用意された。

本来なら、我が国の役人達を引き連れて、大名行列みたいにして訪問すべきなのだ。しかし今は緊急時、列車での優雅な旅とか言ってる場合じゃないので、ソウエイとランガをお供に『転移』してやって来ている。

ガドラに連絡して馬車を用意してもらったのも、ファルメナス王国内で目立たぬようにする為だった。

ちゃんと迎えを寄越してくれて一安心。

ミリムの国と違って、こちらは手抜かりナシだったね。

「大変お待たせ致しましたじゃ。ヨウム王がお待ちですので、王城まで御案内しますですわい」

というか、馬車から降りてきたのはガドラだった。

そりゃ抜かりないわ。

「うおっ、ビックリした。わざわざ門まで来なくても良かったのに」

「そのような訳にはまいりません。かくの如き栄誉ある役どころ、このような機会でもなければ得られませぬ故に。それ以前の話として、リムル様を出迎えなかったとあらば、ディアブロ様より処刑されてしまいますでな」

そう言ってガドラが笑うが、冗談には聞こえなかった。

「アイツからイジメられてるんだったら、ちゃんと俺に言えよ？　一応、お前だって俺の直轄という扱いになるんだからな」

見た目老人のガドラを相手に、〝お前〟呼ばわり。若干引っかかりを覚えるものの、慣れてしまった自分が怖い。

なんて事を思いつつ、ガドラに助言しておく。

ディアブロは俺の前では大人しいけど、目の届かぬところでは無茶をしがちだからね。レオンの国でやらかす分には笑い話で済むが、魔国連邦《テンペスト》の仲間内でなら大問題である。

ガドラはディアブロの弟子というか、眷属になったらしいから、大っぴらに文句も言えないだろう。だからこそ上司たる俺が、陰からフォローしてやらねばと思うのだ。

が、ガドラは問題ないと笑う。

知識を得る為なら、どんな苦難も苦ではないらしい。

特殊性癖持ちは理解に苦しむ。

こういう場合は干渉しないが吉なので、俺はガドラの好きにさせようと再度誓ったのだった。

馬車に乗り込み、ガドラからマサユキ即位後の報告を受ける。

　馬車は街中をゆっくりと進むので、その時間を有効活用するのだ。

「それじゃあ、マサユキの戴冠式《たいかんしき》は無事に終わったんだな？」

「はい。とても順調で御座いました。もっとも、テスタロッサ様とヴェルグリンド様が協力して後押ししておられるのですから、失敗する方がおかしいという勢いでしたぞ」

「それはまあ、あの二人が味方ならそうだろうね」

　そうでなければ困るけど、そうだろうね、という感想しか出てこなかった。

　元々、マサユキは幸運な男なのだ。その上、あんなに優秀なテスタロッサや力の化身のようなヴェルグリンドがついているのだから、誰も反対出来ないだろうと思っていたのである。

「ヴェルグリンド様の御威光を目にした民達は、新皇帝マサユキ様の戴冠を歓迎している様子でした。というか、あの光景を目の当たりにすれば、逆らう者などおりますまい」

　と、ガドラが断言する。

　そりゃまあ、火山を噴火させてその脅威を防いで見せるという、壮大過ぎるマッチポンプを実演されては、誰も文句を口に出来なくなるのも当然だ。

　火山をマッチ扱いするとか、ヴェルグリンドは加減を知らな過ぎると思う次第である。

「それでも不満を持つ者共はおりまするが、テスタロッサ様が対処なされるかと」

「上手く行きそうなのか？」

「問題なく。カリギュリオ殿など、テスタロッサ様が不穏分子を皆殺しにしないかと心配しておる様子でしたが、杞憂で御座いますな。ワシが提供した情報も有効活用されておる様子ですし、モス様の手並みなど感服ものでしたので。敵勢力の弱みを握り、完璧な形での決着をつけられるでしょう」

　まあ、そうだよな。

　俺だって、あの二人を敵に回すなんて真っ平ゴメンだし。

「反対するような勇気ある人物がいたら、我が国でスカウトしてもいいくらいだよね」

「ごもっともですわい！」

「俺だってYESしか言えないもん」

「間違いありませんわい。あの光景を見れば、ワシも同じ気持ちですじゃ」

俺とガドラは、そう言って笑い合う。

やっぱりガドラは愉快な爺さんだ。

共通の感想を得た事で、心が通じ合ったように思えたのだ。

＊

城の中では、王と王妃であるヨウムとミュウランを筆頭に、重臣達が勢ぞろいで出迎えてくれた。

しれっと元ファルムス国王エドマリスも交ざっているけど、痩せた上にヒゲを剃っているので、出会った頃とは別人のように思える。眼の光も濁っていないので、余計にそう思えた。


話しかけるとお互いに気まずいので、スルーしておく。

今回は非公式という事になっているが、訪問の目的は来るべき災厄についてだと知らせてあった。

戦禍を回避出来れば重畳《ちょうじょう》だが、それは楽観的過ぎると誰もが理解しているのだ。

ファルメナス王国は生まれたばかりの新国家なので、財政的余裕はない。我が国からの融資に頼っているのは、先に述べた通りだ。

その上、軍事力も回復してはいなかった。

騎士の育成など一朝一夕に出来るものではないし、傭兵を雇う金もないのは言わずもがな。その原因は俺にも関係するけれど、その件については責任を背負い込むつもりはない。

何でもかんでも気にしていては、正義を貫く事も出来ないからだ。

俺の行動が全て正しいと思ってはいないが、公式的な立場では正義だと叫ぶ。そうしなければ、犠牲になった者達も浮かばれないだろう。

そんな訳で、負い目はあるがそれは口にしない。

ただし、同盟国として可能な限りの援助は行うつもりである。

ガドラを派遣したのもその一環だし、それはヨウム達も理解しているのだ。つまりは、この国の重臣達にとっても、俺といざこざを起こしている場合ではないという現実が突き付けられているのだった。

「旦那、状況は改善されたのかい？」

と、ヨウムが皆を代表して聞いてきた。

「魔王間で色々と対処を定めたけど、ぶっちゃけ、出たとこ勝負って感じだな。それだけじゃ不安だから、こうして俺が各国を回ってるってワケさ」

ガドラを通じて事情を説明してあるので、大きな混乱は見られない。〝転移用魔法陣〟を設置する場所についても、何も言わなくても案内してくれた。

「細かい調整と使い方は、ここにいるガドラに聞いてくれ」

「お任せを」

「コイツで緊急時には逃げ出せるって訳かい。だけどよ、誰を選ぶかは問題だな」

「まあな。逃げた先が安全とも限らないし、気休めにしかならないかもだし」

「ま、旦那の国が落とされるようなら、どこに逃げたって無駄だわな。そん時は、そういう運命だったと諦める事にするさ」

清々しくヨウムが言うと、重臣達も同意するように頷いていた。

思った以上にこの国では、俺の事を恐れているみたいである。それと同時に、俺が勝てない相手なら何をしても無駄という、不思議な思想が蔓延《はびこ》っている様子だった。

「おいおい、そんな無責任な事を言ってないで、最後まで足掻けよ？」

「当たり前だろ。娘が生まれたばかりだってのに、人生終了してたまるかよ！　まだ『パパ！』って呼ばれてもないんだぜ!?」

ヨウムは立派な親バカになっていた。

ミュウランが抱いている赤子、ミームをつついたりしながら、そんなふうにボヤいていた。

「いや、それは知らんけど……構い過ぎると起きちゃうぞ」

そうなったら面倒を見ているミュウランが怒りそうだったので、俺はさり気なく忠告しておく。こうしたさり気ない気遣いこそ、出来る男の条件なのだ。多分。

「もっと言ってやって下さい。この人、この子の事になると冷静な判断力を失うみたいなので」

と、呆れた様子のミュウラン。

その言動から、普段の様子がありありと想像出来るよね。

「だってよ、俺の娘を自分の娘だと言い張るクソ狼もいやがるし、油断出来ねーんだよ！」

というのがヨウムの言い分なのだが、意味がわからない。

「何を馬鹿な！　俺は将来、お前の後釜となってミュウランと結婚する男だぜ？　そうなると当然、ミュウランの娘は俺の娘って事になるだろうが！」

「グルーシス、テメエ、いい加減にしやがれッ!!　その前提条件が間違ってると、何度教えれば理解しやがるんだ!!」

うん、そうだね。

ヨウムもオカシイが、そのクソ狼――グルーシスもどうかしてるね。

ミームが可愛いのはわかるけど、どういう思考をしていれば自分の娘と言い張れるのやら。

「まあ、ヨウムの気持ちもわからんではないが……」

「だろ？　ほら見ろ、グルーシス！　旦那ならわかってくれると思ってたぜ！」

どれだけ忙しかろうとも、暇を見つけてはミームに構っておかないと、父親として覚えてもらえないのではないかと心配しているそうだ。

間違っても、グルーシスに先を越されてはならぬと、涙ぐましい努力をしているとの事だった。

まあ、この御時世だし、思い詰めるのは宜しくない。馬鹿な話でも、それで気分転換になるなら大歓迎というものだった。

ただし――

「しょーもない事ばかり言って、死亡フラグだけは立てるなよ？」

俺はそう述べて、ヨウム達にも死亡フラグ一覧を伝授したのだった。


大国だったファルムス王国の議事堂を利用して、会議を行った。

大体流れも掴んだので、説明もスムーズに終了する。

ヨウム達に期待するのは戦力ではなく、ファルメナスの民の避難誘導のみだ。設置した〝転移用魔法陣〟では大勢の人間が避難出来ないので、あらかじめ利用する者を決めておいてもらう必要がある。そこで揉めないように、しっかりと調整をお願いしておいた。

もっとも、逃げた先が安全とは限らないので、ここでの転移目的は別にある。要人の避難よりも、戦力派遣を重視しているのだ。

ファルメナス王国が戦場になった場合、新設された騎士団が対応する事になる。ファルムス古参の騎士達を含め、グルーシスが新兵から鍛え上げたそうだが、戦力として十分とは言い難い。

そこで、他の国から援軍を寄越す段取りをつけているのである。

最初から配置しておけば苦労はないのだが、敵がどこを狙うか不明な以上、どうにでも動けるようにしておく必要があった。

そして、重要度を検討した結果、ファルメナス王国は後回しにすると決まったのである。

ここを落とされたとしても、再建は可能だ。人的被害さえ最小限にしておけば、無理して抗戦する必要はないと考えたのである。

これをヨウム達に告げるのは思い悩んだが、説明して納得してもらった。当然ながら、最悪の場合は復興事業を行い、最大限支援するという約束も取り付けている。

限られた戦力を有効活用する為にも、こうした根回しが重要なのだった。

「わかってるさ。旦那が俺達を見捨てた訳じゃないってな」

「とは言っても、〝転移用魔法陣〟で一度に跳べるのは五十名くらいだからな。全然安心出来る数じゃないんだ」

「それでもさ。本来なら、自国は自分達だけで守るもんだ。それなのに、ここまで配慮してくれてるんだからさ、これ以上は望まねーよ！」

その言葉は俺に向けてのものではなく、文句を言いたそうな大臣達に言い聞かせている感じだった。

助けて欲しい、民達に犠牲を出したくない、もっと戦力を寄越して欲しい、という大臣達の声にならぬ言い分もわかるんだが、残念ながら俺達にも余裕がないのだ。

まあ、それを理解してくれたからこそ、不承不承でも納得してくれたのだろうけど。

ともかく、ファルメナス王国での用件も無事に完了したのだった。

＊

その後、ヨウムの案内で色々な場所を回った。

重要施設を建設中の工事現場が、一番の目玉だ。

ファルメナス王国はファルムス王都をそのまま利用していたので、中心部となる城壁内が貴族街になっている。外周に近付くにつれ貧しくなっていき、自由民は街壁の外側に追い出される形だった。

それを大きく改修すべく区画整理が行われているのだが、その際、街の中心部を通る街路を掘り起こし、地下道を設えていたのである。

王都に隣接するように建つ駅舎から、地下鉄を走らせる予定だったのだ。

「思い切ったよな」

「ミュウランは凄えよ。地盤の強弱を魔法で調べ上げて、計画を立案してのけたんだからよ」

ホント、魔法って反則だよね。

地盤調査とかとても面倒なのに、ちょっと凄腕の魔法使いなら簡単に調べ上げられるんだから。

地下水脈のありかや、空洞の有無、地盤の脆さ、地質なんかも、簡単に把握出来てしまうのである。

しかも、下手をすれば土壌の改造まで行えてしまうのだ。土系統の魔法ならば、土砂、軟岩、硬岩と、性質変化だってお手の物なのだった。

魔法万歳。

そりゃあ、科学技術が発展しない訳だよ。

逆に、技術に目を向けた帝国や、変人扱いされている吸血鬼族《ヴァンパイア》達の方こそ、この世界では異質と言わざるを得ない。しかし、そうした者達こそ有益な発見をするものなので、けっして馬鹿にしては駄目だと思うのだ。

「俺にはない発想だった。この世界じゃシールド工法とか意味ないと思ってたけど、魔法があれば何とかなるもんなんだな」

「その、シールドとやらがどんなもんかわからねーけど、負けてないだろ？」

「地下を掘削しつつ掘削面が崩れないように補強を行う技術なんだよ。大規模な機械を使うんだが、優秀な魔法使いなら負けてない。というか、勝ってるかもね」

地下に列車を走らせられたらいいんだがと、以前に口にした記憶はあった。それを覚えていたミュウランがこうして実現してみせたのだから、俺としては感心するしかないのである。

ラーゼンも協力したとの事だが、異世界ならではの工法が完成したと言えるだろう。

コスト面で考えれば、こっちの方が断然お得な感じである。

まあ、こういうのは勝ち負けじゃない。魔法に技術の発想を取り入れれば、まさに革命を起こせそうな気がしたのだ。

「でよ、今は工事を中断して、地下道を避難場所にしようとしてる訳さ。魔法で天井部を強化してるから、都市で大魔法が炸裂しても耐えられるそうだぜ」

「破壊規模によるだろうけど、防空壕としては優秀だと思う。水と食糧を備蓄しておけば、かなりの期間籠れそうだな」

「水も魔法で何とか出来るそうだぜ。だから食糧だけ運ばせてる。ついでに、横穴をいくつも掘って寝場所も確保したし、扉付きの部屋の下には大きな穴を掘っである。便所として利用出来るんだってさ」

そう言って案内された部屋は、本当にトイレになっていた。いくつもの個室でわけられていて、同時に百人くらい利用出来そうな空間である。トイレの形状は洋式で、ボットン便所みたいに下に落とす形式だ。

「でもさ、地下空間だと臭いがヤバイんじゃないの？」

「そう思うだろ？　だけどこの下にはよ、木の破片とかが敷き詰められてるらしくて、臭いを消してくれるんだとさ」

あ、もしかしてバイオトイレの原理かな？

俺も詳しくは知らないけど、活性化した微生物が固形物を水と二酸化炭素に分解して、水分は蒸発するんだったっけ？

《その認識で大体あってます。確認しましたが、この機構は正しく機能しているので、悪臭の問題も発生しないと思われます》

おお、素晴らしい。

聞けばこのトイレ、五ヶ所ほど用意してあるのだと。

これなら、籠城が長引いても何とかなりそうだった。逃げ込める場所があるのだから、『防御結界』を張るのに特化した人材を派遣すればいい。そうすれば、長期戦に備えられそうだ。

王城の地下からもこの地下道に続いているそうなので、備えは万全だった。俺は安堵するとともに、この世界の技術にワクワクさせられたのだった。

「都市防衛結界は万全だし、避難訓練も密に行わせている。敵を発見次第、直ぐに逃げ込めるさ」

「だから大臣達も、無茶な要求を口にしなかったのか」

「ま、そういう事だ。それによ、馬鹿な発言をするヤツは俺が許さん。泣き言を口にするだけなら、要職を辞して城から去れと言ってやったからな」

文句だけなら誰にでも言える。重要なのは、前向きな意見なのだ。

そう言ってヨウムが笑った。

出会った頃から考えれば、恐ろしいほどの成長ぶりである。

人は誰でも、必要に迫られたら成長するものなのだなと、俺は密かに再認識したのだった。

地下から地上に出て、次に向かったのは訓練場だ。

グルーシスが鍛えた新生ファルメナス王国騎士団が、どの程度の戦力なのかも見学させてもらった。

Bランク以上の騎士が五百名。Cランク以下が三千名という内訳だ。

ファルメナス全土からかき集めれば、四万を超える戦力を結集出来るだろう。しかし、今回は数を集めても意味がないので、治安維持を優先させているとの事だった。

「まあな。天使の大軍が攻めて来たら、地上にいても何も出来ないもんな」

「ああ。対空魔法もあるっちゃあるらしいが、魔法職は少ないからな。軍団魔法《レギオンマジック》で都市防衛に専念させる方が得策と、ロンメルが結論を出してたぜ」

「ラーゼンさんも同意してたから、俺達もその方針に従って訓練しているんですよ。つまり騎士団としては、地上に降りて来たヤツ等から住民を逃がすのが任務って訳です」

ヨウムとグルーシスが、俺に説明してくれた。

血気盛んに敵に挑もうとしていなかったので、俺としては一安心だった。

「無謀な事を考えていやしないかと、少しばかり心配してたよ」

「ハハハ、俺はフォビオ様より臆病ですんで。自分の力量は把握してますから、無茶はしませんよ。まあ、ラーゼンさんに鍛えられたから、以前より強くなったと思いますがね。それについ最近、急に力が増したんだ。団長として恥じぬ程度には、皆の盾になるつもりですよ」

と、グルーシスが答えた。

決して臆病なのではなく、冷静な判断という指揮官には必須の素質を持っているんだと思う。グルーシスは計算高い面があったから、彼我の戦力差を見誤る事はなさそうだった。

そして、「急に力が増した」という気になる発言もあった。

確かに、今のグルーシスの魔素量《エネルギー》は以前の三獣士に匹敵する感じなので、特A級に相当しそうである。これに技量《レベル》も加われば、かなりの強者に成長していると思われた。

その理由は間違いなく、カリオンが覚醒した影響だろう。

ヨウムと義兄弟になっても、カリオンへの尊敬の念を忘れていなかったみたい。そしてそれはカリオンも同様で、自分の配下であるグルーシスに確かな絆を感じていた証拠であった。

「カリオンが覚醒して、進化したからだな。その影響がお前にも及んだんだ」

「カリオン様が!!」

「ああ。だからその力、決して無駄にしないようにね」

「勿論、わかってますよ！」

「説教臭いし、俺が言う事じゃなかったな」

「ハハハ、とんでもないです。理由が知れて嬉しかったですし、リムル陛下はカリオン様が認めた御人なので、俺としては有り難いと思ってますから」

良かった、いらぬお節介と思われてなくて。

「それならいいんだけどね。ところで、グルーシスもラーゼンに鍛えられてるの？」

グルーシスを鍛えたというラーゼン。彼のお陰でラーメン開発が捗ったのは記憶に新しいが、確か魔法使いだったはず。

そんなラーゼンに、どうしてグルーシスの相手が出来るのやら？

「ああ、ラーゼンさんは何でもアリなんですよ。ミュウランに匹敵する魔法の知識に──」

「おい、俺の女房を呼び捨てすんな！」

「うるせーよ、いずれは俺の──」

「ふざけんなよ、テメエ！」

「はいはい、喧嘩はそこまで。で？」

もはや漫才レベルの馴れ合いは見飽きたので、話を進めてもらった。

グルーシスの話を要約すると、ラーゼンは〝異世界人《ショウゴ》〟の肉体を奪った際に、その力まで自分のものにしたのだそうだ。無論、技量《レベル》までは奪っていないが、それなりに修羅場を潜っていたラーゼンは、魔導師《ウィザード》でありながら体術も一流の拳士《けんし》だったのだと。

そんな訳で、打撃と蹴撃を得意としており、それをグルーシスに伝授したとの事だった。

「天性の身体能力だけで戦うなと言われてさ、最初は意味がわからなかったぜ」

と言って、グルーシスが笑った。

「まあな。サーレなんて、ラーゼンを力では上回ってるのに、腕相撲で負けるんだぜ。実戦形式じゃまるで相手にならないし、流石は西側諸国に名を轟《とどろ》かせてた魔人ラーゼンだって、俺も感心させられたよ」

「まったく、三獣士の方々が警戒してただけあるってもんだ。でも――」

そこで言葉を止めて、グルーシスが俺を見た。

そして頭を横に振る。

「わかるぜ、グルーシス」

そう言って、ヨウムがグルーシスの肩を叩きながら俺を見た。

何のこっちゃと思っていると、二人で顔を見合わせて、深々と溜息。

「上には上がいるって話ですよ、旦那」

「そうそう。あのラーゼンさんが、ガドラ殿を前にしたら赤子のように遊ばれてましたからね。アレを見た時は唖然となりましたよ」

ああ、そういう話ね……。

まあね、ディアブロもラーゼンを「なんの問題にもならぬ小物」と言い切ってたし、ウチにはそういう手合いがゴロゴロいるからね。

ガドラも確かに強いんだ。

それは間違いないのだが、我が国では中堅？　って感じなんだよね。

何か、ディアブロの眷属になって変な進化をしたみたいだから、今の序列は変わっているかも知れないけど、それでも上位には食い込んでいないと思われた。

そんな話をしていると、ガドラが何をしているのか気になってくる。

「それで、話題のラーゼンやガドラの姿が見えないけど、どこかで何かやってるのか？」

そう聞くと、ヨウムが苦笑いして答える。

「修行ですよ、修行。流石に旦那を迎えに行く時や、今後の動向にかんする会談には参加してましたが、それ以外はずっと戦ってる感じだぜ」

「マジで？」

「大マジ！」

グルーシスも頷いているので、本当の話なのだろう。

ガドラは知略系かと思っていたのに、そんなに戦うのが好きとは知らなかった。

もしかして、ディアブロから悪影響でも受けたのだろうか？

そんな不安が脳裏を過ったが、慌ててそれを打ち消した。

「気になるなら、案内するぜ」

ヨウムのその言葉に甘えて、ガドラ達を見学する事にしたのだった。

＊

案内された先は、馬車で一時間ほどの平原であった。

民宿に似た、簡素な小屋が建っている。それ以外には何もなく、見渡す限りの荒れた土地だ。

ヨウムによると、そこに四名だけで生活しているのだと。

その四名とは言うまでもなく、ファルメナス王国の最高戦力であるラーゼンに、元〝三武仙〟であるサーレとグレゴリー、そしてガドラだ。

とても面白い組み合わせだが、俺達が到着した時は全員整列して出迎えてくれた。

ガドラが先頭に立ち、代表のような立ち回りをしているのも不思議議である。

「このような場所にまで御足労下さり、恐悦至極に存じますです！」

ガドラの音頭を合図に、残る三名まで頭を垂れてくれた。

ヨウムではなく、俺に向けて。

「おいおい、俺も一応いるんだが？」

「陛下、サーレとグレゴリーはファルメナスの客分ではありますが、陛下に忠誠を誓っている訳では御座いませんからな。ですので、ガドラ様の主であるリムル陛下には、本人達の意思で敬意を表しておるのです」

「わかってるっての。お前もイチイチ言わなくてもいい事を、毎回毎回説教垂れやがって」

愚痴るヨウムをラーゼンが窘《たしな》めたのだが、二人の関係は思った以上に馴れ馴れしいものだった。

ラーゼンの本心は不明だが、その立場はファルメナスの忠臣である。ヨウムへの忠誠などないと思っていたのだが、その態度を見るに、それなりに大事にしている様子だった。

しかし、ガドラやラーゼンはともかく、サーレやグレゴリーから敬われる覚えなどないのだが……。

「それにしてもさ、本人の意思って話ならどうして俺に？」

気になったので聞いてみた。

ヨウムも初耳なのか、興味津々という様子である。

我が国に移住したいって話なら、受け入れを検討してもいい。ヒナタだって別に、サーレ達を裏切り者として探し出し、処刑するつもりなんてなさそうだからね。

「明快な理由ですよ。僕達の未熟さをラーゼン師匠に教わりましたが、ガドラ尊師からはリムル陛下の偉大さを説かれました。僕達も感銘を受け、是非とも配下の末端に加えて頂きたいと願うようになったのです！」

尊師!?

「その通りでさあ。いやあ、ガドラ様の強さも想像を絶しましたが、聞けばリムル陛下の足元にも及ばぬとか。いや、それ以前に！　リムル陛下の配下には、ガドラ様でさえ及びもつかぬような強者が溢れていると聞きまして、オレ達も自分の力を試してみたいというか――」

と、グレゴリーが力説している途中で、ランガが俺の影から飛び出してきた。

「よく言った！　グレゴリーだったたか、貴様は見所があると思っていたぞ！　我でよければ存分に、力試しとやらに付き合ってやろうではないか!!」

「げ、ゲェ――ッ!!　あの時の犬野郎ッ!?」

「ムッ？」

「あっ、いえ……ランガ殿、でしたよね」

　グレゴリーがおびただしい量の冷や汗をかきながら、ブルブルとふるえている。以前、ランガにこっぴどくやられたらしいが、それ以来トラウマでも植え付けられたのかな？

　いや、マサカね。

「そういう事なら、ランガが相手してやるか？」

「えっ!?」

「我が主よ、喜んで!!」

「いや、ボクは……」

「来い、グレゴリー。我が主達に迷惑がかからぬよう、少し離れるぞ」

「あ、ちょっと!?」

　ランガがグレゴリーの首を咥えて、嬉しそうに駆けて行った。グレゴリーの表情は見えなかったけど、念願が叶うのだから喜んでいるに違いない。

　俺は生暖かい目で、ランガ達を見送ったのだった。

　俺だけではなく、その場にいる者達全員が同様だった。

「あ、僕も腕試しはしたいのですが、まだまだ未熟なんで、下の方から順番に挑戦したいかなって……」

　気まずそうにサーレが言う。

「そりゃそうだよね。ランガって、俺の護衛をするくらいだから、上の方だもん。グレゴリーさんはチャレンジャーだなって思ったよ」

「ですよね！　アイツ、ランガ殿に負けてから犬恐怖症になったみたいでして。それを克服したいとでも考えたんじゃないかな」

　サーレの発言を聞いて、ラーゼンが呆れたように頭を抱えている。それを横目に、ヨウムとガドラが和気あいあいと会話していた。

「ワシでさえ、ランガ殿の足元にも及ばぬというのに……愚かなヤツじゃわい」

「なるほど、荒療治ってヤツだな。流石だぜ、俺には真似出来そうもねーや」

「真似せんでええ。ヨウム陛下は王たる身であるからして、強さを求める事もあるまいよ」

「強くなりたいとは思ってたが、自分の器くらい理解してるさ。リムルの旦那達を知っちまったら、多少の強さなんて意味がないのが明白だもんな」

「無駄ではないがな。最悪の場合でも生き足掻けば、助けが間に合うやも知れぬからのう」

「だな。ま、俺は俺の愛する者を守る為にも、自分に出来る範囲で努力するさ」

「それがええじゃろう」

ヨウムにも、国王としての自覚が芽生えているようだ。

俺も負けていられない。

グレゴリーのような無茶をするつもりはないが、自分に出来る事を一歩一歩確実に実行していこうと思った。

そしてラーゼンも、今ではヨウムを認めている模様。

「ヨウム陛下が国に尽くす限り、儂も全力で協力致しますぞ。まあ、ミーム王女殿下だけは、ミュウラン王妃との約束で弟子にする予定もありますし、誰よりも優先して御守りしますが」

なんて事を言っていた。

けれどまあ、何百年に渡ってファルムス王国を支えた人物なのだから、ヨウムとしては頼もしい限りだろう。

俺としては、別の事を考えていた。ラーゼンが若者の姿なのに爺臭い喋り方なので、どうにも戸惑ってしまったのだった。

そうこうしている内に、ぐったりとなったグレゴリーを咥えてランガが戻ってきた。

「我が主よ、少し遊んだだけでこの者が動かなくなってしまいました！」

やりすぎ！

「お前ね、シオンじゃないんだから手加減くらい出来るだろ？」

と、きつく叱っておく。

そしてグレゴリーを診断すると、気絶しているだけだと判明した。

「この人もこの人だよね。どうしていきなりランガを指名するのやら」

そりゃまあ、復讐したいという気持ちは理解出来るけど、身の程を知るべきだとも思うのだ。

「いやあ旦那、それは違うと思うぜ」

「え？」

「むしろ、絶対に戦いたくない、二度と会いたくないとまで言ってました……」

「マジで？」

ヨウムとサーレから指摘されたが、もしかして俺の勘違い？　サーレなんてさっきと言ってることが違うぞ。

という事はランガに再会して嬉しかったのではなく、逃げ出したかっただけだったりして――

「――いや、そんな事はないはずだ。彼は勇敢だった。一度負けた相手にも、不屈の精神で挑んだんだよ。俺はね、そんな彼に感銘を受けたのさ。だからランガと戦う事を許可したんだ。そうだろ、ランガ？」

間違いを認めると責任問題になる。

幸いにもグレゴリーは無事だったので、俺はすっとぼける事にした。

そしてそれに、ランガが上手く乗っかってくれる。

「その通りです！　我もこの者の気迫に圧倒されてしまい、つい、やり過ぎてしまいました！」

いや、本当に上手い。

見事に自分の失敗を言い繕っている。

誰に似たのかわからないが、ランガが狡猾《こうかつ》になってしまった気がするよ。

だが、そんな俺達の連係プレーによって、ヨウム達も納得してくれたようだ。

「リムル様の仰る通りですわい。そうじゃよな、お前さん達？」

「あ、ああ。旦那がそう言うんなら、そういう事なんだろうぜ」

「儂は特に不満など。サーレよ、お主の勘違いだったのではないか？」

「そうでした！　いやあ、グレゴリーのヤツ、いつの間にかガッツのある男になってたんだなぁ――」

うんうん。

これで問題ナシ。

「そうだね。軽く尊敬しちゃったし、これからはグレゴリー〝さん〟と呼ぶようにしよっか！」

そういう事になったのだが……目を醒ましたグレゴリー本人から、俺の申し出は丁重に辞退されたのだった。

＊

こうして、ファルメナス王国での用事は全て終了した。

ヨウムとも話し合い、サーレとグレゴリーだけ我が国で受け入れ、修行させるという事で話は纏まったのだ。

戦力が減るという心配はあるが、ガドラが残っているので何とかなるはずだ。ラーゼンもいるし、敵主力による大侵攻でもない限り時間稼ぎは可能であろう。

もっとも、そんな事態になったなら、サーレやグレゴリーがいても焼け石に水であった。だからこそ、そんなふうに万が一を心配するよりも、いざという時に備えて実力を伸ばす方を選択したのである。

ちなみに、ラーゼン達の戦力比はとても面白いものだった。

おおよその魔素量《エネルギー》だけを単純比較すると、サーレ、ラーゼン、グレゴリー、グルーシスの順番になる。

ヨウムは、言っちゃ悪いが問題外。ハクロウの地獄の特訓の成果と、装備の性能もあって、かろうじてAランクに乗っかる程度。短期での戦力増強など望むべくもなかった。

グルーシスは、流石は獣王戦士団のエリート。カリオンからの祝福《ギフト》の影響もあって、元〝三武仙〟であるグレゴリーに匹敵するほどに成長している。

が、騎士団長が本国を離れるのは問題だし、本人も希望しなかったので連れて来なかった。その内、全ての問題が片付いた後で遊びに来るそうだ。

我が国に来た一人目、グレゴリー。

彼は『万物不動』という特殊能力を有した剛の者である。戦斧槍《ハルバード》を好んで扱うそうだが、素手での格闘戦も得意としているらしい。

ランガには負けたが、魔王種に匹敵する〝仙人級《せんじん》〟であり、存在値は四十万程度あった。

思った以上に強かったので、もしかすると化ける可能性も期待出来そうだ。

我が国に来た二人目、サーレ。

元は法皇直属近衛師団筆頭騎士だったらしいが、ヒナタに敗北してその座を譲ったのだと。そして〝三武仙〟としてディアブロに挑み、今に至ると。

まあ、相手が悪かった。

サーレもグレゴリー同様、運のない男だったみたいである。

だがしかし、その実力は本物だ。

〝聖人〟に至ったサーレの存在値は、驚くべき事に百万に達しているのである。これなら確かに、実戦形式で迷宮に挑ませてみると面白そうだ。


ちなみに、ラーゼンはグレゴリーより少し多い程度の魔素量《エネルギー》だったのだが、その実力はサーレ以上だった。田口省吾《ショウゴ・タグチ》の肉体を奪った時に、ユニークスキル『乱暴者《アバレモノ》』と『生存者《イキルモノ》』まで獲得したらしい。

シエルさんによると、ユニークスキルは心核《ココロ》に根差す場合と、魂に刻まれる場合、そして、星幽体《アストラル・ボディー》や精神体《スピリチュアル・ボディー》、物質体《マテリアル・ボディー》に宿る場合があるのだそうだ。

敵からスキルを奪うような権能もあるけど、それが可能なのは宿っている場合に限るみたいだね。例外として魂に宿るスキルもあるらしく、そういう場合は奪われる事もあるのだと。

つまり、魂に刻まれているものは奪われにくい？

《絶対ではありません。ですが、心核《ココロ》に根差している場合は不可能です》

と、自信満々に説明してくれた。

もっとも、奪われないだけで複製《コピー》は出来るみたいなので、ミカエルのような反則行為が可能になるらしいけど……。

話がそれたが、そんな訳で二つもユニークスキルを手に入れたラーゼンは、ショウゴ以上にそれらの権能を使いこなしているそうだ。

そうして、二倍ほどの差があるサーレを圧倒したのだから、その実力は大したものであると言えるだろう。だが、それも最初の内だけだったらしい。

サーレはユニークスキル『万能者《デキルモノ》』とやらを有していて、一度見ただけで相手の技術《アーツ》を見破れる上に習得してしまえるのだと。それを知ったラーゼンが、自分が知る限りの技や魔法をサーレに伝授したのだそうだ。

魔法は技術《アーツ》でもあり、知識に由来する能力《スキル》でもある。習得は簡単ではなかったそうだが、サーレは文句も言わずに教えを乞うたとの事だった。

サーレがラーゼンを師匠と呼んでいたが、これが理由である。

そんな訳で、今ではサーレの方が名実ともにラーゼンより強いそうだ。

それなのに、ガドラにはコテンパンにされたらしいけど。
存在値の比較は——

《ガドラの情報を開示します》

名前：ガドラ［EP：112万6666］
種族：上位聖魔霊——金属性悪魔族《メタルデーモン》
加護：原初の黒《ノワール》の眷属
称号：下僕弐号〝ポチ〟
魔法：〈暗黒魔法〉〈元素魔法〉
能力：究極贈与《アルティメットギフト》『魔道之書《グリモワール》』
耐性：物理攻撃無効、状態異常無効、精神攻撃無効、
　　　自然影響無効、聖魔攻撃耐性

色々とツッコミどころを発見してしまったが、それは疲れるので置いておく。今はサーレとの比較について検討するが、EPだけ見てもガドラが上回っていた。

正直、ここまで強くなっているとは思わなかった。

転生前のガドラは、そこまで強くなかったしね。

魔法の知識はずば抜けていたし、その技量《レベル》は目を見張るものだったけど、戦闘面だけで判断するなら脅威ではなかったのだ。

立ち回りが狡猾で厄介。敵対するなら、真っ先に潰すべき人物。というのが、俺の偽らざる評価であった。

それを思えば、ガドラは正しく立ち回ったという事だな。

今もこうして生きているし、俺の直系の配下になってるし。それに、直接的な戦闘能力で〝聖人〟サーレすらも上回るほどになったのだから。

サーレの『万能者《デキルモノ》』も厄介だけど、対策としては意外と簡単だ。正攻法で挑めばいいのである。

技術《アーツ》や魔法を使わず、物理で圧倒すればいい。使うとしても、真似されないように必殺のタイミングで仕掛ければいいだろう。

サーレはヒナタに負けたという話だけど、その理由も推察出来る。

ヒナタは油断などしないから、サーレに自分の手札を晒さずに戦ったに違いない。そうすると習得出来るものがないので、ユニークスキルによるアドバンテージも失われてしまうのだった。

そして、今回。

ガドラの場合に決定的な差となったのは、究極贈与《アルティメットギフト》の有無だったのだろう。

ガドラも狡猾だから、サーレには奥の手など見せなかったかも知れない。でも、見せたところで習得出来なかったと思われた。

だって、ユニークレベルでは究極には太刀打ち出来ないからである。

それを思うと、俺のように配下へ究極贈与《アルティメットギフト》を与えられるというのは、かなり反則級の奥の手なのだろうと再認識したのだった。

ちなみに、究極贈与《アルティメットギフト》『魔道之書《グリモワール》』の権能だが――アダルマンの『魔道之書《ネクロノミコン》』と同系統になっているという言葉通り、性能も酷似していた。これに含まれるのは『思考加速・万能感知・魔王覇気・詠唱破棄・解析鑑定・森羅万象・精神破壊・知識閲覧・概念共有』だ。

『知識閲覧』というのは、シエルさんから学べる権能って感じみたい。そして『概念共有』というのは、アダルマンとの共有を可能にする権能みたいだ。

ま、シエルさんらしく、ガドラの願望を形にした権能だと言えそうだった。

ともかく、ガドラがサーレより強い理由は理解した。

そして、サーレがどの程度の実力なのかも、おおよそ把握する事が出来た訳だ。

確か、聖騎士団《クルセイダーズ》達がちょくちょく迷宮攻略に励んでいたが、現時点での成績がアピトの階層だったっけ？　アダルマンが進化する前だったから、あまり参考にはならないけど……。

つい最近も遊びに来ていたらしいが、その際にしっかりとデータを収集してあった。アルノーとレナードが突出して強く、存在値が五十万近くになっていた。残る隊長格も各々が三十万前後と、初期と比べれば大きく成長している様子だった。

グレゴリーと同レベル帯なので、どうせならパーティを組ませるのも面白そうである。

そしてサーレだが、こっちは技術《アーツ》を習得しやすいという特徴があるのだから、ハクロウに任せるのがいいかも。

子供達の訓練相手にもなりそうだし、我が国で色々と学んでもらおうと思ったのだ。

無論、機密に触れない程度でね。

という感じで、サーレとグレゴリーの修行方針が決まったのだった。

＊

サーレ達には当面、迷宮内に慣れ親しんでもらう事にした。

ベニマルには一応の修行方針を伝えたので、時機を見て各々の場所に預けてもらう手筈になっている。

「また俺が面倒を見るんですか？」

「頼むよ。いきなりハクロウじゃ、困惑するかもしれないだろ？」

「まあ、そうですね。だけど、俺達だって同じような目に遭ってるんだし、過保護過ぎるって気もしますが」

そう言ってベニマルが苦笑した。

その意見も一理あるが、彼等はあくまでも客人なのだ。

我が国に移住したのならともかく、あまり無茶をさせるのもどうかと思った。

それよりも、修行と言えばだ。

「で、カリオン達の様子はどうなってる？」

「フッ、そっちは面白い事になってますよ」

ベニマルがそう言った途端、シエルさんが情報開示してくれた。

名前：カリオン【ＥＰ：２７７万３５３７】
種族：獣神《ジュウシン》。上位聖魔霊――〝光霊獣《こうれいじゅう》〟

名前：フレイ【ＥＰ：１９４万８７３４】
種族：鳥神《チョウジン》。上位聖魔霊――〝空霊鳥《くうれいちょう》〟

迷宮、ヤバイな。個人情報に類する存在値が丸見えである。

カリオンやフレイさんは進化した事で、神性を帯びていた。フレイさんの存在値は二百万弱だが、神性を帯びる条件は満たしていたようだ。誤差の範囲、ってとこなんだろうな。

権能や各種耐性は不明だけど、それは教えてもらえなければわかるわけもないのだ。

それにしてもこの二人、覚醒して〝真なる魔王〟に至っただけあって、文句なしの強さになっている。

俺の場合は覚醒して魔素量《エネルギー》が十倍以上に膨れ上がったけど、カリオンやフレイさんの場合はそこまでのパワーアップはしていないみたいだ。

というか、個体差がある感じ。

俺の体感だが、進化前のカリオンの存在値が七十万前後で、フレイさんが四十万弱って感じだったように思う。

それが間違ってないという前提で考えるならば、カリオンが四倍、フレイさんが五倍くらいに強さが増したという事だね。

まあ、俺の場合は元々の数値が低かったからじゃないかな？

よくよく考えてみれば、それが当然だ。

元の数値の何倍になったかではなく、どれだけ増えたかで考えるべきなのだ。

存在値が大きな者ほど覚醒したら強大な力を得る――という点では間違っていないのだった。

さてさて、この情報を元に戦力分析をしてみる。

カリオンは変身したら身体能力が三倍近くに跳ね上がったけど、存在値で換算すれば倍までは上がってなかった気がする。

あれは多分、一定時間の能力増強だと睨んでいた。だから俺は、変身が決して万能ではないと考えていたのである。

変身したら、時間制限で弱くなると言えるからだ。

それはカリオンだけではなく、ガビル達にとっても同じ事が言える。そうでなければ、常に変身状態を維持しておけばいい話なのだった。

ただし、変身した際には全ての傷が癒えるとか、体力が全快するとか、色々なメリットも多い。獣人族《ライカンスロープ》ならではの特性《メリット》なので、決して馬鹿にするつもりはないのである。要は、使い方次第という事なのだった。

で、進化したカリオンの場合、自分の力をどのくらい使いこなせているのだろうか？

「今、どんな感じなんだ？」

「はい。先ずはカリオン殿ですがね、リベンジという事で最初に俺が御相手しました」

「は？」

「ほら、ユーラザニアに視察団を率いて出向いた事があったじゃないですか。あの時は、まるで歯が立ちませんでしたからね。今の俺がどのくらい強くなったのか、覚醒したというカリオン殿を相手に試してみた訳です」

うーん、趣旨が逆になってるね。

カリオン達の力を全力で試してもらうつもりだったのだが……。

ベニマルが力試ししてどうするよ――と思ったが、よく考えてみれば問題ないのかな？

本気になったベニマルと、全力を出したカリオン。

迷宮という死者が出ない環境下では、これほど面白そうな組み合わせもなさそうだ。

試合経過はラミリス達が録画してくれてると思うので、後でゆっくり鑑賞させてもらう。なので、結果だけを先に聞く事にした。

「どっちが勝ったの？」

「紙一重で、俺です」

「おお、それは良かった！」

そう称賛しつつ、実は反応に困った俺である。

何故かベニマルの勝利を疑ってもいなかった事に気付き、紙一重と聞いて動揺してしまったのだ。

「しかし、紙一重か。どういう流れでそうなったんだ？」

とりあえず、そう聞いてみた。

すると、ベニマルから返事が来るより早く、脳裏に映像が映し出される。

《カリオンが初手で奥義を繰り出したようですね》

流石はシエルさん。

さっそく情報を取り寄せてくれたみたいである。

そしてシエルさんの説明通り、映像の中で先に動いたのはカリオンだった。

武器を構え、流れるように身を沈めた瞬間、カリオンの身体全体が光と化した。

比喩ではなく、粒子となってベニマルを襲ったのである。

《カリオンが獣王閃光吼《バースト・ロア》と命名したそうです。自身の肉体を意思ある粒子と化して敵を穿つ、変幻自在の拡散・集束粒子砲ですね》

意思がある、ってか。

カリオンも覚醒した事で、精神生命体の特性を獲得したという事だな。避けたベニマルを、追尾した光が呑み込んだのも納得だった。

「勝負が始まった瞬間、悪寒が走ったというか、ヤバイと直感したんですよ。で、これは様子見してる場合じゃないなと、『陽炎《ようえん》』を発動させましてね――」

　ベニマルの『陽炎』は、〝隠形法《おんぎょうほう》〟の極意とも言える権能だ。あらゆる攻撃がその身を捉えられなくなるから、究極能力《アルティメットスキル》を上乗せしたような攻撃じゃないと通用しないのである。

　しかし、それを発動しなければ初手でベニマルが負けていただろう。

　何しろカリオンは、音速の数百倍というヴェルグリンドの超速攻撃に匹敵するほどの速度を体現させていたからだ。

　それを避けたベニマルも凄いのだが、そこから追尾されてしまってはどうしようもない。これに耐えられたのは、究極能力《アルティメットスキル》『陽炎之王《アマテラス》』があったからこそなのだった。

「お前の勝負勘と、究極能力《アルティメットスキル》の有無が勝敗をわけたな」

「ええ、危ないところでした。もっと楽に勝てるなどと慢心していたので、自分を戒めるいい薬となりましたよ」

「そうだな。俺もお前が勝つと疑ってなかったから、複雑な心境になってた。やっぱり油断や慢心は、敗北に繋がるんだよ。自覚するのは難しいから、これを本番前に気付けて感謝だな」

「ええ。意識してても、無自覚に慢心してしまう。だからこそ油断と言うんでしょうが、怖いですね」

「まったくだ」

　と、俺達は自分達の認識の甘さを再確認させてくれたカリオンに、感謝の念を抱いたのだった。

＊

　ベニマルと二人で反省した後、シュナが淹れてくれたカフェオレで寛ぎながら続きを聞いた。

「フレイさんとは戦ったのか？」

「いいえ、フレイ殿は俺達の戦いを見て、自分では勝てないと判断したようですね。あの方はほら、無駄を嫌う性格っぽいですし」

「なるほど、そういう感じだよね」

ベニマルの言う通りだなと、俺もウンウンと頷く。

フレイさんは特に好戦的という感じでもないので、その反応に納得なのだ。

それに、フレイさんの几帳面な性格については、ミリムから愚痴を聞かされていた。かなり苦労しているらしいが、俺には関係ないので聞き流しているんだけどね。

「その後ですが、どこまで通用するのか迷宮を攻略してみるという話になりましてね」

「力試しなら、それが手っ取り早いかもね」

「ええ。各々が単独で、五十一階層からスタートしました」

ベニマルの説明と同時に、脳裏に映像が流れる。

シエルさんには隙がないのだ。

先ずは、カリオン。

ベニマルを苦しめた実力は本物で、快進撃を続けた。

六十階層はガドラ不在の為、軽くクリア。この調子だと居ても敗北必至だったと思う。それほどまでに、カリオンの勢いは止まらなかったのだ。

たまたま〝転移用魔法陣〟の調整で戻ってきていたアダルマン達とも、腕試しとして戦ってみたらしい。

その結果、三対一なのに軽く降して見せている。

それも当然。獣王閃光吼《バースト・ロア》を出し惜しみなしで使用しているから、アダルマン達が対策を取る暇もなかったのだ。

ウェンティが盾役となり、アルベルトが遊撃。そしてアダルマンが攻撃役。そのコンビネーションは、最初にウェンティが撃破された時点で崩れ去った。

次にカリオンは、アルベルトを残したまま厄介なアダルマンを狙う。実に戦い慣れたその様は、獅子の狩りを連想させた。

《狩りをする事が多いのはメスのライオンで――》

知ってるつーの!!

シエルさんの説明は大変便利なのだが、たまに馬鹿にされている気分になる。

昔から、そう、『大賢者《だいけんじゃ》』時代から、そういうトコがあったよ？

《気をつけます》

ホント、頼むよ——と、俺は大いに気分を害しながら頷いたのだ。

で、話を戻して。

カリオンの獣王閃光吼《バースト・ロア》だが、凄まじい威力である。

アダルマンは光属性だが、カリオンも光属性だった。

そこに優劣の差はないので、後は単純な実力差がものを言う。

ここで気になるのが、アダルマンが究極贈与《アルティメットギフト》を有している点だ。

カリオンは究極能力《アルティメットスキル》など有していないと思われるし、神話級《ゴッズ》だって所持していない。

それなのに、どうしてアダルマンに勝てたんだ？

究極には究極でしか勝てないとか、シエルさんがしたり顔で言ってたような気がするんだけど……。

《記憶に御座いません》
あれ、そうだったっけ？
誤魔化されたような気もするが、俺も自信がない……。

《カリオンは精神生命体の特性も持ち合わせている為、意思の強さによって究極に匹敵したのでしょう》

なるほど、そう考えれば納得かな。

つまりカリオンには、アダルマンの『魔道之書《ネクロノミコン》』で補強した『多重結界』を上回る攻撃力が備わっている、という事なのだ。

「カリオン殿と次に相対したのはクマラですね。クマラからの申請で、先に戦いたいとの事でしたので、俺が許可しました」

「まあ、クマラよりゼギオンの方が強いし、迷宮の守護階については見直すべきかもな」

「ですね。それで結果ですが、かなり良い勝負になりましてね」

　ここでも映像が流れた。

　クマラは尾獣を出さず、最初から全力全開である。アダルマン達の敗北の報せを聞いているが、その内容は聞かずに戦いに臨む様子。

　敵の手の内を知っているのと知らないのでは、対処に雲泥の差が出る。それなのに敢えて、正々堂々と挑んだとの事だった。

　存在値ではカリオンが上。だがしかし、クマラには究極贈与《アルティメットギフト》『幻獣之王《バハムート》』がある。

　カリオンはここでも、初手で獣王閃光吼《バースト・ロア》を繰り出した。今度は数条の閃光となって、四方八方からクマラを狙っていく。

　対するクマラは、天へと飛翔し『重力支配』を発動させた。これにより超重力による光の屈性が生じ、カリオンの攻撃はクマラの足を穿つに留まったのだ。

　これはクマラが意図した回避ではなく、運が良かっただけだな。だから反撃に移らず、自身の回復を優先させている。

　というか、尾獣の足で代用出来るのか。尾獣はクマラの魔素があれば復活するので、同レベルの相手ではクマラを行動不能にするのは難しそうだ。

　で、初撃に失敗したカリオンだが、こちらは実体化している。無敵と思われた粒子状態には、やはり時間制限があったのだ。

　そして、連発も出来ないっぽいな。

　カリオンはクマラを追撃せず、距離を取って白虎青龍戟を構えていた。

　上空からカリオンを見下ろすクマラ。

　それを睨み据え、次なる手を考えるカリオン。

　両者の視線が交差し、次の瞬間に激震が走る。

　急降下でカリオンに迫り、九尾穿孔撃《きゅうびせんこうげき》を仕掛けるクマラ。それを迎え撃つカリオンが、白虎青龍戟に魔力を集中させて獣魔粒子咆《ビースト・ロア》を放ったのだ。

　この激突を制したのはクマラだった。

　粒子砲が霧散し、カリオンの白虎青龍戟が砕け散ったのである。

「わっちの勝ちでありんす！」

そう勝ち誇り、クマラがカリオンにトドメを刺そうとした。

が、そうは問屋が卸さなかったのだ。

「甘えな」

カリオンのその呟きは、クマラが心臓を破壊された後、遅れて響いた。

カリオンの武器は砕けたが、壊れた訳ではなかったのだ。砕けた破片はカリオンの意思によって支配されており、粒子となって背後からクマラを穿ったのである。

勝負アリ。

ここで油断するほどカリオンは甘くない。動きの止まったクマラ相手に、容赦なく獣魔粒子咆《ビースト・ロア》で勝負を終わらせたのだった。

「——という具合にカリオン殿が勝ちました」

「みたいだね。というか、クマラもかなり強くなっていたから、こんなに簡単に負けたのが信じられない気分だよ」

「まあ、戦いなんてそんなもんです。幸いだったのは、これが本番じゃなかった事でしょうね」

「だよね。本当、クマラにとってもいい経験になったと思うよ」

こうしたカリオンの快進撃を見せつけられて、俺達は心から反省した。

慢心していたな、と。

「カリオン殿を預かるという考えこそ、思いあがったものでしたね。こちらが教えられる事も多く、色々と学ばせてもらいました」

「まあ、そうだね。人に教えるというのは、自分に足りないものに気付く機会を与えられたようなもの、なんて言う人もいるくらいだし」

自分が知らない事を聞かれたら、誤魔化すのではなく直ぐに調べて、自分の糧とするべき——というような意図だったと思う。

今回の場合、カリオンとの実戦形式での戦闘訓練によって、より慎重な戦い方を学んだ感じであった。

もっとも、カリオンにとってもそれは同様で、どんどん戦い方が洗練されているように思えた。

もしもアダルマン達より先にクマラが相手をしていたら、勝敗が逆転していた可能性が高かったかもね。それほどまでに、カリオンの成長ぶりも素晴らしいものだったのだ。

「いやあ、こうなるとゼギオンも危なかったかな？」

ゼギオンが敗北する姿など想像出来ないが、この勢いなら――

「あ、それは問題外でした」

「え？」

「対峙して、カリオン殿が先に仕掛けたのですが――」

ここで流れる映像。

勝負は一瞬だった。

カリオンが粒子に変化するよりも先に――いや、違うな。ゼギオンが幻影でも見せたのか笑みを浮かべた直後、カリオンの全身がバラバラに寸断されたのだ。

「――瞬殺って、ゼギオンはマジで何なの？」

「正直言って、俺が勝てたのは奇跡なんじゃないかと思えるほどですよ。今やったら、勝てる気がしませんし」

そう言って、ベニマルが苦笑した。

謙遜《けんそん》もあるのだろうけど、かなり負けず嫌いなベニマルがここまで言うのだから、ゼギオンはまさに〝別格〟なのである。

ここでゼギオンまで負けていたら、防衛体制の根本的見直しが必要になるところだった。

「ゼギオンって、慢心する気配もないしね。俺達は認識の甘さを再確認したけど、ゼギオンにとっては不要って感じだな」

「同意です。ヤツはストイックを極めてますからね。これ以上ない完全勝利なのに、『これではリムル様に遠く及ばぬ』とか言って、全然満足していない様子でしたし」

ゼギオンは想像上の俺を目指しているのかな――と、俺は遠い目になったのだった。

＊

カリオンの挑戦は終わった。

それでは、フレイさんはどうなのか？

「フレイ殿ですが、こちらもアダルマン達には勝利しました。しかも、かなり楽勝で」

「マジで!?」

予想外過ぎる。

この勝負にかんしては、アダルマン達が勝つと思っていたのだ。

一対一ならフレイさんが勝つだろうけど、三対一ならアダルマン達の方が有利だと考えていたのに……。

ここで映像を見てみると、フレイさんが勝った理由がわかった。

「ああ、相性が悪過ぎたのか！」

「ええ、そうみたいですね。フレイ殿の『魔力妨害』によって、アダルマンの魔法が封じられました。これによって攻め手のパターンが狂い、フレイ殿にペースを握られてしまったのが敗因です」

ベニマルの説明通りだった。

フレイさんを中心とした半径五十メートルの円内は、魔素の動きが妨害されて魔法不能領域《アンチマジックエリア》となっていた。暴風大妖渦《カリュブディス》よりも強力な干渉波なので、アダルマンの『魔道之書《ネクロノミコン》』をも封じ込めてしまっている。

そう言えば、フレイさんも神性を帯びていたんだった。

神性とは、寿命のなくなった精神生命体にしか獲得出来ない特質っぽいので、フレイさんが究極贈与《アルティメットギフト》に拮抗したとしても、何の不思議もなかったのである。

それどころか、究極能力《アルティメットスキル》を獲得している可能性もあるのか。

ここでアダルマンは神聖魔法：霊子聖砲《ホーリーカノン》を主力手段に切り替えたのだが、決定打にはならない。厄介な事にフレイさんは空を飛べるので、ひらりひらりと回避してのける。

そして、盾役となっていたウェンティに肉薄し、その爪でガシッと掴んだ。

「厄介なのが、フレイ殿の爪ですね。体内魔素まで乱されるので、魔物にとっては天敵です。アレに掴まれたが最後、あらゆるスキルや魔法を封じられたも同然でしょう」

フレイさんの爪、これは間違いなく神話級《ゴッズ》相当の危険度なのだった。

「うっわ、知らなかったら俺も危なかったかも」

「ハハハ、大丈夫でしょ？　リムル様の場合は『分身体』で逃げられますから。とはいえ、カリオン殿でも逃れるのは無理だと言ってましたし、俺もヤバイです。もっとも、捕まる前に倒しますがね」

ベニマルの場合はそうだろうね。

でも、アダルマン達にとっては無理筋だった。

ウェンティが内部から破壊され、戦線離脱。その後、フレイさんは遠距離戦へと方針を転換した。

アダルマン達の飛翔は封じられているので、上空からの一方的な攻撃が降り注ぐのみ。これに焦れたアルベルトが跳躍してフレイさんを狙ったが、それこそフレイさんの餌食であった。

〝天空女王《スカイクィーン》〟の称号は伊達ではなく、アルベルトも空に散ったのである。

こうして、残るはアダルマンただ一人となった訳だが、こうなってしまっては勝機はない。悲しい事に、フレイさんの前に敗北を余儀なくされたのである。

「フレイ殿も次の攻略に進み、クマラとの戦いになりました」

「結果は？」

力はほぼ互角だが、クマラは神性を帯びていない。

それに、今の戦いぶりを見るに、フレイさんの戦闘経験はかなりのものだった。十大魔王の中では最弱の部類だと自分で言っていたが、謙遜も含まれていたようである。

狡猾なフレイさんと、未熟なクマラ。

良い勝負になるだろうと思ったのだが、まさにその通りだったみたいだ。

「名勝負でした。丸三日戦い続けて、両者ともに全力を出し切っていましたよ。引き分けと言いたいですが、勝者はフレイ殿です」

「おお、凄い戦いだったんだな。この映像は後でゆっくり研究させてもらうよ」

「ええ、とても勉強になりました。勝利を諦めぬ不屈の精神も大事ですが、最後に物を言うのは知略なんだってね。実力が拮抗している場合、如何に相手に自分の実力を誤認させるかが重要になるのだ、と。クマラの敗因は、相手の余力を見誤った点にありますから」

なるほど、映像を見るのが楽しみだ。

三日分の情報だから、思考加速して何倍速かで見るとしよう。

「それで、フレイさんはゼギオンに挑戦したのかな？」

クマラと互角なら、敗北は必至だ。

ベニマルとの戦いを避けたフレイさんなら、結果の分かり切った勝負などしないのではないかと思われた。

「ゼギオンではなく、アピトと戦ってました」

「え、そっち？」

「はい。やっぱり、空を飛ぶ者としての矜持《きょうじ》があったんでしょうね」

「ああ、そういう……」

合理的に見えて、意外と負けず嫌いだったと。

「これも良い勝負になりましたが、地力の差でフレイ殿が勝ちましたよ」

そうだろうね。

良い勝負になったのなら、アピトの健闘を称えるべきだった。

ともかく、これでフレイさんの実力も判明し、俺の仲間達の反省点も見えてきた訳だ。

仕事の合間に帰国した途端、連敗する破目《はめ》になったアダルマン達はショックだろうけど、これが本番じゃなかった事に感謝して、この経験を今後に活かして欲しいものである。

そして、カリオンやフレイさんにも恩を売れたかも。これについてはラミリスのお陰でもあるので、後で礼をするように二人に伝えておこうと思う。

俺としても、改めてラミリスに感謝したのだった。

さて、となると問題は。

「それじゃあ、サーレ達についても任せるな」

「了解です。まあ、アダルマン達を突破出来るかどうか、ってとこでしょうがね」

「俺も同感。ひょっとすると、アルベルト一人で何とかなるかも。って、いつまでもアダルマン達を引き留めないようにね！」

さっき油断しないと誓ったばかりなので、この予想が覆っても驚きはしない。しかし、サーレはガドラ老師にさえ勝てないのだ。

アダルマン達を突破するのも困難だろうと、俺はそう思ったのである。

そして、後日。

その予想が正しかったと証明されて、サーレ達は仕事に戻ったアダルマン一行ではなく、アピトを修行相手にして頑張る事になるのだった。

＊

サーレ達をベニマルに預けて向かった先は、ミョルマイルが待つブルムンド王国だ。

そこで合流し、イングラシア王国まで同行してもらう予定となっていた。

もう何度も遊びに来ているので、ブルムンド王国は慣れたものだ。街の中に入らないので、『結界』を抜ける必要はない。観光気分で王都郊外を目指した。

そこもまた、一大事業の中心地なのだ。

〝世界中央駅《ワールドステーション》〟を建設中であり、近隣諸国から労働者が集まっているのだった。そこからほど近い一等地に、我等が〝四ヶ国通商連盟〟の本部建物が新築されているのである。

いやあ、かなり嬉しい。

この世界では珍しい、地上三十メートル超えの十階建て高層ビルである。

新造中のミリムの巨城には遠く及ばないが、これでもこの世界ではトップレベルの建築物なのだ。

デザインにも凝ってみたし、貴重なガラスなんかも贅沢に使用していた。勿論、台風や地震や魔法攻撃でもビクともしない、〝魔化《マカ》〟製の強化ガラスだしね。

他にも沢山趣味を盛り込んでいるので、このビルには思い入れがあるのであった。

今日の待ち合わせ場所というか、新築祝いも兼ねてここでパーティが予定されている。本当は俺がオーナーなのだが、招待客という扱いなのだった。

そして今、ビルの前に到着した訳だ。

竣工時には俺も見学に来たかったが、ここ最近はクソ忙しくてそんな暇はなかった。なので、このビルで働く職員の手配などは全て、ミョルマイルに一任してしまっている。

俺も大変だったが、ミョルマイルもかなりしんどい思いをしたはずなのだ。ミョルマイルがいなければ、今日の日を迎える事は出来なかっただろう。

有能なのは知っていたが、人たらしの才能もあったみたいだし。

〝四ヶ国通商連盟〟の代表はミョルマイルだが、このビルの本部長は別にいるのだ。なんとビックリ、最近子爵に陞爵《しょうしゃく》したばかりのベルヤードが、ミョルマイルの部下になったらしい。そして、本部長として就任したと報告を受けたのだった。

ベルヤードが味方になってくれたのは、素直に嬉しいし頼もしい。俺を見事に騙した手腕は忘れていないので、これからの活躍にも期待したいと思う。

他にも何人か、有能な人材を確保したとのこと。


今日のパーティで紹介してくれるらしいので、俺も楽しみにしていたのだった。


いつも通りにランガを影に入れたまま、俺とソウエイが並んで立つ。

今日の装いはフォーマルスーツだ。

俺がスリーピースで、ソウエイがツーピース。

スーツの色は、俺がグレーでソウエイはブラックだった。今ではブランド化したヘルモスの糸で、シュナが仕立ててくれた一品である。

市販されていないオーダーメイドなので、見る者が見れば〝格〟の違いに気付くはずだった。

パーティは夜からなので、まだ人は少ない。

にもかかわらず、通行人の視線を集めてしまうのは、俺のカリスマの為せるワザか。

「見て、あの人、すっごいハンサム！」

「兄弟なのかな？　弟を守る兄って感じよね」

「あの弟さんも可愛いから、将来が楽しみね！」

「クールだわ。最近では外国人が多く訪れてるけど、

あんなにカッコイイ人は珍しいわね～」

……うーん？

思ってたのと違う反応ですね。

俺のカリスマじゃなくて、ソウエイに興味があるだけだったっぽい。

自意識過剰過ぎたと気付き、ちょっと恥ずかしくなった俺であった。

「さて、さっさと入って先に挨拶しちゃおうか」

俺はそう言って、恥ずかしさを誤魔化したのだった。

で、扉を潜って受付に向かった。一階部分はホテルのロビーのように大きなフロアとなっており、待合場所とフロントにわかれているのだ。

内部も既に知っていたので、俺は迷わず進む。

「ミョルマイル君はいるかな～」

美人の受付嬢にそう声をかけると、オシャレスーツを着こなして葉巻を咥えた偉そうな男が奥の部屋から出て来て、胡散臭そうに俺を睨んだ。

「誰かね、君は？」

「あ、リムルです。ミョルマイル君に俺が来た事を伝えてくれるかな？」

紳士そうな見た目なのに横柄なやっちゃなと思いながらも、俺は笑顔でそう告げた。

俺の名前を聞いた受付嬢は、サッと顔色を変えて水晶球に手を伸ばす。アレも魔道具で、対になる水晶球と連絡を取れるようになっているのだ。

近距離でしか使えないのが難点だが、建物内には最適のアイテムなのだった。

その対応は訓練通りのものなので、俺も満足して眺めていたのだが……突然、偉そうな男の方が、受付嬢を制止したのである。

「あの、ガバーナ様、この方は――」

「大丈夫だとも。ここは私に任せたまえ」

「いえ、ですから――」

「いるのだよ。ミョルマイル様に会う為に、嘘八百を並べ立てる輩がね。呼ばれてもないのにパーティに参加しようとする愚か者共も多いし、いやはや、有名になるのも大変なのだ。あの方はその辺の理解に乏しいから、私のように優秀な部下が必要になってくる。君も不運だったな。ここに私がいなければ、もしかすると成功していたかも知れないぞ」

「はあ、そうですか……」

それ以外、どう答えろというのか。

受付嬢は俺の名前を知っていたようだが、こちらの紳士——ガバーナとやらは、俺の事をまるで知らなかったらしい。

いや、もしかしたら知っているのかも知れないけど、顔と名前は一致していなかったんだろうな。

どうも状況から見て、別に受付を任されていた訳ではないようだし。

多分だが、この美人の受付さんに良い恰好をしたいだけのスケベ親父なんじゃないかな、なんて思えてしまった。

「リムル様。ここは自分が、コイツに教育を施しますので」

静かにキレていたソウエイが、据わった目でガバーナを睨んでいる。

「待て待て待て！　せっかくミョルマイル君が育てている人材なんだから、多少の行き違いには目を瞑ろうじゃないか！」

ここは優しい心を持って、ね？

実際、ミョルマイルは忙しいだろうからと、出迎えは遠慮していたのが仇となった形である。

ガバーナの偉そうな態度はどうかとも思うが、アポなしで突撃してくる来客が多ければ、こういう反応になってしまうのも仕方ないのかも。

そんな感じで、怒れるソウエイを宥めていると、受付嬢が大声を上げた。

「ガバーナ様！　この御方は本物ですッ‼　ミョルマイル様の部屋に飾られている似顔絵にソックリですし、間違いありませんっ‼」

え、似顔絵とかあるの？

彼の家を訪れた際にも隠し持っているのに気付いていたが、まだ持っていたとは。しかも、それを堂々と飾るあたり、ミョルマイルも変わった男である。

まあね、俺の元となったシズさんは美人だからね。

見惚れてしまう気持ちも理解出来るのだが、俺の姿は小学生並み――って、よく考えれば成長したんだったな。

百六十センチ弱なので、女子高生の平均身長ってトコなのだ。

胸はないけど、姿絵にしたら麗しいかも。

もっとも、俺ではじっとしてられないので、中身はシエルさんに代わってもらう必要がありそうだった。

――って、絵のモデルになる気なんてサラサラないけどね。

そんなふうに高度な思考に囚われていると、ガバーナの驚愕する声が耳に届いた。

「な、何だと？　このガキ――じゃなくて、御子様が、リムル陛下御本人であると？」

「はい、確実に」

「いやいや、オカシイだろう!?　魔王なんだぞ？　広大な領土を統べる王が護衛一人だけって、常識的に考えてアリエンだろうが――ッ!?」

うーん、それもそうだよね。

昔、ドワルゴンに向かう際にシュナも言ってたけど、それなりの格式に合わせた行動を取る必要があるんだよな。

今回は時間がなかったから省略したけど、シュナが不満そうにしていたもん。やっぱり、こういう事がないように、今後はもっとちゃんとした方がいいのかも。

「それはそう思いますけど、事実なんですぅ！」

「だってよ、魔王がフラッと受付に来て『ミョルマイル君はいるかな～』とか気軽に言うか？　言わないよな？　なあ？」

ガバーナは涙目になって力説している。

この現実を認めてしまえば、魔王を追い返そうとした事実だけが残ってしまうからね。ガバーナの立場なら、必死に否定したいところだろう。

紳士の仮面が外れて地が出てるし、うーん……申し訳ない気分になってきた。

「なんか、ゴメンね？　今から部下を呼び寄せるのも何か違うし――」

「ご要望とあらば、隠密を呼び寄せますが？」

「いや、要らないって！　で、今回はガバーナさんに落ち度はなかったという事で、不問にするからさ。ミヨルマイル君に取り次いでくれるかな？」

俺がそう提案すると、ガバーナはパッと表情を明るくさせた。

「い、いいんですか？」

「その方が、お互いにとって幸せだろ？」

俺がそう言うなり、ガバーナの目から涙が溢れた。

そして何をどう勘違いしたのやら、俺をキラキラした瞳で見つめながら「ありがとう御座います！　この御恩、決して忘れません」などと口にしている。

俺としては、自分の失敗もついでに誤魔化したいだけだったので、ちょっと居心地悪く感じたのだった。

＊

ガバーナから必要以上に感謝の言葉を聞かされている間に、受付嬢がミョルマイルを呼んでくれた。

頭を下げたガバーナと受付嬢に見送られ、俺達はミョルマイルの執務室へと移動する。


最上階を広々と利用したその部屋は、日当たりも良く見晴らしは最高だ。

最上級のソファーに座って景色を一望しながら、用意されていたジュースで喉を潤す。

「リムル様、何かありましたかな？」

「いやあ、何もないよ」

「それならいいのですが、もしかしてガバーナめが何か失礼な事でも――」

「いやいや、大丈夫だから！」

心配そうなミョルマイルを宥めつつ、さり気なく話題を変える。

「それよりも、ミョルマイル君。聞いた話だけど、君の部屋に俺の絵が飾ってあるんだって？　どういう事なの？」

俺は壁の一点に視線を固定させ、平静を保ちつつそう問いかけた。

「ギクゥ!?　そ、それはですな……」

「絵は、闇市場で入手したようですね。ところが、出所もそうですが画家の正体まで不明なのです」

「え？」

「スライムの御姿のものもありましたので、リムル様を知る人物の作品だと思われるのですが、我等が情報網でも把握出来ないあたり、かなりの凄腕かと」

え、ちょっと待って？

かなりどころか、それってヤバくない？

「えっと、ソウエイが調査しても足取りを追えなかったってこと？」

「残念ながら、その通りです」

「嘘だろ……」

「戦時中という事で、この案件の重要度は低いと判断しました。その為、多くの人員を手配出来なかったのも原因かと」

なるほど、そういう理由もあったのか。

でも、知らない相手に絵のモデルにされているのは気持ち悪いな。

「いやいや、各国の記者もリムル様の御姿を見ておりますからな。中には絵心のある者もおりますでしょうし、不思議ではないのでは？」

「そうかな……？」

それにしては、ソウエイ達の調査でさえ正体不明というのが気になるけど。

まあ、考えても仕方ない。

「それじゃあ、絵は没収って事で」

「はい――って、ええっ!?」

驚き嫌がるミョルマイルに、俺は説得を試みた。

というか、決定事項だ。

「何をすき好んで、自分の絵を飾られにゃあならんのだ。絶対に禁止だよ！」

「そ、そんな！　横暴ですぞ。古今東西の暴君でも、そんな所業をするとは思えませんわい!!」

「大袈裟！　というか、どうしてそこまで抵抗するんだよ。絵の代金は払うから、これは没収ね」

俺はそう言い放ち、壁に飾られていた絵を回収した。

何しろその絵は、もはや自分ではないと思えるほどに美化されたものだったからである。

端的に言って、シズさんの面影しかない。

美しさと儚さが、見事に表現されていたのだ。

「ここにリムル様の絵を飾る事で、気合を入れておったのに……」

そう嘆くミョルマイルの肩を、ソウエイが叩いた。

「フッ、仕方ない。それならコレを、ミョルマイル殿にも進呈しよう」

「え？」

「そ、それは……」

驚くミョルマイル。

その絵を見た瞬間、俺とミョルマイルは微妙な表情になってしまった。

描かれていたのはスライムだったのだ。

「うーん……」

「よ、良かったな、ミョルマイル君。それを見て、気合を入れてくれたまえ」

「いやいやいや、コレは違うと申しますか、何と言いますか……」

まあ、違うわな。

スライム姿の俺を見たって、一ミリすら気合が入るとは思えないし。

「というかさ、どうしてソウエイがそんなものを持ってるんだよ？」

「はい。調査の最中に押収しました。他にも数点流出しておりましたので、全て回収しております」

「スライムの姿だけ？」

「……はい」

その〝間〟は何なんだ？

「いえ……実は一点、ディアブロに奪われまして……」

何だと、あの野郎!!

「必死に抵抗したのですが、力及ばず。申し訳御座いません」

「そうか、わかった。ディアブロからはキッチリと回収して、お前に迷惑をかけないように言っておくよ」

ディアブロには困ったものである。

あの野郎は、どうも俺を美化し過ぎているからな。

外見についてはシズさん由来なので、大きく否定出来ないのが難点なのだ。だからこそ余計に、誰の作かもわからぬような絵を所持させておくのは許せないのである。

ソウエイも俺が約束したから安心したのか、ニッコリと笑顔になっていた。

ミョルマイルがボソッと「いや、しかし……それではソウエイ殿が絵を持ったままに？」と呟いていたが、それは余計な心配であろう。

「ソウエイはモテモテだから、安心だろ？」

俺がそう言うと、ミョルマイルは微妙な表情で頷いたのだった。

そして、絵の出所は徹底的に調査するという事で、その話題は終了したのである。

＊

夜までの時間も残り少ないので、本題に入った。

「計画が順調そうで何よりだけど、今後の予定はどんな感じなんだ？」

「それですわい。ワシとしても、現状をお聞きしたいと思っておったのです」

「それじゃあ、俺の方から話そうか？」

「いえいえ、それについては各方面から問い合わせが殺到しておりましてな。今日のパーティにお招きした上で、明日、会談の場を設けておりますわい」

「おお！　流石だな、ミョルマイル君。抜かりナシ、段取りヨシだね」

「わっはっは！　当然ですとも！」

同じ話を何度もしているので、そろそろ飽きていた。一度に済ませられそうで大変助かる。ミョルマイルに感謝であった。

そういう事ならばと、ミョルマイルから報告を受ける。

計画は順調。

裏社会の組織も次々と傘下に収め、〝三賢酔《リエガ》〟に逆らう者はほとんどいなくなったらしい。

表の事業でも信頼を得て、今では各国の貴族達から参加したいという打診が後を絶たないとの事だった。

「素晴らしいね。順調過ぎて怖いくらいだ」

「まったくですわい。実際、ベルヤード殿の手腕が凄過ぎでしてな、ワシの思いもよらぬ手段で勢力が拡大しておるのです。正直言って、あの者はワシよりも優秀ですぞ」

「安心したまえ。ベルヤードさんには俺も一本取られた思い出がある。ミョルマイル君が負けたと思うのも無理はないよ」

「認めたくはなかったですが、ありゃあバケモンですわい。こっちの思考を読み取った上で、ベルヤード殿の望む落としどころに誘導された気分になりましたからのう。ワシよりあの者の方が、代表に向いておるやも知れませんぞ？」

それはどうだろう？

優秀な人物なのは確かだが、組織の頂点に立っていいかどうかは話が別だ。

「それは違うと思うよ」

「……？」

「いや、俺がミョルマイル君と仲がいいから言ってるんじゃなくてね、実際、部下の苦労を労ったりするのが上司の役目だからさ。自分が優秀だと、他人の功績を正しく評価出来なかったりするからね」

「ふむ、リムル様が言わんとする事はわかる気がしますが……」

ミョルマイルは、まだ納得がいかない様子だった。

それならばと、ここで言葉を重ねておく。笑い飛ばしても良かったのだが、こういう不安は初期の段階で解消しておく方がいいと思ったのだ。

「人には個人差があるんだから、当然、能力もまちまちだろ？　だから上司には、部下に見合った仕事を割り振る役目が求められるんだ。その点、自分で仕事が出来る人は、他人に頼らず自分で全て終わらせてしまいがちになる」

「はあ……」

「それで、そういう人が頂点に立ったら、かなりの確率で〝自分が一番偉くて正しい〟と思うようになりがちなんだよね」

いわゆる、ワンマン社長だね。

確かに優秀なんだが、部下の仕事は出来て当然、失敗したら無能、という極端な見方をする者もいるのである。

失敗の原因が、無理な仕事量を押し付けた上司にあったとしても、自分が正しいと思い込んでいる上司からすれば、全てが部下の責任となってしまいかねない。それが社長だった場合は最悪なのだ。

クビが怖くて指摘する者がいないかもしれないし、いたとしても聞く耳を持たないかもしれない。

その点、ミョルマイルは大丈夫だと信じられた。

若干ワンマンな面もあるが、人情味もあって、部下の失敗を自分の失敗と受け止められる器の大きさも持ち合わせているからである。

そしてベルヤードの場合は、あれは無能を切り捨てるタイプだ。

いや、大袈裟だった。

冷血とかそういう意味ではなく、組織にとって不要な人材を優遇しない〝数字だけ見るタイプ〟というヤツである。

そういうトップの方が組織発展には貢献するだろうけど、それは俺が目指す組織ではない。組織に属する者達には、誰かの役に立つという喜びを味わってもらいたいと考えているのである。

ここまでお膳立てされた〝四ヶ国通商連盟〟ならば、慌てて組織拡大を目指す必要などないのだ。ゆっくりでも構わないから、仲間同士が信頼し合える組織になって欲しいのだよ。

急速な成長は、脱落者を生みやすい。ベルヤードがトップに立ったら、恐らくはそうなってしまうんじゃなかろうか。

俺は懇切丁寧に、ミョルマイルに語ったのだ。

「……なるほど、それがリムル様の御考えでしたか」

「杞憂かも知れないけどね。ベルヤードさん自身が悪い人間と言いたい訳ではなく、有能だからこそ効率優先にしがちなんじゃないかと思うわけ」

「ふむ、それは否定出来ませんな。つまりワシの役目は、ベルヤード殿の下にいる者達が働きやすいように調整する感じですな？」

「察しが早いね。トップなんて、飾りでいいんだよ。ただし、空っぽは駄目だ。皆が気持ち良く担げる神輿《みこし》になれれば、大抵の物事は上手くいくさ！」

ケースバイケースだから、これが絶対的に正しい訳ではない。だけど今回の場合に限っては、ミョルマイルがトップの方が正解だと確信していた。

そもそも、ミョルマイルは我が国の財務大臣でもあるのだからして、〝四ヶ国通商連盟〟代表としては頑張り過ぎない方がいいのだ。

トップとして君臨しつつ、有能な部下に仕事を割り振るだけでいい。そしてベルヤードも、自分がトップに立つより誰かの下で働く方が性に合っていると思われた。

なのでミョルマイルこそが代表に相応しいと太鼓判を押したのだが、それを聞いたミョルマイルが大爆笑し始めたのである。

「わっはっは！　流石はリムル様、御謙遜がお上手ですわい！」

……？

――ッ!!

「馬鹿野郎！　俺の話じゃなくて、お前の話だよ!!」

そう叫ぶも、ミョルマイルはしばらく笑い続けたのだった。

＊

ミョルマイルからの報告も聞き終え、そろそろパーティ開始の時間となった。

「本日は各国の貴族様方を招待しておりますから、リムル様が注目を集める事になりましょうな。休憩する間もないほど千客万来となりそうですが、どう致しますかな？」

ふむ、そうだな……。

「俺が威圧するのは不味いよな」

それが悪手なのは言うまでもないが、面倒なのも嫌だった。

それなら最初からパーティに参加するなという話だが、本日のパーティにはガゼルやヨウム、そしてここ、ブルムンド王国のドラム王も参加する予定なのである。

四ヶ国の代表がミョルマイルならば、俺達こそが大口の支援者という立ち位置だからね。顔を見せない訳にはいかないのだ。

「自分が追い払いましょうか？」

そう発言したソウエイだが、真顔だ。

任せたら血の惨劇になると、俺の本能が告げていた。

「い、いやあ、大丈夫だとも。俺の華麗なる対人スキルで、適当に受け流すさ」

「そうですか……承知しました。それでは自分は、リムル様から少し離れて護衛しておりますので」

「うん、そうしてくれ」

よし、これで一安心。

今回はお偉いさんばかりなので、暴力は厳禁である。

別にお偉いさんじゃなくても駄目なのだが、国際問題になると俺達だけの話じゃなくなってしまうからな。

「我が主よ、我もおりますので、御安心を！」

影から顔を出して、ランガが自己主張してきた。

「うんうん、頼りにしてるぞ！」

愛《う》いヤツめ。

ランガの仕草に癒されたので、緊張感が緩和された。

そしてその勢いに乗り、俺は会場《せんじょう》へと赴いたのである。


一つ下の九階が、大きな間取りになっている。

大人数での会議を行ったり、職員を集合させての行事を行ったり、様々な用途に用いられるよう設計してあるのだ。

そして今、その空間は飾り付けられて、立食テーブルの並ぶパーティ会場となっていた。

ちなみに、八階は職員用の食堂であり、風景を眺めながらの食事が楽しめるようになっている。食事時間帯以外はコーヒーや紅茶も提供されているので、商談や打ち合わせなども行えるようになっていた。

パーティに提供される料理は勿論、ここのコックさんが頑張って用意してくれたものである。

ピクルス盛り合わせ、各種スープ類、生ハム、高級ステーキ、ミートボールやローストビーフ、各種パスタ、たこ焼き、焼きそば、お好み焼き、カレーライスにハンバーグ……あれ？

流石にラーメンとかはないけど、パーティに相応しくないようなメニューまで並んでるぞ。

「ミ、ミョルマイル君？」

「何ですかな？」

「料理のチョイスがおかしくない？」

「そうですか？　魔国の食堂では高ポイントの、大人気メニューですぞ？」

「えっと、まあ、そうなんだけど……あれ？」

いや、落ち着け。

本来ならば、もっと貴族風のメニューにすべきだったのかも知れないが、今までの慣習にとらわれる必要なんてないんじゃないか？

俺達が新しい風を吹かせるんだという気概があれば、これらのメニューでも正解なのかも。

「そもそも開国祭の時も、普通じゃないメニューを提供しましたからな。むしろ、これを期待されておる方もおられるようでして」

「なるほど、それじゃあ問題ないな」

「まあ、問題があっても文句は出ませんわい！」

うーん！　ミョルマイル君のそういう大雑把なところ、とても好感が持てるね。俺の方が考え過ぎだったと反省し、他に問題点がないか再度見回してみた。

すると、会場のセッティングを取り仕切っている男と目が合った。

ベルヤードだった。

「これはこれは、リムル陛下！　おっとそうだ、今の私の立場ならば、リムル様とお呼びしても許されますでしょうか？」

にこやかな笑顔でそう挨拶されたので、俺も思わず頷いてしまう。

特に問題はないのだが、ベルヤードの笑顔には苦い思い出があるので、警戒し過ぎてしまうのも仕方ないのだ。

これでは本当に、ミョルマイルを笑えない。

しかし、国家体制そのものを柔軟に変化させるだなんて、ブルムンド王国の方が異常だと思うんだよね。

生前の世界なら考えられない話だし、絶対王政だとしても、無血でこれを達成するなど夢物語にしか思えない。それを成し遂げたというのだから、やはりドラム王は只者ではないね。

自分の国をチップにするなんて、生粋のギャンブラーだよ。

正直、俺にはそんな胆力はないので、尊敬するしかない人物なのだった。

そんなドラム王の懐刀《ふところがたな》だっただけあって、ベルヤードも侮れないのだ。

「今日の段取りも丁寧で抜かりなさそうだし、ベルヤード殿に任せると安心だ。これからもミョルマイルを支えてやってね」

「当然ですとも。それと、私の事はどうかベルヤードと呼び捨てでお願いします。父が家長を務める実家は侯爵家だったのですが、相続せずに捨てる予定ですので」

「え、そうなの!?」

いや、将来的には貴族の地位も揺らぐだろうけど、それはあくまでも下位貴族だけだ。伯爵は怪しいが、侯爵家以上の上級貴族ならば、どんな状況になろうとも安泰だと思うんだけど。

「ま、貴族から華族と呼び名を変えて、いずれは権力も奪われるのは確定です。何しろ、そう立案してドラム王に提言したのは私ですからね」

お前かよ！

という言葉を飲み込んだのは、褒めてもらってもいいだろう。

「ハハハ、何、時代の流れですよ。今は貴族が政治を動かしていますが、民衆が知恵をつければその現状に不満を抱くでしょう。そうなった時に敵対せずに済むように、少しずつ権限を譲渡していく必要がある」

「それはそうだろうけど、今まで政治なんてした事ない人間には、急に国家運営なんて無理だろうよ」

俺がそう答えると、ベルヤードがニヤリと笑った。

「だからこそ、今の内から平民となり、譲渡される権限を引き受けようという訳ですよ」

ああ、そういう……。

ズルとかそんなレベルじゃなく、出来レースじゃん。

だがまあ、すっごい合理的なのは理解出来た。

その作戦なら確かに、貴族からの不満も最小限に抑えられそうだ。

しかしこの人、どれだけ先を見通して動いているんだろ？

俺が知る限り、人外にも引けを取らぬ賢さだ。凄過ぎて、呼び捨てにするのが怖いくらいである。

ミョルマイルも呆れたように頭を振っていた。

ね、ワシの言った通りでしょう——と、その目が物語っていたが、俺もまったく同意見だったので、深く深く頷いたのである。

＊

パーティは恙《つつが》なく開始された。

最初に代表であるミョルマイルが挨拶し、ドラム王も一言述べて乾杯の音頭を取った。

そして始まる無礼講。

ここで重要なのは、本当に無礼を働くのはＮＧってとこだ。

説明するまでもないな。王族もいるんだから、駄目に決まってるって話である。

それなのに、空気を読まない者はどこにでもいるもので、歓談タイムに突入するなり俺の周囲に人垣が出来たのだ。

俺の華麗なる対人スキルだって限界があるさ！

一人か二人ならまだしも、十名を超える人数に囲まれたら困ってしまうのだ。

「リムル陛下！　私の話をお聞き下され！」

「我が国も、貴国に外交官を派遣したく存ずる！」

「貿易をお願いしたい！　ついては、街道の整備を——」

「ええい、どこぞの小国は引っ込んでおれッ!!　私を、私の国は貴国に近く——」

「何を偉そうに、順番も守らぬようなヤツに、外交官たる資格なし！」

「私は王太子です。順番というなら、地位を優先させなさい」

「他国に自国の権威を持ち込むでないわ！」

「我が国と事を構えるおつもりか？」

とまあ、騒がしい事この上ない。

知らんがなと言いたくなるような発言が多発するし、喧嘩を始めそうな雰囲気まであるし、俺も頭が痛くなった。無下には出来ないが、マジで相手するのが面倒である。

これは想像以上だった。

それだけ俺の立場の重要度が増したという事なのだが、俺自身に油断があるというのも原因だろう。

だって、ガゼルとかには群がってないからね。

ヨウムでさえ堂々と――って、違うな。アレはミュウランが笑顔のガードで守っているのか。

羨ましい。

まあ、ヨウムの場合は眼光鋭い武人肌だから、お上品なお貴族様なら近付きたくないというのも理由だろうけど。

ああ、こんな騒動に巻き込まれるから、エルたんは滅多に姿を見せないんだろうな。

正式な手続きを踏んだ上で順番待ちして、予約ナシでは会えないようにしていると言ってたし、俺も今度からはそうしようと思った。

とは言え、今はこの状況を何とかするのが先決だ。

さてどうしたものかと思案していると、意外な人物が助け船を出してくれた。

「皆様、少し落ち着かれてはいかがかな？」

ドスの利いた低い声で語りかけたのは、初対面で俺に絡んだガバーナだった。

「リムル陛下は、偉大なる覇権国家〝ジュラ・テンペスト連邦国〟の魔王陛下にして、我等が最大の支援者に御座いましてな。本日は御遠慮願いますが、貴殿方の切なる思いも理解は出来ますが、本日は御遠慮願いたい！」

今日は新たな門出を祝う為の祝賀会なのだから、商談は別の機会に――と、ガバーナが無言の圧力で睨みを利かせた。

さっき俺の前で泣いていた男が、今はとても頼もしい。

そして、来賓の反応も。

「こ、これはこれはガバーナ殿！　貴殿が〝連盟〟幹部になったという話は聞いておりましたが、御健勝そうで何より……」

「そ、そうですな、つい気が急《せ》いてしまいました。本日は御挨拶させて頂けただけでも僥倖《ぎょうこう》という事で、これにて御前を失礼を――」

「私も失礼した。また後日、正式な手続きを経て会談を希望致します」

そう口上を述べて立ち去る者はまだましで、そそくさと逃げ出す者が大半だ。決して褒められた態度ではないが、目くじらを立てるのは止めておいた。

そもそも、俺の時間は有限なので、面会はリグルドの担当なのである。そこで厳選された相手とだけ面会する形なので、今でもかなりふるいにかけている状況なのだ。

今後はエルたんを見習ってもっと厳しくする予定なので、面倒な相手とは極力会わずに済ます所存であった。

だからこの人達とも、二度と会わない可能性すらある。そう思えば、多少の無礼など気にならないのだった。

それにしても、ガバーナを見直した。

俺から少し離れた位置で、ガバーナが目を光らせてくれている。そのお陰で、俺も落ち着いてパーティを楽しめるようになったのだった。

＊

さてさて、自由に動けるようになったので、俺は来賓を見回した。

ガゼルやヨウムとは事前に打ち合わせ済みなので、わざわざ挨拶に行く必要はない。明日の会談にも参席してもらうので、大事な用件があればそこで語られるはずだからだ。

今日は、見識を広めるだけでいい。

そういう訳で、気になる人物と世間話と洒落込むつもりである。

誰かいないかなと見回せば、いた！

誰もが振り向くようなもの凄い美人です。

それは誰でしょう？

そう、ヒナタです!!

ヒナタは、背中が大きく開いたドレスを着ていた。

闇夜のような漆黒に、星のように宝石が鏤《ちりば》められた一品だ。

しかし特筆すべきはドレスではなく、ヒナタ自身の色っぽさであろう。

ヒナタの髪の毛はショートだから、うなじから腰にかけての素肌が丸見え。首でリボンが結ばれているが、それすらもアクセントとなって、ヒナタの色気を引き立てていた。

黒いドレスに、真っ白な肌が眩しい。

否、眩し過ぎた!!

バックレスドレスというらしい。誰が考えたか知らないが、とても素晴らしいデザインである。

脳内に保存だ。

いや、それよりも、シエルさんに今の映像を記録してもらって――

《そんな機能はありません》

いやいや、あるよね？

迷宮内部の情報とか、鮮やかな映像で見せてくれたじゃん。

《ここは迷宮内部ではないので、記録された映像にアクセス不可能です》

ウッソだろ、おい!?

絶対に出来るハズだって！

モンスターとの戦闘記録とかも、後で反省出来るように保存してくれてるし。それと同じ要領で、ちょっとだけ――

《否。必要性が認められませんでした》

どうしてそんなに機械的な応答なんだよ。

クソッ！　肝心な時に頼りにならない相棒だよ、まったく。

仕方ないので自分のスライム細胞に頑張ってもらいつつ、俺はにこやかにヒナタへと話しかけた。

「いやあ、ヒナタさん。今日も綺麗ですね。そのドレス、とっても似合ってるよ！」

ヒナタはワインを口にしていたが、それをテーブルに置いて俺に振り返った。そして、胡散臭げに視線を鋭くしながら、口を開く。

「はあ？　貴方も御世辞を言うようになったのね」

「違うって！　マジも大マジ。俺って、御世辞と無縁だから！」

思ってない事で相手を褒めるのは苦手なので、半分は本音だね。

それなのに、ヒナタは鼻で笑って取り合ってくれなかった。

ここで会話を終わらせてはならない。

そう考えた俺は、必死になって言葉を重ねる。

「それにしても、本当に大胆。こう言っちゃあ失礼だけど、ヒナタがそんなに攻めたドレスを着るとは思わなか――」

睨まれた。

ゴックンと、続きの言葉を飲み込む俺。

ヤバイ、どんどん好感度が下がっている気がする。

「失礼だと自分でも思ったのなら、口にしないのが正解じゃないかしら？」

「スミマセン、ごもっともです！」

ここで逆らっちゃならない。謝罪一択であった。

ジト目のヒナタ。

焦る俺。

その時、ワインの香しさを感じられた。

溜息を吐くヒナタが、果てしなく色っぽい。

だってね、後ろ姿も色気漂いまくりだったけど、正面はもう鼻血ものだったからね。

首元まであるドレスなのだが、ノースリーブなので白い肩を隠すものはない。そして重要なのが、脇から横――

「何見てるの――って、殺すわよ」

「ゴメンナサイ」

失敗失敗。

人間の姿なのを忘れて、思わずガン見してしまった。

そりゃあ、視線でバレますわ。

鼻血が出ない身体だった事に感謝である。

「どうしてもこれを着ろって、ルミナスが煩かったのよ」

とヒナタは言うが、ナイスだ、ルミナス！

グッジョブの言葉を惜しみなく贈りたいと思う。

ドヤ顔しているルミナスが目に浮かぶが、尊敬の念を抱いたね。

内心で小躍りしながらルミナスを褒め称えつつも、俺はクールな表情を取り繕った。

「フーン、そうなんだ。ルミナスの見立ては間違ってない。だって本当に、今日の君は綺麗だから」

キリッとした表情でそう告げる。

紛れもない本心なので、ヒナタから睨まれても怖くないのだ。

——いえ、嘘です。本当は内心ビクビクしてた。

「またそんな——」

ヒナタが呆れたように言いかけた言葉を、俺の唇で塞ぐ——何て真似が出来たら完璧なのだが、一歩間違ったらセクハラでは済まない。性犯罪者の出来上がりだし、俺は小心者《チキンハート》なのでそこまでの勇気はなかった。

だから言葉で、「本当だって！」と真面目に告げたのだ。

すると、ヒナタの頬が赤く染まった気がする。

いける！

今日の俺は最高に——

《酔っぱらっているだけかと》

——うん？

俺は、ヒナタが飲んでいたワインに目を向けた。

「アレ？　ちょっとコレ、アルコール度数高いんじゃないの？」

「そうなの？　とても美味しいわよ」

ヒナタって、意外とお酒には弱かったりして？

とてもそうは見えないけど、シエルさんの言う事だし……。

いつも色っぽさにばかり目が向いていたから、その辺のとこ、どうなのか知りたくはあった。

俺は指を三本立てて、ヒナタに問いかけた。

「これ、何本に見える？」

「貴方、私の事を馬鹿にしているのかしら？」

「いやいやいや、そんな事は決して——」

慌てて否定すると、ヒナタが大きく溜息を吐いた。

「あのねえ、これでも私、〝聖人〟なのよ？　クロエと旅をした経験があるし、生き返った後もルミナスから色々と教えてもらっているから、その気になったらアルコールなんて無毒化出来るわよ！」

騙したな、シエルさん!?

そういう事なら、ごもっともである。

それからはもう、怒ったヒナタを宥めるのが大変だった、とだけ言っておこう。

だからまあ——どうしてヒナタが頬を染めたのか、その理由を聞く暇などないまま時は流れてしまったのだ。

＊

パーティの翌日。

昼休憩の後、会談が始まった。

参加者だが——

先ずは〝四ヶ国〟を支援する各国の王とその王妃——俺、ガゼル、ヨウムとミュウラン、ドラム王の五名。

この面子にかんしては、既に意思統一が出来ている。なので今回は、承認だけの為の参加となるだろう。

続いて、ミュウランを除く俺達四名で代表に指名したミョルマイル、西方聖教会を代表してヒナタが。

西方諸国評議会《カウンシル・オブ・ウェスト》からは、議長その人が出向いている。名前はレスターだったか。相変わらず、白いヒゲがふさふさであった。

後は、厳選された各国の議員達で、総勢三十名ほどが会議室に集っていた。

ベルヤードも、書記として参加している。

そして、司会進行役としてシエンが前に出た。

「皆様方、本日はお忙しい中、こうしてこの場に集って下さった事、心より感謝致します。それでは早速ですが、始めさせて頂きますね。先ずは、近未来に起きるであろう危機についての説明から――」

そう言って、シエンの説明が始まった。

今日の会談の目的だが、昨日ミョルマイルが聞きたがっていた内容となる。

明確な敵の存在と、その狙い。

戦禍の影響予測と、それにどう対処するべきかの確認だ。

参加者を厳選してもらったのは、恐怖から恐慌状態《パニック》になるのを防ぐ為である。

泣いても喚いても現実は変わらないのだから、可能な限りの最適行動を心掛ける必要があるのだ。その為にも、指導者たる者はうろたえてはならない――とはいうものの、それはなかなか難しい。

そこで、こうして先に説明しようってわけ。

俺も同じ説明を何度もしているので、この場を段取りしてくれたミョルマイルには感謝であった。

シエンの説明が終わる。

「……つまり、魔王リムル様は帝国との戦争に勝利したものの、新たな敵であるミカエルが出現したという訳ですか」

レスター議長が呟くと、各国の議員達が続いた。

「しかも、そのミカエルが天使族《エンジェル》を率いている、と?」

「〝天魔大戦〟ですな。五百年周期の災厄が、まさか私が生きている内に起きるとは……」

そうした発言を聞き、誤解がないように補足する事にした。

挙手した上で、発言する。

「ええと、今の説明にあった通り、敵の狙いはヴェルダナーヴァの復活にあります。その方法も推測だけであり、確証はありません。そして一番大事な点ですが、時期は未定です。近日中だと思われますが、ミカエルも長命種ですからね。明日かも知れないし、数年後、あるいは数十年後という可能性も否定出来ないのです」

一番厄介なのが、これ。

時期は未定なんだよね。

一応、何か動きがあれば、毎朝のディーノからの報告でわかるはずだし、その情報の確度はミリム経由でオベーラに問い合わせる手筈となっている。

今のところ、ミカエルは動かず。

不気味だが、こちらからは手出ししようがないので放置であった。

そうなると、いつ攻めて来るともわからぬ敵を警戒し続けるのも大事だが、日常の営みは続けないといけない訳で……。

日本でもそうだった。十年以内の海溝型大地震発生率は六十パーセントで、三十年以内なら九十九パーセントにも及ぶのだが、それはそれとして日々を生きていた訳だ。

何か起きてから困らぬように、事前に準備だけはしておく。その上で日常を大切にすべき、という考え方だな。

実際、地震よりも火山の方が怖かったけど、それはもう、対処不可能な天災だからだね。

阿蘇山の巨大カルデラ噴火が起きた場合、破滅的被害をもたらすって話だ。別名、破局噴火《はきょくふんか》というらしいけど、日本中で逃げ場がないらしい。

北海道の一部なら無事かも知れないが、まあ、日本滅亡に違いはない。

仮定の話だが——

これを予測して、政府発表で一年以内に確実に発生しますとか言われたとしてもねえ……。

本当に発生するかどうか疑わしいし、信じて逃げたくても逃げ場はない。

日本国民全員を受け入れてくれるような国はないだろうし、少数ずつ各国に逃げられるかというと、それも疑わしい。

勿論、本当に確度百パーセントの予測なら、政府としても出来る限りの手を打つんだろうけど——政治形態が違うとまず受け入れられないだろうし、結局のところ、個々人が伝手を頼って逃げられる人だけが逃げる事になるんだろうな。

俺なんかも、〝そうなったらそうなった時の話だよね〟的な考えが、心のどこかにあった気がする。心配し過ぎて毎日怯えて暮らすより、日々を楽しく生きる方が幸せだからだ。

逃げた先が絶対安全って話でもないし、天災とは考えても意味がないから天災なんだろうな。

〝人事を尽くして天命を待つ〟という言葉もあるが、今自分に出来る事を精一杯頑張る方が、人間らしく生きられるというものだった。

「――てな訳で、ミカエルがいつ攻めて来てもいいように準備はするが、人々には日々の暮らしを大事にしてもらいたい。だからこそ、この事実を知るのは指導層だけに留めたい訳だ。皆さんもそのつもりで、我々に協力して下さる事を期待したい」

と、俺は発言を締めくくった。

俺の話を聞いて、誰もが沈黙していた。

大きく唸っている者もいる。

誰も発言しないまま数十秒ほど経過した後、ヒナタがその沈黙を破った。

「西方聖教会としては、全面的に支援を約束するわ」

ヒナタの発言に、レスター議長も続く。

「なるほど、納得で御座います。西側各国で急遽進められていた開発計画は、その準備であった訳ですな？」

これにシエンが頷く。

「その通りです。全ては、リムル様の御心のままに」

〝魔導列車〟を走らせる為の軌道《レール》敷設工事と並行して、駅舎の建設も進めさせていた。それをついでに拡張し、周辺住民が利用出来る避難場所も用意させていたのである。

平時には体育館とか、講堂、色々な用途で使えるようにして。

今日集まってもらったついでに、それを利用して地域住民に避難訓練などを行わせてもらいたいと頼むつもりであった。だが、俺がそれを口にするより先に、レスター議長が発言する。

「重要なのは事前準備とは、理にかなったお話です。わかりました。私個人には各国の政策に介入する権限など御座いませんが、避難訓練を一案として提示するくらいは可能であります。是非、協力させて頂きたい」

「然り。私も評議会では一議員に過ぎませんが、国に戻れば侯爵ですのでな。王に進言の上、領民には訓練をさせましょうぞ」

「ごもっともな話である。私も協力致しますぞ！」

と、議員方も賛同してくれたのだ。

思った以上に話が早かった。

まあ、厳選された人材だけあって、ここでごねるような愚か者がいなかったからだろう。

って言うか、そうなるように少人数での会談にするとミョルマイルが言っていた。こんな大事な決定となると、大人数では話が纏まらないからだと。先に権力のある少人数を説得し、残る議員は個別に説得してもらう方向でいくのだそうだ。

その目論見は成功したと言える。

それでも、評議会での議決がどうなるかは不明なのだが、それについては——

「ホッホッホ。リムル陛下は評議会の決断を心配されておるようですが、安心してもらっても構いません。何故ならば、テスタロッサ殿に逆らえる者などおりませんからな」

ほわい？

「ハッハッハ、その通りですな。利権の前に、まずは自分の命が大事。本国の存亡にかかわるような案件ならともかく、民の避難誘導を訓練させるかさせないか程度の話では、テスタロッサ殿の鶴の一声で従いましょうぞ」

「左様。戦ってまで意見を押し通したい案件ではありませんな」

「うむ。我等にとっても有益な話である故、満場一致で可決だと思いますわい」

議員達の反応は、俺やミョルマイルが思っていたものとは違っていた。

慎重を期すべく、事前説明する必要などなかった感じである。

「ほほう、これは私の認識も甘かったようです。お会いした事はないのだが、テスタロッサという方はかなりの傑物なのですね」

と、ベルヤードが感心していた。

そんなベルヤードを見る議員達の視線が生暖かい。

優しいというか、羨ましそうというか……。

「フッ、皆様方、油断し過ぎではありませんか？　私はこう見えて、テスタロッサ様の忠実なるシモベなのですよ。今回の会談についても報告義務がありますので、それをお忘れなきようお願いしますね」

そう口を挟んだのはシエンだが、それを聞いた議員達の慌てふためきようったらなかった。

「誤解です！　信じて下され!!」

「決して悪意ある発言ではなく、あの御方の指導力を褒め称えただけでして――」

「ワシは事実を――あっ！　ゴホンッ！　テスタロッサ様に栄光あれっ!!」

最後のヤツ、何が言いたいのかわからんが、気持ちと必死さだけは伝わってきた。これほどまでにテスタロッサが恐れられているとは思わなかったので、俺としても驚きであった。

「シエン、皆さんをイジメるのは止めてあげなさい」

俺はそう言って、笑うシエンを窘《たしな》めたのだった。

そしてベルヤードも、たったこれだけのやり取りでテスタロッサのヤバさに気付いたらしい。

「ふむ、一度お会いすべきかと思いましたが、テスタロッサ殿は忙しそうですし、止めておきましょう。それでは、本日の会談は終了という事で宜しいでしょうか？」

そう言って、地雷原に踏み込む事なく身を引いたのだ。

その危険予知能力は見習うべき点があるので、俺はここでもまた、ベルヤードの優秀さを認めたのであった。

＊

会談はひと段落したが、もう一つ伝えるべき事柄があるのを思い出した。

「あ、そうそう。そのテスタロッサから連絡があってさ、帝国皇帝になったマサユキが、西側とも協力関係を築きたいんだってさ。ついては西方諸国評議会《カウンシル・オブ・ウェスト》に加入したいと申し出てるそうだけど、どうする？」

　ここに出向く直前に『思念伝達』で報告されたのだ。

　俺は軽い気持ちで伝えたのだが、大半の者達がギョッとしたように動きを止めた。

「「「――は？」」」

　そろいもそろって目を点にして、俺に顔を向ける。

　驚いていないのは、事前に説明しておいたガゼルやヨウム、そしてミョルマイルやシエンだけだ。

　ドラム王にもまだ話していなかったので、ベルヤード同様驚愕していた。滅多に見られない驚き顔に、ちょっとだけ満足したのは秘密である。

　しかし、俺の発言は思っていた以上の爆弾だったらしい。

「聞いておりませんぞ！」

「今言ったからね」

「ガゼル王は御存知だったので？」

「うむ、相談は受けておった。が、詳しい話は聞いておらん。まして、話がそこまで進んでいたとは初耳だな」

　あれ、ガゼルは知ってるよね？

《いいえ、そうなるようにとの希望は相談しておりましたが、日時を含む具体的な話はまだでした》

　そうだったかも。

　ちょっとしたタイミングのズレだが、〝携帯電話〟があるのだし、一言伝えておくべきだったかも。

　どうせ今日会うから、そこで説明しようと思ってしまったのだ。しかし都合がつかず、今この場でついでに発表する感じになってしまった。

「となると、ヨウムも知らなかったよね？」

「ああ、聞いてないぜ」

「それじゃあどうして、驚いていないんだ？」

「ああ。旦那のする事にイチイチ驚いてちゃ、俺の身がもたないからな」

　すっごい堂々とディスられた気がする。

横で聞いていたミュウランが頭に手を当てているが、何も言わないところを見ると同意見なのだろう。

そうなると、皆からの視線がチョット痛いね。

「呆れたわね。どうして貴方はいつもいつも、大事な話を何でもない事みたいに話すのかしら？」

ヒナタからの視線が痛い。

「そ、そうは申されましても……」

思わず敬語になってしまったが、これって俺が悪いのか？

だってさ、ミカエルとの決戦で頭がいっぱいで、帝国が協調路線を取るのなんて当たり前だと思っていたからね。

ここで足並みを揃えられるように、我が国から支援も行っている訳だし。こうなって当然だから、皆が驚くとは思っていなかったのだ。

「反省してないみたいね」

ギクゥ!?

「ちょっと待って下さいよ、ヒナタさん！　我が国と帝国が戦争してたのは知ってるだろ？　俺達は勝利した。だから戦勝国としての権利を行使し、今後は協力関係を築く事になったんだよ。そうなると、必然的に西側とも協調する事になるだろうが！」

勢いにまかせて言い訳をぶちかました。

しかし、ヒナタのジト目は止まらない。

まあね。

俺の言い分は間違っていないけど、伝えていなかったのは完全にミスかも。

伝達手段がない訳じゃなし、忙しかった、は言い訳にならないよね。

そう考えると、やはり俺にも落ち度はあった。

謝罪の言葉を口にしようとしたのだが――しかしその時、ベルヤードが深く頷き、助け船を出してくれたのだ。

「ごもっともな話ですね。これはリムル陛下の責ではなく、そうなるようにお願いしなかった我々の落ち度だと思われますな」

わかるか、わかってくれるか、ベルヤード君！

流石は切れ者、これほど頼もしい味方はいないね。

ヒナタとベルヤードが睨み合う。

折れたのはヒナタだ。

「まあ、そうね。リムルなら最善を目指し、そう動くだろうというのは、少し考えていればわかる話だったわ。ただ――」

「ただ？」

「この、西側経済圏に住まう者の常識から考えて、有史以前からの仇敵だった帝国がそのような出方をするなど、とても信じられない出来事だっていうだけの話よ。その先入観が大き過ぎて、こうなる可能性に思い至らなかったのよね……」

ヒナタは悔しそうだった。

わからなくはない話だ。

ずっと敵対関係にある大国が、突然和解を申し出てきたような感じだからな。

先ず疑ってかかるべきなのだろうが、勝利者である俺の口から聞かされたというのが大きい。

協力関係を築くだけならリスクは少ないし、大戦が始まろうかというこの時期に、人類同士で戦争するほど愚かな事はない訳だし。

「リムル陛下、お聞きしたいのですが――」

「何でしょう？」

質問者であるレスター議長に、話すよう促す。

「帝国との話し合いですが、場所はどこで行われる形になるのでしょう？　そしてもう一つ、帝国皇帝を〝マサユキ〟と呼んでおられましたが、もしや、〝閃光〟のマサユキ殿の事なのでしょうか？」

レスター議長は興奮していた。

一つ目よりも二つ目の質問で、大きなざわめきが起きている。他の者達まで興奮している様子に、俺は自分が説明不足だった事に思い至った。

「ええと、会談はイングラシア王国で。出来れば早急に、可能なら次回の評議会に参加したいとの話だったね。そして、二つ目の質問の答えだけど、レスター殿の認識で間違っていない。俺の友人でもある〝勇者〟マサユキが、先日、皇帝として即位したんだ」

俺がそう言うなり、会議室が喝采《かっさい》に包まれた。

「流石だ！　流石はマサユキ様だッ!!」

「うむ、素晴らしい！　これで戦争は回避出来た」

「どうやればそんな事になるのかとんとわからんが、マサユキ様なら何でもありですな！」

「その通りよ！　悪の帝国すらも、マサユキ様の敵ではなかったという事ですわい‼」

とまあ、大騒ぎであった。

「新皇帝の戴冠式があったと報告を受けておったが、まさかマサユキ殿だったとは……」

レスター議長までそう言って涙ぐんでいるが、この反応は想定外だった。

何だか、マサユキに悪い事をしてしまったかも……。

〝勇者〟が帝国を打倒するって、そんなどこぞのスペースオペラみたいな物語がある訳ねーだろ！

普通に考えて、個人に国堕《くにお》としなんて不可能に決まってるのに。それが行われたと平然と考え、それを信じ込んでしまうあたり、マサユキに対する信頼がとんでもない事になっているようだ。

だが、こうなってしまった以上、俺に出来る事はない。

「まあ、そういう事だから。詳しい事情は俺も知らないから、後は本人の口から聞いて欲しい」

しれっとそう言って、何も知らないマサユキに面倒事を丸投げしたのであった。

こうしてこの日の会談で、避難訓練実施計画推進が共有され、次回評議会への帝国新皇帝参席が決定されたのである。

＊

——とまあ、こんな感じでここ五ヶ月を過ごした訳だ。

ちょっとした手違いなんかもあったけど、準備は着々と進められたってわけ。

次回評議会は二週間後にイングラシアで行われる予定で、マサユキ達と評議会幹部勢とのコンセンサスも大丈夫。事実上、帝国加盟は可決される見通しなのだ。

それについては、テスタロッサに任せておけば安心であった。

人類の意思統一も、表面上は成し遂げた。

魔王勢の準備も万全だ。

後は、敵戦力が予想を超えて強大でなければ良いのだが……。

そんなふうに思っていると、突然ディーノから連絡がきた。

『あ、ディーノだけど、聞こえてる？』

『勿論だとも。それで、動きがあったのか？』

毎朝の連絡ではないから、何かあったのは間違いなさそうだ。

『うーん、あったと言えばあったから、一応連絡しておく。と言っても色々ありすぎて、どれから話せばいいか面倒だぜ……』

ほう？

要領を得ない話しぶりだったが、何か起きたのは確かなのだろう。

せっかくの平和な日常は、その連絡と同時に終わりを告げたのだ。

第三章

道化達の追憶

Regarding Reincarnated to Slime

時は遡る。

フェルドウェイによって戦場から連れ出されたカガリは、近藤中尉が戦死したと同時に意識が戻っていた。支配から解放された結果である。

しかしその場所は、カガリの知識にない異界だったのだ。

(どうなっているの?)

と、カガリは状況把握に努めようとした。

するとそこに、見知った顔を見つけたのだ。

「ディーノ……」

「よう! 目が覚めたみたいだな、カザリーム。って事は、近藤って男が死んだのか」

「貴方、気付いて……そうか、ボスに聞いたのね」

ディーノから捨てた名前で呼ばれて驚いたカガリだが、視線を彷徨《さまよ》わせた先にユウキを発見した。

悠然と椅子に座っていたが、その表情は〝無〟だ。

つまりは、ユウキもカガリ同様、何者かの支配下にあると判断された。であれば、ユウキの口から自分の正体が漏れていたとしても不思議ではないと、カガリは瞬時に悟ったのである。

「まあな。お前さんに何があったのか詳しくは知らないけどさ、正直言って、その姿の方が気になるね」

と、魔王カザリームとは似ても似つかぬ今のカガリを見て、ディーノがそんな感想を口にする。

(相変わらず、飄々《ひょうひょう》として空気を読めない男だわ)

と、カガリは緊張を解きながら思ったのだった。

実際の話、今のカガリには戦闘能力が足りていない。Aランクオーバーではあるが、真の化け物連中から見れば雑魚そのものなのだ。

ディーノの実力は未知数ではあったが、勝負にならないのは分かり切っていた。

だからカガリは、現状での最善手を考える。

つまりは、情報収集であった。

「それで、ここは何処なのかしら？」

そう問うと、ディーノが面倒そうに答える。

「異界なのは気付いてるんだろ？　ここは特別な地で、あらゆる世界に隣接しつつも隔離された始まりの場所――〝天星宮《てんせいきゅう》〟だよ」

聞き慣れぬ名だった。

しかし、重要度の高い言葉が鏤められていた。

（始まりの場所……まさか、〝星王竜〟ヴェルダナーヴァ生誕の地――!?）

あらゆる世界を生み出す前にあったとされる、始まりの場所。それは、神話にのみ記憶される伝承であった。

あるとされていたが、まだ誰も見た事すらない場所なのだ。

「どうやって……」

「ここに来るには門を通る為の〝鍵〟が必要なんだが、それが何かは俺も知らなかった。だが、連れて来てもらったから理解したよ。教えてやらねーけどな」

イラッとしたカガリだが、ディーノが無駄を嫌う性格だったのを思い出す。教えないというならば、カガリが何をしても口を割らないだろう。

ならば、他の事を聞くだけだった。

「無理には聞かないから、教えられる事だけ答えてちょうだい」

「――面倒くせえな」

「昔馴染みなんだから、それくらいいいでしょう？」

「チッ、俺にメリットがないんですけど？」

「ワタクシ、貴方の代わりに色々と仕事をしてあげた覚えがあるんだけど――」

カガリが言い終わるより早く、ディーノが姿勢を正す。

「何が聞きたいんだ？　それを聞いたら、昔の事は忘れるんだろ？」

「ええ、勿論そうするわ」

カガリはニッコリと微笑んだ。

ディーノは相変わらずだった。こんなわけのわからぬ状況でありながらも、その事に安堵するカガリである。

「ワタクシ達のボス――そこの神楽坂優樹《ユウキ・カグラザカ》だけど、どうして支配されたままなのかしら？　近藤が死んだとさっき言ってたけど――まさか!?」

「お前ってホント、察するの早いよな。多分正解だろうから答える意味なさそうだけど、一応言っておく。お前さんは近藤に支配されてたが、そっちのユウキは近藤に権能を貸し与えてたヤツに支配されてるんだよ」

「やはり……」

他者を支配するような権能を貸し与えられるような存在がいるなど、信じたくもない事実であった。

しかし、ディーノはこんなふうには嘘を吐かない。言いたくなければ話さないタイプなので、かえって情報には真実味があるのだ。

ユウキが支配されている――あらゆるスキルを無効化する超特異体質なのに、それを突破する権能には恐怖しかない。

ここから脱出する為にもユウキを元に戻したいが、その手段は皆目見当もつかなかった。ならば――

「ワタクシの可愛い子供達はどこかしら？」

「お前さんの後ろに立ってるヤツ等の事か？」

そう言われて、カガリは慌てて振り向いた。気配はまるでなかったが、それもそのはずである。

（そうか、ワタクシの命令に従うだけの、戦闘人形《キリングモード》になっていたのね）

冷静なつもりでも慌てていたようだと、カガリは自分を戒めた。そして、命令を解除してティアとフットマンを元に戻す。

ちなみに、その並びに見慣れぬ妖死族《デスマン》が九体ほど突っ立っていたが、そちらにかんしてはカガリの関知するところではない。

一応、朧《おぼろ》気ながらも支配されていた際の記憶はある。命じられて禁忌呪法：妖死冥産《バースディ》を使用した覚えはあるので、それによって生み出されたのだろう。しかし、それはカガリの意思とは違うので、生み出した者達に愛着など皆無なのだった。

「あ、会長！　大丈夫だったんだね！　アタイ、心配したんだから！」

「ほーーーっほっほっほ。ティアの言う通りです。会長、ボスが助けてくれたのですか？」

「違うわ。それに、隠しても仕方ないからハッキリ言うけど、状況は最悪よ」

カガリはそう言って、二人にも現状を伝えた。

ディーノは放置されても我関せずで、そのまま寝入っている。

「そっか、アタイ達が不甲斐ないからだね」

「そんな事ないわよ、ティア。ボスでさえ支配されたんだから、ワタクシ達ではどう足掻いても抗えなかったでしょうね」

「それなら、どうするのです？　このまま従うおつもりですか？」

「見張りもいないんだから、逃げ出せるんじゃない？」

フットマンが問い、ティアが意見を述べる。

それに答えるカガリの表情は暗い。

「それが問題だわね。逃げたいのは山々だけど、ここは異界にある〝天星宮《てんせいきゅう》〟だという話なの。魔法などでは脱出不可能なのよ」

実はカガリ、元素魔法：拠点移動《ワープポータル》をとっくに試していたのだ。成功しそうな気配があれば、ティアとフットマン、そしてユウキを連れて逃げ出すつもりであった。

しかし現地点の座標が不明であった為、魔法は発動しなかったのである。

（ワタクシの支配が解けたのは運が良かったけれど、それだけでは何も出来ないと見透かされていたのね……）

悔しいが、それが真実なのだろう。

確かに、見張りはいない。しかしそれは、カガリ達が脱出不可能だと考えられていたからなのだった。

「ディーノ」

「お、おう。何だよ、人が気持ちよく昼寝しようかって時にさ。まだ質問があるのか？」

「聞いても答えてくれないでしょうけど、ここから逃げ出す方法はないかしら？」

「あると思うか？」

「……いいえ」

「だよな？　俺はよ、お前さんのそういう見切りが早いトコは評価してたんだ。そういうこったから、無駄な真似は止めて大人しくしとくんだな」

予想通りの結果だったが、こうなると手詰まりだった。

ここ〝天星宮《てんせいきゅう》〟は、とても小さな平面世界なのだ。一つの球体の内面に存在し、下半分が大地、上半分が天空となっている。

百平方キロメートルにも満たないその平面世界には、四季のない温暖な気候と、美しい白亜の城が存在するのみ。

しかし、それだけで完全だった。

花は枯れず、果実は腐らず、水は汚れず、大地は潤っている。故に、常に満開の花畑があり、まばらに生い茂る樹木には、甘く香しい天上の果実が実っていた。

時が止まったようなその世界では、変化というものが感じられないのである。

カガリ達は、庭に用意されていた四阿《あずまや》で待機させられていた様子。そこからでも城の全貌が一望出来るし、その反対、世界の端にある巨大な門も見渡せた。

城から誰か出て来る気配はない。

だが、門が閉ざされている以上、この世界からの逃亡は不可能だと考えて間違いなさそうだった。

だからカガリは、ディーノの答えを聞いても気落ちせず、冷静に対策を考えようとした。しかし、それを邪魔する者が城から出て来たのである。

＊

ガッシリとした筋肉質な体格で、精悍な顔付きの男であった。

身体中から迸るような気迫を発しており、ただならぬ強さだと察せられる。

「ディーノ様、困りますよ。貴方様ほどの御方が、そのような者共に親し気な態度を取るなど」

その者は実に自然な態度で、カガリ達を見下していた。

　何だコイツ――と癇に障ったカガリだが、取り敢えず我慢した。カガリは慎重な性格なのだ。

「グノム、だったか。その様子だと、上手く受肉に成功したみたいだな」

「はい！　ヴェガという男の肉体は、実にいい触媒となりました。再生力も高く、この調子ですと他の者達やダリス様方も受肉に成功するかと」

「そいつは良かった」

　興味なさそうにディーノが答える。

　状況がわからぬカガリは、押し黙って会話に聞き入っていた。

　ヴェガというのは、〝三巨頭《ケルベロス》〟の頭《ボス》の一人、〝力〟のヴェガで間違いなさそうだ。カガリの薄っすらとした記憶に、この場所まで一緒に来た情景が残っていたのである。

（ヴェガが触媒ですって？　もしかして、受肉する為の依代《よりしろ》として？　いいえ、それは確かに可能かも。あの男はロッゾの研究成果の一つ、〝魔法審問官〟の血を受け継いでいる。魔物と人間の性質を併せ持ち、エサさえあればどんな怪我からも復活する化け物だもの）

　つまりは、腕を斬り落とされようと生えてくるし、それどころか、首だけ残っていたら復活するという実験結果まであった。

　おぞましいのはここからで、斬り落とされた部位まででも、自我はない化け物として人の姿に戻ろうとしたのである。

　だからユウキは、もしも手足を斬られたら回収するようにと、ヴェガに厳命していたのだった。

　しかし、だ。

　このグノムという男は、ヴェガの特質を利用して虚ろなる肉体を手に入れたという事なのだろう。

（そもそも、どうしてコイツは肉体を必要としていた？　コイツの正体は何なの？　受肉が必要という事は、悪魔族《デーモン》？　いいえ、この神聖な気配から察するに、天使族《エンジェル》だわね。それならば確かに、人間や魔物に憑依するよりも強靭に――）

　カガリは高速で思考する。

戦闘能力の大半は失われているが、その頭脳は健在なのだ。

そして、おおよその結論が出た。

この男、グノムの正体は天使族《エンジェル》――もしくは、それに類する精神生命体なのだと。そして、地上へ侵攻する為に受肉したのだ、と。

ヴェガは、肉体を生み出す触媒として利用されている。生きてはいるだろうが、動ける状況にないのだろう、と。

グノムの種族が妖魔族《ファントム》である点を除いて、それは概ね正解であった。

魔素による仮初の肉体を、ヴェガの細胞と融合する事で強化したのである。これによりグノム達は、物質を取り込む事で完全な受肉に成功していた。

取り込んだ物質というのは、地上から回収したタンパク質や炭水化物である。つまり、食事をするだけでいいのだ。妖死族《デスマン》とはまた違う方法だが、半精神生命体であったグノム達にとっては、かえって都合が良かったのだった。


ちなみにこのグノム、ザラリオの部下の一人である。ラミリスの迷宮攻略から外されて、留守番していたのだ。

そこに、ヴェガ達を連れたフェルドウェイが戻ってきて、グノムに受肉するように命じた。タイミングよくザラリオ達も帰還して、ディーノ達との顔合わせとなったのだった。

実験体となったグノムが成功した事で、他の者達も受肉を始めた。そんな訳でグノムは、一人だけ先に出て来たのである。

元座天使《ソロネ》であり、今では上級下位〝将官〟級妖魔族《ファントム》であるグノム。受肉に成功した事で、魔王種以上の力を発揮出来るようになっていた。

そんなグノムからすれば、ほぼ人間と大差ないカガリなど、塵芥《ちりあくた》の存在でしかなかったのである。

故に当然、自然と上から目線で発言する。

「カガリだったか、お前達は所詮、戦力増強の為の道具に過ぎぬ。多少は使える道具だった近藤が死んで、自由意思を取り戻したようだが、調子に乗るのは止めておく事だ。こちらにいるディーノ様は、貴様達などとは〝格〟が違う！」

「おい、その辺で止めとけ」

「いいえ、ディーノ様！　ディーノ様は偉大なる〝始原の七天使〟の一柱《ヒトリ》では御座いませんか！　このような者共と軽々しく会話されるなど、あまりにも慈悲深過ぎます！」

「だから、俺とカザリームは古い知り合いなんだよ」

「今のワタクシはカガリというの。今後はそう呼んでもらえるかしら？」

「覚えるのが面倒と言いたいが、名前が短くなったのはナイスだ。わかったぜ、カガリ」

　以前のような男の姿と違い、今のカガリは美人の女性である。名前が変わったとしても違和感はなく、ディーノはすんなりと受け入れた。

　そんなふうにグノムを無視して、ディーノとカガリは親し気に会話したのだが……これがグノムを苛立たせる。

　グノムの主は、ダリスという名前を与えられた元智天使《ケルブ》だ。戦闘能力の高い気高き男で、ザラリオの副官を務めていた。

　そんなダリスでさえも及ばぬのが、至高の存在である〝始原〟なのだ。

　グノム達のように、最近名前を得た訳ではない。神たるヴェルダナーヴァ自ら創造し、名を与えた使徒達。創世期より悪鬼羅刹を滅ぼしてきた、偉大なる熾天使《セラフィム》だった。

　グノムからすれば神々の如き存在である為、カガリの態度は我慢ならぬものであった。

　たとえディーノ本人が許したとしても、これを放置してはザラリオの〝格〟にまで影響してしまう。そう考えたグノムは、遂に実力行使に出る。

「調子に乗るなと言っただろうがッ‼」

　椅子に座っていたカガリに向けて、霊気の塊である天光弾《てんこうだん》を放った。

　ディーノは動かない。

　その必要がなかったからだ。

「ほーーーっほっほっほ。長話は終わりですか？　それにしても、会長に向かって無礼千万なのは貴様の方だ!!」

「うんうん、その通り！　やっちゃえ、フットマン！」

カガリの大事な仲間であり、忠実なる道化達が、満を持してグノムに立ち向かう――

＊

戦いは、一方的に苛烈なものとなった。

グノムは元々、ザラリオ麾下《きか》の戦力として蟲魔族《インセクター》と戦争を繰り返していた妖魔族《ファントム》である。

肉体を得たばかりではあるが、違和感などは皆無。それどころか、戦闘能力は増していた。

存在値にして百万を超えている。その上、虚ろなる肉体を満たすべく、現在進行形で魔素量《エネルギー》が上昇中なのだった。

絶好調と言っていいグノムに対するは、クレイマンよりも戦闘能力の高いフットマンである。

知能は低いが、その力は強力無比。存在値は百三十万にも達しており、制限解除した今、ゲルドと戦った時とは比べ物にならぬ力を発揮していた。

「ドーンッ!!」

そう叫びながら、フットマンがグノムを殴る。

「グパァ――ッ!?」

顔面を大きく陥没させて、グノムが吹っ飛んだ。

「ほっほっほ。どんどん行きますよ！」

グノムなど歯牙にも掛けぬ勢いで追撃して、殴る、殴る、殴る。

グノムの足を掴み、振り回して上空に放り投げ、フットマンもジャンプする。弾みをつけて勢いを増し、自身の身体を砲弾のようにしてグノムの背中に突っ込んだ。

「ゴブォ――」

そしてそのままグノムを掴み、大地に向けて叩き付ける。フットマンの体重も乗っており、大地を砕く勢いであった。

フットマンは知能は低いが、戦闘センスだけは優れている。グノムがヴェガの細胞を得たのなら、千切ったり傷付けたりしただけでは再生するのである。そんな攻撃は意味がないと本能的に悟っており、ダメージを蓄積してスタミナを奪う戦い方をしているのだった。

グノムの方はというと、想像していた以上に強いフットマンに戸惑っていた。

（ば、馬鹿なッ!?　妖魔族《ファントム》の将であるこの俺が、こんな、こんな名も知れぬヤツに劣るだとォ!?）

受肉して戦闘能力も大きく増した。それなのに、一方的に負けていた。

その事実に、グノムは困惑する。

「何だ、何なんだよお前はァ――――ッ!?」

「私？　私はフットマン。中庸道化連が一人、〝怒った道化《アングリーピエロ》〟のフットマンです。どうぞ、お見知りおきを！」

フットマンは慇懃無礼にお辞儀して、丁寧に名乗った。

その余裕の態度が、グノムの神経を逆撫でする。

それに追い打ちをかけるのがティアだ。

「アタイも名乗っとくね！　アタイはティア。中庸道化連が一人、〝涙目の道化《ティアドロップ》〟のティアだよ！　フットマンの次は、アタイとも遊んでね！」

可愛く言っているが、邪悪な意思を隠せていない。

フットマンほどの力はないが、このティアもなかなかに強い。存在値は百万を少し超えているし、彼女のユニークスキルは凶悪な切り札であった。

今は動かない。しかし、フットマンが敗北するようなら、その時こそティアの出番となるだろう。

その時を楽しみにしつつ、ティアはフットマンの戦いを見守り続ける。

再び、フットマンの猛攻が始まった。

殴り、蹴り、叩き付け、猫がネズミを甚振《いたぶ》るように、フットマンがグノムを追い詰めていく。

焦るグノム。

嗤うフットマンとティア。

それらを見守るカガリは、実に冷静に状況を分析していた。

（最悪。このままでは、ワタクシ達に未来はない。この戦いに勝利したところで、グノムとやらは下っ端み

たいですし。ティアがいるけれど、それでもどうしようもなさそう）

カガリはチラリとユウキに視線を向けた。

（ユウキ様が敗北するような相手に、ティアが勝てるとは思えないものね……）

それにそもそも、天使や悪魔を物理的に滅する事は出来ない。特殊な権能があれば話は別だが、ここでグノムを殺したところでどうせ復活してしまうのだ。

ヴェガの細胞を取り入れた時点で、物理的にも死ににくくなっている。その上、死んでも復活する可能性が高いとなると、この戦闘自体が無意味なものと思われた。

結局のところ、敗北は約束されているのだ。それを理解しているだけに、カガリはバカバカしい気分になったのである。

「止めなさい、フットマン。お遊びはそこまでよ」

「ほ？　宜しいのですか、会長？」

「ええ。どうせここからは逃げられない。あの大門を破壊出来るならともかく、それはどうあっても不可能みたいだし」

ディーノの言葉を信じるならば、ここは〝天星宮《てんせいきゅう》〟という閉じた世界なのだ。門を通るには〝鍵〟が必要というし、カガリ達にはそれを得る手立てがない。

詰み、であった。

そんなカガリを見て、グノムが哄笑する。

「ハ、ハハハハハ！　そうだとも。それを理解していたのなら、話は早い。お前は道具として、精々必死になって働けばいいのだ。そうすれば、俺も有能な部下として大事にしてやるぞ」

動きの止まったフットマンを見て、グノムも状況を理解した。フットマンに勝てなかったのは想定外だったが、主であるカガリの方は利口だったのだな、と。

主さえ従えられれば、フットマンやティアなど人形に過ぎないのだ。であれば、グノムの優位は守られるのである。

そう考えて余裕を取り戻したグノムだったが、次の瞬間、その身を包み込む圧倒的な死の気配に怯える事になった。

「見苦しいな、グノムよ。貴様に〝名〟を与えたのは失敗だった」

いつの間にか大門が開き、三名の人影が姿を見せていた。

その内の一つ、夜空に輝く星々を鏤めたような漆黒の長髪を靡《なび》かせているのは、際立つような美貌の〝三《さん》妖帥《ようすい》〟筆頭ザラリオであった。

帰還したザラリオは、気配を消してグノムの言動を見ていたのだ。その無様さに呆れかえり、失望したのだった。

そんなザラリオから離れてディーノの方へと歩み寄るのは、彼の仲間であるピコとガラシャだ。

「よう、お疲れさん」

「ああ。こっちは仕事で疲れてるってのに、そっちは揉め事かい？」

「ねえねえ、何があったのよ?」

声を潜めつつ問うも、ディーノは「見ての通りさ」と肩を竦めるのみ。説明する気のないのを察し、ピコとガラシャはグノムへと視線を向けた。

「ザ、ザラリオ様!?」

「名を呼ぶな、汚れる」

「そ、そんな！　お待ち下さい。誤解が――」

「貴様は勘違いをしている。私の言葉は正義なのだ。故に、勘違いなど存在しない」

「そ、それは……」

その通りですと迎合すれば、自身の過ちを認める事になる。しかし、違いますと否定すれば、それはザラリオに対する敵対行為であった。

グノムは一瞬にして危地に陥ってしまったが、この状況を脱する知恵など思いつかない。

「貴様に比べれば、いや、比べるのも失礼なレベルだな。フェルドウェイの拾い物だが、私にとってもその者の方が有益である」

ザラリオの言葉は平淡であり、感情の揺らぎなど感じさせない。しかしながら、その声に不吉なものを感じ取ったグノムが、必死になって声を上げる。

「お待ちを――」

しかし、全ては手遅れだった。

高潔なるザラリオは、愚か者を嫌うのだ。

「貴様の罪は、自身の価値を見誤った事だ。私に仕えた年月を考慮して、その〝人格〟を消去するだけで許してやろう」

と、ザラリオが残酷に告げた。

（〝人格〟の消去ですって――⁉）

驚愕するカガリ。

「イヤだ！　イヤ、嫌です。お許しを、お許し下さい、ザ――」

ザラリオは、グノムが自分の名前を呼ぶ事を許さなかった。

「天罰轟雷《ジュピター》」

ザラリオの指先から一条の閃光が走った。

神のイカズチが、グノムを焼く。

それなのに、その身体は無傷。しかしてその心核《ココロ》は、破滅的な情報量を流し込まれて初期化され、新たな〝人格〟で上書きされたのだ。

デタラメな力だった。

ザラリオは、ラミリスの迷宮内では本気を出していなかったのである。

そして、その力を目の当たりにしたカガリも、絶望的な状況を悟っていた。

（無理。これは、戦いが成立する相手ではない。ディーノもヤバイと思ったけど、コイツは……ギィやミリムと同クラスなのだわ……）

次元が違う。

だからカガリは、全ての抵抗を諦めた。

「それで、ワタクシはどうなるのかしら？」

カガリが堂々と問う。

処分されるならされるで、最後まで矜持《きょうじ》を忘れずにいようと考えたのだ。

「別にどうもしない。グノムが迷惑をかけたようだが、謝罪する気もないがな」

「え？」

サラッと流されて、カガリは逆に戸惑った。

ザラリオからすれば、全て正直に話しているのである。

カガリを拾ったのは近藤中尉だが、それはフェルドウェイの意思によるものだった。ミカエルが与えた権能を利用して、自分達が受肉する為の依代《よりしろ》を創らせるのが目的だったのだ。

そしてそれは無事に完了し、たった九体ではあるが素晴らしい素体が用意されていた。

超越存在であるザラリオ達は、受肉する肉体を選別する必要があった。現在使用している仮初《かりそめ》の肉体《モノ》と同様、単なる人間や魔物では、彼等の力に耐えきれずに崩壊してしまうからだ。

それは、原初達が受肉を競い合っていた事情と同様である。

物質世界に簡単に顕現出来ないからこそ、侵攻作戦が思うに任せないという事情もあったのだった。

そこに都合良く存在したのがカガリであり、素体として妖死族《デスマン》を利用する案が浮上した。実際に試してみる必要があったが、結果は上々であると言える。

他の手段としてヴェガを利用する案も採択されていたが、その結果がグノムの暴走だ。性格に影響が出ていたようなので、ザラリオとしては失敗だと判断していた。

それに比べて、妖死族《デスマン》には自由意思が宿っていない。そしてその力はフットマンが証明しており、これならばザラリオ達の憑依にも十分に耐えられると判断したのである。

「しかし、ヴェガという男を利用する案は却下だな。グノムはもっと慎重な男だったのだが、おかしな影響が出たとしか思えん」

ザラリオが誰にともなく呟いた言葉だったが、カガリはそれを聞いて考える。そして思わず、答える必要などないのに口を開いていた。

「ヴェガは貪欲《どんよく》なのよ。〝力〟を象徴する役職に相応しく、ありとあらゆる欲望を取り込み自身を高めているだけ」

「ほう？」

しまった、と思ったがもう遅い。

続けろという無言の圧力を前に、自分の推論を述べていく。

「ヴェガは純粋なの。強い者には従い、弱い者は喰いモノにする。下種な性格ではあるけれど、彼なりの信念はあるのよ。だから強い」

敗けても悪びれず、勝てないと思えばどこまでも卑屈にもなる。それで生き残り、次に繋げれば勝ちだと考えている。

だからヴェガは、一度も負けたと思った事がないのだ。自分を見逃す相手がマヌケなのであり、いつか勝てるようになった時に仕返せばいいと考えているハズだ。

カガリはそういうふうに、ヴェガを評価していた。

(もっとも、強欲という点ではユウキ様の方が上だけれどね)

ヴェガの性格を見抜いた上で、有効活用しているほどだ。ユウキの強《したた》かさは、カガリも脱帽ものなのだった。

「なるほど。つまり貴様は、ヴェガの細胞一つ一つにまで、そうした貪欲な性質が浸透している可能性があると、そう言いたい訳だな?」

まだ説明不足かと思っていたカガリだが、ザラリオの正確な指摘に頷いた。

「その通りね。だからアイツの細胞を増殖させて利用するのは、正直言っておススメしないわ」

「参考にさせてもらう」

ザラリオはそう言って、城の方に目を向けた。

「なるほど……アレは確かに使い物にはならんな。貴様も付いてこい」

「え?」

問い返したものの、ザラリオはさっさと城に向けて歩き出していた。気配が希薄となったグノムもまた、自然とザラリオに付き従っていた。

どうしようか一瞬迷ったものの、逆らうのは得策ではないとカガリは判断する。

「お前達もついて来なさい」

「承知です」

「はーい!」

カガリはフットマンとティアも連れて、ザラリオの後を追いかける。そして、それが当然だとばかりに、ユウキもカガリについて行ったのだった。

その場に残ったのは、ディーノ達三名のみ。

「どうすんのさ？」

「俺達には関係ねーんだし、どうもこうもねーだろ」

「だよね」

「そういうトコだと思うんだよな、アタイは。ピコもさ、ディーノに迎合し過ぎるんじゃないよ。アンタまでダメになっちまったら、アタイが困るんだからね」

「はーい」

「おいおい、それじゃあ俺がダメみたいな言い方だな？」

「ダメダメじゃん」

「ザ・ダメ天使だよね。まさに堕天使！」

「アホか！　上手く言ったつもりだろうが、ウルセーよ！」

　そんな三人のやり取りが、他に誰もいない四阿で繰り広げられたのだった。

＊

　城に足を踏み入れたカガリは、その荘厳なる様に感動していた。

　クレイマンに譲った居城も贅の限りを尽くしたつもりだったが、まだまだだったのだと思い知らされる。遠い昔に住んでいた王城も、ここに比べればみすぼらしく思えた。

「素晴らしいわね」

「当然だ。この城こそが、ヴェルダナーヴァ様が住まう場所なのだから」

　返事があるとは思っていなかったので、カガリはザラリオの評価を改めた。

　意外と会話が通じるらしい、と。

　そんな事を考えている内に、目的の場所に辿り着く。

　そこは、大きな培養槽が二つ設置された部屋だった。

　研究室のような趣である。

　五名の男女がいて、片方の培養槽を取り囲んでいた。

その中に浮くのは、人の形をした何か。

よく見ると、ヴェガそっくりである。

ザラリオの気配に気付き、全員が振り向き頭を垂れた。

一人の男が代表して挨拶する。

「ザラリオ様、お帰りなさいませ」

その男の名はダリス。

厳密に言えば妖魔族《ファントム》には性別などないのだが、元になった智天使《ケルブ》時代から男の姿でザラリオに仕えていた腹心であった。

ザラリオは軽く頷き、用件を告げる。

「計画は中止だ」

「承知しました」

ダリスは理由など問わない。ザラリオの言葉はどんなものであっても正しいのだから、自分達はただ従うだけでいいと考えているのである。

こうした点が、天使の自我が弱いと評される由来であった。だからこそ、ヴェガの侵食からも簡単に影響を受けてしまったのだろう。


「せっかく貴様達に名を授けたというのに、これでは意味がなかったかも知れぬな」

「申し訳御座いません。私共に、何か落ち度が御座いましたでしょうか？」

「いや、落ち度はない。私が期待し過ぎただけであろう」

ザラリオは全力を尽くすが、全ての結果が完璧になるなどとは考えていない。確定した成果を正確に評価して、今後に活かすように動いている。

なので別に、どのような結果になろうが感情が揺らぐ事などないのだ。

ダリスは、ザラリオから失望されるのを恐れる。

だから悔しく思いつつも、ザラリオの言葉に従った。部下であるグノムとベルンに命じて、培養槽の動きを止めた。

ダリスと同格であるニースにも異論はなく、彼女の部下であるベムとサンに手伝わせている。

ちなみに、ダリスが男性でニースが女性だ。

他の者達はグノム同様に元座天使《ソロネ》なので、明確な性別を有してはいない。ただし、ザラリオが言うように最近になって〝名前〟を得た事で、性格に特色が生じていた。その影響で個性が生まれているのだが、まだまだ発展途上という有様なのだった。

ザラリオと同格の〝三妖帥《さんようすい》〟コルヌの部下に、侵略した先の現地人に憑依したせいで主導権を奪われた者がいたようだ。それは自我が弱かったからだと考えられており、その対策として元天使だった幹部達にだけ名が与えられたのである。

しかし、それから数十年は経過しており、それでも変化は微々たるものなので、これ以上の成長は期待出来ないとザラリオは考えていた。

だからこそ、憑依に適した依代を求めていたのだ。

(――ヴェガの肉体を培養する案はアリかと思ったが、細胞自体が邪気まみれとはな。となると、生み出された妖死族《デスマン》を利用する他ないのだが……)

その数は九体。

今いる上位勢だけならば足りていた。

しかし、フェルドウェイが更なる戦力増強を目指して、ミカエルに『天使之軍勢《ハルマゲドン》』を使用してもらう予定なのだ。その時には無数の天使を召喚するのではなく、エネルギーを集中させて数柱の熾天使《セラフィム》を創り出す計画となっていたのである。

その為の、妖死族《デスマン》なのだ。

ザラリオの部下達は、腹心であるダリスでさえも上級第二位に過ぎない。揺るぎない大戦力を集める為にも、妖死族《デスマン》は熾天使《セラフィム》の為にこそ利用すべきであった。

(まあいい。何柱召喚出来るか未知数なのだから、焦る事はない。この件は後ほど、フェルドウェイと相談するとしよう)

ザラリオはそう考え、その場を後にしようとしたのだった。

しかしその時、ガラスが砕ける音がした。

培養槽が破壊されたのだ。

「待てや。許せねえ、この俺様の腕を引き千切りやがって！　お前だな、返してもらうぜ!!」

装置が停止した事でヴェガが目覚め、動き出したのだった。

そしてそのターゲットとなったのは、ヴェガの細胞と融合したグノムである。

「グブゥ、グググ――グポァ」

誰も制止出来ぬ間に、ヴェガの腕がグノムを掴んだ。そしてそのまま融合が開始され、グノムはヴェガに吸収されてしまったのである。

「おお、美味えじゃねーか！　力が、力が漲ってきやがるぜィ!!」

ヴェガは歓喜した。

吸収したグノムが膨大な魔素量《エネルギー》を秘めており、それが自分の力を底上げしたのを感じ取ったのである。

「クカカカカ！　コイツはいい。今の俺様ならどんな野郎でも――うッ!?」

ヴェガの絶頂は、ザラリオと目が合った瞬間に終わった。

「お前の事は聞いている。大人しく仲間となるか、ここで戦うか、選ぶがいい」

そう問われたヴェガだが、答えは決まっていた。

「へへ、すまねえ。つい調子に乗っちまった。勿論、アンタに従うぜ」

その生き汚なさも、ここまでくると見事なものだ。

その態度は想定内だったので、ザラリオも呆れたりしない。やはりな、と受け入れている。

グノムを失ったのは残念だが、その分、ヴェガの強化には繋がっていた。

これから先の戦いに必要なのは、軍勢ではなく個の武勇となる。であるならば、強力な味方が増える方がプラスとなるのだ。

それに、グノムは自我を失ったばかりであり、駒としても価値が低下していた。むしろ、ここでヴェガの力となった方が良かったとも考えられるのである。

遥か昔から仕える部下に対して冷酷非情だが、それがザラリオの本心なのだった。

他の者達も、ザラリオが良しとするなら文句はない。

ヴェガの暴発は赦《ゆる》されて、仲間として扱われる事になったのだ。

その一部始終を見ていたカガリは、呆れる他ない心境であった。

ヴェガの態度も酷いものだが、それをアッサリと許容したザラリオについては、どういう思考回路をしているのかと理解に苦しんだ。

ユウキと似たような感じでもないので、まるでザラリオの考えが読めなかった。

ユウキはヴェガの危険性を熟知した上で、上手く扱っていた。しかしザラリオは――

（ヴェガの事なんて、危険だとも思っていないのでしょうね。つまりは、それだけ隔絶した実力があるという事なのかしら？）

状況からそう判断したカガリだが、それが正解であった。

ザラリオは、今のヴェガですらも眼中にないのだ。自身の部下達でさえも、少しは使える道具という程度の認識しか持ち合わせていなかったのである。

だが、それは傲慢なのではない。

何故ならば、ザラリオの認識は間違っていないからだ。

情報を正しく把握するというザラリオの性質は、傲慢とはかけはなれているのである。しかし、カガリにはそんな事がわかるはずもなく、困惑させられるはめになる。

「よう、カガリじゃねーか。それに、ユウキもいやがるな。ま、昔の馴染み同士、仲良くしようや」

ヴェガに見つかり、そう声をかけられたカガリ。

今のカガリではヴェガに勝てるはずもない。それに、ティアとフットマンの二人がかりでヴェガに挑んだとしても、勝率は五分五分といったところだった。ユウキも自由意思を奪われたままなので、ここは同調しておくのが得策だと判断する。

「そうね。ワタクシ達の事情も大きく変化してしまったし、これからも仲良くしましょう」

「おうよ。それにしても、ここは何処だ？」

「〝天星宮《てんせいきゅう》〟というらしいわよ。脱出は不可能みたいだし、あの人達に従う他なさそうね」

「なるほどな。ま、逃げるまでもねえ。どうせ俺様の力が必要になるだろうし、この状況を楽しませてもらうとするぜ」

ヴェガの単純さが羨ましいカガリである。

ザラリオにその気はないようだが、ユウキを支配している者達の意図は不明なのだ。

禁忌呪法：妖死冥産《バースデイ》がカガリ達にとっての切り札になりそうだが、それも確たるものではないとカガリは考えている。

そもそも、何万もの死体を必要とする儀式など、そう簡単に扱えるものではないからだ。

（どうにかして、ワタクシ達が有用だと思わせる必要があるわ。最悪の場合、媚びに媚びてでも生き残ってみせる）

カガリはそう考える。

ここまできて自分達の野望を捨てるなど論外だ。今は雌伏《しふく》の時だと割り切って、誇りなど投げ捨てる覚悟を決めたのだ。

そして、その覚悟は直ぐに試される事となる。

ミカエルとフェルドウェイが帰還したのだ。

＊

城の中央に、謁見の間があった。

玉座に人影はない。ずっと空白の状態が続いていた。広間には椅子が並べられ、各人が思い思いに座っている。

ミカエルは、玉座に一番近い椅子に座っていた。その隣に立つのはフェルドウェイで、集った者達を睥睨していた。

ザラリオ達の他にカガリ一行もいる。

ディーノ達もサボらずにやって来ていた。

生まれたての妖死族《デスマン》達も、この場に連れてこられていた。

それだけではない。

急遽、〝妖異宮《よういきゅう》〟にいるオベーラと彼女の腹心まで呼び出されていた。

オベーラの腹心は一人のみで、名をオーマという。他の者達は幻獣族《クリプテッド》との戦いで戦死している。この件からもわかるが、一番過酷な戦場を任されているのがオベーラなのだ。

そのオーマだが、妖魔となった際に両目を失っているが、その代わりに全てを見通す単眼を備えていた。口も縫い付けられた跡を残すのみで、言葉ではなく『念話』だけで意思伝達を行っている。

不気味な姿ながらも、元智天使《ケルブ》にして古くからオベーラに付き従っている歴戦の戦士なのだった。

フェルドウェイが連れて来たのは、オベーラ達だけではない。

永劫とも思える長き戦を繰り広げた相手であり、現在は同盟関係を築いている蟲魔族《インセクター》の姿がそこにあった。蟲魔王《むしまおう》ゼラヌスを筆頭として、腹心たる十二蟲将《じゅうにちゅうしょう》が集う。

もっとも、十二名ではなく現在は八名しかいない。

いなくなった一名は、西方の守護神だったラズル。二千年以上前にゼラヌスの命令で基軸世界に侵攻したのだが、裏切って〝勇者〟グランベルの盟友となっていた。シオンとランガに倒された蟲型魔人《インセクター》である。

もう一名は、ミナザ。世界の半分を譲渡すると約束されたゼラヌスが、皇帝ルドラに協力すべく派遣した蟲将《ちゅうしょう》だ。こちらも奇遇ながら、シオンに敗北していた。

残る二名だが、代替わりによって生まれた幼体が逃亡している。その片割れはゼラヌス直系でもある為、極秘裏に捜索命令が出されているのだが……現在も行方不明なのだった。

この場にいる八名は、ラズルやミナザがそうであったように、各々が覚醒魔王に匹敵する戦闘能力を秘めている。

中でも、蟲将《ちゅうしょう》首席にしてゼラヌス直系であるゼスは、他の者とは隔絶する強さを誇っていた。ザラリオの好敵手として、死力を尽くして競い合った仲なのだった。

残る七名の強さは横ならびだ。

蜂《ハチ》と飛蝗《バッタ》の特徴を持つ、ビートホップ。

大百足《オオムカデ》を擬人化したような、ムジカ。

蟷螂《カマキリ》の如き、ティスホーン。

蜻蛉《トンボ》の羽がある金蚕《カナブン》、トルン。

蜘蛛《クモ》のような手足を背中に生やした、アバルト。

毒蠍《サソリ》の、サリル。

薄羽蜉蝣《ウスバカゲロウ》のように美しい、ピリオドだ。

一癖も二癖もあるような強者達が、椅子にも座らず無言のまま佇んでいた。

広い会場だが、圧迫感によって狭く感じられるほどであった。

カガリは畏縮しつつも、成り行きに身を任せる事にしたのである。

全員が招集された後、ミカエルとの顔合わせが始まる。

「諸君。ルドラが消えた事で、ミカエル様が自由の身となった。そして、ヴェルダナーヴァ様の復活に向けての第一歩として、ヴェルグリンドの追放に成功したのだ。これにて計画は――」

その時、ザラリオが前に出て発言する。本来ならば上司であるフェルドウェイの発言を邪魔したりしないのだが、今回ばかりは急を要すると判断したのだ。

「フェルドウェイ様、お待ちを。どうやら、認識に差異があるようですね」

上機嫌なフェルドウェイだったが、ザラリオの一言で笑みが消えた。

「――何？」

少し不機嫌になり、問い返す。

「ヴェルグリンドは健在です。しかも、彼女のせいでコルヌが滅びましたよ」

「「「――ッ!?」」」

この発言には、ゼラヌスまでもピクリと反応している。

フェルドウェイは不愉快そうに顔をしかめていた。

魔王リムルという新たな邪魔者は目障りだが、計画は順調そのものだった。ギィ・クリムゾンとリムル＝テンペスト、この両者が障害となるだろうが、ヴェルダナーヴァ復活は目前だったのだ。

地上に残った三体の〝竜種〟の内、ヴェルグリンドの因子は手に入れた。残るは二つだが、それを手に入れる算段はついていたのである。

だが、ザラリオの言葉が真実だとすれば、計画に大きな狂いが生じる事を意味していた。

そして、その言葉を裏付けるように、コルヌの気配が消失している。ここ〝天星宮《てんせいきゅう》〟にも、異界にある〝妖異宮《よういきゅう》〟にも、コルヌの存在が見当たらなくなっていた。

「間違いないのか？」

「事実だぜ。コルヌが消えたせいで計画は失敗。俺達も撤退するしかなくなったんだからな。お前の計画が失敗するとは思わなかったが、責任はお前の詰めの甘さにあるんじゃねーか？」

ザラリオではなく、ディーノが答えた。ちゃっかりと計画失敗の責任転嫁まで行うあたり、ザラリオよりも機転が利くのだ。

ザラリオもそれを黙認する。

ディーノの意見が正しいとは思わないが、否定するまでもないと考えるからだ。公明正大にして自分にも厳しいザラリオだが、融通は利くのだった。

そんな二人の反応に、フェルドウェイも疑うのを止めるしかない。

………

……

予想外の事態に、フェルドウェイは不機嫌になった。

しかしながらその頭脳は明晰で、速やかに対策を考え出していく。

先ず大事なのは、〝竜種〟の確保だ。

ヴェルダナーヴァの復活には〝竜の因子〟が必須となるので、これが何より優先されるのは当然だった。

幸いにも、ヴェルグリンドの因子は確保済みである。

この世界に戻って来るとは想定していなかったものの、最悪の状況という訳ではない。それでも、かなり手痛い失敗だったと言えた。

（迂闊だったな。どうせ消失するのだからと権能を回収したが、その結果として〝支配回路〟まで消えてしまった。復活しても敵に回らぬよう時空の彼方へと追放したというのに、これでは厄介な敵を増やしてしまった形ではないか……）

あの時のヴェルグリンドは、力の大半を失っていた。

その上、〝竜の因子〟まで奪われた事で、消失を目前にしていたのだ。

だからミカエルが『救恤之王《ラグエル》』を回収したのだが、これがコルヌを滅ぼす結果に繋がるとは予想出来ようはずもなかった。

（まあいい。ヴェルダナーヴァ様さえ復活すれば、後はどうでもいい。ヴェルグリンドは放置して、先にヴェルザードを仲間に加えるとしよう）

今度は消失させないよう注意して、ある程度の自由意思を残して仲間にするのだ。そうすればヴェルグリンドへの対策にもなるし、ヴェルドラを捕獲する上でも役に立つだろう。

ヴェルザードを仲間に加えたら、次はどうするか？

直ぐにでもヴェルドラを狙う予定だったが、これは再考する必要があった。

（ヴェルグリンドまで敵対するとなると、こちらも戦力を整えておくべきか。私とミカエルだけで何とかなると思っていたが、油断は禁物だからな）

ディーノからも詰めが甘いと言われたばかり。

だからフェルドウェイは、当初の作戦を大きく変更する事にしたのであった。


………

……

…


「そうなると、こちらも早急に手を打つ必要がありそうですね。先ずはヴェルザードを取り込みましょう。時空の彼方に追放するのは止めて、仲間として活用する方向でいきますか」

「そうするしかあるまい。不確定要素は極力潰しておき、〝竜種〟三体を取り込んだ時点で最終儀式に着手するのが堅実であろうな」

フェルドウェイの言葉にミカエルも頷いた。

ヴェルザードは、ヴェルダナーヴァより究極能力《アルティメットスキル》『忍耐之王《ガブリエル》』を与えられている。つまりは〝支配回路〟が有効なので、安全確実に仲間に加える事が可能なのだ。

問題なのは、その後であった。

ミカエルの視線が、集った者達を値踏みする。

「必要ないかと思っていたが、全員の受肉も済ませておかねばな。そうすれば、何が起きようが対処可能であろうよ」

「確かに。ヴェルドラは後回しにして、先に可能な限りの準備を終わらせましょう」

フェルドウェイとミカエルの間で話が進み、結論が出た。

それを見越して、ザラリオが報告する。

「その点について、一つ報告が」

「何だ？」

「そこにいるヴェガを利用しての依代作製ですが、失敗に終わりました。確実なのはやはり、妖死族《デスマン》に憑依する方法です」

「ふむ。そうなると、九名か。誰を受肉させるべきか、少々悩むな……」

そこでフェルドウェイは思案する。

ここでゼラヌスが発言した。


「ソノ妖死族《デスマン》とやらは好きにするがイイ。ワレ達には必要ナイ」

蟲魔族《インセクター》は、いざとなったら魔素を凝固させたような肉体を創り出せる。それ故に、どこの世界にでも進出可能なのだ。

あったら便利だが、なくても問題ない。

実際、ミナザもそうだった。

あの世界の物質を取り込んで受肉していたし、彼女が召喚する蟲型魔獣《インセクト》も同様の性質が確認されている。

だからこそ、世界を渡るのに難儀するのだが、一度違う世界に渡ってしまえば、強力無比なその力を万全に揮えるようになるのだった。

今回、〝界渡り《かいわた》〟については解決済みである。

ゼラヌスが譲るのは当然だった。

同盟相手に配慮する必要がないとなれば、妖魔族《ファントム》の中から選ぶ事になる。

そうなると、強い者、役に立つ者から選ぶのが正しい選択だ。

「〝三妖帥《さんようすい》〟であるザラリオと、オベーラは決定だな。

残る七名は幹部達で埋めるか？」

「それについても意見が」

「自由な発言を許そう」

「感謝を」

　こういう点を見て『自分と違ってザラリオは真面目だな』とディーノは思うのだった。

　許可を得てザラリオが話し出す。

「我ら〝始原〟とは違い、智天使《ケルブ》以下の者共は意志薄弱です。異界ならば力押しで戦えていましたが、この先の戦では、戦力として期待出来ないのではと危惧しておりまして」

「ふむ。では、どうすると？」

「はい。ここはむしろ、生存競争を自然の手に委ねてみてはどうでしょう？」

　ザラリオは、部下達を見限っていた。

　コルヌの部下もそうだったが、侵略先の異世界で憑依した人間に主導権を握られ、その自我を失っているのである。

　そして今回、ヴェガの細胞如きに影響を受けて感情を暴走させる始末。そんな者達に貴重な依代を与えたところで、この先の戦いで役に立てるとは思えなかったのだ。

「まだまだ邪魔者は多い。ヴェルグリンドやヴェルドラ、それに魔王共も健在です。忌まわしい悪魔共まで邪魔してくるでしょうし、命令に従うだけの道具など──」

「価値がない、か」

「御意」

　ザラリオの発言を受けて、フェルドウェイも頷く。自身もまた、同じように危惧していたからだ。

（そう。大事なのは、意思の強さだ。強烈な願望のない者には、究極能力《アルティメットスキル》を与えたとて意味はない。逆に言えば──）

　どんなに強烈な自我があろうが、究極付与《アルティメットエンチャント》『代行権利《オルタナティブ》』を与えれば裏切る心配はないのであった。

　フェルドウェイがミカエルを見ると、視線が合った。どうやら、別の意見があったらしい。

「何かご意見が？」

「余としては、万全の『天使之軍勢《ハルマゲドン》』で熾天使《セラフィム》を呼び出し、憑依させるつもりだったのだがな」

「それもいいのですが、何柱呼べるのかも、どのような意思が宿るのかも不明なのでしょう？」

「最大で七柱だな。だが、熾天使《セラフィム》に意思があるかどうか、その点については召喚してみるまで不明だ」

妖死族《デスマン》に熾天使《セラフィム》を憑依させるとなると、覚醒魔王を凌ぐ戦力となりそうである。だが、意思の強さには不安があった。

自分達もそうだったのだが、自我が確立するまでには永い年月を必要としたのである。

急ごしらえの戦力では意味がない——というのが、フェルドウェイの結論なのだ。

ここでゼラヌスが発言する。

「面白イ。余るようナラその熾天使《セラフィム》とやラ、ワレや我が子が喰らってやるゾ？」

「フム……」

これにも思案するフェルドウェイ。

今は共闘関係にあるが、それは利害が一致しているからだ。どちらか片方の目的が達成された時点で、敵対関係に戻る可能性が高いのである。

そんな相手を強化するのは躊躇《ためら》われるのだが、世界を破滅させる為には有効な作戦になりそうであった。

「保留だな。それはその時に考えるとしよう」

「ヨカロウ。無理にとは言わヌ」

熾天使《セラフィム》についての話は先送りされて、誰が受肉すべきかという問題に戻る。

「ならばやはり、そこの依代はザラリオ達に使うべきでしょう」

「まあ良かろう。不確定要素を省くという点では、フェルドウェイの意見が正しいからな」

「異議はナイ」

こうして、両陣営の意見も合致した。

「ザラリオの案を採用する。お前達もそれでいいな？」

フェルドウェイが、自陣営に向けて問いかける。

質問形式だが、これはもう決定事項である。異を唱えた時点で弱気と判断されるのだから、ダリス以下の者達が反論出来るはずもなかった。

こうして、ザラリオ達が妖死族《デスマン》に憑依するのと同時に、その肉体に宿る意思を解き放つよう決定されたのである。

＊

そうして方針が決定したところで、受肉の儀式が開始される事になった。

今回受肉するのはザラリオと、その部下が五名。そして、オベーラとオーマだ。

妖死族《デスマン》に自我を宿らせるのは、カガリの担当となる。

（一体余る計算だけど、それはどうするつもりなのかしら？）

カガリがそう疑問に思った時、フェルドウェイと目が合った。

「時に、カガリだったな。近藤が死んだから支配が解けたようだが、お前はこの先どうするつもりなのだ？」

きたっ——と、カガリは身構える。

「逃がして頂けるのかしら？」

どこまでの発言が許容されるか不明なので、カガリは慎重に問いかける。すると、意外な返答があった。

「この儀式が終わった後ならば、構わぬよ」

「えっ？」

「本当ならば、依代となる妖死族《デスマン》を生み出した時点で、お前の役目は終わっているのだ。その功績も十分なものである故、希望するなら地上へ帰してやろう」

嘘でしょ——と、カガリは困惑した。

良くて監禁。最悪の場合、処分されるのも覚悟の上だった。

それなのに、逃げてもいいという。

フェルドウェイの言葉に嘘は見られない。何故ならば、そんな面倒な交渉をする必要がないからだ。

力の差は歴然であり、カガリの利用価値など皆無。そんな相手を騙す理由など思いつかないので、その言葉は真実だと認識して間違いないとカガリは考える。

それならばと、カガリは薄氷を踏む思いで次なる要求を口にする。

「ユウキ様の支配を解除して、ワタクシ達と一緒に解放して頂くのは可能でしょうか？」

その質問に答えたのはミカエルだ。

「それは許可出来ない。何故ならば、神楽坂優樹《ユウキ・カグラザカ》が所有する究極能力《アルティメットスキル》『強欲之王《マモン》』は、余にとっても有益だからだ」

ミカエルにとって、支配下にあるユウキ個人の戦闘能力はともかく、その権能は利用価値が高かった。故に、解放については拒絶する。

それを理解したカガリは、それ以上願うのを止めた。

(どうする、逃げるのが正解なの？)

と考えるカガリに、フェルドウェイが言葉を重ねた。

「お前と、そこの二人だけならば地上まで送ろう。ただし、基軸世界は荒れるであろう。私は、地上の者共が憎いのだ。目的の為に生きとし生ける者共の死が必要という訳ではないが、邪魔者共との大戦で炎に包まれるのは必至であろうな。だが、それこそが天罰なのだ。ヴェルダナーヴァ様が愛した者共は、その愛を裏切った。制裁は必要であろうよ」

実に淡々と告げられるその言葉に、カガリは背筋が凍る思いである。

炎に包まれるというのは、まさしく全世界に戦禍が飛び火する事を意味しているのだろう。そうなると、逃げた先も安全とは言い難かった。

ユウキも支配されたままだし、ここにいる絶対的強者共が暴れ出したら、地上に安全な場所などなくなるに違いなかった。

そもそも——と、カガリは思案する。

(ワタクシ達は、自分達が楽しく暮らせる国を創りたかったのよ。この状況下でそれを望んだところで、あまりにも虚しいわね。こうなると、大事なのは生き残ること。その為には、力が必要なのよ——)

それは、愚かな判断であったのかも知れない。

しかしその時のカガリには、それが唯一の正解であるように思えたのである。

だから——その願いを口にした。

「ワタクシに、妖死族《デスマン》を一体お与え下さい。そして願わくば、この身に熾天使《セラフィム》を宿す許可を——」

カガリは願った。

今の脆弱な肉体を捨てて、妖死族《デスマン》として生まれ変わる事を。その上で熾天使《セラフィム》を取り込み、強大な力を得たいと。

力が必要なのだ。

力さえあれば、これ以上何も奪われなくて済むのだから。

カガリの言葉に勝算などなかったが、しかし、誰からも反論は出なかった。

ディーノは呆れた表情を浮かべたものの、何も言わず。

ザラリオやオベーラは、ミカエルの決定に従うのみ。

そして、蟲魔族《インセクター》は無関心。弱者には興味がないのだ。

そうした反応の中、ミカエルが頷いた。

「ふむ、面白い。だが、裏切りは許さぬ。余の究極付与《アルティメットエンチャント》を受け入れるのならば、その願いを叶えてやろう」

「裏切らないと誓いますわ。そして、貴方様からの支配を受け入れます」

契約は定まったのだった。

……………

……

妖死族《デスマン》に自我を芽生えさせるというのは、その元となった人格を呼び覚ますという意味に等しい。

一番強い意思が勝つ場合もあれば、混合されて新しい自我が生まれる場合もある。

カガリとしても、結果は未知数なのだ。ティアやフットマンを見ればわかるが、狙った人格を呼び出すのは困難なのである。

だからカガリ自身でさえ、自分の自我が勝利するかどうかは賭けとなる。

しかしそれでも、力を手にしなければならないと覚悟していた。

そうして、八体の自我を覚醒させた後、自分が宿る妖死族《デスマン》にも覚醒の儀式を行った。その上で人造人間《ホムンクルス》から抜け出し、妖死族《デスマン》へと乗り移ったのである。

かくして、儀式は終了した。

果たして、結果は——

………

……

…

ザラリオは目を醒ます。

自分が肉の鎧に包まれているのを自覚し、基軸世界でも大いなる力を発揮出来そうだと実感した。

オベーラは目を醒ます。

自身の崇高なる意思が何者にも負けるはずがないという誇りを胸に、それを証明して見せた。

ダリスが目覚めようとした時、自分の中に別の人格が宿っている事に気付いた。その名をトルネオットと言い、向上心の高い男であったらしい。彼の、戦士としての技術が自分のものになったのを実感し、ダリス自身が大きく存在感を増したのを確信した。

ニースは目覚める。

命令のままに強くなったが、彼女は何も変わらない。強固な自我は健在なのだ。

オーマは目覚めた。

不屈の意思はそのままに、似たような感性を持つ存在を内包して。その名はゼロと言ったらしいが、今ではオーマの血肉となっていた。

彼女達、オルカ＝アリアは目覚めた。

アリアの魔法使いとしての知識と、オルカの戦士としての力量を備えて。両者の自我が共存しながら、魔法戦士として生まれ変わったのだった。そこにザラリオの部下であったサンの自我は欠片も残ってはいない。

アリオスは目覚める。ユニークスキル『殺人者《コロスモノ》』は健在。ダムラダに殺された恨みを忘れず、より強さを求めて復活したのだ。

古城舞衣《マイ・フルキ》は目覚める。

彼女は死ぬ訳にはいかない。こっちではなく向こうの世界に、自分が本来生きてきた世界に、病弱な弟を残してきたから。だから彼女は、必ず帰還すると誓っているのだ。

こうして八名が目覚めた。

残るは一人。

しかし彼女は、いまだ深い眠りについたまま……。

＊

カガリは夢を見ていた。

とても、懐かしい。

自分がまだ魔王カザリームだった頃の夢？

違う。

もっともっと昔の、まだ少女だった頃の夢だ。

今となっては当時の名前すら思い出せないが、カガリは幸せな王女だった。

カガリ達の国は、真なる人類《ハイ・ヒューマン》が一大文明を築き上げた跡地に興されていた。大河が流れ森林が生い茂り土壌豊かな平野の広がる自然の要衝《ようしょう》と、古の超魔導帝国の遺跡も利用して、耳長族《エルフ》の楽園——超魔導大国は栄華を極めていたのである。

だが、しかし——父たる王が突然狂ったのだ。

カガリの記憶に残る彼は、とても優しく穏やかな人物だった。

それなのに——


英邁なる風精人《ハイエルフ》の王と称えられていた彼は、ある日突然、別人のように変貌した。自ら改名を行い、魔導大帝〝ジャヒル〟と名乗るようになったのだ。

それからの記憶は定かではない。

ジャヒルは暴虐の限りを尽くした。

民からは搾取し、自身の栄華のみを求めるようになった。

愚かな実験を繰り返し、様々な悪夢を生み出した。

カガリもまた、犠牲になった者の一人だった。

風精人《ハイエルフ》だったカガリは、その力を奪われた。

そして殺されて、妖死族《デスマン》として甦らされた。

その時、醜い姿と〝カザリーム〟の名を与えられたのだ。

美しい容姿は見る影もなく、呪われたような姿となっていた。

腐った肉が骨を覆っただけの姿。乾燥していたからか、腐臭がしないだけマシであった。

その秘密を知る者は少ない。

カガリは嘆いて、その身を仮面で隠すようになったのだ。

『どうしてこのような真似をなさるのですか――⁉』

『ゲラゲラゲラ！　面白いからだ。喜べ。貴様を蘇らせる為に、数万の民が死んだのだぞ！　ゲラゲラゲラゲラ‼』

悪夢だった。

どうして優しかった父が、こんな悪鬼に成り果てたのかわからない。しかしそれが現実である以上、嘆いていても仕方がなかった。

『父上！　ワタクシの事はどうなされても構いません。ですが、昔のように民の事を思いやって――』

『黙れィ‼　貴様もワシを愚弄するか？　やはり娘はダメだな。あの御方と同じ愚を犯す訳にはいかぬ。ワシに対する忠誠心を植え付けておいたが、信用ならぬわ！　カザリームよ、貴様は今日から男として生きるのだ。良いな？』

それは絶対的な命令だった。

カガリの言葉が父王ジャヒルに届く事はなく、話は一方的に打ち切られたのだ。


殺されなかっただけマシ――いや、既に殺されて忠実なる人形に変えられていたからこそ、道具として利用するべく廃棄されなかっただけの話であった。

カガリはその時、自分の中の父親と決別したのである。

それから、悪夢の毎日が続いた。

傲慢なるジャヒル、魔導大帝の栄華は止《とど》まるところを知らぬかに思われたが、終わりの日はやって来た。

竜皇女ミリムを傀儡《くぐつ》にすべく、その怒りを買うという愚行を犯したのが原因である。

超魔導大国の首都〝ソーマ〟は、一夜にして廃墟になった。

ジャヒルは生死不明。

あの閃光の中で生き残れるとは思えないので、死んだのだろうと推察された。なのでカガリは、死んだ男の事よりも自分にとって大切な者達の事を考える。

いつも優しく見守ってくれていた侍女達。

戦士となった後の自分に従ってくれていた騎士達。

幸せに暮らしていた愛すべき民達。

そんな、彼女が愛する者達の事を思いながら、禁断の呪法を発動させたのだ。

禁忌呪法：妖死冥産《バースデイ》――自らも被験体になった事で、その理論は学習済みだったのだ。

呪法は完成し生まれたのが、ティアとフットマン、そしてクレイマンだ。

カガリが名付けた、可愛い可愛い子供達だった。

そしてその際、知りたくなかった事実を知った。妖死冥産《バースデイ》で生み出された妖死族《デスマン》は、別に醜くはなかったのだ。カガリだけはそうあれと、ワザと醜くされていたのである。

あの憎むべき父王ジャヒルは、カガリを苦しませる為だけに、彼女の美貌を奪っていたのだった。

その事実を知っても、今更な話だった。

カガリの姿は呪いの結果であり、回復させる手段などなかったから。

だけど、カガリが生み出した子供達は、カガリを一人にしなかった。自分達も仮面で素顔を隠して、カガリの苦しみを分かち合ってくれたのだ。

ワタクシは一人ではない――と、カガリに生き抜く希望が芽生えた。
こうして四人になったカガリ一行の前に、各地で生き残っていた耳長族《エルフ》が合流してきた。

――もう一度、自分達の国を復興しよう。そして、誰もが笑って暮らせる国を創るのだ――


カガリは密かに、そう決意したのだった。

しかし、それは淡く儚い夢となる。

混沌竜《カオスドラゴン》の襲来によって、その地は汚染されてしまった。その結果、カガリを慕う者達は呪われてしまい、黒妖耳長族《ダークエルフ》になってしまったのだ。

その際には、カガリも呪われたと演技している。カガリやティア達は妖死族《デスマン》だったので、呪いにも耐えられたのだが……皆とは違ってしまった自分自身を再認識して嘆いた。

仮面で素顔を隠していたのが幸いし、誰にも気付かれる事はなかったのだが、余計に悲しみが増してしまった。

ティア達がいたのが救いであったのだ。

その後、カガリ達は故郷を捨てて逃げる事になる。未練を残しつつも、皆をまとめて旅立ったのだった。

彷徨《さまよ》い放浪し、そしてようやく次なる安住の地を発見した。

皆の生活が安定した頃、カガリは故郷を再び訪れる決意をした。

残してきた財宝などを回収する必要もあったのだが、何よりも、もう一度彼の地を見ておきたくなったのだ。

都市は滅んでしまったが、想い出の中では美しく輝いていている。その未練を断ち切り、今後への糧にしなければならぬと考えたからだ。

そうして旅立ち、辿り着いた先で、カガリは一人の男と出会う事になる。

『何や、アンタ……見てたんなら、助けてくれてもよかったんちゃうか？』

『馬鹿を言うな。俺如きでは、あの邪竜に通用するものかよ』

『それは謙遜し過ぎやで。ワイから見れば、アンタも十分に厄介みたいやけどな……痛ッ――』

男の名は、サリオン・グリムワルト――この地から混沌竜《カオスドラゴン》を追い払った〝勇者〟であった。

ただし残念な事に、混沌竜《カオスドラゴン》との死闘で彼は死にかけていた。

『無理をするな。今、回復魔法を――』

『無駄やから止めとき。混沌竜《カオスドラゴン》の攻撃は呪われとるから、傷が快復せんのや。ワイかて回復手段を幾つか用意しとったんやけど、この様やからな』

事実、サリオンの胸から下は吹き飛んでおり、生きているのが不思議な状態だった。それなのに笑う余裕があるのだから、とんでもない精神力なのは間違いない。

『伝言を頼みたいんや。ワイはここで混沌竜《カオスドラゴン》に勝利し、〝勇者〟らしく恰好良く死んだと――』

『フッ、何が〝勇者〟だ。貴様が死ぬ前に、提案がある。俺の邪法なら、生き長らえる可能性があるのだ。

記憶もなくなるかも知れないし、こんなふうになってしまうかも知れないが、試してみる気はあるか？』

そう告げて、カガリは仮面を外した。

そこにあるのは醜い素顔だ。しかしそれを見て、サリオンは不敵に笑ったのである。

『なんや、アンタ。ええとこあるんやん。こんなトコで死んでもうたら、ワイ、シルビアに殺されるトコやってん。それを思えば、その提案は願ってもない話っちゅうやっちゃ！』

『いいのか？　俺は呪われている。この先、迫害されるくらいなら悪事にも手を染めるつもりだ。貴様が〝勇者〟なら、俺は魔王になって皆を守る覚悟なのだぞ？　それに、この邪法を用いれば、貴様は俺の操り人形となってしまうが？』

『かまへんかまへん、面白いやんけ。ワイは自由人やからな、簡単に支配されるつもりはないで。それに、〝勇者〟と〝魔王〟には因果が巡るっちゅうしな。それが、アンタとワイの縁やったんやろ』

『フッ、この期に及んで戯言とは、面白いヤツだ。ならば、俺の傀儡になるがいい！』

交渉は成立した。

カガリはサリオンの言葉を冗談だと受け取ったが、それは真実であった。そしてこの気まぐれの結果として、サリオンは妖死族《デスマン》になって生き延びたのである。

そしてそれが、〝呪術王《カースロード》〟カザリームと〝享楽の道化《ワンダーピエロ》〟ラプラスが誕生した瞬間なのだった。

それからも色々な出来事があった。

支配領域の確保。人間や亜人《デミヒューマン》共との戦いは苛烈を極めたが、迫害を乗り越えて〝呪術王《カースロード》〟カザリームとして台頭した。

魔王の一員としても認められ、着々と勢力を拡大させていく。

〝獅子王《ビーストマスター》〟カリオンや〝天空女王《スカイクィーン》〟フレイを魔王の一柱として推薦し、強力な同盟関係も築いた。

全ては順調そのものだった。

故に、いつしかそこに慢心が芽生えていた事に気付かなかった――

カガリが次に狙いを定めたのは、新進気鋭のレオンという男だった。辺境の地にて魔王を名乗ったレオンに身の程を教えて、傘下に加える計画であった。

一目見た瞬間、カガリは嫉妬に駆られた。

魔王を名乗るレオンという男が、あまりにも美しかったからだ。

自分は悪魔のような父王のせいで、醜い姿となってしまった。性別も奪われて、ただ必死に生きてきたのに——と、男性でありながら女性よりも美しいレオンの容貌に思考力を鈍らせて、そしてカガリは、相手の力量を見誤るという大失態を演じてしまったのだ。

カガリはレオンの一撃によって肉体を失い、精神体《スピリチュアル・ボディー》だけで彷徨《さまよ》う破目《はめ》になった。

消滅しなかったのが奇跡である。

怨念もあった。

しかし、それ以上に願望があった。

だからカガリは、生にしがみついた。

僅かに残っていた〝呪術王《カースロード》〟としての力を用いて、時間をかけて自身が復活する為の準備を行った。


そして意識朦朧としたまま最後の召喚を行い——乗っ取りに失敗する。

策は破れ、肉体は得られなかった。

後は滅ぶだけ——

『——助けて。ワタクシを助けて。奪われるのはもう嫌なの。仲間達と楽しく暮らしたいだけなのに、どうしてワタクシは、ワタクシだけがこんな目に——』

自らの不幸を嘆き、救いの手を求めても、誰も答えてはくれなかった。

カガリは一人ではなかったが、誰も彼女を助けてはくれなかったのだ。

それは、苦難の道のりだった。

理想は遠く、カガリは皆を率いる立場だった。

泣き言は許されず、常に前を向いている必要があったのである。

だからカガリは、いつしか自分が救われる事を諦めていた。

信じられるのは自分と、彼女の愛する仲間達だけ。

そう思って生きてきたのである。

しかし、その少年——神楽坂優樹《ユウキ・カグラザカ》は——

『いいぜ。どうやら疲れているみたいだし、今は僕の中で休みなよ』

『——ッ!?』

彼の命を奪おうとしたカガリに向かって、誰も救ってくれなかったカガリに向かって、手を差し伸べてくれたのだった。

それから数年——

ユウキの中で休みながら、カガリは相談に乗ったり助言したりして過ごした。

ユニークスキル『企画者《クワダテルモノ》』が魂だけでも使える権能だったのが幸いしたが、それでも厄介な相手が多かった。

特に、マリアベル・ロッゾという少女は厄介極まりなかった。

ユウキは天才的戦略家だったし、カガリだって自身の知略には自信があった。そんな二人が協力して策謀しているにもかかわらず、マリアベルを出し抜くのは至難の業だったのである。

資金力も人材力も、ありとあらゆる面で負けていた。自分達が自由になる組織を得ても、それを自由にする権利はマリアベルが把握する始末だったのだ。

『アイツは殺す。いつか必ず始末しなきゃ、僕達の計画は頓挫するね』

『間違いないでしょうね。あの少女の皮をかぶった悪魔は、ワタクシ達にとっての最大の障壁になっているもの』

経済圏での戦いは、単純な戦闘能力だけでは勝敗をつけられないのである。

まだ幼子でありながらその調子なのだ。マリアベルが成長して大人になってしまったら、あらゆる面で太刀打ち出来なくなってしまいそうだった。

二人がそんな覚悟を決めてから数年、変化の時が訪れる。

怪しいスライム、魔王リムルの誕生——ではない。

ユウキの中にいたカガリだが、遂に人造人間《ホムンクルス》の肉体を得たのである。

ユウキが約束を守ってくれたのだ。

しかも——

（この姿は、ワタクシ本来の——）

ユウキの優しさが泣きたくなるほど嬉しかったが、カガリはクールな表情を保った。そのまま男口調を維持しようとするも、ラプラスに止められる。からかうフリをして、カガリを気遣ってくれていたのだった。

「感謝してるわよ、ボス」

と、カガリは心からの謝辞を述べたのだった。


肉体を得た事で、美味しい食事やデザートがカガリの楽しみとなった。

特に、シュークリームは絶品だった。

仲間達と笑いながら、楽しいひと時を過ごす。それの何と幸福な事か。

しかし、その幸せは長くは続かなかった。

クレイマンが死んだのだ。

またも大切な仲間が奪われた事で、カガリは——カガリ達は再認識した。


自分達の幸福の為にも、世界征服を果たさなければならない。

この世界の支配者になって、正しく世界を導く為に。

（愚かで、傲慢で、そして可愛いクレイマン。辛かったわね。ゆっくり休みながら、ワタクシ達を見守ってちょうだい。必ず、野望を実現してみせるから）

カガリ達は正義の味方ではないが、邪悪でもない。中庸なのだ。

だからこそ、誰もが幸せに暮らせる世界を創れるはずなのである。

そう信じて、活動を続けた。

マリアベルを倒し、魔王リムルに正体がバレて、帝国に逃げ延び、近藤中尉に支配された。

そしてユウキまで支配されてしまった。

心が挫けそうになるカガリだが、ここで諦める訳にはいかなかった。

『裏切らないと誓いますわ。そして、貴方様からの支配を受け入れます』

契約は履行しなければならず、受けた恩は返さなければならないのだ。

だからカガリは、如何なる手段も厭わない。

そうしてカガリも目を醒ます——

脆弱な人造人間《ホムンクルス》の肉体を捨て、魔王カザリームだった頃よりも強靭で美しい、妖死族《デスマン》としての肉体を取り戻して。

かくして、九名の妖死族《デスマン》が誕生した。

しかしそれは、始まりの段階に過ぎなかった。

最後に目覚めたカガリが目にしたのは、ヴェルザードを連れ戻ったフェルドウェイ達の姿である。

ミカエルはヴェルザードから〝竜の因子〟を取り込み、更なる進化を遂げるつもりであった。そしてその前に、カガリ達に宿らせるべく『天使之軍勢《ハルマゲドン》』を使用したのである。

妥協などしない、という強い意思が感じられた。

召喚に成功した熾天使《セラフィム》は七柱だった。

元天使勢以外から、受肉を許容する者が選別される。

カガリも当然、その一人に選ばれた。

他には、ティアとフットマン、ヴェガ、オルカ＝アリア、アリオス、古城舞衣《マイ・フルキ》だ。

体内でとんでもない力がせめぎ合い、肉体が作り替えられていった。

そして、ヴェガを除くカガリ達も、〝妖天《ようてん》〟として生まれ変わったのである。

そんなこんなで何時しか、カガリが〝天星宮《てんせいきゅう》〟に来てから五ヶ月が経過しようとしていたのだった——

＊

広大な天上の城。

白亜の柱が立ち並ぶ、謁見の間にて。

広間は神々しいまでの神気にて満たされていた。

純白の翼を持つ天使達が、広間を埋め尽くしている。

いまだ肉体を有さぬ者共だが、地上に侵攻する時を待ちわびていた。

意思なきゆえに一切の身動ぎもせず、彫刻のように一糸乱れぬせいで、謁見の間は荘厳な雰囲気を醸し出している。

その最前列には椅子が並べられ、他とは一線を画する者達が円陣となるように座っていた。

生まれ変わったカガリ達だ。

以前を遥かに上回る〝力〟を得て、放たれる存在感も大幅に増していたのである。

ミカエルが目覚めるとの事で、招集がかかった。

熾天使（セラフィム）を宿してカガリが再び目覚めた時も、まだミカエルは眠りについたままだったのだ。

しかし、未だに姿を現していないので、どうやら予定より遅れている様子であった。


暇を持て余したカガリは、天使達に視線を向ける。

一度に召喚出来る数に制限はないとの話だが、エネルギーの総量には限界がある。常なら百万の軍勢となるようだが、今回は熾天使《セラフィム》が七柱も呼び出されているので、数自体は多くなかった。

しかし、質は高い。

有象無象の下級天使は排除され、中級以上の天使のみで構成されていた。

主天使《ドミニオン》が千柱、力天使《ヴァーチャー》が三千、能天使《パワー》が六千、というのが、おおよその数だった。

受肉していない天使は、万全な力を発揮出来ない。しかしそれでも、能天使《パワー》の戦闘能力でさえAランクオーバーなのである。活動限界は七日だが、地上を焦土とするには十分な戦力であるといえた。

(――でも、魔王勢ならば対処可能でしょうね)

というのが、カガリの感想だ。

「足りないわね。たったのこれだけでは、どこかの勢力を落とすだけでも難しそうだわ」

静寂な広間に、カガリの呟きが響いた。

答えなど期待していなかったが、意外にも返事があった。

「まあな。俺は配下なんていなかったけど、他の皆は強いヤツを従えてたもんな。ぶっちゃけ、八星の一角を落とせるかどうかも怪しいぜ」

カガリは、発言者に視線を向ける。

「貴方と意見が合うなんて思わなかったわ。それはそうと、ねえ、ディーノ。貴方がフェルドウェイ様の部下だったなんて、初めて知りましたわよ？」

カガリが密やかに囁いた。

ディーノは平然と答える。

「言える訳ねーだろ。俺は〝監視者〟だからな。正体を隠して、目立たないように行動するのがセオリーなんだよ。ついでに、お前の勘違いを正してやろう。俺はさ、フェルドウェイの元仲間であって、部下じゃないんだよね」

八星魔王《オクタグラム》に潜り込み、〝監視者〟として活動していたディーノ。その目的は、地上の監視であった。

ディーノ、ピコ、ガラシャの堕天使三柱《フォールンさんめい》は、人の世を調査するべく放たれた、特殊任務に従事する者達であったのだ。ヴェルダナーヴァの意思によって、人類が滅ばぬように監視する役割を担っていたのである。

人類が増長したら、それを窘《たしな》めるのがギィを筆頭とする魔王勢の役割である。そして魔王達がやり過ぎぬように、抑止力としての〝勇者〟が存在するのだ。

この、魔王と勇者の因果関係が正しく作用しているか、それを調査するのがディーノ達の役目であった。

ディーノが魔王という目立つ地位に就いて注目を集め、ピコとガラシャは表舞台に上がる事なく調査を行う。この二人が動きやすいように隠蔽工作を行うのも、ディーノの隠された役割だったのだ。

しかし、ヴェルダナーヴァが復活しない今、報告相手がいなくなってしまった。だからディーノは、魔王としての自由な生活を満喫していたのだった。

ディーノは隠す気もないのか、そんな話を堂々と口にしていた。

ならばどうしてここにいるのかと、カガリは疑問に思った。それが顔に出たのか、ガラシャが笑って答える。

「コイツさ、フェルドウェイには色々と借りがあってさ、頼まれたら断れないんだよ」

ピコも追随した。

「でもね、こうなったら魔王リムルのトコに戻れないからって、ミカエル様に従う事にしたんだってさ」

嘘でしょと、カガリは呆れる。

「ま、そういうこったな」

と、ディーノも頷いた。

そんな理由でミカエルに従っているとは思わなかったが、バカバカしくて、逆にディーノらしいとカガリは納得した。

気持ちを切り替えるカガリ。

「それで、魔王リムルはどんな感じだったの？　ワタクシもクレイマンを殺された恨みがあるから、機会があれば復讐したいのだけど？」

嘘である。

実際には、魔王リムルへの恨みなどない。

因縁深い相手なのは間違いない。しかしユウキとは同盟関係を結んだばかりであり、再び敵となるにしても気になる存在ではあった。

クレイマンの件で恨むべきは、彼を操っていた近藤中尉であり、その近藤さえも支配していたミカエルという事になるだろう。

カガリは冷静にそう理解していたが、それを口にするほど愚かではないのだ。

ディーノは深く追及せず、カガリの問いに答えた。

「配下まで厄介だぜ。特に、ゼギオンって野郎がな」

前回の作戦では、迷宮戦力を無力化するのがディーノの役目だったらしい。具体的にはラミリスを誘拐、もしくは抹殺するのが任務だったのだと。

成功一歩手前までいったと豪語するディーノだったが、失敗したのが現実だ。そしてその理由が、ゼギオンという強力無比な魔人の邪魔が入ったからなのだそうだ。

「そんなに強いわけ？」

「強いなんてもんじゃねーよ。本気で洒落にならないレベルだったぜ。迷宮十傑最強だって噂だし、少なくとも、俺よりも強いのは間違いないな」

と、ディーノは断言する。

連戦による疲れもあったし、少し相手を見縊《みくび》っていた面もあった。しかしゼギオンは、ディーノを相手に本気も出さず、軽く翻弄して見せたのである。

負け惜しみを言う気にもならないというのが、偽らざるディーノの本音なのだった。

「軟弱な事を言う。そんなヤツ、潰せばいい！　心配せずとも、この俺様が叩き潰してやるさ！」

ヴェガが豪語した。

（いいよな、馬鹿って……）

ディーノはそう思ったが、口には出さない。

言っても意味がないからだ。

（ヴェガは相変わらずね。これでは、力を得ても有効に活用出来ないかも……）

と、カガリも呆れたように溜息を吐く。

自分の強さに自信があるのは結構だが、戦いにおいて一番大事なセンスが欠落しているのでは話にならない。

それは、彼我の戦力差を把握する能力である。勝てない相手に向かっていっても、いたずらに戦力を失う結果にしかならないのだ。

ピコとガラシャもそれを理解しているのか、不快そうに眉を顰めていた。

何も言わないのは、ヴェガと親しくもない上に、忠告しても無駄だと悟ったからだろう。


それで話が終わるかと思われたのだが——

「まあ、お前達も迷宮内で蟲型魔人《インセクター》を見かけたら気をつけろよ？　甲虫型がゼギオンだが、蜂型のアピトだってヤバイんだからな」

という、話を締めようとした何気ないディーノの一言に、ゼラヌスが食いついたのだ。

「甲虫型と蜂型ダト？　詳しく聞かせロ」

凄まじい気迫を叩き付けられて、ディーノが気圧される。そして思わず、あまり詳しくないものの、知る限りの情報を開示していた。

「お、おう？　えっと、確かアイツ等は、リムルが魔王になる前に保護したって話で——」

それを聞くゼラヌスは無言。

ディーノの話が終わり、気まずい沈黙が漂った。

（何か反応しろよ！）

と思うディーノだったが、ゼラヌスの威圧感は半端ではない。声をかけるのも嫌なので、仕方なく話題を変えて場を誤魔化す事にする。

「——ともかく、だ。ラミリスの迷宮は、守備側が徹底して有利になっている。そこにゼギオンを筆頭とするような強者が何名もいるんだから、あそこを落とすのは至難の業だと考えておけよ！」

そう告げて、ディーノは話を終わらせたのだった。

＊

再び沈黙が場を支配する中、集った者達は各々の思考に囚われていた。

カガリには、考えなければならない事が沢山あった。ディーノの発言も大事だが、今は自身の変化を知るのが先決だ。

情報を探りつつ自分の変化を確かめていたカガリは、とんでもない力が湧き出てくるのを感じていた。

熾天使《セラフィム》というのは、覚醒魔王に匹敵すると言われる最上位天使だ。その力を取り込んで〝妖天《ようてん》〟になったカガリは、魔王時代の自分が滑稽であると思えるほどに強くなっていたのである。

しかも、自身のユニークスキル『企画者《クワダテルモノ》』とは別に、〝魂〟に埋め込まれた新たな権能があるのを発見する。

究極付与《アルティメットエンチャント》『支配之王《メルキゼデク》』――ミカエルの『支配』の権能を分離して与えられたそれは、あらゆる権能を瞬時に分析し、支配下に置けるほどの恐るべき性能を誇っていた。

ただし、カガリ自身も権能の支配下にある為、これでミカエルを裏切るのは不可能となった訳だ。

（恐ろしいわね。こんな力を持つ者達の戦いなんて、ワタクシ如きでは想像を絶する世界だわ……）

というのが本音だが、いざ戦いになったら、カガリ自身が何も考えずとも身体が勝手に敵を屠《ほふ》ってしまうだろう。それが本能的に理解出来てしまい、自分の変化を恐ろしく感じるカガリであった。

しかし――と、だからこそ考えてしまう。

自身が手にした絶大な力を試してみたい、と。

考えてはダメだと思うのに、何故かそれを望んでしまうのだ。

そして――

それを試す機会が、直ぐにでも訪れる事を予感する。

復讐心は消えたはずだった。

それなのに——自分を殺したレオンや、クレイマンを殺したリムルへの悪感情が湧《わ》いてくる。

そして、今の自分なら勝てるのではないかと……それが無意味であるのを理解しているのに、どうしても湧き出る欲望が止められない。

果たして、今の自分はディーノよりも弱いのか？

否。決してそうは思えなかった。

事実、〝妖天《ようてん》〟となった今のカガリならば、ディーノとは同格の立場になっていた。

（フッ、無様だわね、ディーノも。魔王時代からそうだったけど、ディーノ自身が戦っている姿を見る事はなかったものね。だから弱いのだわ、きっと——）

カガリは、心の底から愉快な気持ちが湧き出して来るのを抑えるのに苦労した。

決して油断は出来ない相手だろう。

だが、それでも——

ディーノが翻弄された相手であろうとも、自分ならば勝てると思えた。

何しろカガリの力は、覚醒魔王をも凌駕するのだ。

古い魔王であったルミナスやディーノであろうとも、今のカガリならば負けはしない。

であるならば、魔王レオンですらも敵ではないはずだ。

（待っていなさい、レオン。次は貴方が泣く番ですわよ！）

仄暗い悦びの感情を抑えつつ、思考を続けていくカガリ。それこそが権能に支配されたが故の思考の過激化なのだが、カガリ自身は気付かないままに……。


ヴェガは何も考えない。

命令を待つのみである。

彼は力を得た。

何度も死を経験した事により、この世の更なる深淵《しんえん》を覗いたのだ。

グラディムを喰らい、彼の武器が変化した青龍槍《せいりゅうそう》——神話級《ゴッズ》をも取り込んだ。更には熾天使《セラフィム》までも貪るように喰らい、その力を我が物とする。

その瞬間、今まで得た能力《スキル》の欠片が融合されて、強化されるのを感じ取った。

数え切れぬ敗北が、彼に力を与えたのだ。

暴発する力の化身。

それこそが、ヴェガなのである。

ユウキの手で創り変えられし存在であり、様々な能力《スキル》を取り込み融合し、補完しあった結果、ヴェガは究極の戦闘生物になっていた。

そして、ユニークスキル『悪喰者《イヤシイモノ》』がついに、究極能力《アルティメットスキル》『邪龍之王《アジ・ダハーカ》』へと進化したのだった。

それは、既存のスキルを圧倒するほどの破壊能力を秘めている。

力の制御などまるで考えぬヴェガにこの権能が宿った事は、この世にとっての災厄であった。

否、逆だ。

何も考えずに力を極めようとしたからこそ、この権能を獲得出来たのかも知れない。

それはともかくとして。


ヴェガは待つ。

その身に命令が下るのを。

彼はただ、目の前に立ち塞がりし者共を殲滅し、喰らうのみなのだ。


ディーノは俯き、現在の状況について考える。

どうしてこうなった？

と、何度自問自答しても答えがわからない。

遥か昔、ヴェルダナーヴァより役目を仰せ付かり、地上に舞い降りた。

当時は自我らしきものもなかったように思うが、いつしか自分で物事を考える事が出来るようになっていた。

同僚のピコやガラシャにも聞いてみたのだが、ほとんど同時期に自我が芽生えたようであった。

色々あって、ディーノ達は堕天した。

消えた主の命令だけがディーノ達の生きる目的となり、それを遵守すべく魔王になったのだ。

ディーノはずっと監視を続けた。

ギィとルドラの勝負の結末も、介入せずに見届けるつもりだった。

ヴェルダナーヴァへの忠義は絶対なのだ。

いつか——永き時の果てに必ず舞い戻って来られると、ディーノはそう信じていたのだから。

そして巡り合った。

あの、怪しいスライムに。

一目で理解出来る魂の輝き。

ヴェルダナーヴァとはまるで違うが、どこか懐かしい感じがした。

そして始まる楽しい日々。

働くのが大嫌いなのに、人間にこき使われて満足していた。そんな自分が信じられないディーノだったが、何故か満ち足りた思いを抱いていたのである。

そこには、共に働く仲間達がいたからだ。

(ああ、それなのに俺は、ラミリスを裏切っちまったんだな……)

ディーノが悔やむのは、まさに五ヶ月前に起こしたラミリス襲撃事件である。

フェルドウェイに命令されて、リムル達を裏切り敵を迷宮内に招き入れた。その上で、最重要目標であるラミリスの捕獲に動いたのだ。

捕獲が無理なら始末しろという命令だったが、ディーノにそのつもりはなかった。本当には殺さず、『永久睡眠《ディープヒュプノ》』で封印して誤魔化すつもりだったのだ。

だがしかし、その件は幸か不幸か失敗に終わった。

そして今になって、どうしてそんな真似をしたのか不思議に思っている訳だ。

(いやいや、だからこそアイツの言葉が真実だって証拠なんだろうけどな)

と、ディーノは考える。

ラミリスを裏切った言い訳をしたくないが、自身がミカエルに支配されての行動だったのは間違いなかった。

(つまりは、俺に『至天之王《アスタルテ》』がある限り、ミカエルやフェルドウェイには逆らえないって話かよ。マジでふざけんなよ……)

と、正確に事態を把握してみたものの、この状況を打開する妙案も浮かばないままだった。

救いなのは、リムルがディーノを信じてくれている点だろう。

（アイツ、ちゃっかりしてるけどお人好しだもんな。直ぐ騙されそうだけど、ああ見えて油断ならねーとこあるし）

ディーノはふと、右腕に刻まれた青い蝶の痣《しるし》を見る。ゼギオンに見逃されたと思ったら、その痣が回廊となって心と心が繋がっていたらしい。それ故に、その痣を通じてリムルから連絡がきたのである。

（マジでちゃっかりしてるよな、アイツ）

心に直接語りかけられた訳だが、キッチリと情報を奪われてしまったのだ。

しかも、堂々とスパイ行為を強要されている訳だ。

忌々しいとかそういう感情が湧くよりも、不思議と爽やかな気分になったディーノである。

意外にも、リムルに信じてもらえたのが嬉しいのだ。

またな、か。

ディーノは久しぶりに、心の底から愉快な気持ちになったのを自覚した。

そして、大変な事になったものだ、と頭を抱えた。

ディーノは、創造主たるヴェルダナーヴァを裏切る意思は一切ない。

ミカエルやフェルドウェイの目的がヴェルダナーヴァの復活である以上、ディーノとしても協力すべきなのだろうとも考えている。

だが、しかし……。

面倒な事になったな――というのが、今のディーノの正直な気持ちであった。

（まあ、いっか。どうせ俺って、大して役に立たないし。というか、真面目に働けば働くほど、弱くなっちゃうんだよね。これはもう、仕方ない。俺が真面目に働かない方が双方にとって良い結果になるんだから、願ったり叶ったりってもんだぜ！）

直ぐに割り切って悩まないのが、ディーノの良いところなのだった。

常に前向きに、サボる事に関して他の追随を許さぬディーノは、気楽な思考で結論を出した。

そのポジティブさが、ディーノという男の恐るべき点であった。

　スッキリしたディーノは、晴れやかな顔でフェルドウェイ達を待つのだった。


　アリオスは考える。

　彼の上司であったカガリ達が会話していたが、何の話なのかサッパリわからない。

　アリオスの気性なら文句の一つも言いたいところであったが、それは得策ではないと本能が訴えていた。

　それも当然。

　アリオスはカガリの支配下にあったのである。妖死族《デスマン》を経て〝妖天《ようてん》〟となった今も、〝呪言〟の効力は健在なのだった。

　これが自力での覚醒であったら話は違ったのだろうが、仕組まれた進化なのだから支配力を強化されるのも必然なのだ。

　それを忌々しく思うゆとりもないアリオスだが、自身の現状については把握済みだ。

信じられないほどの力に満ち溢れ、万能感に高揚していた。

　最たる変化は、ユニークスキル『殺人者《コロスモノ》』が究極付与《アルティメットエンチャント》『刑罰之王《サンダルフォン》』に進化した事だろう。

　無論、自力獲得ではない。

　ミカエルが近藤から回収した『断罪之王《サンダルフォン》』を、そのままアリオスに与えていたのだ。その為に『殺人者《コロスモノ》』は消費されたのだが、アリオスの意思では抵抗など不可能だったのである。

　だが、アリオス本人に不満はない。

　力が手に入ったのは素直に喜ばしく、自らの出番を待ち続ける。


　オルカ＝アリアは混乱していた。

　周囲の会話に耳を傾ける余裕もなく、内なる声で語り合っている。

『私は誰？　アリアなの？　それとも、オルカ？』

『わからない、私はアリアでありながら、オルカでもある』

そうして混乱しながら、自分達の意識が統一されていくのも感じていた。

それは不快ではなく、むしろ快感である。

『私は、〝オルリア〟――』

彼女の中で答えが出た瞬間であった。

オルリアは生まれたてだが、一流の戦士と魔法使いの技能を使いこなせる。

しかも、与えられた究極付与《アルティメットエンチャント》『代行権利《オルタナティブ》』がオルリアの中で最適化され、究極付与《アルティメットエンチャント》『武創之王《マルチプルウェポン》』へと変化した。

これによってオルリアは、自身の肉体に蓄積された経験を活かして、様々な武器を創り出せるようになったのだ。同時に出せる武器に限界はあるが、その等級は神話級《ゴッズ》に相当する。

複数の武器で完全武装するオルリアは、敵と戦うのを恐れはしないのだ。


古城舞衣《マイ・フルキ》は、絶望していた。

死んだと思ったのに、生き返った。

それはいい。

問題なのは、大きな力を得た今のマイでも、日本に帰還するという希望を叶えられなかった事だ。

（――私は諦めない。私のユニークスキル『旅行者《サマヨウモノ》』では無理だったけど、ユウキ君は可能性があるって言ってたもの。スキルが願望から生まれるのなら、私の願いを叶える力がきっと――）

虚ろな心でそう考えた瞬間――

熾天使《セラフィム》を宿らせるのと同時にミカエルが与えた究極付与《アルティメットエンチャント》『代行権利《オルタナティブ》』が消費されて、マイの『旅行者《サマヨウモノ》』が進化した。

究極付与《アルティメットエンチャント》『地形之王《ワールドマップ》』へと。

この世界のあらゆる場所を思い浮かべる事が出来るだけでなく、そこで起きている事象も把握可能というとんでもない権能。そして更に驚くべき点は、好きな場所に時間差もなく『瞬間移動』が可能となった事だった。

空間系の能力者からすれば、信じられないような権能である。

それなのに――マイの望みは叶わなかった。

この『地形之王《ワールドマップ》』に記されている座標は、あくまでもこの世界だけが対象だったからだ。

つまり、次元の壁を超える事は出来なかったのである。

マイは、試す事なくそれを理解していた。

それは大きな絶望だったが、どちらにせよ、今のマイに自由はない。

全てはミカエルの意のままに。

いつか自由になって愛する弟の下に旅立てるまで、マイは心を閉ざして命令に従い続けるのだ。

＊

現状把握に努めるのは、〝妖天《ようてん》〟に生まれ変わった者達だけではない。

ザラリオとオベーラも、それぞれの事情に考えを巡らせる。

まずザラリオだが、肉体を得た点については感謝していた。大いなる力があっても、それを揮えるのは異界だけだった。基軸世界では、力を揮えば揮うだけエネルギーが失われてしまうのである。

それを防ぐ為にも肉体が必要なのだが、ザラリオほどの強者となると、その力に耐えられるような器を用意するのは大変だったのだ。

その問題が解決したので、これで地上でも本気を出せるというもの――だったのだが、ここで大きな問題が起きた。

（やれやれだ。力が増したせいで、天使系の『審判之王《イスラフィール》』を獲得してしまったか……）

そう、それが問題だった。

ザラリオは受肉に際し、究極能力《アルティメットスキル》『審判之王《イスラフィール》』を宿してしまったのである。

（これでは、ミカエルに逆らえん。かと言って、捨ててしまえば叛意アリと疑われてしまうか）

ザラリオからすれば、フェルドウェイは同僚なのだ。上司として認めてもいるが、絶対服従という訳ではないのである。

それに、ミカエルについては懐疑的であった。

フェルドウェイはミカエルを信用しているが、ザラリオとしてはそうはいかない。権能から生じた意思など、ザラリオとしてはそう簡単に信じられるものではなかったのだ。

今は目的に納得しているし賛同もしているが、それがずっと続くかどうかは未知数だ。道が分かれた時も想定して、天使系を宿すのは避けたいと考えていたのである。

それなのに『審判之王《イスラフィール》』を宿してしまった。

これが究極付与《アルティメットエンチャント》ではない以上、ミカエルの意思は介在していない。自然と得た権能なのは間違いなく、だからこそ、捨ててしまうのは不味いと思われた。

（さて、ミカエルはどこまで把握しているのやら）

ヴェルグリンドやヴェルザードを従えた手腕からして、天使系を支配出来るのは疑いようもない。だが、その所有者をどこまで把握出来るのか、それ次第で行動を変えるべきであった。

（私の意思は私のものだ。自分が知らぬ間に考えを書き換えられるなど、許せるものではないのだよ）

ザラリオは合理的思考の持ち主である。

それ故に、作戦成功率の高さを尊重して〝竜種〟姉妹の支配にも口を挟まなかったが、本音ではその作戦を嫌っていたのだ。

それなのに今は、自身も同じような立場にある。

（本当に、やれやれだな……）

最初に反対しなかったのだから、今の自分の状況は自業自得。そう割り切りつつも、ミカエルへの対策を思案するのだった。


そして、オベーラも。

ザラリオと同様、天使系の究極能力《アルティメットスキル》を獲得していた。

そして、それが彼女の望むものではなかった点も、ザラリオと同じであったのだ。

オベーラが手にしたのは、究極能力《アルティメットスキル》『救済之王《アズラエル》』だ。

とんでもなく強力な権能なのだが、彼女には無用の長物である。

何故ならば、始原として生まれた彼女達は、スキルに頼らずとも管理者権限を有していたからだ。

あらゆる魔法を瞬時に発動可能であり、それを駆使すればスキルに頼る必要がない。より臨機応変に、何でも実現可能なのである。

存在そのものが究極レベルであるオベーラ達にとって、あってもなくても大差ないのが究極能力《アルティメットスキル》だったのだ。

だから欲しいと願った訳でもないのに、このタイミングで手に入れてしまった。しかも、まず間違いなく天使系の権能を……。

（マズイわ。私に叛意がある事、このままではバレてしまいかねない）

完全に寝返るつもりだったオベーラにとって、ザラリオよりも深刻な状況に陥ってしまったのだった。

さてどうしたものか、と思案するオベーラ。

心を読まれる心配はない。

表層心理を徹底的に消すなど、彼女にとっては造作もない事だからだ。

ただし、知らぬ間に操られていた場合はその限りではないので、その対策を考えておく必要があった。

（自己暗示をかけておきましょう）

と、オベーラは決意した。

自分の中に矛盾が生じた場合、迷わず『救済之王《アズラエル》』を破壊するように。

彼女達は究極の精神生命体だからこそ、そうした常識破りも可能なのである。

もっとも、そうなってしまった場合は、フェルドウェイとの完全なる決別を意味していた。

状況によっては、オベーラといえども無事では済まないだろう。

しかしそれでも、ヴェルダナーヴァの遺児であるミリムの為ならば、悩む必要などないとオベーラは考えたのだった。

（創造主の考えを私達が忖度するなど、不敬以外の何物でもないでしょうに。自らの意思で復活なさらないかも知れないのに、フェルドウェイは勝手過ぎるのよ）

それが本音だ。

そしてオベーラは、ミリムこそが正統なる後継者であると信じているのだった。

＊

美しい鐘の音が鳴った。

厳かで、透明で、心の琴線をくすぐるように。

そして扉が開かれる。

悠然と歩いて出て来るのは、ミカエルとフェルドウェイ、そしてヴェルザード。

たった三名だけで、広間を埋め尽くしていた神気を吹き飛ばすほどの覇気を放っている。

ミカエルの着席を待ち、フェルドウェイとヴェルザードも着席した。

「それでは始めよう」

そうして、作戦会議が始まった。

命令によってマイが立ち上がり、円卓の中央に基軸世界の全貌を立体的に映し出す。

それは地球のミニチュアだ。

神の視点で、魔王勢の拠点が示されていた。

「これが、我等に敵対する八星魔王《オクタグラム》共の支配地、その要衝だ。その数は、六つ——」

ギィの北極点、ダグリュールの西の果て、ルミナスの中央西寄り、リムルの森、ミリムの南東、レオンの大陸だ。

ミカエルの発言を受けて、マイが地上の六ヶ所に光点を灯した。

「これをどう攻めるべきか、諸君の意見を聞かせて欲しい」

諸君と、そう呼びかけてはいるものの、フェルドウェイの視線の先にいる者は限られている。

腹心であるザラリオとオベーラ、そしてユウキとカガリだ。

ディーノ達三名は作戦立案を苦手としているし、ヴェエガなど最初から期待していない。その他の者達については、一段下に見ているので発言権など与えていないのだ。

ザラリオとオベーラは様子見なのか、沈黙を守っている。そんな空気を察して、カガリが口を開いた。

「この場合、攻め手側が有利ですわね。戦力を集中させて、一ヶ所を狙うべきかと」

「賛成だね。ただ、どこを狙うのかが難しいけど」

守り手側は、戦力を分散させる事になる。それなにこちらが相手に合わせる必要はないと、カガリとユウキの意見は一致していた。

それを聞いて発言したのは、意外にもディーノだった。

「言っとくが、ラミリスの迷宮は止めた方がいいぞ。ついでに言うと、魔国連邦の首都〝リムル〟は、戦争時には迷宮内に隔離されるんだ。簡単には落とせない仕様だから、最後に回すのをおススメするぜ」

この情報は共有されているので、誰からも反対意見は出なかった。迷宮で手間取ると、他の国からの援軍に包囲殲滅されかねないと気付いていたのである。

「そこは最後にしよう。他を攻める事で、引きこもっている者共を誘《おび》き出せるかもしれん」

防衛戦に回られた場合、ラミリスはとんでもなく厄介なのである。それを思えば、攻めるにしても作戦を練る必要があるのだった。

「〝白氷宮《はくひょうきゅう》〟には誰も残っていないわよ。だって、気配がないもの」

突然そう発言したのはヴェルザードだ。

その視線は鋭く、レオンの大陸に固定されていた。

「ふむ、敵も対策を考えたという訳だな。魔王勢が固まる事で、戦力分散を避けたか」

「──確かに。地上の五ヶ所に、巨大な力が集中しているようだな」

マイがギィの北極点を消して、残る五ヶ所の光点を強める。

選択肢が一つ減っただけだが、難易度は大きく上がったようだ。しかしそれでも、攻め側の優位性は覆らない。

では、どこを狙うべきか。

ここで動いたのがザラリオだ。

「フェルドウェイ様、質問があります」

「何だろうか？」

「ミカエル様には天使系への絶対支配がありますが、その所有者が何処にいるのか、気配を探れないのですか？」

自分にも影響のある大事な問いを、ここで仕掛けたのだった。

オベーラもこれに乗る。

「それは気になりますね。もしもそれがわかるのなら、先にその者を味方につけるべきでしょうし」

ふむ、とミカエルが頷いた。

「以前は感じ取れなかったが、今ならばわかるな。君達に『審判之王《イスラフィール》』と『救済之王《アズラエル》』が宿った事も、ディーノ達が『至天之王《アスタルテ》』、『栄光之王《ハニエル》』、『厳格之王《ジブリール》』を有している事も、な。残る『支配之王《メルキゼデク》』はカガリが、そこのアリオスが『刑罰之王《サンダルフォン》』の所有者となった。そして、余と〝同格〟たる上位の天使系だが――」

そこまで語って、ミカエルが顔をしかめる。

「――足りぬのだ」

その一言で、皆に緊張が走った。

「それはどういう意味ですか？」

フェルドウェイが問う。

それに対しミカエルが、淡々と説明を行った。

「まず、ヴェルグリンドが所有していた『救恤之王《ラグエル》』だが、回収したものを適性があった者に与えた」

これに反応する者はいない。

不気味な沈黙が流れたが、それを気にせずミカエルが続ける。

「次に『忍耐之王《ガブリエル》』だが、これは回収せず、ヴェルザードが有したままだな」

氷の美貌は、無表情のまま動かない。

〝天使長の支配《アルティメットドミニオン》〟を維持する為にも、これは当然の措置であった。

「ここまでは所有者が判明していた権能だが、残る四つの内、三つが問題なのだよ」

そう言って、ミカエルの説明が続いた。

ミカエルはヴェルグリンドの力を我が物として、その上、ヴェルザードの因子も取り込んだ。それによって大きく力を増した事で、支配下にある天使系の所有者の気配を探れるようになっている。

ところが、それで見つけられたのは『純潔之王《メタトロン》』だけだったのだ。

「何と？　究極能力《アルティメットスキル》『希望之王《サリエル》』ならば、〝勇者〟クロノアが所有していたハズではないですか？」

「反応がなかったのだ。ラミリスの迷宮内まで余の監視が届かぬのか、それとも他に原因があるのか、その点は不明だがね」

「ふむ、やはりラミリスは侮れません。迷宮内を見通せなくても不思議ではない、か。だとすれば『誓約之王《ウリエル》』や『知識之王《ラファエル》』も、同じ場所に所有者がいると考えるべきです？」

「確定ではないが、そう考えるのが妥当だろうな。何しろ、余の権能で探れぬ場所など、他には存在しないのだから」

ヴェルダナーヴァが創造した権能には存在せず、可能性があるのはラミリスの固有能力である『迷宮創造《チイサナセカイ》』だけなのだ。

だからミカエルの出した結論としては、残る三つは同じ場所に存在するとなったのだった。


それは正しかった。

しかし、今は既に失われて、その本質すらも変貌してしまっていたのだが……。

そうとは知らぬままに、ミカエルはその問題を解決済みであると判断してしまったのだった。

そして、それはフェルドウェイ達も同様だった。

「ふむ。ならば、問題ないでしょう。どちらにせよ、彼の迷宮にはヴェルドラがいるのだし、どうせ攻めるのです。その時に探し出して、仲間に加えればいい」

「敵側に内通者がいるようなものって考えていいのかしら？」

「その通り。一目見れば探し出せるのだし、その件は後回しだな。それよりも今考えるべきは、どこを最初のターゲットにするか、だが――」

「答えは出ているよね。一つだけ所有者が判明しているんだから、先にソイツを仲間に加えるのがいいんじゃないか？」

そう断定したのは、ユウキだ。

自由意思は奪われているものの、その深謀遠慮はそのままなのだ。

「ふむ。『純潔之王《メタトロン》』を有する者は、ここに——」

全員の視線がその指先に集中する。

ミカエルが指し示したのは、レオンの支配領域——その首都である黄金郷《エルドラド》であった。

「ワタクシを殺した魔王レオンですわね」

カガリがぽつりと呟いた。

自身を焼き尽くした閃光が、『純潔之王《メタトロン》』によるものだと察した瞬間であった。

「決まり、かな。それで、誰が攻めるんだい?」

ユウキが笑顔で問う。

「俺様は行くぜ。魔王レオンだか何だか知らねーがよ、喰ってしまって構わんのだろう?」

「話を聞いてなかったのかい?　レオンは仲間になるかも知れないんだよ」

「チッ、しゃーねーな。それじゃあ、他のヤツ等で我慢してやらあ」

攻める先は決まったとばかりに、ユウキとヴェガが軽口を叩き合っている。


それを止める者はおらず、方針は決定となったのだ。

＊

今回の戦にはヴェルダナーヴァを復活させるという目的がある為、宣戦布告など必要としない。

ミカエルやフェルドウェイはそう判断していた。

必然、奇襲からの開戦となる訳だ。

戦力の出し惜しみも必要ない——のだが、それについてはフェルドウェイに思惑があった。

「目的は『純潔之王《メタトロン》』所有者を仲間に加える事にある。それを邪魔する者を幾名か排除出来れば望ましいが、ここで損害を出すのは面白くない。故に、雑兵共は置いていくとしよう」

強者だけで攻めると宣言したのだ。

ミカエルの〝天使長の支配《アルティメットドミニオン》〟は万能だが、無条件で発動させられる訳ではない。天使系への絶対支配ではあるが、その対象と視線を交差させる必要があったのだ。

ついでに説明すると、〝王権発動《レガリアドミニオン》〟はもっと複雑な条件があった。

近藤中尉に貸し与えていた〝支配の呪弾《ドミニオンブレット》〟は、対象が一人のみであるのに加え、相手を油断させなければ成功率も低かった。それに対して〝王権発動《レガリアドミニオン》〟は、支配する対象の存在力によって被支配人数が変化する。そして重要なのが、同格が相手では成功率が下がる為、かなりの痛手をあたえなければ失敗してしまうのだ。

最低でも、自分を下回った状態でなければ成功しないので、使いどころが難しい権能なのだった。

今のミカエルの存在値だが、およそ九千万に達している。しかしながら、そこからユウキの存在値：約二百万が減算されるので、存在値が八千八百万を超えるヴェルドラに対しては、ほぼ成功しないと思われる。

そんな事情まで知る由もないミカエルだが、ヴェルドラの支配は難航するだろうと考えていた。だからこそ、ラミリスの迷宮を攻める前に戦力を集める必要があったのだ。

であるからこそ、自陣営の戦力を削る事なく目的の人物を仲間に加えようとしているのだった。

そんな訳で、出撃メンバーが決定された。

「俺は留守番してるぜ」

と宣言したディーノは残留だ。

「ワレと我が軍勢はどうするル？」

「君達には、軍勢を動かせる準備をお願いしたい。今作戦に続いて、本格侵攻を開始する予定なのだよ」

「承知シタ」

ゼラヌス率いる蟲魔族《インセクター》は、妖魔族《ファントム》軍と同じく戦争準備に取り掛かる形となった。

ザラリオ軍の取りまとめは、ダリスとニースが。オベーラ軍はいまだに異界の拠点に展開しているので、オベーラも一度戻ってオーマに引き継ぐ事となった。

そうして、残る幹部が全員出撃する事となったのである。

幹部勢だけならば、マイの『瞬間移動』で目的地まで一瞬だ。そして、オベーラならば『気配察知』して座標を特定する事など造作もなく、直ぐに『空間転移』で合流可能であった。

そうした判断の下、奇襲作戦が開始される運びとなったのだった。

第四章

砕け散る野望

Regarding Reincarnated to Slime

ディーノからの報告を受けた俺だが、その内容はとんでもないものだった。

やはりと言うか何というか、ミカエルが動いたのだ。

予想通りだったので、それはいい。

驚きだったのが、オベーラの行動だった。

何とビックリ、自分の軍勢を引き連れてミカエル陣営から離脱したというのである。

これには俺も唖然となった。

『え、嘘だろ？』

『マジ。俺もビックリ。ちなみに言うと、これ、ミカエルもまだ知らない。今から報告するところ』

それを聞いて俺は、コイツ《ディーノ》はバカ野郎だと確信したね。

色々ありすぎってレベルじゃないし、面倒がっている場合でもない。いや、それ以前の話として、敵である俺に内情をリークする前に、自分の上司に報告しろって思ってしまった。

まあね？

ディーノがそんな性格だからこそ、こっちも助かるんだけどね？

ちょっとだけ、ミカエルやフェルドウェイに同情してしまったよ。

おっと呆れる前に、肝心な事を聞いておこう。

『それで、何処を攻める事になったんだ？』

『ああ、レオンのトコだな。今言ったようにオベーラは離脱して俺は留守番だが、他の幹部勢は全員出動した。ピコとガラシャも嫌々連れて行かれてるから、戦いになっても容赦してやってくれよな』

『そんな都合のいい話があるかっての！　まあ、気には留めておくけどさ』

『頼むわ。おっと、ついでにもう一個頼みがある』

『俺も忙しいから、手短に頼む』

出撃準備をしつつ、ディーノの話を聞く。

『やっぱさ、俺はベスターさんやラミリス達と働くのが面白かったみたいでさ、ここでは退屈してんだわ。だからリムルさんよ、さっさとミカエルをぶちのめして、俺を解放してくれ！』

……。

思わず絶句したよね。

『あのさあ、頭大丈夫？　それって敵対してる相手に言うセリフじゃないんだけど、ちゃんと理解してる？』

『ヒドッ！　俺達、友達だろ？　そんな冷たいコト言うなよ！　そう言えば思い出したけど、後で仲直り出来るように、ちゃんとラミリスにも謝ってくれたよね？』

『ふざけろ！　それは自分で謝れって言っただろうが！』

『ちょ、待って下さいよ、リムルさん！』

『ともかく――』

そう、ともかくだ。

自分の意思じゃなく誰かに操られるなんて、そんな状況は許しておいていいはずがないのだ。

『さっさと支配から逃れられるように、自力で頑張ってくれ。早くしないと魔王の名折れだからな！』

『ハハハ、善処するよ。ま、お前は頼れるヤツなのを知ってるからさ。俺ほど他人任せが似合う男もいないし、せいぜい利用させてもらうとするわ』

ふざけんなって話であった。

だがしかし、ディーノらしいなとも思ったのだ。

『それと最後にもう一つ忠告だ。フェルドウェイの野郎は蟲魔族《インセクター》と手を組んでいる』

『知ってる。ヤバいみたいだな』

『ヤバイなんてもんじゃない。俺も初めて見たけど、あのゼラヌスって王様はギィ以上かも。実際に戦ってみないとわかんねーけど、俺じゃあ本気を出しても勝てないと悟ったぜ。ヤツ等は今回、参加せずに待機してるがな、いつ動くか不明だから、お前も決して油断すんじゃねーぞ』

余計なお世話だと言いたいが、実に貴重で、とても嫌な情報だった。

ギィ以上と聞いただけで、俺の憂鬱度がマックスである。

そしてそれ以上に、そんな危険なヤツが軍団を率いて待機中となれば、即応可能なように対策を考えておく必要がありそうだ。

ゲルドとか、各国に預けている者達を呼び戻そうかと思ったが、それも取り止めである。手薄になったところを狙われでもしたら、こっちが一気に不利になってしまうからだ。

となるとやはり、手持ちの戦力で何とかするしかなさそうだった。

『忠告サンキュー。皆にも伝えて警戒するさ。それじゃあ、お前もマジで頑張れよ』

『おう。死ぬなよ、リムル』

言われるまでもないね。

俺は二度目の人生――スライム生なのだから、もっと自由を謳歌するつもりなのだ。

このところ戦争続きだったし、さっさと厄介ごとを片付けてのんびりするつもりなのである。

そして、仲間達と面白おかしく過ごす予定であり、その中には当然、ディーノだって含まれているのだ。

『お前もな』

心からの本音をぶつけるように、俺はディーノにそう答えたのだった。

＊

ディーノとの会話を終えるなり、俺は首都〝リムル〟に残っていた幹部達を招集した。

場所は迷宮の〝管制室〟だ。

監視魔法〝神之瞳《アルゴス》〟に映し出されたレオンの拠点に目を向けると、現地は猛吹雪に覆われて何も見えなくなっていた。

エルドラドは温暖な気候だ。こんな吹雪など、どう見ても不自然なのである。

ヴェルザードの仕業だと、誰の目にも明らかであった。

　レオン達からの連絡もないし、目視による敵確認も不可能。多分現地では通信妨害が行われているのだろうし、こうなるともう、ディーノの言葉を信じるしかなかった。

　敵が主力のみで出向いて来た以上、適切な戦力を召集する必要がある。下手に応援しようものなら、こちらの被害も甚大なものとなりそうだからだ。

　出し過ぎると迷宮が手薄になるし、少なければ目的を達成出来ない。

　難しい匙加減が要求されていた。

「なるほど、敵も大戦力ですね」

　ディーノから聞いた事情を説明するなり、ベニマルが目を光らせる。

　行く気満々だな、それならば俺も止めるつもりはない。

「俺とランガ、それにソウエイだけで応援に向かうつもりだったが、想定以上の戦力だと推測される。出し惜しみするとコッチが危ないから、ベニマル、お前も参戦してくれ」

「言われるまでもありませんよ。それで、他には誰を連れて行く気ですか？」

　ベニマルは俺が連れて行くと宣言するなり、嬉しそうに顔を綻ばせていた。自分が行くのだから、後は誰が参加しようと構わないという様子である。

「我かな？」

「違います」

　ヴェルドラの発言を即殺した。

　ちょっとは考えて欲しい。ヴェルドラは確かに心強い味方だし、大戦力なのも認めるが、思いっきり敵の目標なのを忘れては困るのだ。

「お前ね、自分が狙われてるって自覚を持ってくれよ。それにそもそも、俺かお前が無事なら復活出来るんだから、二人揃って戦いに行くなんてナンセンスだろうが！」

「クアーーーハッハッハ！　我、うっかりさん。迷宮の守りは、我に任せるがよかろう！」

「頼むぞ」

今は真面目にピンチだから、本当に頼むぞ。

一番の問題児が納得したところで、俺はゼギオンに目を向けた。

「ゼギオン、それにアピトは、引き続き迷宮の守りを頼む。ヤバい敵が控えてるみたいだから、ここの戦力を空にする訳にもいかないからな」

「こちらはお任せを。リムル様の御武運を、お祈りしております」

実に頼もしい。

竜王《ドラゴンロード》勢も戦力として残るし、戦力分析も何とかなりそうだ。

後は、トレイニーさんとベレッタ、それにカリスだな。

「カリス、ヴェルドラが暴走しないように、ちゃんと見張っててくれよ」

「言われるまでも御座いません。リムル様が安心して戦いに赴けるように、ヴェルドラ様への監視の目を緩めぬようにします」

「え？　我って監視されてたの？」

「お気になさらず」

「いやいや、気になるぞ」

「これでも読んで、落ち着いて下さいね」

何やら漫画を手渡してヴェルドラを宥めるカリスを見て、別の意味で頼もしいと思った。

「師匠の事は、アタシ達に任せるのよさ！」

「迷宮の守りも万全ですし、今度は不覚を取らぬよう訓練を行っております。その成果をお見せするのが楽しみですわ」

その機会はない方がいいけど、いざという時の備えがあるのは心強い。俺は頼みますとトレイニーさんに頷き返す。

「リムル様より力を授かり、以前よりも強さが増しております。カリス殿との訓練も欠かしておりませんので、次はディーノ様にも負けるつもりは御座いません。どうか、御安心下さいますように」

うむ、信じよう。

ディーノに勝てるかどうかはともかく、今のベレッタ達ならばそうそう遅れは取らないはずだ。

って事で――

「クマラは連れて行く」

俺、ベニマル、ランガ、クマラ、そしてソウエイが、今回の出撃メンバーに決定したのだった。

ただ、気になる点があるとすれば……。

「悪いな、ベニマル。お前の意見も聞かずに決めてしまったけど、嫌なら断ってくれていい。お前は残って、奥さんたちを守っててもいいんだぞ？」

モミジとアルビスだが、絶賛妊娠中なのだ。

魔物の妊娠期間は千差万別らしい。モミジの母親であるカエデ殿なんて、三百年以上もモミジの事を腹に宿したままだったらしいからね。

それこそ獣人族《ライカンスロープ》に至っては、同じ種族でありながら胎生もいれば卵生までいるのである。アルビスは卵胎《らんたい》生《せい》だって話だが、妊娠中はずっと変身した状態が維持されるとの事だった。

人の姿の方が無理をしているって事なのだろうが、これも個体差があるらしい。まあ、魔物の生態が全て解明された訳でもないので、そこを気にしていても始まらないんだけど。

その内、興味を持った生態学者さんとかが、無理のない範囲で解き明かしてくれるのを期待しよう。

という事で、その話は措いておいて。

今大事なのは、妊婦である奥さん二人を残して戦場に行く事になるベニマルの気持ちである。

仕事と私、どっちが大事なの？

この質問だけは、誰もが嫌がるのではなかろうか。

俺はまあ、独身だったからね。そんな質問とは無縁だった。

悔しくはないし、嫉妬なんかしないよ？

自分の誕生日だって仕事で帰れないような社畜だったから、恋人がいたらヤバかっただろうなと思うだけだ。

心情的には奥さんだが、理性的には仕事。金がなければ生活出来ないわけで、仕事を優先せざるを得ないというのが本音かも。

ただし、家庭も守らないで何が仕事か、という場合もあるから難しいのだ。

理解ある会社に勤めろとか、それが理想なのは間違いないかも。

ともかく、我が国の方針としては、その理想を可能な限り追求したいと思う。俺としては、ベニマルに夫婦の危機を迎えてもらいたくないし、本人の意思を尊重しようと思ったのだ。

そんな俺の気遣いなど笑い飛ばすように、ベニマルが答える。

「無用な心配です。俺は俺の愛する者達を守る為に、全力を尽くす所存ですからね。そもそも、俺に何かあった時の為に、後継ぎを望んだ訳でして。ここを履き違えては本末転倒って話ですよ」

なるほど、理屈はそうかもね。

だけど、それで本当にいいのかな?

「しかしだな……」

変な話だが、俺の方が迷ってしまった。

そんな俺を安心させるように、ベニマルが笑う。

「大丈夫ですって。この世で一番安全なのがここですし、ハクロウにも護衛を頼んでいます。もしもの時は、俺に代わってアイツが立派に後継を育ててくれるでしょう。だから、何の心配も要りませんって！　それにそもそも、俺は負ける気がしませんし、リムル様の勝利を疑っていませんよ」

実に爽やかに、そう言ってのけたのだった。

ソウエイもその通りだと頷いているし、他の者達の顔を見回してみても、誰もが同じ気持ちである様子。

こうなると、俺が間違っているのかな、という気にさせられた。

「ホッホッホ。リムル様はお優しいですからのう。平和な時代に生まれたが故の考え方なのでしょうが、戦乱の世では主流ではありますまい。我が娘——モミジも、アルビス殿も、覚悟は出来ておりますすじゃ。その上で、ベニマル様を信じておりますでのう」

ベニマルの事を若と呼ばないあたり、その発言の本気度がわかる。そして、そんなハクロウに同意するのが、いつの間にかやって来ていたモミジとアルビスであった。

「その通りです。私の旦那様が負けるなど、有り得ません！」

「ええ、モミジさんと同意見ですわ。ベニマル様、もしも私達を置いて逝くようなら、どこまでも追いかける所存です。お覚悟下さいね」

　この二人も覚悟完了って感じだ。

　だったら、俺がうだうだと悩んでいる場合ではないな。

「よし、その気持ちは受け取った。必ず勝つとは言わないが、必ず全員で生きて戻ると約束するよ」

「フッ、任せて下さいよリムル様。勝てばいいんですよ、勝てば」

　忘れていたけど、ベニマルは本来、とんでもなく自信家だったっけ。ソウエイと二人揃っていると、どんな相手にだって勝てそうだと思えた。

　それは、クマラやランガも同様だ。

「そうでありんす。わっちも頑張るでありんすから、敗北などありえんせん」

「我が主よ、我もおります！　どんな敵であろうが、ガブッとやれば間違いありません！」

　間違いはありそうだが、言わんとする事は伝わった。

「そうだな。迷ってる場合じゃないし、戦う前から悩んでも仕方ないな。守る相手がレオンってのも因果なもんだが、精一杯頑張ってミカエルの野望をぶっ潰そうじゃないか！」

　俺はそう宣言した。

　ミカエルとも落ち着いて会話したら、もしかしたらわかり合える可能性もある——なんて、そんな綺麗ごとを言うつもりはない。

　ヤツは危険だ。

　人情味がないというか、目的の為には何を犠牲にしてもいいという思想の持ち主だからな。

　迷惑千万というか、結局のところ、譲り合えるラインを逸脱している相手とは雌雄を決するしかないのである。

「行くぞ！」

　俺の言葉に皆が頷く。

　悩むのは、全てが終わってからだ。

　俺もそう覚悟を決めて、戦場に向けて『転移』しようとしたのだった。

リムル達が準備を始めた頃、既に戦端は開かれていた。

宣戦布告も何もなく、ヴェガが暴走したのが始まりとなる。

「チッ、ヤツは作戦行動を取れぬのか？」

というフェルドウェイの愚痴を聞いて、「まったくだわね」とカガリも頷いた。

今作戦の目的は、黄金郷《エルドラド》の殲滅《せんめつ》ではない。天使系所有者をフェルドウェイの前に引きずり出して、仲間に加える事にあった。

ミカエルの〝支配〟はフェルドウェイにも扱えると聞いて、カガリも戸惑ったものだ。しかし、総大将が戦場に出ないようにするというのは、戦術的には正解だと考えている。

だから何の疑いもなく、今作戦を受け入れたのだった。

作戦内容は単純だ。

ここにいる全員、フェルドウェイ、ヴェルザード、ザラリオ、ピコ、ガラシャ、カガリ、ユウキ、ティア、フットマン、ヴェガ、オルリア、アリオス、古城舞衣《マイ・フルキ》の計十三名で、暴れるだけ暴れるというもの。

それに慌てて迎撃に出て来た者達を屠《ほふ》りつつ、天使系所有者を探し出すというものだった。

確定ではなく推定ではあるが、カガリとしてはレオンで間違いないと考えている。間違っていたとしても問題はない。対象者をかっさらえば、それで作戦終了となるのだった。

もしも都市防衛を固めて出て来なかった場合は、突撃班としてカガリ率いる者達が突入する段取りとなっていたのだった。

ところが、マイの『瞬間移動』で現地に到着するなり、指示を無視してヴェガが暴走。都市防衛結界に殴りかかり、これを破壊してのけた。そしてそのまま王城と思わしき場所に突撃して行ったのだった。

カガリとしても呆れるばかり。

（アイツ、力を得たものだから、以前よりも馬鹿になっている気がするわ。このままでは作戦に組み込めないし、本気で粛清《しゅくせい》を考えた方がいいかも知れないわね）

組織としては、命令違反は厳禁なのだ。

まして、幹部級の者がこれでは、軍紀を統率するどころの話ではなくなってしまいかねない。部下への見せしめの為にも、ヴェガの扱いを考える必要がありそうだった。

ともかく、既に作戦は開始されている。

ヴェガについては帰還後に考えるとして、カガリは自分達についての方針をフェルドウェイと相談する事にした。

「私とヴェルザードがいれば陽動として完璧だが、ザラリオ、それにピコとガラシャも、ここに残ってくれたまえ。残る者達を君の指揮下に入れるから、精々派手に暴れて目的の人物を探し出すがいい」

ティアやフットマンは言うまでもなく、アリオス、オルリア、マイと言った妖死族《デスマン》を経た復活組も、カガリの〝呪言〟の影響下にあった。命令に強制力はないが、『念話』が繋がっていたのである。

それに、作戦立案はカガリの得意とするところであり、それをフェルドウェイが認めて指揮権を与えてくれたのだった。

なのでカガリは命令する。

「ヴェガの暴走は後で叱責《しっせき》するとして、ともかく今は全力で敵にぶつかりなさい。勝てないようなら撤退を許すから、好きに暴れてみなさいな！」

ここにいるのは、ユウキを除いて大いなる力を得た者達ばかり。ヴェガほど自制心がない訳ではないが、自身がどのくらい強くなったのか、試してみたい気持ちは大きいのだ。

だからこそ、カガリが許可した途端、全員が一斉に動き出したのだった。

そしてカガリは、一人遅れて後に続く。

（自由意思が残されている上に、ある程度の権限まで与えられている。これ以上の機会など、これから先に得られる事はないかもね――）

もっと機が熟すのを待つべきなのかも知れない。そんな考えも脳裏に過ったが、自分の意思がミカエルに握られているという現状は恐怖であった。

完全なる操り人形にされてしまえば、全ての希望は絶たれてしまうのだ。

これが最後のチャンスである可能性は低くない。楽観的な判断は危険だと、カガリは行動に移る決意をした。

最初から、フェルドウェイ達に忠誠を誓う気などなかったのだ。

ミカエルとフェルドウェイは狂っている。

その狂気は肌で感じられるほどであり、カガリとしては、彼等との未来は決して明るくないと確信していたのだ。

『裏切らないと誓いますわ。そして、貴方様からの支配を受け入れます』

そう。

カガリは、仲間達を裏切らないと誓った。

たとえ、ミカエルからの支配を受け入れる事になっても、だ。

そして、ユウキから受けた恩を返すのに、自分の手をどれだけ汚そうとも構わぬ覚悟なのである。

（ミカエルの支配は、一定範囲内には絶対みたいね。でも、距離を稼げば効果は薄れるのかも。もしくは、同一空間から隔離してしまえば、影響を受けなくなる可能性がある！）

所有者が何処にいるのか気配を探れる。しかし、三つの権能の所在地は不明だった。

つまりは、そこは安全地帯である可能性が高いのだ。

ラミリスの迷宮。

そこに逃げ込めれば、カガリ達が助かる目があるのである。

幸いにも、魔王リムルとは同盟関係にある。

いや、今となってはそれも怪しいが、あのお人好しならばカガリ達を匿ってくれる可能性は大いにあった。

だからカガリ達が取るべき方針としては、ここで大きな混乱を起こして隙を見つけて逃走する事なのだ。

その為にも――

『聞こえるかしら、ラプラス？』

『――会長!?　無事やったんですね!!』

『無事だけど、厄介な状況にあるわ。だから――』

『何でも命令して下さいや。それで、何処に向かえばいいんでっか？』

『――黄金郷《エルドラド》よ』

カガリは一番頼りになる切り札を呼び寄せた。

こうして、ラプラスも参戦する事になったのだ。

＊

一方、レオンの配下達は一気に緊迫する。

いつかは来ると想定し、訓練も行ってきた。

今日、それが本番となったのだ。

レオンが『都市防衛結界が破壊され、敵に侵入された』という報告を受けるまで、それほどの時間を必要としなかった。

続報を持って、血相を変えた騎士が叫ぶ。

「侵入者はたった八名ですが、その戦力は絶大！　城内にも許してしまい、我が方は混乱しております！」

そう告げて迎撃に戻る騎士を見送り、レオンはギィに視線を向けた。

「リムルに連絡は？」

「チッ、遮断されちまったな。上にいやがる。ヴェルザードだ。つまりは、敵は八名じゃねーってこった」

そうだろうなと、レオンは頷いた。

自分が敵だとしても、先ずは敵方の連携を断つように動く。これも当然、予想されるべき事態だった。

だからそうなった場合の対抗手段として、リムルが各勢力の状況を監視魔法〝神之瞳《アルゴス》〟で把握しているのだ。多少のタイムラグが生じてしまうだろうが、何かあったのは伝わっている。

必ず助けはやって来るはずだった。

それに……もしも間に合わずに最悪の事態になったとしても、リムルが冗談めかして口にしていた作戦があった。

多分本気ではなかったのだろうし、レオンとしても断固拒否したいところだが、その場合は四の五の言っていられないだろう。

ともかく、今はそうならないように全力を尽くすべきだと考え、レオンはギィに問いかける。

「どうする、リムル達が来るまでここで待つか？」

「いや、難しいぜ。ヴェルザードがいなければ、どうとでもなったんだがな。アイツが本気で暴れたら、ここだって簡単に消滅するからよ」

「……それは困るな」

空間転移を行うには、現地点と転移先の正確な座標を必要とするのだ。連絡を断たれたという事は、そうした空間対策も為されているとみて間違いない。

〝転移用魔法陣〟まで破壊されては、余計に援軍到着が遅れてしまうだろう。

十数分の時間を稼げば、リムルが来るはず。それを期待するにも、この拠点を死守する必要がありそうだった。

「だろ？　だったら、オレが出向いて相手してやるしかねーだろうぜ」

そう言って、ギィが立ち上がった。

「お供致します」

「私も、今日は本気を見せるつもりです」

ミザリーとレインがギィに続いた。

この二人の実力も、ここ数ヶ月一緒に暮らした事で把握済みだ。

特に、レインの方はメキメキと腕を上げていて、レオンも苦戦を強いられるほどになっている。

常ならばうっとうしいが、味方である今だけは頼もしい。

いつも本気を出せばいいのに――と、ミザリーが愚痴ったが、その一言が全員の心情を言い表していた。

そこに、もう一人の厄介者も口を挟む。

「クフフフフ。弱者であるお前達二人が付いて行ったところで、大して役には立たないでしょう。ギィを助けるのは不本意ですが、私はリムル様からの命令を重視します。手助けしてやるので、一緒に行きましょうか」

助けてやるから感謝しろとばかりに、その男、ディアブロが嗤った。

それに反発して口喧嘩を仕掛けるレイン。

ウンザリした口調で怒鳴るギィ。

やれやれと首をふるミザリー。

やかましく騒ぎ立てながら去って行く者達を見て、

『仲がいいんだな』とレオンは思ったのだった。

しかし、そんな事をのんびり考えている余裕などない。

外は外でギィ達に任せて、レオンは自分の役目を全うせねばならぬのだ。

廊下からは部下達の絶叫が聞こえており、戦況が悪いのは明白だった。

自分が支配される危険があるので、迂闊には動けない。それがもどかしいレオンである。

「都市部に向かったヤツはいないのだな？」

常に隣に控えている腹心、銀騎士卿《シルバーナイト》アルロスに向かって問う。

すると、騎士達と『思念伝達』でやり取りをしていたアルロスが、簡潔に答える。

「ハッ！　全員が城内を目指している模様です」

それは重畳《ちょうじょう》とレオンは頷いた。

「ならば、魔法騎士団《マジックナイツ》で城の封鎖を行わせろ！　侵入者を城内にて隔離し、外との連携を取らせるな！」

「承知しました！」

ギィ達の心配は無用と割り切り、レオンは指示を飛ばした。

敵を城に封じ込めてしまえば、城下に被害が及ぶ事もない。その上でリムルからの応援を待ち、隔離した敵を討とうと判断したのである。

「これ以上の被害が出ぬよう、各騎士団長で敵を迎え撃つのだ」

「御意！」

常設の防衛隊だけでは埒が明かぬと、城を隔離結界で封鎖後、騎士団長達を迎撃に向かわせた。

温存兵力の投入である。

都市防衛結界の維持は、そのまま防衛特化の黄騎士団と回復特化の白騎士団に任せておく。そして、攻撃特化の赤騎士団を出動させて、敵の迎撃を行わせていた。

残る戦力は遊撃特化の青騎士団のみ。状況に応じて、手薄な地点をカバーするだろう。

レオンが命じるままに、アルロスが采配を振る。

そんなレオンの前に、六柱の異形が跪いた。

「魔王レオン様。我等にも、出撃の許可を」

それは、ギィ配下の魔将達である。

正確にはギィではなく、ミザリーとレインの部下達だ。

元は上位魔将《アークデーモン》だったのだが、ミザリー達の進化に伴って〝悪魔公《デーモンロード》〟に至っていた。

中でもレイン配下筆頭であるミソラは、それはそれは苦労人であった為に、公爵級の実力者なのである。同じ公爵級であったモスよりは弱いものの、頭一つ抜けた戦闘能力を秘めていた。

ミザリーの配下筆頭であるカーンも負けてはいない。戦闘能力ではミソラに劣るものの、侯爵級に相応しい強者なのだ。

他の四柱だって、魔法騎士団《マジックナイツ》の各騎士団長に匹敵している。遊ばせておくのはもったいない戦力であった。

「許可する。行け。フラン達と協力し、敵を倒せ」

こうして、悪魔達も解き放たれていく。

レオンの傍に控えるのは団長アルロスと、指南役の黒騎士卿《ブラックナイト》クロードのみとなっていた。

本当ならばこの二人も、迎撃に向かわせたいところである。しかしながら、今回の敵の目的がレオンである以上、この場に護衛を残しておかねばならないのだ。

「もどかしいな」

「我慢して下され。ワシがレオン様を御守りするというのも変な話ですが、ここは皆を信じて動かぬ事です」

「フフフ。城内の敵は八名。こちら四名の騎士団長達に加えてあの悪魔共。それに、練度の高い騎士団もいるのです。負けるはずがありませんよ」

クロードがレオンを諫めると、アルロスも自分に言い聞かせるように楽観論を述べた。

そんな甘いものではないと理解しているのだが、レオンが敵の手に落ちるのだけは阻止せねばならぬのだ。

ここは我慢のしどころだと、玉座にて吉報を待つ。

そして暫く経つと、城内のあちこちで激しい揺れが観測されるようになった。

一番の激戦区は、ヴェガが暴れている戦場である。ミソラが指揮を執り、悪魔が四柱で時間稼ぎに徹していた。

それを支えるのが、白騎士団団長・白騎士卿《ホワイトナイト》メーテルである。

メーテルは金髪碧眼の淑やかなる美女だ。得意とするのは回復魔法であり、彼女がいるだけで継戦能力が高まるのだ。

悪魔達はその恩恵を受け、ヴェガを相手に善戦していた。

そう、善戦なのだ。

一人一撃で離脱して、それをメーテルが癒して戦線復帰させる。その繰り返し。

圧倒的な暴力を前にしては、捨て身で挑むしかないのである。

ミソラの表情も苦痛で歪む。

しかし彼女はへこたれない。

彼女の主であるレインからの無茶振りには、毎度毎度苦しめられていたからだ。

それにどうせ……悪魔達からしても、ここで退いたらギィに粛清されるだけ。ならば誇り高く戦い、その役目を全うしようと考えているのだった。

しかしながら……ヴェガの存在値は一千万を超えるのに対し、悪魔達は上位者でさえ五十万程度しかない。ミソラでさえ、七十万といったところなのだ。

究極能力《アルティメットスキル》を有している訳でもなく、戦力差は歴然としている。

「グワハハハ！　弱い弱い弱いなぁ――――ッ!!　否ッ!!　俺様が強過ぎるのだ。スマンな、貴様等が弱過ぎて、喰う気にもならん。だからよ、苦しい思いが長引くだろうが、自分の弱さを恨むんだなッ!!」

などと、悪魔達の誇りを踏みにじり、神経を逆撫でするような暴言を吐き散らすヴェガに対しても、冷静に対処するしかないのだ。

いいや、それこそが悪魔達の作戦であった。

感情を読み解く事を得意とするだけあって、ヴェガの性格を利用しているのだ。ここで気持ちよく無双させる事で、この膠着状態を維持しているのだった。

激戦でありながらも安定しているヴェガ戦と違い、ひりつくような緊張感が漂うのがアリオスを相手取る者達である。

「ひゃーーーっはっはっは！　殺し放題だぜィ!!　何だよ何だよ、この力、最高じゃねーかっ!!」

暴力に酔いしれるアリオスは、人間だった頃の理性を失ったように暴れていた。

究極付与《アルティメットエンチャント》『刑罰之王《サンダルフォン》』は、アリオスの望みのままに撃ち放題の拳銃として具現化されていたのである。

それにもう一つ、右手には片手剣《バスタードソード》もあった。こちらは、オルリアの『武創之王《マルチプルウェポン》《ゴッズ》』で創造された武器である。

この二つは、単純な神話級など比較にならぬほど強力だった。これらを駆使する事で、アリオスは騎士達相手に殺戮を重ねていた。近藤中尉を模倣したような姿だが、それはアリオス自身も認めぬであろう〝憧憬〟の表れであった。

そんなアリオスには、青騎士団団長・青騎士卿《ブルーナイト》オキシアンとカーンがタッグを組んで挑む形になる。

武器の差は埋めようもなかったが、技量《レベル》面では拮抗していたのが幸いであった。カーンが大悪魔としての誇りにかけて魔法による妨害を行い、オキシアンがその華麗なる剣技でもってアリオスと対峙する。

オキシアンが補助魔法を得意としていた点も大きい。身体能力や剣の耐久力は、カーンとオキシアンの魔法を多重に重ね掛けする事で補われていたのである。

それでも、勝機はほぼゼロ。直撃しても怪我を負わぬ相手とあって、ニヒルな貴公子であるオキシアンは勝利など望んでいなかった。剣を壊されぬように意識し、この戦いが少しでも長らえるようにと、それだけを考えて挑んでいるのである。

敬愛するレオンの下まで敵を辿り着かせぬように。

その、気の遠くなりそうな戦いは、まだ始まったばかりなのだった。

オルリアに対しては、赤騎士団団長・赤騎士卿《レッドナイト》フランと黄騎士団団長・黄騎士卿《イエローナイト》キゾナが相手をしている。

　フランは赤褐色の肌で健康的な美女であり、軽装で攻撃力重視。キゾナは小柄ながらも明るい性格で、重厚な全身鎧で身を固めている。

　そんな二人の女性が幸運だったのは、オルリアの戦意が乏しかった事だ。

　オルリアは慎重だった。

　ヴェガやアリオスと違い、慎重に自分の権能を把握していったのである。

　ただし、フランとオルリアの相性は最悪だった。彼女の魔法は全て、オルリアの盾の前に散ってしまったのだ。

　オルリアは、自分の『武創之王《マルチプルウェポン》』でどんな武器を創造出来るのか実験する。アリオスには片手剣《バスタードソード》を与えたし、マイにも弓張月《クレセントボウ》を与えていた。そして自分には、星球棍《モーニングスター》と大壁盾《タワーシールド》を用意していたのである。

　攻めと守り、両方の性能を試す為に。

　二人は、オルリアの性格に救われたと言える。

　オルリアは二人を実験台として、ゆっくりと確実に、自身の究極付与《アルティメットエンチャント》で創造した武器を把握していくのだった。


　マイは戦場にいながら、場違い感を捨て切れずにいた。

　戦う意味がわからない。

　されど、ミカエルに逆らうのは不可能だ。

　信頼していたユウキまでも従う相手である以上、マイでは逆立ちしたって勝てっこないのだから。

　かと言って、恨みもない騎士達に刃を向ける気にもならず、ただただ傍観に徹している。

　もしも彼女が本気で参戦していたら、戦況はとっくに天使勢に傾いていただろう。

　しかし、そうはならなかった。

「このままじゃみんな、不幸になるだけ。でも、私、どうしたらいいのかな？　教えてよ、ユウキ君……」

　マイは迷い、悩み、そして答えを見つけられずにいる。

彼女が動き出すまで、まだ暫しの時間が必要なのだった。

＊

迎撃に出向いたギィ達だったが、城の外は猛吹雪となっていた。

ヴェルザードの仕業だ。

「アイツの相手はオレがするぜ」

ギィの言葉に、誰からも異論は出ない。

遥か大昔につい最近と、これまでも何度か戦った相手だが、ハッキリ言ってヴェルザードは滅茶苦茶に強かった。必然、ギィがヴェルザードと対峙するのが妥当なのだ。

それに、今のヴェルザードはまるで力を抑えていない。その証拠に、少女の姿から大人の女性へと変化していた。

そしてその瞳は、いつものような深海色《ブルーダイアモンド》の瞳ではなく黄金色《きんいろ》だ。妖しく禍々しく、そして美しく輝いていた。

それこそが本来のヴェルザードの姿、人の状態での戦闘形態なのだ。それを見てギィは、彼女の本気を悟っている。

それにヴェルザードは、イイ感じに狂っていた。

大空に静止して吹雪の中心となっているヴェルザードの前まで飛ぶと、ギィを目にしたヴェルザードが嬉しそうに叫んだのだ。

「愛して愛して愛しているわ、ギィ。だから——貴方も私と、もっともっともっともっと殺《アイ》し合ってよ‼」

そして彼女は、満面の笑みでギィに挑んでくる。

「チッ、そういうのは面倒だって言ってンだろうが！」

ギィも本気で応戦する。

ヴェルザードを相手に手加減など、自殺行為以外の何物でもないからだ。

そうして城の上空では、この世界における最高戦力同士の戦闘が勃発したのだった。

ギィは強い。

存在値も非常に高く、四千万に届きそうなほど。

しかしヴェルザードは〝格〟が違った。

ギィの倍以上という、想像を絶するような力を秘めていたのである。創造神の妹というのは伊達ではなく、地上における絶対者なのだ。

そしてヴェルザードは、妹であるヴェルグリンドを相手にする時でも本気を出した事はない。常に少女の姿、つまりは自身の力を封じた状態で対応していた。

ヴェルドラを消し飛ばした際も、戯れるように一撃を放っただけ。それはつまり、彼女の攻撃は非常にエネルギー効率が高い事を意味している。

彼女が本気になるのは、ギィを相手取る時だけだったのだ。

ギィが互角に戦えているのは、ひとえに卓越した戦闘センスがあるからだ。その上、可能な限り地上に影響が出ないように配慮しているのだから、ギィ・クリムゾンという男がどれだけ凄まじい存在か理解出来ると思う。

戦いはいつものように、膠着状態にもつれ込む。


そしてギィは悟った。

やっぱりコイツ、操られていねーな——と。

いや、支配はされているのだが、それはヴェルザードの望みと合致するが故に、敢えて抵抗《レジスト》しなかった結果であろうと思われた。

ヴェルザードはとても嬉しそうだった。

それは戦いの最中だけに見られる、とても懐かしい顔だったのだ。

朗報というより、ウンザリすべき事実であった。

長き年月、抑圧され続けていた願望が、フェルドウェイ達を理由にして解き放たれているだけ。それはつまり、ヴェルザードが納得するまでは、この関係は改善しないという事だからだ。

操られているだけなら、それを解除すれば済む話だった。しかしそうではない以上、ギィでも手立てがない訳だ。

説得に応じるようなヴェルザードではない。彼女を正気に戻すには、満足するまでギィが付き合うしかないのだった。

「やれやれだぜ、まったくよう！」

そう愚痴りつつも、ギィは不敵に嗤う。

そして愉しそうに、ヴェルザードを迎え撃つのだ。

＊

城の上空、ヴェルザード達よりも更に上にて。

フェルドウェイとザラリオの前に立つのは、ディアブロだった。

「身の程知らずの邪悪な悪魔が、たった一人で我等に挑む気か？」

「クフフフフ。次に会った時は覚悟するようにとかほざいていましたが、今日は愉しませてくれるのですか？」

「……チッ。貴様如きと遊んでいるほど、私は暇ではないのだよ。ザラリオ、ヤツの相手は任せるぞ」

フェルドウェイはディアブロとの決戦を避けた。

ディアブロは面倒な悪魔なのだ。それをよく知っているだけに、相手をするのは躊躇《ため》われたのである。


フェルドウェイはそのまま何も言わず、城の中へと去って行った。

邪魔しようかと考えたディアブロだが、ザラリオがそれを許さない。

押し付けられて迷惑千万であったし、正直に言えば断りたいのが本音だ。しかし、直属の上司からの命令とあって、この場は適当に応じるしかないと判断したのである。

「しょうがないな。ディアブロという名前を得たようだが、貴様がどの程度強くなったのか試してやろう」

そう告げて、両者は戦闘に突入したのである。

ザラリオは、嫌々ながらも自信はあった。

受肉したばかりだが、身体は快調だ。久方ぶりに全力を発揮しても壊れる事はなく、ザラリオの気分を高揚させてくれる。

「冥威八掌《めいいはっしょう》」

ザラリオが先手を取った。

妖気を手の平に込めて揮うという実に単純な技だが、その威力は計り知れない。八つに分かれて飛ぶ気弾が、ディアブロを狙う。

「下らない。やはりその程度ですか」

対するディアブロは、つまらなそうにそう呟いた。

別に煽っているとか、見栄を張っているとかの作戦ではなく、本音である。

格下相手ならばともかく、同格を相手にするならば、小手調べは慎重に行わねばならないのだ。

ディアブロは軽く気弾を回避して、ザラリオを睨み据えた。

「無駄にエネルギーを消耗するなど、力が大きいだけの素人ですか？」

かなり本気で問う。

これにイラッとしつつも、冷静さを保つザラリオ。だからコイツは嫌いなんだよ——と、怒りを隠しつつ答えを述べる。

「黙れ。その程度、私にとっては消耗の内に入らぬ。そもそも、私と貴様では、内包《ないほう》する力の絶対量が違うからな。私ではなく、自分の心配をするがいい」

これは事実だった。


今のザラリオは、ラミリスの迷宮に侵攻した時とは条件が違う。肉体を得た事で、〝妖異宮《ようぃきゅう》〟にあった本体の力を十全に発揮出来るようになっていた。存在値にして二千万を超えており、〝竜種〟が相手でも退く事はないと自負していたのだ。

多少の無駄遣いなど、直ぐに回復するから気にするまでもないのである。

が、ディアブロは鼻で笑った。

「これだから素人はダメなのだ。我等の戦いは、一撃で相手を消滅させるか、もしくは長期戦を覚悟せねばならないのですよ？　ですので、如何に消耗せずに戦えるかに重点を置くのが基本なのだ。それを理解せぬとは、ザラリオよ、さてはサボっていましたね？」

ディアブロの上から目線に苛立つザラリオ。

負けた後に言われるなら我慢もするが、戦いはまだ始まったばかり。相手の精神を乱すのも戦術としてはアリなのだろうが、ディアブロは別にそれを狙っている訳ではない。

本心から、本気で、忠告のつもり、なのである。

それを理解してしまうだけに、ザラリオは余計にイラつくのであった。

「黙れ。忠告など余計なお世話だから、黙れ。貴様に心配されずとも、私とて悪魔族《デーモン》にとっての天敵である蟲魔族《インセクター》共を相手に、最前線で戦い続けていたのだ。貴様のように地上でぬくぬくとしていた者など、今の私の敵ではないと知れ！」

「ふむ、それは重畳《ちょうじょう》。そして御安心を。私もね、ゼギオン殿を相手に死闘を欠かしておりませんので。ゼギオン殿も蟲型魔人《インセクター》ですし、非常に強い方なのです。しかも、羨ましい事にリムル様の細胞を与えられていましてね、攻撃可能部位が少ないのです。ですから、私としても勝つのが難しい相手なのですよ」

攻撃可能部位が少ないというのは、ディアブロが勝手に定めている自己ルールである。リムルの細胞で出来た部位は狙わないという、縛りプレーなのだった。

こんなルールがあるから、悪魔三人娘もゼギオンに勝てずにいるのだが……それは別の話である。

「意味がわからんが、ぬるい地上でどれだけ訓練しようが――」

と、そこまで口にして、ザラリオはふと思い出した。

聞き流していたが、ゼギオンという名前に心当たりがあったのだ。

ディーノが厄介と断言し、あのゼラヌスまでも興味を示した者の名前が、確かゼギオンだったなと。そんな者を相手に、訓練ではなく死闘を続けていたというならば……。

「なるほど、遊んでいる場合ではないようだ」

かくして、ザラリオも本気になった。

ディアブロ対ザラリオの戦いは、これからが本番なのだった。

＊

レインとミザリーの前には、ピコとガラシャが立ち塞がった。

「さ、寒いです」

レインの心は既に折れそうだった。

自分が悪魔じゃなければ、とっくに暖炉の前に逃げ戻っています——などと考えつつ、レインはどうやってこの場を切り抜けるか思案する。

「レイン……貴女、さっき『私も、今日は本気を見せるつもりです』って豪語していたわよね？　それなのにどうして、そんなにやる気がなさそうな顔をしているの？」

「愚問ですね、ミザリー。寒いからです。どうしてこんな寒い中、しかも猛吹雪の中で、別に嫌ってもない相手と戦わないとならないのですか!?」

ミザリーに問われたレインは、隠す気もなく本音をぶちまけた。

何を寝言を——と呆れたミザリーだったが、驚くべき事に同意する者が現れる。

それは、敵であるはずのピコだった。

「ホント、それ！　こんな真っ白の視界もないような場所で、どうしてこんな恰好で戦わなきゃなんないのよ！」

実際、ピコは寒そうな恰好だった。


それを言えば、ガラシャもだ。

「文句言うなよ。アタイだって寒いんだしさ」

ピコを宥めているものの、同じ気持ちであろう事は明白だった。

レインやミザリーのメイド服も大概だが、ピコ達も薄手の服一枚しか着用していなかった。ガラシャなど肩剥き出しで、見ているだけで寒くなりそうな恰好だったのだ。

（え、本気で戦おうとしていたのって、もしかして私だけ？）

その衝撃の事実に気付き、ミザリーが動揺する。そんな彼女にお構いなく、レイン達は意気投合して愚痴をこぼし合っていた。

「っていうか、ヴェルザード様も、いきなり吹雪かせるの止めて欲しいですよね」

「マジ同感。って言うかさ、やるならやるで構わないから、事前に言っておいて欲しかったよ。そうしたら私も、お気にの毛皮のコートを着てきたのにさ」

そうすれば自慢出来たのにと、ピコが言う。

「ちょっとピコ、いつの間にそんなの買ったのさ？」

「ふふふ、仕事の合間にちょっとね♪」

「ああ！　この前の街か！　あそこは穴場かもな」

それはブルムンド王国の事である。

西と東の交わる都市として、今では世界中から商品が集い始めていたのだ。当然そこには魔国産も流れ込んでおり、かなり質の高い服飾なんかも取り扱われていたのである。

ピコとガラシャは監視と言いつつ、世界中を旅して回っていた。ディーノの仲間らしく、かなり好き放題している様子。拠点となる隠れ家も世界中に用意してあるので、最先端のファッションなんかも嗜《たしな》んでいるのだった。

そんなふうに会話に花を咲かせる二人に、レインが醒めた視線を向ける。

「自慢は結構です。ですがその前に、やるべき事があるでしょう？」

その発言を聞いて、ミザリーが驚いた。

（おお、流石はレインです。先程の発言は、この二人を油断させる為でしたか。こうして虚をつくのが狙いだったとは——）

と、同僚を見直しつつ感心する。

そういう事ならばと、戦闘開始の合図を待つミザリー。しかし彼女の耳に届いたのは、レインからのとんでもない提案だった。

「こんな場所で話し込むなど、論外！　先に寒さを凌ぐべきだと思いませんか？」

実にマイペースに、そんなふうに言い放ったのである。

「「「——ッ‼」」」

と、驚く三人。

そこに敵味方の概念は消え失せ、戸惑いだけが残されていた。

レインはお構いナシだ。

さっさと自分だけ地面に降り立ち、とある魔法を発動させる。

「戦略魔法：氷結地獄《コキュートス》！」

「ちょっと、レイン！　それは都市殲滅用の——って、器用な真似を……」

そう呆れるミザリーだったが、彼女は間違っていない。

オカシイのはレインなのだ。

レインが使った氷結地獄《コキュートス》とは、広範囲を氷漬けにする魔法だった。範囲は術者の魔力に由来するが、レインが本気なら半径三十キロに及ぶ。

そんな危険極まりない魔法を使うとは何事だ――という話だが、ミザリーの前に出現したのは三メートル四方の氷で出来た立方体だった。

無駄に邪悪な魔力が漂っているが、被害はない。

やってますよ感だけは満点という、ある意味ふざけた結果が残っていたのである。

「どうよ？」

と、レインはドヤ顔だ。

そしてその意を汲んだのか、ピコがニヤリと笑う。

「ガラシャ！」

「おう、任せときな。アタイにも、アンタの考えはお見通しってな!!」

ガラシャもレインの考えを理解していた。

そしてその思惑に乗っかり、速攻で魔法を準備する。

「氷塊破砕《アイスブレイカー》ッ!!」

これもまた、対個人用では上位に位置する元素魔法だった。わざわざ大気中の水分を氷結させた後にそれを破砕するという、殺傷力の高さでは群を抜いた魔法なのだ。

しかし今回、ガラシャはそれを器用に操って、氷の立方体をくり抜くだけに止《とど》めたのである。

こうして即席で、〝氷のカマクラ〟が完成したのだ。

「いい仕事をしますね」

「フッ、お前もな」

レインとガラシャは認め合い、友情が芽生えた。

「さっさと入ろうよ！」

と、ピコが一番乗りで中に入る。

何の迷いもなく、レインとガラシャが続いた。

外に一人残ったミザリーは、唖然となって呟く。

「えっと、レイン？　冗談とか作戦じゃなくて、本気だったのね……」

しかし、それに答えるべき者はカマクラの中だ。

ミザリーも馬鹿らしくなって、いそいそと中に入ったのだった。


………

……


「――ってな事がありまして、方法は秘密ですが、私達もリムル様の手で進化する栄誉を賜ったのです」

ところでお前達って、前見た時より強くなっているよね――というガラシャからの質問に対する答えである。

「――そこまで敵にベラベラと……って、もういいわ」

ミザリーがそう呆れたものの、レインだってピコ達から情報を仕入れている。

ディーノやピコ達が有する権能が、どうやらミカエルの支配下にあるらしい事を。

ピコは究極能力《アルティメットスキル》『厳格之王《ジブリール》』を、そしてガラシャは究極能力《アルティメットスキル》『栄光之王《ハニエル》』を、それぞれ有しているのだと。本人達に自覚はないが、恐らくミカエルからの命令には逆らえないだろうという話である。

ついでに、敵戦力の全貌も聞かされている。

レインが流した情報は大したものではない。

リムルの名前を勝手に出した点だけは軽率だが、それも特に口止めされていなかったので問題なし――と、レインは勝手に判断している。

これをリムルが聞けば怒る――以前に、口止めしとくべきだったと嘆くだろう。

ともかくレインは、〝リムルのお陰で進化出来た〟という情報と引き換えに、かなり重要な話を聞き出せていたのだった。

それからは、愚痴の言い合いである。

互いの苦労話に始まり、出るわ出るわ上司への文句が止まらない。

ちなみに、四人で協力して火をおこして魔力を注いで維持しているので、快適な温度を保っている。その上、レインが忍ばせていた甘い芋《サツマイモ》を串に刺して焼いており、ほのかに美味しそうな香りまで立ち込めていた。

更にここで、レインが甘酒まで取り出した。

「寒い時はコレですよ」

「貴女、流石にそれは……」

「まあまあミザリーさんよ、硬いコトは言いっこなし。アタイはいいと思うぜ?」

「そんな事言ってガラシャってば、自分が飲みたいだけでしょ? まあ、私も飲みたいから止めないけどね」

「そうですよ、ミザリー。戦いの後は、飲んで仲直り。これが常識というものなのです」

いつ戦ったんだという話であった。

しかしこの場には、ミザリー以外に突っ込み不在なのだ。

三対一、実に分の悪い勝負となり、ミザリーも折れざるを得ない。かくしてカマクラの中は、女子会の様相を呈す事になる。

外での戦闘が激化していく中、彼女達の意見交換は粛々《しゅくしゅく》と続くのだった……。

＊

玉座に座るレオン。

平穏の時間は終わった。

大きな音を立てて、正面の扉が破壊される。

謁見の間に続く大扉が粉微塵になって、埃のように破片を撒き散らす。

そして、その粉塵の中から、侵入者が堂々と姿を現したのだ。

「ほーーーっほっほっほ。御機嫌よう、皆様! 私はフットマンと申します。中庸道化連が一人、〝怒った道化《アングリーピエロ》〟のフットマンとは私の事。どうぞ、お見知りおきを!」

太った身体に怒ったピエロ顔は、一種異様な空気を醸し出している。

それなのに陽気な口調で話すその道化《ピエロ》には、レオンも一度会った事があった。

今となっては自身の愚かさの記憶、契約で結ばれた取引相手だった。

以前に会った時も確かな実力を感じたが、今はその比ではない。

不気味な力を感じた。

それにしても気になるのは、フットマンの目的だった。

レオンを捕えるつもりなら、たった一人で来るのは無謀というものである。

（やはり、敵戦力はこちらを上回ったか。しかし、解せんな。コイツは何を考えている？　他の仲間達を手助けすれば、戦局を変えるだけの力は持っているだろうに……）

そう思案しつつ、レオンは席を立った。

「貴様、この場にたった一人でやって来て、生きて帰れると思うなよ？」

アルロスが叫ぶ。

クロードは何時でもレオンを守れるように、剣に手を掛けて動かない。

レオンは思う。

フットマンには、何か別の目的があるに違いない、と。もしくは――

そう考えた時、一人の女性が壊れた扉を潜り、謁見の間に入って来た。

「ああ、ここに居ましたか、魔王レオン。うふふふ、ワタクシの事を覚えているかしら？」

そう言って嗤うのは、お淑やかな外見の美しい女性だった。

秘書の鑑のような、紺色のスーツ姿である。

その肌は白く肌理《きめ》細やかで、整った顔にシニョンに纏めた金髪がよく似合っていた。

その瞳は、神秘的な輝きを宿す藍色で、ひたとレオンを見据えている。

「姿が変わっているから、初めましての方が正確かもね。ワタクシは、カガリ。〝中庸道化連〟の会長をやっているわ。貴方には殺された恨みもあるし、やっぱり、ワタクシが自ら相手をして差し上げないと、ね」

言うまでもなく、カガリであった。

どこか演技過剰に、そう挨拶したのだった。

そして、カガリの後に付き従うように、道化が二人続けて入って来ている。

涙目の化面の少女は、ティアだ。

大きな鎌を肩にかけ、おどけた様に挨拶をする。

「アタイはティア。中庸道化連が一人、〝涙目の道化《ティアドロップ》〟のティア。アタイは哀しいのが嫌い。カガリ様の敵はアタイが排除するんだ！」

ティアはそう宣言すると、大鎌を器用に回転させて踊るように場所を譲る。

譲られた場所に進み出たのは、人をおちょくったような左右非対称の道化面の男、ラプラスである。

「ワイは〝中庸道化連〟の副会長、〝享楽の道化《ワンダーピエロ》〟のラプラスいう者ですわ。さて、皆さん。今日はお日柄も宜しいようで——って、そんなんどうでもええわい！　ここまで『全力ダッシュで来い』言われて、メッチャ疲れてるんですけど。しかも、どえらい事になってるみたいですやん。ワイ、もう帰りたい気分で一杯ですわ……」

挨拶そっちのけで愚痴をこぼしているのが、実にラプラスらしかった。

道化達がそう口上を陳べ終えるなり、最後の一人が姿を見せる。

黒色の帝国製軍服を身に纏い、不敵な笑みを浮かべる少年。ミカエルに支配されたままの、神楽坂優樹《ユウキ・カグラザカ》であった。

「やあ、ボクが最後みたいだね。ボクはユウキって言うらしいよ。キミは確か、魔王レオンだったっけ？　会った事があったような気がするけど、ちょっと記憶が薄れててね。悪いけど、自信はないかな」

ミカエルの支配には段階がある。

自由意思を残している場合と、ある程度の制限をかけている場合だ。

天使系への支配ならば裏切られる心配がないので、かなり自由な振る舞いが許されている。しかしながら、ユウキは〝王権発動《レガリアドミニオン》〟によって支配されている為に、かなりの制限を受けているのだった。

それはある意味、ミカエルがユウキを認めている証拠でもある。もっと格下認定していれば、カガリ達のように自由行動を認めていたであろうからだ。

ともかく、今のユウキはどこかぼんやりしており、自己紹介を終えるなりレオン達への興味をなくし、そのまま扉にもたれるようにして立ち尽くしていた。

ふむ――と、レオンは状況を把握した。

総勢五名だが、一人一人が自分と同格。いや、それ以上の強さを秘めているようだ。数の上でも負けている以上、状況は最悪になったと言える。

そう判断したレオンは、奥の手を切るかどうか判断に迷った。

一人ぐらいなら倒せるかも知れないが、ここは決死の覚悟で挑む場面ではない。勝てないのなら逃げるべきであり、その為の手立ても用意されている。

それなのにレオンが迷ったのは、カガリの瞳の奥に、狂気ではなく理性の光を見たからだ。

カガリが魔王カザリームだったのは、リムルから聞かされていた。忘れかけていた相手ではあるが、その狂気に満ちた目だけはハッキリと覚えていたのである。

カガリとしては嫉妬に狂っていたと言うのだろうが、レオンからすればおぞましい光だった。それなのに今は、ラピスラズリのように美しい。

（別人、ではないな。とすると、何か思惑があるのやも知れぬ。そしてそれは、交渉の余地があるという事か？）

こんな状況でありながらも、レオンは正確に相手の事情まで察したのだった。

そんなレオンを前にして、道化達の口上が続いていた。

「魔王レオン。貴方には、カザリーム様を滅ぼされた恨みだけではなく、我等が弟にして友である〝喜狂の道化《クレイジーピエロ》〟のクレイマンを見殺しにした罪がある！　決して楽には殺しませんよ。何故ならば、私は怒っているのですから！」

そう言って、太った身体を器用に折り曲げて一礼するフットマン。

それに続くのがラプラスだ。

「せやな。クレイマンのアホは、好きで魔王なんぞやっとった訳やないんや。アイツにしか向いてなかったから、会長に何かあった時の代わりにちゅうて送り出したんや。それなのにあんな事になって、メッチャ後悔しとりましてん」

クレイマンを思い出したのか、その声は寂しそうだ。

「本当に、悲しいよね。でもさ、カガリ様がこうして復讐の機会を用意してくれたもんね！　アタイ達の恨みを全力でぶつけてあげちゃうから、最後まで付き合ってネ！」

最後にティアが、悲し気に告げる。

そして、戦いが始まった。

＊

レオン達は三名。

対して、カガリ達は五名。

しかしながら、ユウキは動かず。

ティアはアルロスに向かい、フットマンの相手はクロードが行う形になった。

残るは二人だが、当然ながらレオンが相手をしなければならない。

本来なら、敗北は必至であった。

しかし、そうはならなかった。

レオンが聖炎細剣《フレイムピラー》を抜いて構えたところに、カガリがミカエルより借り受けた破壊の王笏《ルーインセプター》を叩き付ける。神話級《ゴッズ》がぶつかり合う衝撃で、広間に衝撃波が走った。

それと同時に、レオンの脳裏に声が聞こえたのだ。

『聞こえるわね？　交渉がしたいの』

予想は正しかったのだ。

うむ、とレオンは頷いた。

『ありがとう。ワタクシには監視の目が付いている。そう思って行動しているわ。どれだけ用心しても、し過ぎって事はないものね』

確かに、と視線で続きを促すレオン。

両者は激しい攻防を演じながら、綱渡りのような会話を行っていく。

ちなみに、ラプラスの役割は『思念』の中継だ。

カガリとラプラスの主従の繋がりを通して、暗号化された情報を伝達している。カガリがラプラスに情報を送り、それをレオンへと再送信する形だ。そしてレオンからの返事もラプラスを通じる事で、暗号化されてカガリに伝わるのである。

この特殊な方法を用いるのは、ミカエルに心を読まれるのを阻止する為だった。思考の全てを読まれる訳ではないと信じ、心の奥深くで何重にも防壁を張って考えているのだった。

そこまで警戒するのは、今からカガリがミカエルを裏切ろうとしているからだ。

一度はレオンへの恨みに囚われたカガリだったが、ミカエルから離れた事で冷静さを取り戻していた。

その結果、レオンと手を組むのが最善であると判断したのである。

ラミリスの迷宮にさえ入れれば、ミカエルの監視から逃れられる。そしてあの不思議なスライムならば、どんな手段を用いてでもカガリ達を自由にしてくれると踏んだのだ。

『どうせ、緊急時に備えて連絡通路なりを用意しているのではなくて？　魔法では迷宮まで行けないし、あるならそれを使わせて欲しいの』

転移魔法という手もあるが、それは賭けになる。予定にない行動を取った時点で、ミカエルに支配を強化されてしまう恐れがあるからだ。

理想としては、迷宮に直接避難したい。

それが不可能なら、カガリ達を受け入れる準備をしてもらいたいと考えているのだった。

『なるほど、お前達の事情は理解した』

『悠長な事を言っているけど、ミカエルの狙いは貴方なのよ？　どうせ、貴方が「純潔之王《メタトロン》」を有しているんでしょう？』

『……否定はしない』

今更隠しても意味はないと、レオンも認めた。

ここに攻めて来ている時点で、この地に所有者がいるのはバレていると判断したのである。

そうなると、カガリ達の言葉にも信憑性が生まれてくる。

これだけの戦力差があれば、レオンから情報を引き出す意味はないのだ。さっさとレオンを行動不能にして、ミカエルの前に連れ出せば済む話なのだから。

それに、ティアやフットマンは派手に暴れているが、アルロスやクロードは無事だった。もしも本気で殺すつもりだったなら、彼等はとっくに屍となっていたはずだ。

この状況では、こんな演技をする意味はない。

であるからこそ、カガリの言葉は真実であると確信出来るのである。

『お前達を信じよう。確かにこの城には、ラミリスの迷宮に繋がる〝転移用魔法陣〟がある』

『やはり！』

これで計画の成功率が高まったと、カガリが表情を明るくした。そして、激しく刃を交差させながらも、前のめりになり交渉に熱を入れていく。

カガリへの疑惑は捨てたレオンだが、ここで簡単に頷いてもいいものかと思案する。

が、ここで脳裏を過るのは、レオンが愛する少女、クロエの笑顔だ。

何故かその笑みは、レオンではなくリムルを向いていて……。

レオンの心の奥底から、ふつふつと黒い感情が沸き起こってきた。

これは嫉妬ではない。断じて！

と、レオンはその感情をグッと飲み込んで耐える。

そして、考えた。

（リムルなら、この者達を受け入れるだろう。厄介ごとを押し付ける形になるが、大して良心は痛まんな）

悩むまでもなかったかも知れないと、ちょっとスッキリするレオンである。

レオンは大きく頷き、前向きに段取りの確認を始める。

『それで、お前達五名だけでいいのか？』

『ええ。他にもユウキ様の部下だった者はいるんだけど、信用がおけないもの。放置しても殺される訳じゃなし、ワタクシ達に対して人質にする意味もないから、残していくつもりよ』

『連れて行った方が、敵方の戦力を削れるのではないか？』

レオンは意外と優しいのだ。

誤解されまくりで冷たい印象を与えるのは、レオンが不器用だからなのである。

カガリもそれを感じ取っていた。

『貴方って、思っていたのと違うのね。ワタクシの時は手加減してくれなかったくせに……』

『仕方あるまい。魔王が攻めて来たとあって、こちらも冷静ではなかった。民間人に被害を出さぬように、勝負を長引かせるわけにはいかなかったからな』

その言い分は理解出来た。

魔王級の実力伯仲の者同士が戦えば、周囲への被害は尋常ではないのだ。それを防ぐ為には、レオンのように短期決戦を目指すのが正解だったのだろう。

『それもそうね。それにそもそも、あの時はワタクシが馬鹿だったのだから、貴方に文句を言う資格なんてないものね。忘れてちょうだい』

もっと文句を言われると思っていたので、カガリの反応に困るレオンである。

『――――本当に変わったな』

そう言って言葉を濁し、気持ちを切り替えて話を再開した。

『〝転移用魔法陣〟だが、この部屋の裏手にある。この部屋自体を「多重結界」で一番厳重に警戒しているから、玉座の後ろにある隠し扉を開けば直ぐだ』

『ありがとう。それで、貴方はどうするの？』

ミカエルの目的はレオンである。

一緒に逃げるべきだと、カガリは暗にそう言った。

それに対するレオンの答えだが、迷いのない声で告げる。

『私は残る。そもそも逃げるつもりなら、最初からリムルのところに出向いていたさ』

それもそうねと、カガリは頷いた。

『ミカエルの支配は絶対よ？』

『だが、条件はあるはずだ。最悪、私が支配される事になったとしても、ギィならばそのプロセスを観察する事で、何らかの対処方法が導き出せるだろうよ』

それは理由の一つであり、全てではない。

レオンは本当は、ここ黄金郷《エルドラド》に住む民達を、自分の手で守り抜こうとしているだけなのだ。

それこそが〝勇者〟である事を捨て去ってまで人と魔の混血を守ろうとする男、レオン・クロムウェルの意思なのだった。

『貴方って、本当に不器用なのね。自分を捨ててまで、他者の為に必死になって――』

『フッ、そんな事はない。私ほどの悪徳を積んだ者も少ないからな。私はね、私が愛した唯一を救いたいが為に、他者の犠牲を許容したのだ。その報いを、我が身に受けるだけのこと』

その言葉が、レオンの覚悟の表れだった。

それを理解して、カガリはレオンの意思を尊重する事にする。自分達が優先なのだし、無理して説得するつもりもないのだ。

そんな訳で方針は定まった。

カガリはラプラスを通じて、ティアとフットマンにも状況を伝える。

レオンはレオンで、アルロスとクロードに話を通していた。二人とも敵方が本気ではないと感じていたので、レオンの説明を聞いて納得したのだ。

後はユウキだが、ここまでくれば強制的に連れていくのみ。

レオンがカガリに目配せする。その視線の先には、隠し扉があった。

その意図を読み解き、カガリが吹き飛ばされたフリをして扉を破壊した。それを目にしたラプラスが、フットマンとティアに合図する。

アルロス達も演技に協力し、過剰なまでに吹っ飛ばされるようにしてフットマンとティアも隠し部屋にやって来た。

「ユウキ様！」

「やれやれ、ボクの出番かな？」

そう言いながら、ユウキが悠然と隠し部屋に向かい――

（よし！　後はレオンに、魔法陣を発動させてもらうだけ！）

カガリは成功を確信した。

綱渡りだったが、これでミカエルから逃れられる。

そのハズだったのだ。

だがしかし――

ここで運命は、カガリ達を見放した。

〝天星宮《てんせいきゅう》〟に残っていたミカエルが、ディーノから報告を受けるより早くオベーラの裏切りを察してしまったのである。

ミカエルは激怒した。

それは生まれて初めての体験だった。

自分の計画に狂いが生じた事に、激しい憤りを感じたのだ。

その原因は、追及すれば自分自身の甘さにあった。

絶大なる支配の権能がありながら、仲間という不確定な要素を信じて好き放題させたばかりに、この結果を招いてしまったのである。

オベーラは『救済之王《アズラエル》』を獲得したばかりだったが、ミカエルはそれを知っていたのだ。ならばその時点で、確実な支配を行っておくべきだったのである。

そうしなかったのはミカエルのミスだ。

ミスをしたならば、取り戻さねばならない。

ミカエルは激怒しながらも冷静に、そう思考した。

その結果として、現時点で支配下にある天使系所有者に対し、フェルドウェイを通じて〝天使長の支配《アルティメットドミニオン》〟による支配強化を行ったのだ。

これによって、カガリの自我も奪われる事になったのである。

＊

後一歩。

その一歩が果てしなく遠い。

謁見の間に繋がる壊れた扉から、フェルドウェイが姿を現したのである。

「気になって来てみれば、まさか裏切りを企んでいたとはな。どいつもこいつも、私の大義を理解せぬ愚物共めがッ!!」

激高して叫ぶフェルドウェイを見て、カガリは計画の失敗を悟った。せめてもの次善策として、ラプラス達だけでも逃亡させようと試みる。

それは一言、命じるだけでいい。

それなのに、声を出す事すら封じられてしまってい た。

「無駄だよ。〝天使長の支配《アルティメットドミニオン》〟による完全支配を行ったからね。ミカエル様もお怒りだ。貴様達を好き放題させた、とな。ついでに——」

フェルドウェイの冷たい視線が、動きを止めていたレオンを射貫く。

「目的の人物もここにいたようだね。貴様も忠実なるシモベとなるがいい」

その声を聴くより早く、レオンは『純潔之王《メタトロン》』を全力発動させていた。必殺の意思を込めた、神速の一撃を放とうとして。

しかし、既に手遅れだったのだ。

（クソッ、これは抗えん——）

心の奥底より溢れだすように、会った事すらないミカエルに向けた忠誠心が湧き出てきた。記憶と知識はそのままに、レオンの自我は恍惚とした感情に塗りつぶされていく。

（クロエ、私は君を——ッ‼）

脳裏に思い出される愛する少女の笑顔もまた、抗えぬ高揚感で上書きされてしまうのだった。

そんなレオンと同様に、カガリも心が奪われていた。大切な仲間達への想いよりも、ミカエルに向けた忠誠心の方が上回ってしまうのだ。

（ワタクシは本当に、いつもいつも詰めが甘いわ——）と、カガリは酷く悲しい気分で嘆いたが、その後悔すらも直ぐに消える。

「会長、ここで諦めるんでっか！　ワイは、ワイはアンタを信じとるで」

カガリの心を惑わす声が聞こえた。

しかしそれは、何重にも重なるガラスを隔てた先で喚く子供の声のようで、ハッキリとは聞き取れない。

「カガリよ、ソイツには〝呪言〟が効かぬのか？」

「はい。ラプラスは特別ですので、ワタクシの命令に従わなくてもよい事になっております」

「そうか。ならば、不要だな」

一切の感情が抜け落ちたような冷たい声は、カガリにも伝播する。

「はい。今まで御苦労だったわね、ラプラス。最期くらい、せめてワタクシの手で始末してあげるわ」

「ちょ、会長ッ!?」

カガリの変化に戸惑うのはラプラスだけであった。ティアもフットマンもユウキも、敵であったレオンまで、それが当然であるとばかり見守る構えなのだ。

カガリが持つ破壊の王笏《ルーインセプター》が黄金に輝き——

「ぼうっとしないッ!!」

全てを諦めかけたラプラスを、いつの間にか現れた人物が突き飛ばしたのだ。

そして、全てを破壊する黄金光線を、その人物は剣で弾いたのである。

「誰やっ!?」

「名乗ってる場合じゃないよね。でもでも、教えてあげちゃう。私はシルビアよ。ちょー強い助っ人だから、安心してこの場を私に任せたまえ！」

緑がかった銀髪を、大きく三つ編みロングにまとめた美女である。

シルクのような光沢がある薄手のドレスは、戦闘でも活用出来る魔国製の特級品だ。スリットからチラリと見える白い足。しかしよく見ると、デニム生地のショートパンツを穿いている。

邪道だ。

激しい戦闘になっても大丈夫なようにという意図なのだろうが、それならそもそもズボンを穿けという話である。

オシャレも諦めたくないという強い意思を感じさせる、ワガママを体現したようなファッションセンス。その一事からも、彼女の性格が垣間見えていた。

その女性は、自らをシルビアと名乗った。

そして彼女こそ、切り札として呼ばれていたレオンの師匠なのだった。

ラプラスはシルビアを見て、懐かしい気分になった。ラプラスは、カガリによって生み出された妖死族《デスマン》である。

生前が〝勇者〟だったせいか、カガリに支配される事はなかったものの、ほとんど全ての記憶が失われていた。

だからこそ、自分の本当の名前がサリオン・グリムワルトである事も覚えていないし、今助けてくれたシルビアが自分の妻である事にも気付けない。

それでも、シルビアが自分にとって大切な人物であるという事だけは、本能的に悟ったのだった。

「なんや知らんけど、ワイかて男や。アンさんにだけこの場を任せるような、そんな情けない真似はしとうないで！」

調子が戻ったラプラスである。

急展開過ぎて状況把握も覚束ないほどだが、それはいつもの事だった。

だったらいつものように、この場を何としても切り抜けるだけなのだ。

「そこのアンタら、まだ生きとるんやったらこの場から逃げーや。ティアとフットマンの相手でボロボロみたいやし、こっから先は死ぬで？」

視線をカガリとユウキに固定したまま、部屋の隅に転がっていたアルロスとクロードに声をかけた。

二人は何とか回復薬で耐え忍んでいたのだが、空間拡張された腰袋の中身もほとんど消費してしまっていた。このままでは逃げ出すどころではなくなるのだが、ラプラスからの呼びかけを鼻で笑い飛ばす。

「ハッハッハ、心配御無用。苦しい時ほど逃げ出すなかれと、弟子達にも教えてきたのです。ワシが手本を見せねば、誰も付いてきますまい」

「フフッ、騎士たる者、主君を見捨てて逃げるなどもってのほかですからね」

二人とも、自分達が既に戦力ではなく、足手まといになっているのを理解している。それでも逃げ出さないのは、レオンの為に命を捨てる覚悟だからだ。

間もなくリムル達が応援に来ると信じて、自分達の命すら消費して時間を稼ごうと考えたのだった。

「アホやな、アンタらも」

「ハッハッハ！　道化に褒められるとは思わなんだぞ」

「クロード殿、褒めてはないと思いますがね。でもまあ、笑う余裕があるのは素直に羨ましいですよ！」

そう言ったアルロスの口元にも、小さな笑みが浮かんでいた。

覚悟を決めた者は強いのだ。

ラプラスも、『自分も負けてられへんわい』と思い直す。

「仕切り直しや。アンさんを殺せば、会長も元に戻るんちゃうか？　せいぜいワイも頑張るとするで！」

そう告げて、フェルドウェイをひたと睨んだ。この場にいないミカエルよりも、フェルドウェイが何かしていると疑ったのだった。

＊

こうして戦場は、謁見の間に戻った。

ラプラスとシルビア、それに満身創痍の騎士二名。

対するは、フェルドウェイとカガリ、レオンにユウキ、フットマンとティアである。

数の上でも四対六、戦力比では圧倒的に不利であった。

「シルビアはん、聞いていいか？」

「あら、なあに？」

「本音で言うと、どこまで相手出来ると思う？」

「うーん、そうねぇ……それを聞いても、幸せにはなれないゾ？」

「せやな。ほな、答えんでええわ！」

確かにその通りだと、ラプラスは笑った。

シルビアは、そのやり取りを懐かしいと感じた。

いや、会話ではなく、ラプラスという男の存在そのものから、懐かしい気配を感じたのだ。

（もしかして、知り合いだったり？　いやあ、そんなハズないかぁ。まあいいや。今はそんな事を気にしている場合ではないですしね）

胸は控えめながらも嫋《たお》やかな印象のシルビアだが、紛れもなく歴戦の勇士なのだ。さっさと思考を切り替えて、自分の敵を見定めた。

雑事は部下に任せる気なのか、フェルドウェイは動かない。

その態度から、シルビア達を見下しているのは明白。

しかし、圧倒的に不利な現状では、逆に感謝すべきなのかも知れなかった。

(その傲慢さが命取り――って言ってやりたいけど、コイツは〝始原〟の長だよね。神祖様から聞いた事あるけど、ぶっちゃけ、私よりも強いんじゃないかな?)

神祖はいい加減な性格だったので、話半分で聞く方がいい。シルビアも何度も騙されて、手痛い目に遭った事もあるのである。

だけど、〝始原〟達の活動内容から判断しても、決して弱いとは思えなかった。まさしく話半分だったとしても、シルビアより格上だと推定されるのだ。

事実、こうして対峙してみると、その気配が恐ろしいほど濃密であると感じ取れた。

そもそも、この場にいる者達は全員が化け物なのだ。アルロスやクロードでさえも、時代が時代なら魔王を名乗れるほどの逸材なのである。

そんな中でも、フェルドウェイは別格だった。

正面から戦ったら敗北必至。であれば、ここで取るべき作戦は時間稼ぎ一択である。

(エルちゃんが言ってたリムル君が、もう間もなく来てくれるのよね? こんな化け物共を相手にどこまで通用するのかわからないけど、あのヴェルグリンドまで倒したって話だし? まあ、期待するしかないわねえ)

シルビアも神祖の高弟として、かなりの実力者であると自負している。実際、存在値にして二百万弱という、覚醒魔王並みの戦闘能力を有しているのだ。それに加えて、彼女の武器は神話級《ゴッズ》の金剛杵《ヴァジュラ》であり、技量面ではレオンを凌ぐほど。刃の数は変幻自在で、槍のように伸ばして扱うのを得意としていた。

しかも、天候系最上位である究極能力《アルティメットスキル》『雷霆之王《インドラ》』まで所有しているのだから、ティアやフットマンよりは強いのだ。

しかしそれでも、フェルドウェイには届かない。足元にも及ばなかった。

ラプラスには自信ありげに豪語したものの、この盤面をひっくり返すのは困難。されど、フェルドウェイが動かないのならば、まだ勝機は残されていた。

レオンが操られる可能性だって考慮してある。心核《ココロ》と権能《スキル》を切り離す術を伝えてあり、今もレオンは必死になって自我を取り戻そうとしているはずなのだ。

ちなみにこれを行った場合、権能が失われる可能性が非常に高かった。オベーラが行ったのがまさにこれであり、戦力的には大きなマイナスとなってしまうのだ。

そもそも、そんなに簡単でもない為、最後の手段として伝授しておいたのだった。

（まあ、それもレオン君次第だし。とても優秀な弟子だったけど、成功するかどうかは五分五分といったところかしらねぇ……）

あまり楽観は出来ないけれど、レオンが戦線に復帰するという希望は残されていた。

そこに活路を見出すのは分の悪過ぎる賭けなのだが、他に手立てはない。文句を言ってもどうにもならないのならば、後は覚悟を決めて最善を尽くすだけなのだった。

「そこの二人、私のサポートに徹しなさい！　で、そこの道化《ピエロ》！　貴方の相手は――」

「僕だね。たまには働かないと、評価が下がりそうだもん」

シルビアの発言に割り込んだのは、敵の一人であるユウキだ。有無を言わせず、ラプラスに蹴撃を繰り出したのである。

「え、ちょ!?　マジかいな、ボス!!」

問答無用で戦闘開始となったラプラスは、それでも自己アピールを忘れない。

「ワイはピエロやけど、ラプラスちゅう名前やからな」

ユウキの相手をしながらも、シルビアに叫び返している。

「やはり貴方は危険だわ、ラプラス。まだまだ余裕がありそうだし、ユウキ様だけではなくワタクシも相手になりましょう」

そう言いながら、カガリまで参戦した。

「そんなん卑怯やん！　ってか、ワイかて仕舞には泣くで!?」

流石のラプラスも必死になる。

どちらか一人相手でも大変なのだ。

それが同時にかかってくるとあって、おちゃらける余裕も失ったのだった。

ここで、レオンが動く。

「フッ、どうやら私の相手は貴女のようだな、シルビア師匠。ですが、私としては貴女に剣を向けたくない。こちらに寝返ってくれないか？」

レオンは紳士的に、そんな提案を繰り出してきた。

操られていても、記憶はそのままなのである。ミカエルやフェルドウェイから『殺せ』とでも命じられてしまえばどうしようもないが、そうでなければ、ある程度の采配は取れるのだ。

もっとも、裏切りは絶対に出来ないよう命じられている。この提案を口にするだけで、今のレオンにとっては精一杯の譲歩であると言えた。

「あのねえ、レオン君。貴方が私を呼んだんだよ？」

「ええ。ですので、是非ともこちらの味方を――」

「お話にならないかな。だって、レオン君から恨まれたくないもん。もしも私が今のレオン君に協力しちゃったらさ、後で正気に戻った時に文句を言われちゃうものね」

シルビアはそう答えて笑った。

彼女は、レオンが何を目的として生きているのか、生きてきたのかを知っているのだ。だからこそ、レオンの本心を裏切れないのである。

しかし、レオンにその想いは伝わらない。

「――？」

レオンにもクロエの記憶はある。

クロエが大事であるという気持ちは残っているが、それは〝命令〟よりも優先されないのだ。

「好きな子がいるんでしょう？　今のレオン君を見て、その子がどう思うかな？」

そう問われて、レオンの心が揺れた。

が、しかし。

直ぐに鎮静化して、冷徹さを取り戻す。

「下らん問いだ。フェルドウェイ様の願いが叶った後で、私の望みを叶えるだけのこと。彼女もきっと、その時まで私を待っていてくれるはずだとも」

「えっと、それはどうだろう……？」

結構本気で問い返すシルビアである。

エルメシアなどから聞いた話も総合して考えるに、クロエの意識はレオンに向いていないのは明白なのだ。

今の内からレオンが猛攻を仕掛けないと、待っていてくれるどころの話ではないと思われた。

だが、それはレオン自身の問題である。

自分が口を挟むべきではないと、シルビアは「まあいいや。その子にフラれても泣かないようにね」とだけ忠告するに止めた。

それを聞いたレオンがピクリと反応したのだが、それに気付いた者は誰もいない。そしてそのまま、シルビアとレオンの戦いも始まったのだった。

＊

ラプラスは〝中庸道化連〟最強の魔人である。

無冠の魔王とも言うべき、凶悪な力を持っていた。

カガリの手で妖死族《デスマン》として生まれ変わったものの、元〝勇者〟としての経験と技量《レベル》はそのままだった。それに加えて、ラプラスは二つのユニークスキルを所有していた。

一つ目は、ユニークスキル『詐欺師《アザムクモノ》』である。

相手の認識に干渉するこの権能は、変幻自在に攻撃を繰り出すのに役立った。

武器を偽装するのもお手の物。

槍を手にしているのに、敵の目にはナイフに見えたり。

無手と思わせて、何もない空間からナイフを飛び出させたり。

はたまた、ナイフに見せかけた爆弾であったりと、敵を翻弄するのにもってこいの権能なのだ。

そしてこの権能があれば、死んだフリをして逃亡するのも簡単だった。

これだけでも凶悪極まりないが、もう一つの権能はこれを上回る。

見通す力、ユニークスキル『未来視《ミエルモノ》』――それがラプラスの切り札であった。

この権能によってラプラスは、数秒先の未来を見通せるのである。

これがあるからこそ、自分の『詐欺師《アザムクモノ》』が敵に通用するか否かがハッキリとわかるのだ。

だからラプラスは、常に油断する事はなく戦えるのであった。

高い身体能力に、戦闘センス。

そして、完全なる未来予知と千差万別の攻撃手段によって、ラプラスは無敵だった。〝中庸道化連〟の副会長を名乗っているが、単純な戦闘能力で比べるならば、会長であるカガリを軽く上回っていたのだ。

そんなラプラスだからこそ、魔人となってからも長らく不敗を誇っていた。

それに、逃亡すらもラプラスにとっては戦術の一つなのだから、彼が負けを認めるなど滅多にない出来事なのだ。

そんなラプラスでさえも負けを認めたのが、目の前に立つ少年、神楽坂優樹《ユウキ・カグラザカ》なのである。

しかしそれは、少し前までの話であって……。


「フットマン、ティア！　レオンのサポートを。そしてついでに、そこの死にぞこないを始末しておきなさい！」

というカガリの命令が合図となる。

逃げてばかりでは後がないとばかりに、ラプラスが反撃に出た。

相手は二人。しかも、自分と同格かそれ以上の強さだと考えられる。

（実際んとこ、危険なんはボスの方やろな。カガリ様は何のかんの言うて、近接戦闘は苦手やったもん）

カガリとは長い付き合いのラプラスである。

その得意不得意は熟知しており、カザリーム時代と比べても存在感が別格になっているとしても、対応は可能だと判断していた。

そして事実、カガリの体力は増えて倒れにくくなり、力が増して破壊力が上がっていて、速度も桁違いになっているけど、それらを総合する技量《レベル》は変化していない。であるからこそ、以前よりも反射速度を上げて先読みする事で、十分に対応可能だったのだ。

そんなラプラスでも、ユウキが相手では分が悪いと考える。

ユウキの強さは以前と違いがないように見えるが、思い込みは危険だった。だからラプラスは、カガリへの対処よりもユウキへの警戒を優先させるべきだと判断した。

「悪く思わんといてや、ユウキはん！」

そう叫び、ユウキへとナイフを投てきする。しかしそれは、全て外れると『未来視《ミエルモノ》』で答えが出ていた。

それに焦る事なく、ラプラスは次なる手を仕掛ける。

ユウキが回避するその先を狙って、次々とナイフを投てきしていった。

カガリへの牽制も忘れない。

表面は飄々《ひょうひょう》としつつも、必死に二つの権能を駆使するラプラスなのである。

しかし、それでもユウキには届かない。

（嘘やんッ!?　ワイの先読みでも、全部外れる未来しか視えへんとは……）

数秒先では意味がなかった。


そもそもユウキには『詐欺師《アザムクモノ》』が通じないのだ。以前もラプラスが勝てないと思った相手だけに、やはり今回も勝利は難しかったようである。

（けどまあ、それで諦めるんもナシやわな）

そんなに簡単に負けを認めるくらいなら、最初からこんな危険な場所まで出向かないという話なのだ。

ラプラスもまた、ユウキの言葉に夢を見た一人なのである。

「ボス、アンタが言うたんやで！　世界征服するちゅうてなァ――ッ!!」

「アハハ、馬鹿だな、ラプラス。まだそんな寝言を信じてたのかい？」

「当たり前やん。ワイはしつこいんや。諦めるのは死ぬ時って決めとるから、生きてる間はボスを信じ続けたるわい！」

やけくそのように叫ぶラプラスを、ユウキが嘲るように笑った。

「滑稽だぜ、ラプラス！　道化だからって、変な笑いを取る事はないんじゃないか？」

見下すようにそう言い放ち、ユウキがラプラスに肉薄した。二人が接近した事で、再び破壊の王笏《ルーインセプター》から黄金の破壊光線を放とうとしていたカガリの動きが止まる。

しかしラプラスはそれどころではなく、必死になってユウキの攻撃を受け流していた。

(なんちゅう重い拳や。この人、ホンマに人間やったんか？〝異世界人〟ちゅうのも、ピンキリ過ぎて怖いで、まったく。しかし、それにしてもや……)

気になる事があった。

ユウキの攻撃は一見すると苛烈だが、その実、微妙にポイントがズレていたのだ。

ラプラスの功績ではない。

ユウキの意思で、そうなるように仕向けられていたのである。

その時、ラプラスは気付いた。

(え、ちょっと待って？　この信号、これってもしかして――)

拳を受け流す時、蹴りを止めた時、微弱な振動が伝わっていたのだが、そのパターンに覚えがあったのだ。

クレイマンとの連絡でも用いられたそれは、暗号化されていて他者には読み解けないようになっている。そしてその暗号を知る者は、信頼すべき仲間達のみ。

つまりは――

(えっと、何々……『早く気付け、バカ！　気付いたら、僕と組み合うように』やと？)

え、マジか？　と、ラプラスは疑ったものの、これが罠である可能性は限りなく低いと思われた。

ユウキがそんな面倒な真似をしなくても、ラプラスは普通に負けそうだったからだ。

言われるがままに、ラプラスはユウキとの組み合いに持ち込んでみる。

「力ならワイの方が上や！」

「試してやるよ」

とまあ、がっぷり四つ。

そして一瞬で投げ飛ばされた。

(マジやった！)

それは罠ではなく、次なるメッセージを託されたのだ。

床を転がるフリ——というか本当に痛い——をしつつ、ラプラスはそれを読み取っていく。

一瞬の攻防ではなく短時間でも組み合った事で、今度の情報量はそれなりにあった。そしてそれによって、ユウキの現状が判明したのである。

(ボス、正気に戻っとったんかい!!)

この絶望的状況下で、それは嬉しい報告だった。

ラプラスは仮面の下に歓喜の表情を隠しつつ、その情報を更に読み込んでいく。

(えっと、何々？　このまま戦闘するフリを続けながら、会長を拘束するんやな？　後は任せろっちゅう事は、ボスには何か考えがあるんか。よっしゃ、やったろうやないかい!!)

迷う事なく、ラプラスは行動に移る。

ユウキとの攻防に入ると見せかけ、そのままカガリへと抱き着いた。

「——ッ!?」

「よし——『権能奪取《スキルスティール》』——ッ!!」

「何、を——」

がくりとカガリが膝をついた。

それをラプラスが抱え起こす。

「だ、大丈夫でっか、会長？」

「え、ラプラス？　えっと、ワタクシはどうな——って、まさか、権能が——『支配之王《メルキゼデク》』が消えている!?」

混乱した様子を見せたカガリだが、一瞬にして状況を把握した。

「戻りなさい、ティア、フットマン!!」

そう叫んで自分の身を守らせるあたり、流石の一言だった。そんなカガリでも、驚きは隠せないようである。それでもこの時点で戦況が一変したのだけは、心の奥底から理解したのだった。

＊

レオンを相手にしていたシルビアは、苦戦を強いられていた。

レオンは弟子だが、シルビアが認めるほどの才能の持ち主だった。

光の精霊と同化して〝勇者〟として活躍していた頃でさえも、剣の腕前ではシルビアに並ぶほどだったのだ。

しかも今では究極能力《アルティメットスキル》『純潔之王《メタトロン》』を得て、比類なき剣士として魔王の一角に名を連ねていた。

本気を出したレオンは、〝光速の斬撃〟を繰り出してくる。本当に光の速さに到達している訳ではないが、剣筋が閃光のように輝く事から、そう称されているのだ。

そして、究極能力《アルティメットスキル》『純潔之王《メタトロン》』の権能がそれを凶悪なものへと変える。

それは、聖なる属性の究極の力である。

最強の神聖魔法である〝霊子崩壊《ディスインテグレーション》〟をも自在に操れるという、とんでもない権能なのだ。

レオンは『純潔之王《メタトロン》』を制御する事で、自身の身体と剣の周囲に〝霊子〟を展開させていた。これによって、触れるモノ全てを崩壊せしめる〝破壊の化身〟と化しているのだった。


超高速の剣技と絶対破壊の権能が合わさり、レオンは無敗を誇っていたのである。

シルビアとて負けてはいない。

彼女の権能である『雷霆之王《インドラ》』は、自然界最強の威力を誇る〝雷〟を支配する能力《スキル》なのだ。

その雷撃の威力は申し分ないが、『雷霆之王《インドラ》』の真骨頂は別にあった。シルビアは自身の身体を雷霆《らいてい》と化して、神速の攻撃を可能にしていたのである。

故にシルビアは、太古の昔〝雷帝〟と称されて恐れられていたのだった。

そんなシルビアだからこそ、レオンの猛攻にも対処は出来た。金剛杵《ヴァジュラ》を臨機応変に変化させて、流れるように剣戟を繰り広げていく。

そうして師匠としての面目を保っていたシルビアだが、内心では危機感を抱いていた。

（強いのは知ってたけど、ここまで成長してるとはねぇ……。弟子の成長は嬉しいんだけど、時と場合によるよねぇ……）

というのが本音だ。

そしてその危機感の由来は、レオンが本気でない事を感じ取っているからだった。

………

……

…

師匠であるシルビアだからこそ、レオンに弱点があるのを見抜いていた。

レオンは、甘すぎるのだ。

付近に味方がいれば、本気を出せなくなる。そんな優しさは美徳ではあるが、戦場では隙にしかならない。

〝勇者〟としては『守りたいという想いが力になる』というのが理想なのだろうが、それはあくまでも物語の中の話。現実では、青臭いとしか言いようがなかった。

シルビアは知っている。

レオンが拾って来た孤児や、虐げられた魔人達が集まって、この都を創った事を。エルメシアからも資金援助を受けているが、建国を陰ながら手助けしたのがシルビアなのだ。

偽悪的な言動が目立つから誤解されがちだが、本当のレオンは優しい人間なのである。

シズという少女が暴走して友達を犠牲にしてしまった時も、自分のせいだと心を痛めて嘆いていた。そして、自分のような魔王に育てられるよりも、人の世で暮らす方がいいだろうと、当代の〝勇者〟に預けたのだと。

その少女を見守っていたのも知っているし、その結果として、魔王リムルの存在をいち早く察知したのも知っていた。

エレン達がその少女――井沢静江《シズエ・イザワ》と知己になったのは偶然だが、シルビアはエルメシアの手の者を通じて、魔王レオン以上に監視を強化させていたのである。

だからこそ、色々と誤解が重なりあっている現実をもどかしく思っていたし、弟子の不甲斐なさに呆れもしていたが、いらぬお節介は焼かなかった。

レオンの不幸体質を鑑みると、こじれるだけだと判断していたからである。

もどかしくも見守るだけの日々だった。

しかし今回、ようやく頼られたのである。

だからそれに応えてやりたいと馳せ参じた訳だが、この状況は非常に不味かった。

その理由は一つ。

レオンの弱点が消えてしまったからだ。

その甘さ故に本気を出せなかったレオンだが、ミカエルの支配が全てに優先される今、状況次第ではその権能を全力で揮うだろう。

その恐るべき『純潔之王《メタトロン》』を。

レオンは『純潔之王《メタトロン》』を制御して、最小限の力で稼働させている。しかし『純潔之王《メタトロン》』の本来の姿は、大規模殲滅に特化した権能なのだった。

それは『雷霆之王《インドラ》』も同様なので、シルビアの危機感は非常に大きなものとなる。

(もしもレオン君が本気を出したなら……)

周囲の被害などまるで気にせず、レオンが権能を発動させたならばどうなるか？

もしもレオンが本気になれば、この国は消滅するだろう。

それだけは断固阻止だと、シルビアは気を引き締めるのだった。


………

……

…


激しい剣戟を繰り返し、一進一退の攻防が続く。

超高速戦闘の余波で、謁見の間は破壊の限りを尽くされていた。

最悪なのは、〝転移用魔法陣〟まで破壊されてしまった事だ。〝魔鋼〟製だし強度もそれなりにあったのだが、レオンが繰り出した流れ弾で敢えなく欠損してしまったのである。

あれではもう、使用に耐えない。逃亡どころか、リムル達がやって来る事も出来ないだろう。

しまったと思うシルビアだが、レオンは何かを守りながら戦えるような相手ではない為、止むを得ないと諦めたのだった。

アルロスとクロードも、シルビアを援護するどころではない。

「な、何という凄まじい戦いなのだ……見えぬ。ワシの目をもってしても、どちらが優勢なのかすらわからぬぞ」

「御安心を――というのも変ですが、私も同じですよ、クロード殿。今の私なら本気のレオン様に付いて行けると思っておりましたが、どうやら自惚れていたようだ」

「う、む。確かにのう」

シルビアの正体を知らぬ二人だが、只者ではないと見抜いてはいた。しかし、想像以上のシルビアの実力を目の当たりにして、絶句するほかなかったのである。

そしてそれは、ティアとフットマンにも言える事だった。

「ヤバイね。レオンのヤツ、思ってた以上に強かったね」

「ほっほっほ。あの戦いに割り込むのは難しい！　そうなると、私達に出来るのは？」

「うんうん。雑魚狩りしかないよね！」

二人はパチンと手を叩き合う。


そして、アルロスとクロードにその目を向けた。

「クッ、ヤツ等、ワシらに狙いを定めおったか……」

「及ばぬまでも、せめて一太刀。騎士の誇りを見せつけてやりましょう！」

「自殺行為だがのう。ま、それしか出来ぬのだから仕方ナシよな」

アルロス達も覚悟を決めた。

誇りある魔法騎士団《マジックナイツ》の団長と指南役として、死に場所を定めたのである。

彼等の命は風前の灯火となった訳だが、ここで声が響く。

「戻りなさい、ティア、フットマン!!」

間一髪というタイミングでカガリが正気を取り戻し、アルロス達は運よく危機を乗り越えたのだった。

＊

フェルドウェイは戸惑った。

信じ難い出来事が、今、目の前で起きたのだ。

数万年来、自分の計画に狂いが生じる事などなかった。

それがここ最近、綻びまくっている。

コルヌの失態が始まりだった。

軍団を失うという、考えられない事態。その原因を追及しようにも、問題のある世界に通じる〝冥界門〟が閉じてしまっており、詳細は不明のままだった。

次に衝撃だったのが、ヴェルグリンドの復帰である。

異界の彼方に追放したヴェルグリンドは、果ての世界で消滅を待つばかりとなるはずだった。

ところが、どうやったのか基軸世界に帰還を果たし、その上、コルヌを完全消滅させてしまったのである。

有り得ぬ出来事だった。

しかし、それが現実なのだから認めるしかない。

だからこそ今回は、万全の状態となるように計画を立案したのである。

それなのに、この有様だ。

完全支配していたはずのユウキが自由を取り戻しただけでなく、天使系権能を与えていたカガリまでも正気に戻ってしまったのである。

「――何をした？　貴様、どうやって〝王権発動《レガリアドミニオン》〟から逃れたのだ？」

地獄の底から響くような声で、フェルドウェイがユウキに問いかける。

答えを期待してのものではなかったが、相手はユウキだ。

ニヤリと厭らしい笑みを浮かべて、煽るように答えを口にする。

「簡単な理由さ。僕は天才だからね、その〝王権発動《レガリアドミニオン》〟とやらがヤバイと感じて、自分の中に芽生えていた変な意思を身代わりにしたのさ」

「――変な意思、だと？」

「ああ。多分だけど、僕が獲得していた究極能力《アルティメットスキル》『強欲之王《マモン》』の自我なんじゃないかな？　強欲の権能は、マリアベルから奪ったものだったしね。ちょっと気持ち悪かったから、信用してなかったんだよ」

散々使いこなしていた癖に、実は『強欲之王《マモン》』を信用していなかったのだ。その用心深さが、ユウキのユウキたる所以《ゆえん》なのだろう。

苦労したぜ――と、ユウキが続ける。

「支配された『強欲之王《マモン》』の自我を観察して、どういうカラクリになっているのか解き明かしたのさ。思ったよりも時間がかかったけど、最悪のタイミングには間に合ったみたいだし、勘弁してくれよな」

そう言って、ラプラス達に向けてウインクまでしてみせたのである。

これは全て作戦だった。

ユウキは操られている間も、しっかり現状を観察していた。そして出したのが、フェルドウェイには勝てないという結論だったのだ。

無論、将来的には別である。

このまま力をつけていけば、いつかは勝負になるとふんでいた。リムルほどではないが、ユウキの成長速度も異常そのものだからだ。

故に、今は煽る。

余裕があると思わせて、フェルドウェイ達を撤退に持ち込めれば大成功なのだ。

最悪、リムル達が応援に来るまで時間稼ぎをしたいと考えていた。このまま会話を続けるだけでも、目的は達成出来ると考えていたのである。

そんなユウキの態度にブチ切れるフェルドウェイだったが、思考は冷静だ。ユウキの言葉の真贋《しんがん》を判定し、嘘ではないと見抜いている。

(ミカエル様の権能を解き明かした、だと？　ただの人間にそんな真似が可能な訳がない。危険だ。コイツは危険過ぎる……)

フェルドウェイは目を細めて、ユウキを〝敵〟認定した。

だからこそ、隠していた手札を晒す決断をした。

(もっとギリギリまで伏せておきたかったのだが、仕方あるまい。裏切り者の動向を探らせるよりも、今ここでユウキを始末するのを優先せねば)

フェルドウェイはユウキを危険視したのだ。

勿論、煽られたからではない。

ユウキの権能――『強欲之王《マモン》』による『権能奪取《スキルスティール》』が許せなかったのだ。

これを放置すれば、レオンだけでなく他の者共も、ミカエルの支配から解放されてしまう可能性がある。〝天使長の支配《アルティメットドミニオン》〟を発動させてしまった今、信頼関係は失われたに等しい。故に、それが小さな確率なのだとしても、許容出来ないリスクだと判断したのだった。

「流石ですわ、ユウキ様！」

「まあね」

「やっぱりボスやな！　転んでもただでは起きぬお人やで!!」

「それほどでもあるけどね」

「だよね、だよね！　これでもう勝ったも同然かな」

「ほっほっほ。なにが何やらよくわかりませんが、こちらが有利になったのは確かでしょう！」

「それは言い過ぎだけど、まあ、少しは余裕も生まれたかもね」

　などと会話をするユウキ一行を、忌々しげに睨むフェルドウェイ。

「ちょっと、君！　聞きたいんだけど、レオン君の権能も奪っちゃえるのかな？」

　状況の変化などお構いなしに剣戟を続けていたシルビアとレオンだったが、小休止とばかりに一旦距離を置いた。その隙を狙って、シルビアがユウキに問いかけたのだ。

　挨拶を交わす間もなかったが、ユウキは人当たりのいい笑顔で答える。

「残念ながら、今は無理だね。僕に受け入れる余裕もないし——」

「ちぇ、残念。それならそっちは任せるけど、手助けは期待しないでよ？」

「了解だよ。ともかくアンタは、レオンをどうにかしといてね」

「こっちも了解！　師匠としての本気を見せつけちゃおうかな」

　シルビアの方はそう言って、レオンと剣戟を再開する。

　それを頼もしいと思いつつ、ユウキはフェルドウェイに全神経を集中させた。

　権能を奪えないという先程の言葉は本当だった。

今のユウキは、カガリから『支配之王《メルキゼデク》』を奪ったばかりなのである。その解析も終わらぬ内から、別の権能を奪える訳がなかった。

それよりも重要なのが、自分で生み出した権能と与えられた権能の違いで、カガリの場合は与えられたものだったため、安定しておらず奪いやすかったのだった。

自分に根差した権能は、ユウキが万全の状態であったとしても奪えない可能性が高い。まして、自分より格上の相手には通用しないだろう。

自我を操られている今のレオンならば、可能性がゼロではないが……どっちみち今は無理。それをイチイチ説明すると自分が不利になるだけなので、最後は言葉を濁すユウキなのだった。

(どっちにしろ、敵さんは僕の言葉を疑うしかないよね)

と、ユウキは考える。

自分ならば、敵の言葉なんて信じない。

つまりは、ユウキが「出来ない」と答えようが、フェルドウェイ側からすれば〝権能を奪われる可能性がある〟として動くしかないのである。

これこそ、自分を誇大して見せるユウキのテクニックなのだった。

これで、敵は迂闊に動けなくなった。このまま膠着状態が続けば、戦術的勝利目標を達成出来るはずだった。

ところが、ここでフェルドウェイが笑いだした。

「フフフ、やれやれだ。やはり貴様は、ここで始末しておかねばなるまいよ」

その、ゾッとするような声を聞いて、ユウキも計画が狂った事を悟った。

(煽り過ぎたか？　いや、ここでヤツが本気になったとしても、僕達ならば耐えられるはずだ)

一人で相手をするのは無理でも、こちらには五名もいるのだ。

レオンはシルビアが抑えている。

ならば、フェルドウェイに対してユウキ達が全員で当たれるというものだった。

だが、ここで大いなる誤算が生じた。

フェルドウェイの切り札が、ユウキの想像も及ばぬ形でその牙を剥いたのだ。

＊

「そのガキを殺せ！ 目覚めろ、ジャヒル《めろ、ジャヒル》」

と、フェルドウェイが命じた。

「――？」

その意図が読めないユウキ。

レオンはシルビアの相手で手一杯なので、その命令に応じられない。動くならば、フェルドウェイ本人であるはずなのだ。

（どういう――）

一瞬の逡巡《しゅんじゅん》で答えが出るより先に、結果が判明する。

「ワシを呼んだか、フェルドウェイ。貴様には借りがあるが、いつまでも好き勝手に扱われるのは業腹《ごうはら》なものよな」

胸に灼熱の痛みを感じた後、その声がユウキの耳に届く。

吐血するユウキ。自分の胸に目をやると、禍々しい腕が生えていた。

「フットマンッ!! 何をするの!?」

カガリが叫ぶと、その声に反応してフットマンが振り向いた。

ユウキの胸から腕を引き抜きつつ、邪悪に嗤う。

そして答えた。

「黙れよ、カザリーム。ワシが授けた〝名〟と〝姿〟を捨てるとは、貴様こそ何をしておるのだ？」

フットマンらしからぬ流暢な言葉。

そして、その邪悪なる気配は、今までの比ではなく大きく膨らんでいる。

「クソッ、しくった……」

そう呟いて、ユウキが膝をつく。

〝聖人〟であるユウキは、精神生命体として肉体を完全にコントロールしていた。だから流血も自分の意思で止めているのだが、受けたダメージは軽くない。常人なら即死するレベルだったのだ。

「ほう？　まだ生きているとは、しぶといゴミクズだな。これ以上ワシの手を煩わせるでないわ!!」

フットマンはそう言い放ち、瀕死のユウキを蹴り飛ばす。常ならざる力になったフットマンの蹴りは、ただの一撃でユウキを行動不能にする破壊力を秘めていた。

「グハッ!!」

「ユウキ様――」

カガリとティアがユウキの介抱に向かい、ラプラスがフットマンの前に立ち塞がった。

「何者や、アンタ？」

「ワシが何者か、だと？　この偉大なる魔導大帝を知らぬとは、何処の下賤なゴミムシなのだ？」

そう、その男はフットマンではない。

かつて滅んだはずの魔導大帝――またの名を、ジャヒルと言った。

「魔導大帝って、もしかして、ジャヒルなの？」

レオンに集中しながらも、広い視野を維持して戦況分析を行っていたシルビア。当然ながら会話にも耳を澄ましており、魔導大帝という言葉に反応したのだ。

「ほう、そういう貴様はシルビアだな？　如何にも。ワシはジャヒルであるぞ！」

ジャヒルの宣言に、その場に緊張が走る。

カガリは青褪め、シルビアは顔を顰めて。

ジャヒルの娘だったカガリは当然として、シルビアも神祖の高弟同士として、以前より面識があった。互いに嫌い合っており、袂を分かっていたものの、相手の実力は高く評価して警戒する間柄だったのだ。

ジャヒルの邪悪さを知る二人は、その復活が最悪の凶事であるのを理解した。そしてそれこそが、フェルドウェイの切り札だったのである。

ミリムが暴れた後の地で、肉体を失い彷徨《さまよ》える〝魂〟となっていたジャヒルを探し出した。そのままでは消滅を免れなかっただろうジャヒルを保護し、ずっと眠らせていたのである。

近藤中尉が魔王クレイマンを操っている横で、フェルドウェイはジャヒルの〝魂〟をフットマンに植え付けていた。自我と知恵の弱いフットマンなら、ジャヒルの力で乗っ取れると考えた訳だ。

その目論みは成功し、ジャヒルはゆっくりとフットマンの肉体を侵食していった。最初の内はフェルドウェイに情報を流すだけだったが、今回の熾天使《セラフィム》を宿らせた時に力の天秤が逆転し、ジャヒルが主導権を握っていたのだった。

後は、フェルドウェイの合図で目覚めさせるだけ。

もっとも効果的なタイミングで呼び覚ますつもりだったフェルドウェイは、それが今だと判断したのである。

「さあ、ジャヒルよ。私が与えた力を存分に発揮して、その者共を皆殺しにするがいい」

使えぬ道具は始末するのみと、フェルドウェイは命令を下すのだ。

ジャヒルは熾天使《セラフィム》と一緒に、ミカエルがヴェルグリンドから回収した『救恤之王《ラグエル》』を貸し与えられていた。それを密やかに究極付与《アルティメットエンチャント》『火焔之王《アグニ》』として、自分のものにしていたのである。

「ゲラゲラゲラゲラ！　この日を待ちわびたぞ。ようやくこの力を存分に揮えるのだな！」

ジャヒルは邪悪に嗤う。

フットマンの巨体が炎に包まれ、触れるモノを滅する炎帝と化した。炎を自在に操るジャヒルが、その凶悪な力を解き放ったのだ。

フットマンの〝怒った仮面〟が砕けて溶けた。

そして現れる貌は、その心根を表しているのか醜く歪んでいた。

「フットマンを、ワタクシのフットマンを返して!!」

カガリが叫ぶ。

しかし、その悲痛な声はジャヒルを喜ばせるだけだった。

「ゲラゲラゲラ！　軟弱極まりなし。その性根を叩き直してやりたいところだが、無念！　フェルドウェイ殿は殺せと御命令なのでな。許せよ、愚息よ」

まったく悪びれもせずそう言い放つなり、ジャヒルがカガリに向けて火球を投げつける。

ヴェルグリンドほどの威力は出せないものの、ジャヒルの炎は強力だ。その熱量をまともに浴びれば、いかなる物質であろうが瞬時に燃え尽きる事だろう。

「クソが、ワイを無視すんなや！」

ラプラスが魔力弾を放って火球を逸らそうとするも、威力が桁違い過ぎた。アッサリと飲み込まれてしまい、何の影響も与える事が出来ない。そして火球は、カガリ、ティア、ユウキを飲み込もうと膨れ上がる。

が、炎が鎮まった後に、人影が立つ。

「無駄だね」

ユウキだ。

瀕死の状態ながらも立ち上がり、『能力殺封《アンチスキル》』で火球を封じたのだ。

「……ほう？　ワシの炎が通じぬかよ。それは、アレだな。威力の問題ではないな。厄介だ。実に厄介だと認めようじゃないか」

ジャヒルの目に、研究者としての光が宿った。

その口元は喜悦で歪み、新しいオモチャに興味津々といった様相である。

「ボス、大丈夫なんか？」

「そんな訳ないだろ。さっさとベッドで横になりたいけどさ、敵さんが逃がしてくれそうにないのが問題なんだよね」

「せやな……どないするんや？」

「大事なのは――」

大事なのは、生き残る事だ。

それは理解しているが、その為の策が思い浮かばない。

ユウキの観察によると、ジャヒルの力はラプラスの十倍以上になる。ユウキ自身と比べても、五倍以上なのは確実だった。


………

……

…


事実、神の視点で告げるならば、ラプラスの存在値は百万と少し。魔王種と比べると比類なき強さだが、覚醒した魔王としては最底辺の部類なのだ。その能力《スキル》を駆使するラプラスの経験《センス》があるからこそ、強者たりえているのである。

続いて、まだ〝聖人〟だが〝神人〟になっても不思議ではないほどに上位であるユウキの存在値は、約二百万。ただし、強力な権能である『強欲之王《マモン》』やスキル無効という反則的な『能力殺封《アンチスキル》』を有しているので、数値では測れない戦闘能力を秘めていた。

　ティアは存在値が二百四十万と、数値だけを見ればユウキよりも上だ。自分の欲望が希薄な彼女には、ユニークスキル『楽天家《ムチナルモノ》』という権能がある。特定条件下において全ての身体能力を三倍に引き上げるという効果を発揮するのだが、それが通用するのは格下の相手だけだろう。

　ラプラスのように技量《レベル》が優れている訳でもないので、この四名の中では一番の弱者だと断じられた。

　そして、この四名の中で一番存在値が大きいのがカガリだ。

　およそ三百万弱あり、頭一つ抜けている。それに加えて破壊の王笏《ルーインセプター》が補強してくれる為、総合すると四百万にも達するのだ。

　しかし悲しい事に、カガリは補助要員だった。近接戦闘も遠距離戦闘も、そこまで得意としていなかったのである。宝の持ち腐れとは言わないが、戦闘面で期待出来そうもなかったのだ。

　それに対して、ジャヒルの存在値は千四百万に達する。

　力だけは大きかったフットマンに、ジャヒルの力も加わった結果だ。そして、ジャヒルは魔法戦闘だけでなく、弱者を嬲《なぶ》るという目的で近接戦闘も嗜《たしな》んでいた。

　純粋な暴力だけで、全員をなぎ倒せるのである。

　間違いなく、最悪の状況なのだった。


………

……

…


　ユウキは天才でありながらも、この場を突破する答えが出せない自分に苛立っていた。

　もう少し正気を失ったフリを続けるべきだったかと悩むも、その考えは否定した。それも一つの手ではあったが、カガリを取り戻すタイミングはあの瞬間がベストだったからである。

　ただ、フェルドウェイの方が一枚上手だっただけのこと。

周到に準備を行い、ありとあらゆる対策を立てておく。そうして本番に臨むのだが、隠している手が多い方が有利なのは間違いない。

今回は自分の負けだと、ユウキは素直に反省した。

もっとも、味方であるはずのフットマンに邪悪なる意思が宿っているなどと、ずっと一緒にいても気付かなかったのだ。これは見抜けなかった方が悪いというよりも、そこまで周到に準備を重ねていたフェルドウェイを褒めるべきだった。

（いつもそうだ。この世は本当に理不尽だよね……）

反省しつつも、この世の不条理を嘆くユウキである。

ややもすると、ティアにも何か仕掛けが施されている可能性があった。それを警戒してみたものの、直ぐに意味がないと思い直す。

もしもそんな手段《もの》があるのなら、今この時に出し惜しみする理由がないからだ。

ふと、理不尽を体現したようなスライムを思い出す。

（リムルさんか。あの人なら、絶対に諦めないんだろうな。こっちに来たのは僕の方が先だってのに、後から来て好き放題してるんだもんね。しかもそれが、僕が必死になって実現しようとしてた理想よりも素晴らしいってんだから、本当、イヤんなっちゃうぜ）

そう思うが、不快ではない。

むしろ、心の底から笑いがこみ上げてくるようだった。

「何を笑っておるのだ？」

「いや、ちょっと愉快な事を思い出してね。アンタは実に厄介でヤバイ相手だと思ったんだけどさ、それよりももっと怖い人がいたな、ってね。僕の仕掛けた罠を軽く乗り越えて飄々《ひょうひょう》としてるのは、あの人くらいのものだろうさ」

「はは、リムルはんやな。まあ、あの人はホンマ、規格外やで」

「だろ？　他人頼みなのは性に合わないけどさ、利用するのはやぶさかじゃないし。もう直ぐあの人が応援に駆けつけてくれるんだから、策は一つだよね」

そう言って不敵な笑みを浮かべるユウキ。

「そうか、それもそうやな」

ラプラスも笑う。

「時間稼ぎね。最初からそれしかなかったのだから、今更な決断ではあるわね」

それに釣られるようにカガリも立ち上がった。

「よーし、アタイも頑張っちゃおうっと!!」

ティアもやる気だ。

ユウキ、ラプラス、カガリ、ティア。

四人は肩を並べて、フットマンを乗っ取ったジャヒルと向かい合う。

「仇は取ったるで、フットマン」

気合の入ったラプラスの言葉を合図として、苛烈なる戦いが始まったのだ。

＊

シルビアはレオンと戦いつつ、広い視野でユウキ達を観察する。

四対一と数の上では有利だが、実際に優勢なのはジャヒルであった。

ユウキは半死半生という状態なのだ。

胸に空いた穴は塞いだようだが、それによって大きく消耗している。

幸いだったのは、ユウキの体質が『能力殺封《アンチスキル》』という特殊なものだった点だ。これによってジャヒルの火球を防げており、辛うじて死闘が維持されているという状況だ。

ユウキを守りの要として、ラプラスとティアが遊撃を行う。そしてカガリが支援に徹する事で、強大な相手《ジャヒル》に拮抗する構図なのだ。

(ユウキ君だっけ？　あの子が倒れたら、一気に崩壊するわねぇ……)

それは、守りが失われるという意味合いだけではない。パーティのムードは、ユウキが明るく指示を出す事で成り立っていたのだ。

それに応えるように、ラプラスが無理をする。

ティアは流されるだけなので、雰囲気次第で強くも弱くも変化するだろう。

司令塔であるカガリは、その状態を理解している様子だが――

（まあねぇ、わかっていても、手がなければどうしようもないわねぇ……）

つまり、打つ手なし。

じりじりと体力を削られて、敗北するまでの時間をどれだけ先延ばしに出来るか、という勝負になっていた。

時間稼ぎ。

まさしく彼等が導き出した答えが、唯一の正解なのだろう。

「ちぇ、本当にデタラメな強さだ。僕の『能力殺封《アンチスキル》』なら『防御結界』とか全部無視出来るのに、純粋な耐久が高過ぎてダメージを与えられないじゃないか……」

「せやな、素が違い過ぎやで。ワイの予測でも、ダメージを与えられる未来が視えへんもん」

何をやっても通じない――それがわかってしまうだけに、絶望感が湧き出てしまいそうになる一同だった。

だが、そうなっていない理由はただ一つ。

間もなくリムル達が到着すると、そう信じているからなのだ。

（エルちゃんも言ってたけど、リムル君は凄いのね。この場にいなくても、皆の希望になれるんだから）

間に合って欲しいものだと、シルビアもガラにもなく願っている。

「私を相手に余所見とは、師匠とはいえ舐め過ぎではないか？」

「そうかもね。でもでも、同じような権能同士の戦いでは、焦れた方が負けるのよぅ！」

レオンが繰り出した神速の連続斬りを、シルビアはヒラリと回避した。まさに同系統の権能所有者であり、その上、流派も同じ。相手の行動はお見通しなのだ。

それはレオンも同じなのだが、こちらはミカエルによる支配によって敵を倒せという命令を受けている。のらりくらりと時間を稼ぐだけでいい者と、相手を倒さねばならぬ者、その違いが明白な差となって、戦いの趨勢《すうせい》に影響を及ぼしていたのだ。

そして、もう一つ理由がある。

それはレオンの深層心理だ。

レオンは無意識下で、自分の自由意思を取り戻そうと足掻いていたのである。それは些細な影響でしかなかったが、しかし確実に、身体の動きを鈍らせていたのだった。

そんな訳でシルビアとレオンの戦いは、シルビア優勢のままに非常に安定していたのである。

シルビアは考える。

（それにしても、フェルドウェイはどうして動かないのかな？　ここで参戦されたら、私だってちょいヤバなんですけど？）

ましてユウキ達は、一気にバランスが崩れて敗北必至だろう。

そうなっていないのは何故か？

シルビアはその理由を探るべく、フェルドウェイに視線を向けた。

そして観察し、推論を出す。

（まるで焦っていないわねぇ。つまりコイツは、レオン君やジャヒルを捨て駒だと考えているようね。ここで私達のデータを取って、次で確実に仕留めるつもりなんだわ）

実にイヤな答えに、シルビアはウンザリした。

用心深さも度が過ぎている。

普通なら、ここで敵を仕留める方が確実だと考えるはずだ。そうしないのは、フェルドウェイが自身の安全を最優先させているから。そしてそれから察するに、レオンやジャヒル以上の隠し玉を温存しているという予測が成り立ってしまうのである。

それは正解だった。

フェルドウェイは観察結果をもとに判断し、今回連れて来なかった戦力で敵を殲滅可能だと考えていたのである。

敵が何か奥の手を隠している可能性を考慮し、ここで下手に手を出すのを控えていたのだ。その臆病なまでに病的な用心深さこそが、フェルドウェイの真骨頂なのだった。

ともかく、フェルドウェイが手を出さなかった事で、時間稼ぎという目的は達成出来そうだ。シルビアがそう考えて少し余裕を取り戻した時、それは起きた。

「そうか、思い出したぞ。その『能力殺封《アンチスキル》』というのは、かつて竜皇女のペットが有していた特性だな。アレは確か、魔法とスキルを封殺するという非常に厄介な体質だったが、対処方法も確立されている。簡単だ。魔法でもスキルでもない純粋な力ならば、弾かれる事はないのだよ!!」

ジャヒルは邪悪だが、研究者としては一流なのだ。神祖の高弟として恥じぬだけの実績もあり、その目は実に確かなのである。

だからこそ、正解を見抜いた。

ミリムのペットの成れの果てたる混沌竜《カオスドラゴン》にも『能力殺封《アンチスキル》』は受け継がれていたのだが、ミリムの力で打ち倒し、封印に成功しているのだ。

その実例を知らぬジャヒルだが、自身の出した答えに自信があるのか、迷わずに攻撃方法を変更した。

つまりは、単純な暴力。

自身の肉体を凶器として、ユウキに殴りかかったのだった。


「ゲラゲラゲラ！　貧弱極まりなし！」

ジャヒルは高笑いしながら、ユウキをタコ殴りにする。

そこからはもう、一方的な展開となった。

ユウキがかろうじて体術で対抗するも、力の差は如何《いかん》ともし難い。ラプラスやティアも軽くあしらわれてしまい、三人まとめて床に倒れ伏すまで、時間はそれほど必要としなかった。

「ジャヒル――――ッ!!」

怒りのままにカガリが呪縛を発動させるも、ジャヒルの身体を包む闘気に阻まれてしまう。そして、ジャヒルの拳がカガリの腹にめり込んだ。純粋な力の差が、残酷なまでに勝敗を決したのだった。

「ゲラゲラゲラ！　ワシに挑むとは、その愚かさを理解したか？　それで、フェルドウェイ殿、コヤツ等は始末してしまってもいいのだな？」

ジャヒルが最終確認を行う。

最初から殺すつもりだったのだろうが、一応は上司の顔を立てた形だ。

「好きにしたまえ」

フェルドウェイが簡潔に答えた。

それを聞いて、ジャヒルが邪悪に嗤った。

「カザリームよ、不肖の息子よ。貴様はいい実験材料だったのに、実に残念だ。だが、安心せよ。貴様に代わるオモチャなど、直ぐに用意出来るのだからなァ!!」

ジャヒルはそう宣告し、突き出した両手の間に力を籠め始める。すると、純粋な闘気が渦を巻いて凝縮され、時空さえも歪むほどの膨大なエネルギーへと変換されていく。

大気が軋み、燃える。

これは魔法でもスキルでもない、純然たる破壊の力だ。ユウキを滅ぼすのに十分どころか、ジャヒル自身もダメージを負いそうなほどに強大な力なのである。

それを横目で見たシルビアは、コレはダメだと青褪めた。

全ての威力が一点に集中しているだけに、核撃魔法どころの話ではない破壊力が生み出されている。それをまともに受けたら、肉体すら残さず消滅する破目《はめ》になるだろう。

これは不味いと、自身は全力で『防御結界』を張り巡らせた。レオンも同様の判断をしたのか、シルビアへの攻撃を取り止めてフェルドウェイの守りに入っていた。

ユウキは『強欲之王《マモン》』で守りを固めようとしていたが、既に気力が尽きかけている様子だ。カガリがユニークスキル『企画者《クワダテルモノ》』で張った『結界』だけが、かろうじて最後の頼みとなっていた。

ユウキに『支配之王《メルキゼデク》』を奪われたものの、一度は究極に至ったカガリである。故に、彼女の権能である『企画者《クワダテルモノ》』は、ユニークでありながらも究極に匹敵するほどの性能にまで高まっていたのだ。

しかし、足りない。

圧倒的なまでの力の差を覆すには、カガリだけでは如何ともし難いのだ。

(アレでは無理だわ。とても耐えられない……)

それがシルビアの直感だった。

ジャヒルの攻撃は、二段構えになっている。純然たる破壊のエネルギーを『火焔之王《アグニ》』で包み込むようにしていた。カガリの『結界』を火球で消し飛ばした後、本命の攻撃が控えているという訳だ。

それもこれも、ジャヒルの出鱈目《でたらめ》なまでの魔素量《エネルギー》あっての話である。シルビアの数倍という、考え難いほどの高密度エネルギー体。今のシルビアが加勢したとしても、この攻撃を防ぐのは不可能だった。

他に誰か、これを防げるような者はいないのか？

そう思い、固まっている四人を見回してみた。

カガリも全力を尽くしているが意味はなく、ユウキが力尽きているのは前述の通り。

では、残る二人はどうなのか？

ティアは究極能力《アルティメットスキル》など有していないので、『防御結界』を張ってはいるが焼け石に水だろう。

となると、最後の一人であるラプラスに望みをかけるしかない。

そう思って視線を向けたシルビアは、そこで驚くべきものを目にする事になる。

（え？　あの顔――まさか、まさかあの人は――）

ラプラスの砕けた仮面の下に、それはあった。

それは、とても懐かしき顔だった。

もうとっくに忘れたと思っていたのに、一目見ただけで想い出が溢れ出てくるほどに。

シルビアは思わず叫んでいた。

「逃げて、サリオン――ッ!!」

しかし、その忠告はとっくに手遅れで――

「では、サラバだ。〝魂〟すらも粉々に砕き、この世から消し去ってくれるわ!!」

というジャヒルの言葉が、終焉を告げるのだ。

その宣告の通り、それは大破壊を巻き起こした。

閃光、そして爆発。

レオンの居城も吹き飛んだ。

大火球が暴威となって荒れ狂い、熱波と炎をまき散らして消えてゆく――

終章

夢の終わり

Regarding Reincarnated to Slime

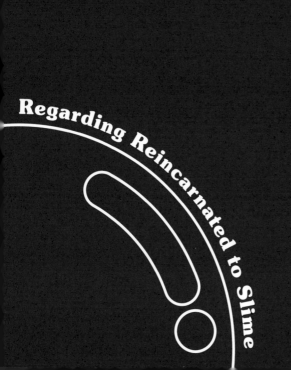

ユウキは絶望の中で嗤う。

（やれやれ。頑張ってみたけど、ここまでかな？）

この世界にやって来てから十年と少し。

魔王カザリームことカガリとの出会いから始まり、自分の願いを達成すべく邁進してきた。

心を通わせる仲間も出来て、苦楽を共にした。

しかし、急速な成長には綻びが伴うもの。成功だけを重ね続けているリムルが異常なのである。

クレイマンの異変を見抜けなかった時点で、計画が破綻するのは必然だった。ユウキにとって、それは罪悪感となっている。

他にも幾つか思い残す事があり、だから最後に、思考を加速させた『思念伝達』で皆に挨拶を行う事にした。

「悪いね、みんな。僕が下手を打ったせいで、こんな目に遭わせちゃって」

ユウキが謝罪の言葉を口にするも、それを咎める者など誰もいない。

「ボスだけの責任じゃなくてよ。むしろ、ワタクシの失態の方が大きな要因だと思うもの」

カガリもまた、自責の念が大きい。

そもそも、カガリがレオンに執着しなければ、今の事態には陥っていなかっただろうから。そうなると、ユウキと出会う事もなかったかも知れないので、全てが最悪だった訳でもないのだが。

そんなカガリを慰めるように、ティアもポツリポツリと語り出した。

「泣かないで、姫様。アタイもさ、少し思い出したんだ。名前とかはサッパリだし、色々な想い出や感情が混ざってるみたいだけど、アタイは姫様の侍女だったんだよ。それでね、悪いのはあの王様だよ！　アタイ達はみんな、姫様の味方だったんだ。だからね、姫様は後悔しないで？　アタイは最期まで御供出来るなら、それだけで嬉しいんだ！」

ここで終わろうとも、ティアに悔いなどない。

とっくに終わった命を救ってくれたのがカガリであり、生きる目的まで与えてくれたのだ。そんな彼女と一緒に死ねるのならば、それだけで幸せだとティアは言った。

「ティア、貴女……」

「あはは、愉しかったよね！　フットマンやクレイマンだって、姫様の事が大好きだったんだ。それでね、ボスには感謝してたんだよ。魔王カザリームだった姫様も頼もしくて恰好良くて好きだったけど、やっぱり姫様は、その姿が一番だもん！」

「まあ、せやな。最初は似合わん思て笑ろてたけど、今ではそっちの方がしっくりくるわ。それが本来の姿なんやったら、それも当然なんやな」

しみじみと、ラプラスまで同意した。その上で、笑いながら言うのだ。

「せやから、ボス。気にする事あらへん。ワイらは精一杯頑張ったんや。悔いはない。あの世でクレイマンも待っとるやろから、そこで楽しく暮らそうや！」

出来る事は全てやった。

悪い事も、良い事も。

中庸を歩む者として、恥じる事なく生きたのだ。

だからこそ、ラプラスは自分や仲間達を誇るのである。

「ははは、最後なんだからさ、もっと文句を言ってくれてもいいんだぜ？」

「文句なんかないわ」

「うんうん！」

「ま、ワイらはボスを信じたんや。ボスで無理なら、諦めもつくっちゅうもんやで」

それでも、ユウキが食い下がる。

「ラプラスは、僕達と一緒でいいのかい？　あの人に名前を呼ばれてたみたいだけど、君一人なら脱出も間に合うんじゃないか？」

シルビアがラプラスに向かい、「サリオン」と呼びかけていた。その時点でラプラスは――

（せや。ワイの本当の名は、〝サリオン〟と言うんやったわ）

と、失われた記憶を思い出していた。

チラリとシルビアに目を向け、愛する妻が無事だった事に安堵もしている。

かと言って、それだけなのだ。

自分は既に死人。

ラプラスとしての生を得て、二千年以上経っていた。

今更、どの面を下げて帰れるというのか。

それに、今のラプラスにとって一番大事なのは、仲間であるユウキ達だった。

だからラプラスは、おどけながら答えるのだ。

「ええねん。ワイはラプラスや。〝中庸道化連〟の副会長にして、〝享楽の道化《ワンダーピエロ》〟のラプラスなんや。ま、今更の話ちゅうヤツやから、ボスが気にする事はあらへんわ」

「……そうかい？」

「せや。それにや、最後の最後にワイだけ除け者にしようやなんて、そんな話は通らへんで！」

それを聞いて、ユウキも心が温かくなる思いであった。

理不尽な世の中だったが、存外悪くない人生だったな、と。

ならば最後の瞬間まで、全力で抗ってやろうと決めたのだ。

「ちぇ、バカばっかりだね。でも、嫌いじゃないぜ」

「ボスに言われたないで！」

「本当ね。ユウキ様は頭はいいのに、たまにバカみたいな行動を取るのだもの。今回が正にそれだわ」

「あはは！　でもさでもさ、最後にみんなで力を合わせるのって、なんだかとっても楽しいよね！」

ジャヒルという脅威を前にして、ユウキ達の心は一つになっていた。

仲間達と一緒なら、そこが地獄でも楽しめるというもの。

だから恐れない。

「では、サラバだ。〝魂〟すらも粉々に砕き、この世から消し去ってくれるわ!!」

というジャヒルの死の宣告を聞いても、ユウキ達から笑みが消える事はなかった。

そして、直後——閃光が全てを無に帰した。


遊びの時間が終わる。

ユウキ達の野望は今、終焉の刻《トキ》を迎えたのだ。

あとがき

皆様、お久しぶりです。

現在アニメシリーズも放映中ですし、もしかしたら新規の方もおられるかも知れませんね！

そうであれば嬉しいです。

という事で、本作もとうとう十八巻目。予定通り最終章に突入した訳ですが、残り三冊で終わらせたいというのはちょっと、いや、かなり難しいんじゃないかなという気がしてきました。

胎動編、激突編、完結編と続く構想だったのですが、今回の話の内容なんて、何が胎動やねんという感じですし。

これは、誰が悪い訳でもない。

だって事前に、気分次第では変更される可能性アリとお伝えしていたのですから！

なんてね、言い訳も厳しい今日この頃です。

まあともかく、今巻で戦争が始まっただけでもヨシとして下さい。


本巻の内容についてはネタバレになるので、あまり触れない方がいいのですが、カガリさんの設定についてはあんな感じになりました。

当初のイメージから大きくチェンジしちゃったけど、それもこれも、エルフ姿が可愛かったのが悪いです。

いや、実は当初から性別不明のキャラにしようかと思ってはいたのですが、あのキャラデザインが出た時点で全てが決定づけられました。

イラストの力は非常に大きいと、再確認しましたよ。

ちなみに、13・5巻とかの説明と若干食い違ったりしてますが、そこはまあ、いつもの事だよねと察してもらえれば幸いです。

必要に迫られないと設定を煮詰めないのが悪いと、いつになったら学習するのやら。

ホント、次からは気をつけようかと——って、最終章に入ってしまってから反省しても、今更過ぎるんですけどね……。


さてさて、そんな感じの十八巻でしたが、いかがだったでしょうか?

読者に喜んでもらおうと思って書いているので、楽しんでもらえたならこれに勝る喜びは御座いません。

気に入ってくれた方はこれからも、当作品である『転生したらスライムだった件』を応援して下さい。その声を励みにして、これからも『転スラ』の世界を広げていくよう頑張っていく所存です。

それではまた~。

GC NOVELS

転生《てんせい》したらスライムだった件《けん》 ⑱

2021年4月8日　初版発行
2022年5月10日　第4刷発行

著者　伏《ふ》瀬《せ》
イラスト　みっつばー

発行人　子安喜美子
編集　伊藤正和
装丁　横尾清隆
印刷所　株式会社平河工業社
発行　株式会社マイクロマガジン社
〒104-0041　東京都中央区新富1-3-7　ヨドコウビル
[販売部]TEL 03-3206-1641／FAX 03-3551-1208
[編集部]TEL 03-3551-9563／FAX 03-3297-0180
https://micromagazine.co.jp/

ISBN978-4-86716-122-7　C0093

本書は小説投稿サイト「小説家になろう」(https://syosetu.com/)に掲載されていたものを、加筆の上書籍化したものです。

ファンレター、作品のご感想をお待ちしています!

宛先
〒104-0041　東京都中央区新富1-3-7　ヨドコウビル
株式会社マイクロマガジン社　GCノベルズ編集部
「伏瀬先生」係　「みっつばー先生」係